छायावाद

प्रसाद, निराला, महादेवी और पन्त

छायावाद

प्रसाद, निराला, महादेवी और पन्त

नामवर सिंह

सम्पादक

ज्ञानेन्द्र कुमार सन्तोष

राजकमल प्रकाशन

ISBN : 978-93-88183-24-6

मूल्य : ₹595

पहला संस्करण : 2018

प्रकाशक : राजकमल प्रकाशन प्रा. लि.
1-बी, नेताजी सुभाष मार्ग
नई दिल्ली-110 002

शाखाएँ : अशोक राजपथ, साइंस कॉलेज के सामने, पटना-800 006
पहली मंज़िल, दरबारी बिल्डिंग, महात्मा गांधी मार्ग, इलाहाबाद-211 001
36 ए, शेक्सपियर सरणी, कोलकाता-700 017

वेबसाइट : www.rajkamalprakashan.com
ई-मेल : info@rajkamalprakashan.com

मुद्रक : बी.के. ऑफसेट
नवीन शाहदरा, दिल्ली-110 032

CHHAYAVAD : PRASAD, NIRALA, MAHADEVI AUR PANT
by Namvar Singh
Edited by Gyanendra Kumar Santosh

भूमिका

नामवर सिंह और छायावाद

असाधारण समीक्षक के रूप में नामवर सिंह की पहली पहचान सम्भवतः 'छायावाद' पुस्तक से बनी प्रतीत होती है। 'छायावाद' से पूर्व नामवर सिंह समीक्षक से ज्यादा शोधार्थी, अनुसन्धानकर्ता, सम्पादक और गम्भीर चिन्तक प्रतीत होते हैं। 'छायावाद' के प्रकाशन ने हिन्दी आलोचकों की श्रेष्ठता के 'कैनन' को झकझोरकर रचनात्मक समालोचना का एक नया मानदंड प्रस्तुत किया था। 'छायावाद' के प्रकाशन के बाद 'छायावाद' के सन्दर्भ में आचार्य शुक्ल, शान्तिप्रिय द्विवेदी, नन्ददुलारे वाजपेयी और नगेन्द्र आदि की वह केन्द्रीयता नहीं रही, जो पूर्व में महसूस की गई थी। रचनात्मक शैली और आलोचनात्मक विवेक के आश्चर्यजनक समन्वय से निःसृत काव्यबोध के परिणामस्वरूप, पाठकों को नामवर सिंह और छायावादी सर्जनात्मकता पूरक प्रतीत होते हैं। अपनी सीमाओं के बावजूद छायवादी काव्य आधुनिक हिन्दी कविता की 'गोल्डेन ट्रेजरी' है। उसी तरह नामवर सिंह की 'छायावाद' से सम्बन्धित समालोचना भी हिन्दी समालोचना के उत्थान का एक महत्तम शिखर प्रतीत होती है।

नामवर सिंह की समालोचना से पहले 'छायावाद' वस्तुतः धुँधला-अपारदर्शी-रहस्यमय 'छाया' ही प्रतीत होता था। समकालीन समालोचना के विवेक और संवेदना का 'लहर-मान' छायावादी सर्जना के नवोन्मेषित भाव-बोध और अर्थ के 'लहर-मान' से सन्तुलन नहीं बना पा रहा था। नामवर सिंह ने न केवल अगम्य प्रतीत होती छायावादी लाक्षणिकता, बिम्बात्मकता, प्रतीकात्मकता और सांकेतिकता को अपने सूक्ष्म विश्लेषण से बोधगम्य और सम्प्रेष्य बनाकर उसमें निहित अर्थ को प्रवहमान बनाया, बल्कि इस नवीन अभिव्यक्ति के उत्स-छायावादी नूतन चेतना से भी अर्थपूर्ण साक्षात्कार कराया।

नामवर सिंह ने न केवल छायावादी काव्य व्यक्तित्व को उसके आध्यात्मिक और रहस्यवादी 'मुखौटे' से मुक्त कर उसके लौकिक मूर्त चेहरे को बिम्बित किया, बल्कि इस आध्यात्मिक रहस्यवादी 'मुखौटे' की सर्जना के पीछे के ऐतिहासिक-सामाजिक सन्दर्भों को भी विश्लेषित किया। यह कहने की आवश्यकता नहीं है कि इस अर्थ-प्राप्ति के प्रक्रम में नामवर सिंह ने 'छायावाद' को समकालीन आलोचना की अपर्याप्त, अधूरी, भाववादी और रहस्यवादी व्याख्या एवं आवरण से भी मुक्त किया। नामवर सिंह ने एक तरफ 'स्वच्छन्दतावाद', 'छायावाद' और 'रहस्यवाद' को सैद्धान्तिक स्तर पर परिभाषित और विश्लेषित कर स्पष्ट और बोधगम्य बनाया, वहीं दूसरी तरफ व्यावहारिक अर्थ-मीमांसा से काव्यत्व की नवीनता को भी अनुभव-गम्य बनाया। नामवर सिंह के पूर्व छायावाद और छायावादी कवि कहाँ इतने लौकिक, परिचित, बोधगम्य और अर्थवान थे!

पर नामवर सिंह 'छायावाद' के समीक्षक हैं—अन्ध प्रशंसक नहीं। नामवर सिंह ने जहाँ छायावादी सर्जना की प्रासंगिक और कालजयी उपलब्धियों को रेखांकित और स्वीकार किया है, वहीं उसकी सीमाओं को अस्वीकार भी किया है। प्रगतिवाद, प्रयोगवाद, नई कविता और समकालीन कविता की उपलब्धियों और सीमाओं के अन्तराल में नामवर सिंह अनवरत रूप से छायावाद और छायावादी कवियों का पुनःपाठ करते प्रतीत होते हैं। इस 'सिंहावलोकन' से न केवल 'छायावाद' और छायावादी विभूतियों की अनदेखी, अचिन्हित और उपेक्षित पर प्रासंगिक नूतन छवियाँ सामने आती हैं, बल्कि समकालीन साहित्य और समाज के प्रति एक जागरूक एवं मननशील समीक्षक के मौलिक एवं अर्थवान विचार-स्फुल्लिंग चमकते से प्रतीत होते हैं।

'छायावाद' पुस्तक में जहाँ 'छायावाद' की समूहगत सामान्य प्रवृत्तियों के विश्लेषण का विशेष आग्रह था, वहीं प्रस्तुत पुस्तक में प्रसाद, निराला, महादेवी और पन्त के वैशिष्ट्य और नवीन पक्षों पर विशेष दृष्टि डाली गई है।

सौन्दर्य के समान महान विभूतियाँ भी विशिष्ट होती हैं। हिन्दी साहित्य 'ग्लैक्सी' की विभूतियाँ हैं—प्रसाद, निराला, पन्त और महादेवी। इन विभूतियों की अपनी अलग विशिष्ट पहचान है। इनका व्यक्तित्व, भाव, तेवर, भाषा और अन्दाज अलग-अलग और विशिष्ट हैं। इस

पुस्तक में समानता के समानान्तर इन अपरिहार्य हस्ताक्षरों की विशिष्टताओं को केन्द्रीयता मिली है। इसमें प्रसाद, निराला, महादेवी और पन्त की साहित्यिकता की मौलिक एवं नूतन अर्थ-मीमांसा के साथ-साथ नवीन 'कैनन' का भी आग्रह है। छायावाद के बाद से लेकर आज तक की कविताओं की उपलब्धियों, सीमाओं, चुनौतियों और सम्भावनाओं के वृहत्तर दायरे में यह छायावादी रचनाशीलता के पुनर्मूल्यांकन की एक अनुपेक्षणीय समीक्षा-यात्रा है।

प्रसाद, निराला, महादेवी और पन्त आधुनिक हिन्दी कविता के सर्वश्रेष्ठ कवि माने जाते हैं। हिन्दी साहित्य की इन विभूतियों के सम्पूर्ण योगदान एवं उपलब्धियों की गहन छानबीन के बाद नामवर सिंह 'छायावाद' के नये 'कैनन' का प्रस्ताव प्रस्तुत करते हुए रेखांकित करते हैं कि '...इतिहास निर्मम है—बहुत महत्त्वपूर्ण स्थान महादेवी का है, लेकिन विवेचित रूप से प्रसाद और निराला के बाद ही महादेवी आएँगी।'

और छायावादयुगीन विभूतियों के मध्य 'सबसे कमजोर स्थिति पन्त की है। गहराई नहीं है, व्यापकता चाहे जितनी हो।'

काव्य के स्तर पर 'सबसे बड़ी चुनौती निराला में है' क्योंकि 'अपने काव्य-विकास की पूरी यात्रा में अकेले निराला ने हिन्दी में, हर उठान में एक नये ढंग का 'लिरिक' लिखा है।' और 'तुलसीदास' की तरह 'निराला' इसलिए बड़े हैं कि 'जीवन के अनेक क्षणों में उनकी कोई न कोई पंक्ति याद आ ही जाती है।' महाप्राण 'निराला' 'हमारी अनुभूतियों को वाणी देते हैं।' इस कारण 'प्रेमचन्द को शामिल करते हुए कहा जा सकता है कि इस तरह जो स्थान तुलसीदास का है, लगभग वही स्थान निराला का है।'

और सम्पूर्ण साहित्य की कसौटी पर (गद्य-पद्य दोनों) प्रसाद शीर्षस्थ साहित्यकार प्रतीत होते हैं, क्योंकि 'जीवनानुभवों को', 'साहित्य-रूपों को', 'चिन्तन में नई देन' को जितना प्रसाद समेटते हैं, उतना दूसरे छायावादी सर्जक नहीं समेट पाते। इस कारण पुस्तक का शीर्षक 'छायावाद : प्रसाद, निराला, महादेवी और पन्त' न तो अकारण है, न अचिन्तित।

प्रस्तुत पुस्तक के निबन्ध और व्याख्यान समय के लम्बे अन्तराल में लिखे और बोले गए हैं, पर चयन में 'समय' की जगह 'विषय' की

क्रमबद्धता का ध्यान रखा गया है। इस कारण यह पुस्तक अपनी प्रभावान्विति में सुलिखित एवं सुचिन्तित 'मोनोग्राफ' सी ही प्रतीत होती है।

पुस्तक की सम्भावना को उपलब्धि में रूपान्तरित करने में माँ का स्नेह और पत्नी प्रीति का सहयोग अपरिहार्य रहा है। पुस्तक के प्रकाशन के लिए अशोक महेश्वरी जी को धन्यवाद देना औपचारिकता होगी।

नई दिल्ली
21.7.2018

—ज्ञानेन्द्र कुमार सन्तोष

अनुक्रम

स्वच्छन्दतावाद और छायावाद

सबसे पहले हम लोग देखेंगे कि हिन्दी में जो रोमांटिक उत्थान है, जिसे आचार्य रामचन्द्र शुक्ल ने स्वच्छन्दतावाद कहा है, इस स्वच्छन्दतावाद का स्वरूप क्या है और कहाँ इसके बीज मिलते हैं। उदाहरण के लिए, मैं केवल दो कवियों की कुछ रचनाओं का संकेत करूँगा और फिर हम देखेंगे कि स्वच्छन्दतावाद और छायावाद में अन्तर क्या है और इसे कैसे देखना चाहिए।

मैं सबसे पहले ठाकुर जगमोहन सिंह का जिक्र करना चाहूँगा। जगमोहन सिंह के बारे में आचार्य शुक्ल का मत आप लोगों को मालूम होगा। केवल इतिहास को ध्यान से पढ़ लें। यह उल्लेखनीय है कि एक तो 'श्यामा-स्वप्न' नाम की रचना गद्य और पद्य दोनों में मिली-जुली है। इसके अलावा यह आश्चर्यजनक है कि उन्होंने बायरन की एक प्रसिद्ध कविता 'प्रिज़नर ऑफ शिलन' का 'शिलन का बन्दी' नाम से अनुवाद किया था। अब आप देखें कि रोमांटिक कवियों में से इस कवि ने क्या चुना अनुवाद करने के लिए। बायरन में दिलचस्पी लोगों ने नहीं ली है। छायावाद के कवियों में भी इस पर विचार किया जाना चाहिए कि किस रोमांटिक कवि का अनुवाद हुआ या उससे भारतीय कवियों ने ज्यादा प्रेरणा ली। सुमित्रानन्दन पन्त ने शेली से प्रेरणा ली है। कीट्स से कितना परिचय लोगों का था, इसका पूरा आभास नहीं मिलता। वड्र्सवर्थ का जरूर असर था। वड्र्सवर्थ वैसे भी राजकवि के रूप में थे। सम्मानित थे। बड़ी प्रतिष्ठा थी वड्र्सवर्थ की। तो सबसे लोकप्रिय वड्र्सवर्थ थे। कभी कोई लेख लिखा जाना चाहिए, 'भारतीय कविता के विकास में 'गोल्डेन ट्रेजरी' का योगदान'। पाठ्यक्रम में 'गोल्डेन ट्रेजरी' अब तो शायद कहीं कोर्स में नहीं है।

लेकिन यदि अपनी छात्रावस्था के दिनों की मैं याद करूँ तो हम लोगों के समय हाईस्कूल-इंटरमीडिएट में, 'गोल्डेन ट्रेजरी' की दस-बारह चुनी हुई कविताएँ रहा करती थीं। हमारे जमाने में शेक्सपियर का एक सॉनेट होता था, एक मिल्टन का सॉनेट होता था—ऑन हिज ब्लाइंडनेस। तो शेक्सपियर और मिल्टन दो होते थे। तो जितने कवि थे, जिन्होंने स्कूल की शिक्षा प्राप्त की थी, सबने 'गोल्डेन ट्रेजरी' पढ़ी थी। और एक विचित्र बात है—रवीन्द्रनाथ टैगोर पर कुछ लोगों ने विचार करते हुए कहा है कि टेनिसन का बहुत ज्यादा असर था। तो जिन कवियों से सभी ने प्रेरणा

ली, उसमें सबसे आश्चर्यजनक मालूम होता है कि जगमोहन सिंह ने अनुवाद के लिए वर्ड्सवर्थ को नहीं चुना, शेली को नहीं चुना जो ज्यादा लोकप्रिय थे। चुना बायरन को, जो बहुत लोकप्रिय नहीं था। बायरन के बारे में सिर्फ इतना ही था कि 'बेड, मेड एंड सेड'–तीन विशेषण लगाए जाते थे। लॉर्ड घराने का था लॉर्ड बायरन। स्वाधीनता संग्राम में वह ग्रीस में लड़ते हुए मारा गया। बायरन ने बीहड़ कविताएँ लिखीं। बायरन को पढ़ते हुए अब कहीं समानता मिली होगी। जगमोहन सिंह ने अनुवाद किया था, इसलिए देखना होगा कि जगमोहन सिंह के बारे में लिखते हुए आचार्य शुक्ल ने किन बातों पर बल दिया। शुक्ल जी लिखते हैं : 'वे संस्कृत और अंग्रेजी साहित्य के अच्छे जानकार थे तथा हिन्दी के एक प्रेमपथिक कवि और माधुर्यपूर्ण गद्य के लेखक थे। विविध भावमयी प्रकृति के रूपमाधुर्य की जैसी सच्ची परख और जैसी सच्ची अनुभूति उनमें थी, वैसी उस काल के किसी हिन्दी कवि या लेखक में नहीं पाई जाती। प्राचीन संस्कृत साहित्य के रुचि-संस्कार के साथ-साथ भारतभूमि की प्यारी रूपरेखा को मन में बसाने वाले वे पहले हिन्दी लेखक थे। कवियों के पुरानी प्यार की बोली में देश की दृश्यावली को सामने रखने का मूक समर्थन तो उन्होंने किया ही है, साथ ही, भाव-प्रबलता से प्रेरित कल्पना के विप्लव और विक्षेप को अंकित करनेवाली एक प्रकार की प्रलाप-शैली भी उन्होंने निकाली, जिसमें रूप-विधान का वैलक्षण्य प्रधान था।'

आप शब्दावली को देखिए, जिसमें एक वाक्य पर पढ़ते हुए मेरा ध्यान छात्रावस्था में ही गया था। और अभी तक तो हिन्दी में कोई मुझे दिखाई नहीं पड़ा जिसका ध्यान इस ओर गया हो। जैसे मैंने यह वाक्य पढ़ा कि 'भाव-प्रबलता से प्रेरित कल्पना के विप्लव और विक्षेप को अंकित करनेवाली'—यह टुकड़ा आचार्य शुक्ल ने ज्यों का त्यों 'हिस्ट्री ऑफ इंग्लिश लिटरेचर : बॉयलेंगुएन कज़ामिया' से ले लिया है। किसी जमाने में यह बहुत पढ़ा जाता था। पता नहीं, अब लोग पढ़ते हैं या नहीं, हमने तो पढ़ा था। 'भाव-प्रबलता से प्रेरित कल्पना के विप्लव और विक्षेप'—इसमें ध्यान देने की बात है कि रोमांटिसिज्म का गुण बताया जाता था कि रोमांटिसिज्म में दो चीजें होती हैं—एक तो भाव की प्रबलता होती है। समझा जाता है कि रोमांटिक कविता में भावुकता होती है। सेंटिमेंटल होती है। कविता इमोशनल होती है यानी कि भाव की प्रबलता होती है। और दूसरी विशेषता रोमांटिक कविता की, छायावाद की या स्वच्छन्दतावाद की विशेषता मानी जाती है– 'कल्पनाशीलता'। कल्पना और भावुकता : सेंटिमेंटलिज्म और इमोशनलिज्म : दो विशेषताएँ मानी जाती हैं। लोग भूल जाते हैं कि ये दोनों चीजें अलग-अलग नहीं हैं। दोनों में गहरा सम्बन्ध है। भाव-प्रबलता से प्रेरित कल्पना का विक्षेप होता है। अलग कल्पना भी मिल जाएगी और अलग भावुकता भी मिल जाएगी लेकिन वह कल्पना जो भाव-प्रबलता से प्रेरित होती है, वह कल्पनाशीलता रोमांटिसिज्म की विशेषता है।

कल्पना के कई कर्म होते हैं। उसमें से एक होता है—अलंकार विधान : अप्रस्तुत विधान। इसलिए जहाँ उपमा दिखाई पड़ेगी, समझ लीजिए कि कल्पना का योगदान है। बिना कल्पनाशीलता के औपम्यविधान नहीं हो सकता। प्रस्तुत को देखकर अप्रस्तुत तक मन छलाँग लगाए। मुख को देखकर कमल की ओर जाए। चन्द्रमा की ओर जाना कल्पना की उड़ान है। कुछ और ऊँची कल्पना जाएगी तो नये अप्रस्तुत विधान दिखाई पड़ेंगे। यह कल्पनाशीलता आती है भाव-प्रबलता से प्रेरित होकर। भाव जब प्रबल होंगे तो कल्पनाशीलता उतनी ही उग्र होगी। इन दोनों के रिश्ते की ओर लोगों का ध्यान नहीं जाता। शुक्ल जी ने यहाँ जो कहा है कि 'भाव-प्रबलता से प्रेरित कल्पना के विप्लव और विक्षेप', यह टुकड़ा यहीं मुझे कज़ामिया को पढ़ते हुए मिला। रोमांटिसिज्म पर लिखा है :

Exchange situated pri-dominers of imotional life provoked of directed by imasinative vision.

यह कज़ामिया है। फर्क इतना ही हुआ है कि भाव-प्रबलता है लेकिन शुक्ल जी कहते हैं कि भाव-प्रबलता से प्रेरित कल्पना का विप्लव और विक्षेप। कज़ामिया कहता है कि कल्पना द्वारा प्रेरित; इसलिए 'भावुकता कल्पना द्वारा प्रेरित' है। यह कज़ामिया कहता है। शुक्ल जी कहते हैं 'भावुकता से प्रेरित कल्पना'। यह फर्क है। लेकिन दोनों परस्पर सम्बद्ध हैं और रोमांटिसिज्म में यह विशेषता पाई जाती है। कज़ामिया का यह वाक्य, ऐसा लगता है, शुक्ल जी ने भी पढ़ा होगा। यह प्रकृति-चित्रण जगमोहन सिंह में मिलता है। प्रकृति-चित्रण के बारे में खास बात जो उन्होंने बताई कि वे विंधावटी के रहनेवाले थे, तो विंध्याचल की प्रकृति को देखकर उससे प्रेरित हुए थे। उन्होंने संस्कृत काव्य पढ़ा था, इसलिए रूप माधुरी के साथ ही रूप विधान का एक वैलक्षण्य उनमें मिलता है।

रोमांटिक काव्य की सारी विशेषताएँ जगमोहन सिंह के बारे में लिखते हुए शुक्ल जी ने निचोड़कर रख दी हैं। उनमें देशप्रेम का एक तत्त्व मिलता है। यह प्रकृति सामान्य प्रकृति नहीं है बल्कि, यह प्रकृति स्थानिक है। विशेष स्थान की प्रकृति। प्रकृति का चित्रण तो पहले भी चन्द्रमा, उषा, सन्ध्या, रात्रि, नदी, पहाड़, झरने के रूप में पुराने कवियों में भी मिलेगा आपको। तुलसीदास में भी आपको मिलेगा :

बुंद अघात सहहिं गिरि कैसे
खल के बचन सन्त सह जैसे।

तो पहाड़ पर वर्षा हो रही है। वर्षा-वर्णन और शरद-वर्णन तुलसी बाबा के यहाँ भी है लेकिन यह पहाड़ कहीं का भी हो सकता है। नदी कहीं की भी हो सकती है। पेड़-पौधे कहीं के भी हो सकते हैं। 'श्यामा-स्वप्न' पढ़ने पर मालूम होता है कि यह एक विशेष स्थान का पहाड़ है। विशेष स्थान का जंगल है। विशेष स्थान की नदी है। यह 'पर्टिकुलेरिटी' है, जो विशेषतः रोमांटिसिज्म में पाई गई, पहले प्रकृति

'जनरल' थी। 'श्यामा-स्वप्न' के केवल दो चित्र मैं देखता हूँ, जिससे पता चलेगा कि यह कड़ी है जो तथाकथित छायावाद से जुड़ती है। पहले गद्य और उसके बाद पद्य।

'पर्वत के शिखर पर चाँदनी बिखर गई। पत्ते पर एक अपूर्व शोभा दिखने लगी। मन्द वायु से कम्पित होकर पत्र भी यत्र-तत्र अपनी परछाईं फेंकने लगे। नदी की लहरों में मिलकर सौ चन्द्रमा पैठे से जान पड़ते थे। झरनों का झरना कैसा मनोहर लगता था मानो मोती के गुच्छे पर्वत के ऊपर से छूटकर गिरते हों! उधर, चाँदनी का स्वच्छ वितान, नीचे जल की चमक, उधर बालू की सुपेदी (सफेदी नहीं, सुपेदी), नीर में यह सुपेदी मिलती है। यहाँ के सियाह-सुपेद में फर्क है, जो इतना है कि उधर क्षितिज तक उसका फैलाव ऐसा जान पड़ता है मानो पृथ्वी और अम्बर एक-सा हो गया हो।' इसमें परछाईं फेंकना, जैसे हम किसी चीज को पढ़कर अलगाते हैं, विच्छेद करते हैं। परछाईं, क्षितिज, जमीन-आसमान का मिलना, यह चीज है, जिस पर प्रकृति के इन रूपों पर रोमांटिकों का ध्यान ज्यादा गया। रोमांटिक लोगों की प्रकाश में दिलचस्पी इसलिए होती थी कि उससे छाया पड़ती है। इसलिए शुक्ल जी ने व्यंग्य करते हुए कहा है कि छायावाद के जवाब में कायदे से प्रकाशवाद का प्रचार करना चाहिए। और शुक्ल जी को बहुत निराश नहीं होना पड़ा। प्रगतिवाद तो प्रकाशवाद ही था। इसमें ज्यादा ही प्रकाश दिखाई पड़ता था। छाया तो बहुत धुँधली हुआ करती है। छाया दूसरी थी। क्षितिज, जहाँ जमीन-आसमान मिले दिखाई पड़ते हों। विचित्र बात है कि आकाश में भी दिलचस्पी थी। पृथ्वी में नहीं थी। लेकिन पृथ्वी-आकाश जहाँ मिले दिखाई पड़े, उसमें थी। मैं समझता हूँ कि छायावादी कविता में इतनी बार क्षितिज आया है। 'क्षितिज' का इतना वर्णन आपको हिन्दी कविता में रोमांटिक लोगों के पहले नहीं मिलेगा। छाया का इतना ज्यादा वर्णन नहीं मिलेगा। नदियों में दूसरे लोग दिलचस्पी लेते थे लेकिन नदी से पहले जो झरना होता है, बाद में नदी का रूप लेता है, छायावादियों की दिलचस्पी नदी में उतनी नहीं थी जितनी नदी से पहले झरने में दिलचस्पी थी। ये सारे लक्षण आपको दिखाई पड़ेंगे 'श्यामा-स्वप्न' के गद्य में।

कविता में उस समय, जैसी कि खड़ी बोली थी—एक उदाहरण देखिए :

श्याम जलद नव सुन्दर हरिधनु
सुखद सरस मधि सोहे,
श्याम शरीर श्यामता हर मनु
विविध मनिल दुति मोहे।
वारिवृंद बीजु बिजुरी बलि
चंचल चाह सुहानी,
छिनहु करत छिपिजात छिनकछिन
छटा सुखदानी।

नव तमाल सावन तरु तरलित

धीर समीरहि मानो।

स्पष्ट लगता है कि इस आदमी ने 'धीर समीरे जमुना तीरे बसत बने बनमाली' 'गीत-गोविन्द' पढ़ा था।

नव तमाल सावन तरु तरलित धीर समीरहि मानो।
विटपन छिपी-छिपी जात मंजरी, छिनछिन अभरत जानो॥

इस कोमलकान्त पदावली का निर्माण जो भारतेन्दु काल के लोगों ने किया था, स्वयं भारतेन्दु ने भी किया था, उसमें कहीं न कहीं कालिदास से महत्त्वपूर्ण भूमिका जयदेव के 'गीत-गोविन्द' की रही है। भारतेन्दु ने 'गीत-गोविन्द' का अनुवाद किया था और वह अनुवाद अपने-आपमें दिलचस्प है। जब आप देखें—'मेघ से मेदुर भूमि भई, बनभूमि तमालन सौं भई कारी'। हरिश्चन्द्र ने अनुवाद किया। उस पदावली को और आगे चलकर इन्होंने 'नवतमाल, सावनतरुतरलित, धीर समीरहि', मानो ज्यों की त्यों इस पदावली को लेकर रचना का रूप विकसित किया, जिस कोमलकान्त पदावली के लिए हम छायावाद को बार-बार स्मरण करते हैं। कहते हैं कि पन्त जी को श्रेय है यानी लगभग ठेठ खाने-पीने की भाषा में कहा जाए तो गोश्त के टुकड़े की हड्डियाँ निकाल के (शाकाहारी लोग क्षमा करें) बिलकुल कीमा और कबाब बना दिया उन्होंने। खड़ी बोली की खड़खड़ाहट तो हड्डियों के कारण ही है। लगभग खड़ी बोली में छायावादी रोमांटिक कवियों ने यही तो किया कि हड्डियाँ निकालकर गोश्त का कीमा बनाया और वह इतना कोमल हो गया जैसे 'तरलित नवतमाल सावन तरू'। हम लोग सामाजिक और दुनिया भर की बहुत बात करते हैं। लेकिन आख़िर बनती कैसे है कविता? कविता तो शब्दों से लिखी जाती है। वही चीज मैथिलीशरण गुप्त के यहाँ एक रूप लेती है और वही उनसे बहुत पहले जगमोहन सिंह ने इस गद्य का और इस खड़ी बोली का निर्माण किया, जिसके मूल में भाव-प्रबलता से प्रेरित कल्पनाशीलता है जो स्वच्छन्दतावाद का लक्षण है।

शुक्ल जी ने लिखा है कि वे हिन्दी के 'प्रेमपथिक' कवि थे। प्रेमपथिक शब्द बहुत महत्त्वपूर्ण है। कविता को आप विचारों से समझने की कोशिश मत कीजिए। कविता में कुछ जो बीज शब्द होते हैं और बीज बिम्ब होते हैं, उनके द्वारा ही किसी दौर की कविता की सारी मानसिकता, अनुभूति और भाव-बोध को पकड़ने की कोशिश की जानी चाहिए। और की जाती है।

आगे चलकर हम छायावाद के सिलसिले में देखते हैं कि यह 'पथिक' का जो बिम्ब है, वह अनेक बार आता है। जयशंकर प्रसाद ने 'प्रेमपथिक' लिखा, रामनरेश त्रिपाठी ने 'पथिक' नाम की एक पुस्तक लिखी। 'एकान्तवास योगी' का जो नायक है, वह 'पथिक' है। रवीन्द्रनाथ टैगोर की 'निरुद्देश्य यात्रा' नाम की एक प्रसिद्ध कविता है। बराबर चलते रहना-चलते रहना 'गतिशीलता'। एक पूरा दौर है जो

स्थिर नहीं है; बल्कि हमेशा गतिशील है। चल रहा है। इसलिए यह गतिशील दौर का प्रतीक 'पथिक' ही हो सकता है, 'ट्रेवलर'। इसलिए लगातार चलते रहना-चलते रहना और चलते रहनेवालों में वह प्रेम का विशेषण—प्रेम का पथिक। पथिक प्रेम-मार्ग का होना चाहिए। प्रेम का मारा हुआ, घर छोड़कर निकला और निकल पड़ा परदेस। इसलिए यह 'प्रेमपथिक' एक बिम्ब है। यह केवल एक शब्द नहीं है, 'रोमांटिसिज्म' का 'की वर्ड' है।

यह वह यात्रा नहीं है कि टिकिट लेकर एक जगह से चले और दूसरी जगह उतर गए। छायावादी कविता का जो पथिक है, वह प्रेमपथिक है। निरुद्देश्य यात्रा करता है। इसका कोई निश्चित ठिकाना नहीं है कि वह कहाँ किस स्टेशन पर उतरेगा। उस दौर के रोमांटिकों में जितने नायक हैं; बस, इतना ही है कि घर से निकले और किसी ट्रेन में चढ़ गए और चढ़ने के बाद कहीं उतर गए। शरत्चन्द्र का नायक श्रीकान्त कहीं भी उतर जाता है और अचानक राजलखी मिल जाती है वहाँ। ढूँढ़ लेती है उसे। इस तरह प्रेमपथिक प्रतीक बनता है एक ऐसे दौर का, जो स्थिर नहीं है। गतिशील है। यह चीज रीतिकाल में सम्भव नहीं थी क्योंकि उस दौर का प्रतीक आम तौर पर हाथी नाम का जानवर होता था, जो बहुत मन्द गति से चलता था। पुरानी नायिकाएँ बड़ी आदर्शवादी मानी जाती थीं—जो मन्द चलती हो, हंसगामिनी हो, गजगामिनी हो। तो गजगामिनी और हंसगामिनी हुआ करे। रीतिकाल के कवियों ने उसकी तारीफ की है :

...कि मंद चले वह भोरी भटु...अँखियाँ अटकीं।

रीतिकाल के कवि को बड़ी निराशा होती आज की नायिकाओं को तेज चलते देखकर, दौड़कर...लपककर बस पर चढ़ते हुए देखकर और बेचारा धराशायी हो जाता। खैर!

मैं कहना चाहता हूँ कि उन्नीसवीं शताब्दी की कविता में आप अगर स्वच्छन्दतावाद ढूँढ़ेंगे तो कम मिलेगा। गद्य में मिलेगा। चूँकि खड़ी बोली पहले गद्य में सँवरी। अच्छा गद्य जब तक बनता नहीं, तब तक अच्छी कविता सम्भव नहीं हो पाती। एजरा पाउंड ने दूसरे सन्दर्भ में कहा है कि कविता को गद्य के समान सुलिखित (Well-written) होना चाहिए। लोग समझते हैं कि कविता तो उच्छ्वास के रूप में फूट पड़ी। जी नहीं। इसलिए उन्नीसवीं शताब्दी के गद्य में रोमांटिक भावनाओं की अभिव्यक्ति हिन्दी में खास तौर से ज्यादा हुई है। कविता में देर से हुई है। इसीलिए 'श्यामा-स्वप्न' कविता में ब्रज भाषा का सहारा कवि को लेना पड़ा है—उसे ललित और कोमल बनाने के लिए। खड़ी बोली में वह बात तब तक पैदा नहीं हो सकी थी और उसका सहारा, यहाँ तक कि आरम्भ के दिनों में सुमित्रानन्दन पन्त तक ने लिया है। जयशंकर प्रसाद की 'कानन-कुसुम' की कविताओं को यदि आप देखें तो आपको घनानन्द के बोल सुनाई पड़ेंगे। कई कविताएँ हैं जिनमें ब्रज भाषा की शब्दावली ले ली गई। ब्रज में ही लिखी गईं। खड़ी बोली में चूँकि यह बात नहीं आ सकती थी।

दूसरे कवि हैं— श्रीधर पाठक। मैं जब पढ़ता था तब श्रीधर पाठक की 'एकान्तवासी योगी' की पंक्तियाँ कोर्स में रहा करती थीं। आज हिन्दी का विद्यार्थी 'एकान्तवासी योगी' से अपरिचित है। हमने पाँचवीं कक्षा में पढ़ा था :

सुनिए झारखंड बनवासी
दयाशील है बैरागी!
करके कृपा बता दो मुझको
कहाँ जले है वह आगी।

'जले है वह आगी'—यह खड़ी बोली है उस जमाने की। उर्दू के शायरों में आपको 'जले है' जैसी चीजें मिलेंगी। 'जले है' माने 'जलती है'।

प्राण पियारे की गुण गाथा
साधु कहाँ तक मैं गाऊँ।
गाते-गाते चुकै नहीं वह
चाहे मैं ही चुक जाऊँ।

यह 'एकान्तवासी योगी' है।

स्वच्छन्दतावाद को समझने के लिए श्रीधर पाठक के अनुवाद बहुत महत्त्वपूर्ण हैं। वे अनुवाद नहीं हैं, बल्कि 'ट्रांसक्रिएशन' हैं। हाई स्कूल में आने पर मैंने फिर मूल 'हरमिट' नाम की पुस्तक पढ़ी। देखा कि श्रीधर पाठक ने तो काया बदल दी। दूसरी उनकी कविता 'गुणवंत हेमंत' उस जमाने में बड़ी लोकप्रिय हुई। 'गुणवंत हेमंत' पुराने ऋतुवर्णन से भिन्न है। यह शुक्ल जी ने पहचाना है। 'गुणवंत हेमंत' में ऐसा लगता है—परम्परा से सुनी हुई वस्तुओं का वर्णन नहीं है, बल्कि अपनी-अपनी आँखों से देखा हुआ है। मूली, मटर, ज्वार, बाजरा, रहट, खलिहान—सब आँखों से देखा हुआ है। इम्पीरिकल है। अनुभव सम्मत है। आपको याद होगा—आचार्य शुक्ल ने केशवदास के बारे में कहा था कि 'कवि हृदय नहीं मिला था।' प्रकृति को देखने के लिए आँखें उनके पास नहीं थीं। मुँह देखने में तो दिलचस्पी थी, कमल देखने में दिलचस्पी नहीं थी। अवसर-अवसर की बात है—किसी समय कमल ही देखना ज्यादा अच्छा लगता है, मुँह देखने के बजाय। छायावादी कवियों में यह द्वन्द्व बना रहा है :

छोड़ द्रुमों की मृदु छाया
तोड़ प्रकृति से भी माया
बाले तेरे बाल-जाल में
कैसे उलझा हूँ लोचन।

यानी द्वन्द्व सुमित्रानन्दन पन्त तक में मौजूद था। यह द्वन्द्व तुलसीदास को नहीं हो सका था। रीतिकालीन कवियों को भी नहीं हो सका था। इसी बीच यह द्वन्द्व था और यह विकल्प की अवस्था थी।

कुछ लोगों का अनुमान है कि छायावाद-यथार्थवाद में कोई शाश्वत शत्रुता है। छायावादी कवि यथार्थवाद से दूर हुआ करता है। यह भारतीय साहित्य की विशेषता है। यूरोप में भले ही यथार्थवाद रोमांटिसिज्म के बाद आया हो लेकिन भारत में यथार्थवाद और रोमांटिक धारा, दोनों साथ-साथ प्रवाहित हुईं। इसीलिए प्रेमचन्द-निराला दोनों साथ-साथ हुए। यहाँ ऐसा नहीं है कि रोमांटिक धारा पहले आई हो और उसकी प्रतिक्रिया में यथार्थवाद आया हो। श्रीधर पाठक में प्रयोगशीलता भी दिखलाई पड़ती है—मात्रात्मक छन्दों की, जिसका विकास आगे चलकर मुक्त छन्द के रूप में हुआ।

कुछ शब्द ऐसे थे जो छायावादियों के यहाँ ज्यादा लोकप्रिय हुए। उसमें एक शब्द है—'विजन'। श्रीधर पाठक की एक कविता है और निराला की एक कविता है। दोनों 'विजन' शब्द से शुरू होती हैं। श्रीधर पाठक की कविता है :

विजन वन प्रान्त था, प्रकृति-मुख शान्त था,
अटन का समय था, रजनी का उदय था।

'विजन' अर्थात् एकान्त। रोमांटिक समाज के बीच, भीड़-भाड़ के बीच रहने की बजाय 'एकान्तवासी' था। एकान्तप्रेमी था। रोमांटिक कविता का मूल विषय 'जन' नहीं, 'विजन' था। प्रगतिशील लोग बड़े कुपित होंगे और जनवादी लोग और भी कि सचमुच ही पलायनवादी थे कि 'जन' को छोड़कर 'विजन' की बात कर रहे हैं। निर्जन की बात कर रहे हैं। इलाचन्द्र जोशी का एक कविता-संग्रह है—'विजनवती'। यह 'विजन' शब्द बहुत प्रचलित था। निराला ने लिखा :

विजन वन वल्लरी पर
सोती थी सुहाग भरी
स्नेह-स्वप्न मग्न-अमल-कोमल-तरु तरुणि
जूही की कली।

वन जब तक विजन न हो तब तक रोमांटिक कवि का ध्यान वह आकृष्ट नहीं करता। 'लहर' में जयशंकर प्रसाद लिखते हैं :

जिस निर्जन में सागर लहरी
अम्बर के कानों में गहरी
निश्छल प्रेमकथा कहती हो
तज कोलाहल की अवनी रे।

इसी विजन का नतीजा है कि रोमांटिक कविता में आप देखेंगे कि अच्छे-खासे सुन्दर बने-बनाए भवन की अपेक्षा उनको खँडहर ज्यादा पसन्द हैं। उजाड़ खँडहर। रोमांटिकों का सबसे प्रिय स्थल। खँडहर पर निराला की लिखी एक कविता है—'खँडहर खड़े हो तुम आज भी।' क्यों खँडहर पसन्द किए जाते थे? क्योंकि वह निर्जन होता है।

खँडहरों में एक उदासी का भाव होता है। विषाद का। टूटे-फूटे अवशेष। स्मृतियाँ। इसलिए खँडहर, रोमांटिक होता है। इसीलिए खँडहर के आसपास एक स्वप्न बुना हुआ-सा दिखाई पड़ता है। कोई स्वप्न बुन सकता है। श्रीधर पाठक ने उस विशेषता का भी समावेश किया जिसे आप छायावाद कहते हैं। रहस्यवाद कहते हैं। 'कहीं पर स्वर्गीय कोई बाला सुअंगी वीणा बजा रही थी।' स्वर्गीय वीणा। छायावाद में बाँसुरी और वीणा भरी हुई हैं। कविता उनके लिए गान थी। श्रीधर पाठक यदि स्वच्छन्दतावादी थे तो स्वच्छन्दतावाद के अन्तिम चरण तक आते-आते रहस्य का पुट और संकेत आ गया था।

[जवाहरलाल नेहरू विश्वविद्यालय, नई दिल्ली के एकेडेमिक स्टाफ कॉलेज द्वारा आयोजित हिन्दी के 'प्रथम पुनर्नवा पाठ्यक्रम' में दिनांक 1 अक्टूबर, 1993 को दिया गया भाषण। 'प्रतिमानों की प्रासंगिकता', सं. डॉ. रमाकान्त शर्मा, कवि प्रकाशन, बीकानेर, प्र.सं. 2005 में प्रकाशित]

पाँचवें दशक की कविता

बीसवीं सदी के चौथे दशक के उत्तरार्द्ध के साथ हिन्दी कविता ने सामाजिक यथार्थ की एक नवीन ऐतिहासिक भूमिका में प्रवेश किया। इस नवीन सामाजिक चेतना की पृष्ठभूमि में उत्तर-छायावाद के समस्त अन्तर्विरोध हैं जिनमें एक ओर वैयक्तिक निराशा, कला जगत में पलायन तथा अध्यात्ममोह था तो दूसरी ओर सामाजिक विषमताओं के प्रति असन्तोष, अराजकतावादी विप्लव, प्रकृति-कुंज से बाहर निकलकर मानव-जीवन की ओर दृष्टिपात। इस अन्तर्विरोध के मूल में छायावादी व्यक्तिवाद की पराकाष्ठा थी। जिन कवियों ने '20 के आसपास सामाजिक बन्धनों के विरुद्ध व्यक्तित्व के विकास के लिए व्यक्ति-स्वातंत्र्य के गीत गाए थे, वही अब समाज से कटकर तड़प रहे थे। 'मनु' ने बड़ी पीड़ा के साथ स्वीकार किया :

इस विजन प्रान्त में बिलख रही मेरी पुकार उत्तर न मिला
लू-सा झुलसाता दौड़ रहा कब मुझसे कोई फूल खिला
मैं स्वप्न देखता हूँ उजड़ा कल्पना-लोक में कर निवास।

स्वप्नों का रमणीय लोक उजड़ता दीखा; आदर्शवाद टूट चला; प्रकृति के निभृत कुंज में भी मन रम न सका। इस एकाकीपन की प्रतिक्रिया पैंतीस-छत्तीस तक आते-आते न्यूनाधिक सभी रूमानी कवियों में हुई। प्रसाद जी ने इस व्यक्तिवाद को अपना ही विरोधी कहा : 'अपनी शंकाओं से व्याकुल तुम अपने ही होकर विरुद्ध...।' उनकी मानवतावादी दृष्टि ने भाँप लिया कि यह सामाजिक विषमता सहृदयता की दुश्मन है, इसलिए उन्होंने बौद्धिकता के बहाने मशीन युग के विकृत प्रभावों का विरोध किया। लेकिन आदर्शवादी दृष्टिकोण ने उस समस्या को सिर के बल देखा और मनोवैज्ञानिक निदान तथा समाधान प्रस्तुत किया। पन्त जी का व्यक्तिवाद आरम्भ से ही प्रकृति-रमण की रूमानियत के माध्यम से व्यक्त होता रहा, इसलिए इस संक्रान्ति युग में भी उनमें मानवोन्मुख प्रतिक्रिया हुई। 'सुन्दर हैं विहग सुमन सुन्दर, मानव! तुम सबसे सुन्दरतम!' इसी परिवर्तन को उन दिनों लोगों ने यथार्थ की स्वीकृति मानी। बारीकी से देखने पर ये 'मानव' और 'जीवन' शब्द भी वस्तुतः अस्पष्ट, हवाई तथा आदर्शवादी लगेंगे। पन्त जी का आरम्भिक प्रकृति-प्रेम ऊपर से

देखने पर मानव-निरपेक्ष भले ही रहा हो, परन्तु वास्तव में वह रोमांटिक वैयक्तिकता की भावना से रँगा था। वस्तुतः प्रकृति संसार का ही एक अंग है और उसकी सुषमा सम्बन्धी सम्पूर्ण मान्यताएँ समाज की समसामयिक मान्यताओं से सम्बद्ध रहती हैं। इसीलिए जब 'युगान्त' में पन्त जी प्रकृति से मानव की ओर आए तो वस्तुतः वे व्यक्तिवादी दृष्टिकोण से कुछ सामूहिकता की ओर मुड़े या उसकी आकांक्षा से भर उठे। 'पल्लव' और 'ग्राम्या' के प्रकृति-चित्रणों की तुलना से यह बात स्पष्ट हो जाती है।

निराला और महादेवी में यह प्रतिक्रिया अधिक वैयक्तिक स्तर पर हुई क्योंकि आरम्भ से ही इन दोनों अहंवादी प्रतिभाओं में व्यक्तित्व का उभार अधिक था। इनका 'अहं' विरोधी शक्तियों से जितना ही टकराता गया, स्वर में उतनी ही उग्रता, स्पष्टता, निराशा तथा एकाकीपन घना होता गया। जिसके लिए 'दुख ही जीवन की कथा रही', उसने यदि यह अनुभव किया कि :

मैं अकेला
देखता हूँ, आ रही मेरे दिवस की सान्ध्य बेला

तो कोई आकस्मिक बात नहीं। हाँ, स्वानुभूति के कारण यथार्थ की पकड़ इतनी दृढ़ है कि हवाई मानव-प्रेम अथवा दिखावटी समाजोन्मुखता की आवश्यकता नहीं। घोर वैयक्तिक होते हुए भी निराला का स्वर सर्वाधिक विद्रोही, स्पष्ट तथा प्रत्यक्ष रहा है। महादेवी जी में आरम्भिक भावाकुलता से भिन्न बौद्धिक अवसाद तथा उद्‌बोधन की भावना जाग उठी।

इस व्यक्तिवाद ने एक ओर तो अपना विरोध किया और दूसरी ओर दलित जन पर करुणा करने की प्रवृत्ति दिखलाकर अपनी सामाजिकता का परिचय दिया। निराला और पन्त, दोनों ही महाकवियों ने ऊँचे स्तर से सहानुभूति बिखेरी; परन्तु निराला ने यह भी कहा :

सहज-सहज पग धर आओ उतर
देखें वे सभी तुम्हें पथ पर।

रूमानी कविता के व्यक्तिवाद तथा तज्जन्य असन्तोष, निराशा और नियतिवाद की स्पष्टतर और तीव्रतर अभिव्यक्ति बच्चन और नरेन्द्र ने की; क्योंकि ये इसी संक्रान्ति-युग की उपज थे। यहाँ भी नरेन्द्र में अपेक्षाकृत निर्वैयक्तिकता अधिक थी तथा बच्चन में वैयक्तिकता। 'संघर्ष से टूटा हुआ' बच्चन का कवि 'अग्निपथ' पर अश्रु-स्वेद-रक्त से लथपथ मनुष्य की ओर भी दृष्टि डालता है।

व्यक्तिवादी सामाजिकता का एक और रूप अराजकतावादी विप्लव के रूप में प्रकट हुआ, जिसमें 'उथल-पुथल मचानेवाली तान' के कवि 'नवीन', 'विनाशकारी बादल' के गायक भगवतीचरण वर्मा तथा 'विपथगा क्रान्ति' की हुंकार भरनेवाले 'दिनकर' मुख्य हैं। यहाँ भी दलितों के प्रति कभी-कभी दूरस्थ सहानुभूति दिखाई

पड़ती है। वर्मा जी की बहुप्रशंसित प्रगतिशील रचना 'भैंसा गाड़ी' इसका उत्कृष्ट उदाहरण है।

इस प्रकार इस दशक के आरम्भ में कवि के सामने सामाजिक उत्तरदायित्व का प्रश्न अपूर्ण रूप में खड़ा हुआ और कवि ने व्यक्तित्व के समाजीकरण की आवश्यकता अनुभव की। रोमानी युग के बाद यह यथार्थवाद का आरम्भ था।

विषयवस्तु के साथ-साथ रूप-तत्त्व में भी परिवर्तन हुआ। कल्पना-वैभव, चित्र-मोह, शब्द-मोह, पेलवता, कोरी भावुकता, स्वप्निल कुहासा, लाक्षणिक वक्रता आदि साज-सज्जा जाती रही। तथ्यकथन, खरापन, विचारगत प्रौढ़ता, सादगी और सफ़ाई, मुक्त छन्द का निर्बाध प्रवाह, भाषा में गद्यात्मक व्यावहारिकता आदि बातों का समावेश हुआ।

कहना न होगा कि कविता का यह वस्तुगत रूप-परिवर्तन सामाजिक परिवर्तन के समानान्तर ही था। मध्यवर्गीय मान और मान्यताओं में संकट उपस्थित हो गया था; स्त्री-पुरुष के सम्बन्ध, मानव-प्रकृति के सम्बन्ध तथा स्वयं मानव-समाज के भीतर अन्तर्वैयक्तिक सम्बन्ध, मध्यवर्गीय ह्रास की छूत से विषाक्त हो उठे थे। आर्थिक समस्याएँ सभी मान्यताओं से उभरकर स्पष्ट दिखाई पड़ने लगी थीं। जागरूक जन मार्क्सवादी जीवन-दर्शन के उदार मानवतावाद को नैतिक आस्था के रूप में मानने लगे थे। '40 से आरम्भ होनेवाली नई कविता में सबसे ऊँचा स्वर इसी नैतिकता का था और 'ग्राम्या' उसकी पहली पोथी बनकर सामने आई। आधुनिक हिन्दी कविता में यह यथार्थवाद की ओर पहला सजीव प्रयत्न था। एक ओर ग्राम-प्रकृति की अब तक उपेक्षित सुषमा का मुग्ध अंकन, ग्रामीणजनों के हर्ष-उल्लासपरक नृत्यों की जीवन्त भावना तथा नाद-चेतना का चित्रण, ग्राम-युवती के अकृत्रिम स्वस्थ मांसल सौन्दर्य की प्रशंसा तथा दूसरी ओर रूढ़ि-जर्जर गाँवों की प्रथाओं पर प्रहार--ग्राम-देवता की भर्त्सना, पतिगृह जानेवाली ग्रामवधू की नकली रुलाई का उपहास—और इन सबके ऊपर साम्राज्यवादी व्यवस्था द्वारा ध्वस्त गाँवों की आर्थिक हीनता का मार्मिक उद्घाटन—ये सभी बातें कवि की जागरूक दृष्टि तथा व्यापक सहानुभूति का पता देती हैं। 'ग्राम्या' में नागरिक जीवन का भी चित्रण है और मध्यवर्गीय रोगों पर तेज रोशनी डाली गई है। 'आधुनिका' और 'स्वीट पी के प्रति' जैसी कविताएँ शहराती महिलाओं की कृत्रिम और रुग्ण शोभा के साथ-साथ उनके अस्वस्थ यौन-सम्बन्धों की भी भर्त्सना करती हैं, क्योंकि उनके हृदय में 'कृत्रिम रति की आकुलता' तथा 'भाव-कल्पित मनोज' का उद्दीपन है। लेकिन नगर के मध्यवर्गीय संवेदनशील मन की वास्तविक भावतरलता को बड़ी सहानुभूति से चित्रित किया गया है। 'ग्राम्या' के 'याद', 'नक्षत्र' जैसे गीतों में भी एक नवीन ढंग की संयत वैयक्तिकता तथा यथार्थता की अभिव्यक्ति मिलती है। कुल मिलाकर 'ग्राम्या' में एक समाज-निरपेक्ष मध्यवर्गीय व्यक्ति की तटस्थ किन्तु

सहृदय दृष्टि का आभास मिलता है और कहीं-कहीं तो यथार्थ की पकड़ बड़ी ही मार्मिक हो उठी है :

माली की मँड़ई से उठ, नभ के नीचे नभ की धूमाली,
मन्द पवन में तिरती, नीली रेशम की सी हलकी जाली।
बत्ती जला दुकानों में बैठे सब कस्बे के व्यापारी,
मौन मन्द आभा में हिम की ऊँघ रही लम्बी अँधियारी।
धुआँ अधिक देती है टिन की ढिबरी कम करती उजियाला,
मन से कढ़ अवसाद क्लान्ति, आँखों के आगे बुनती जाला।

× × ×

कँप-कँप उठते लौ के संग, कातर उर क्रन्दन मूक निराशा,
क्षीण-ज्योति ने चुपके ज्यों, गोपन मन को दे दी हो भाषा।

इन पंक्तियों का भाव और रूप, दोनों ही एक विलक्षण अवसाद की व्यंजना करते हैं; यथार्थ को रोमान की हल्की रंगीनी वास्तविक और मार्मिक बना देती है; छन्द में एक प्रकार की शिथिल स्वरमयता है; शब्दावली छायावादी स्वप्निल पेशलता से रिक्त सीधी-सादी, नई और गद्य के निकट की है; यहाँ भी आँखों के सामने स्वप्न की जाली बुनती है, लेकिन यह स्वप्नहीनता के प्रतीक ढिबरी की मन्द रोशनी में आकार ग्रहण करता है और जीवन की वास्तविकता के विषाद से धुमैला है।

यथार्थ की इतनी सच्ची पकड़ होते हुए भी 'ग्राम्या' के कवि की दृष्टि मूलतः आदर्शवादी है। कवि की आकांक्षा है कि धरणी जनों की हो, लेकिन वह 'भवमानवता के लिए प्रभु'—समाज की किसी अस्पष्ट आन्तरिक शक्ति के प्रतीक—के निकट प्रार्थी हैं।

इस सामाजिक यथार्थवाद की अभिव्यक्ति 'निराला' जी में दूसरे स्तर पर हुई। संघर्षों में अहं की पराजय ने उसके मन को अत्यन्त क्षुब्ध और विक्षिप्त कर दिया; एकांकी विद्रोह मखौल और व्यंग्य के रूप में बदल गया। निराला जी में पन्त जी की अपेक्षा यथार्थ की अनुभूति अधिक निजी और तीखी रही, लेकिन संयत और व्यवस्थित कम थी। वैसे, आदर्शवाद तथा अज्ञात शक्ति का भरोसा यहाँ भी उतना ही था। पन्त जी जहाँ सामाजिक संघर्ष में भी तटस्थ दीखते हैं, निराला जन-जन की लगी हुई आग में 'करूँ आरती मैं जल-जलकर' की कामना करते हैं। व्यंग्य को स्पष्ट होना ही पड़ता है और निराला जी ने सामन्ती तथा साम्राज्यवादी मान्यताओं पर बहुत स्पष्ट प्रहार किए हैं, लेकिन आरम्भ में यहाँ भी स्पष्टता न थी। 'कुकुरमुत्ता' द्वारा 'कैपिटलिस्ट गुलाब' का उग्र विरोध तथा अपनी महानता का उद्घोष करने के बाद भी उसे उपयोगितावाद का शिकार बनाया जाता है। 'नये पत्ते' की 'कुत्ता भोंकने लगा'; 'महँगू महँगा रहा' आदि कविताएँ निश्चय ही बहुत आगे बढ़कर किसानों और

मजदूरों की विवशता तथा जागरण को स्पष्ट शब्दों में कहती हैं। गजलों में कहीं-कहीं बिलकुल सीधी चोट की गई है :

खुला भेद विजयी कहाये हुए जो
लहू दूसरे का पिये जा रहे हैं।

लेकिन खेद के साथ कहना पड़ता है कि जिस निराला ने कविता को 'बहु-जीवन की छवि' कहा था, उन्होंने इस युग में जीवन की विविध अर्थ-भूमियों, गहरी अनुभूतियों तथा मानव और प्रकृति-सम्बन्धी मर्म-छवियों की समृद्धि का परिचय नहीं दिया जो पन्त जी की 'ग्राम्या' में कुछ हद तक प्राप्त होता है। केवल 'देवी सरस्वती' कविता इसका अपवाद है, जिसमें सांस्कृतिक इतिहास के साथ गाँवों का हर्ष-विषाद यथार्थ रूप में जाग उठा है। पन्त जी के ग्राम-चित्रण से तुलना करते ही निराला जी के ये सूक्ष्म चित्र पर्यवेक्षण की श्रेष्ठता प्रमाणित करते हैं। परन्तु निराला की इस युग की कविताओं का रूपतत्त्व नवीन होते हुए भी काफी अनगढ़ है।

सामाजिक यथार्थ के इस स्तर की परम्परा को रामविलास शर्मा, केदारनाथ अग्रवाल, नागार्जुन तथा त्रिलोचन ने आगे बढ़ाया। 'तार सप्तक' में प्रकाशित रामविलास शर्मा की कविताओं में निराला-पन्त के अद्‌भुत सम्मिश्रण का विकसित रूप मिलता है। उनमें ग्रामीण मानव से अधिक प्रकृति का यथातथ्य रेखांकन है; कहीं-कहीं 'सिलहार'-जैसे दीन जनों का चित्र भी है। भाषा में भदेसपन अधिक है। इन चित्रों के बीच एकाध जगह मध्यवर्गीय व्यक्ति का विषाद भी खुल पड़ता है, जैसे :

बीते वर्षों का मैं, जिसको हैं ढँके हुए
गाढ़े वर्षों की छायाओं का तन्तुजाल!

× × ×

गरजता अनागत का अगाध फिर अन्धकार

केदारनाथ अग्रवाल ने इस यथार्थ को अधिक ओज तथा मार्मिकता दी। बुन्देलखंड की चटियल भूमि का यह कवि भाव और भाषा, दोनों क्षेत्रों में ग्रामीण जनता का अधिक अपना कवि प्रतीत हुआ। इनकी 'युग की गंगा' रूढ़ियों की चट्टानें तोड़ती हुई 'सुरसरि सम सब कहँ हित होई' का आदर्श लेकर 1947 ई. में सामने आई। यहाँ गँवई प्रकृति भी अजीब मस्तानापन लिये आती है :

हवा हूँ हवा मैं बसन्ती हवा हूँ।
चढ़ी पेड़ महुआ थपाथप मचाया
गिरी धम्म से फिर चढ़ी आम ऊपर
उसे भी झकोरा किया कान में कू
उतरकर भगी मैं हरे खेत पहुँची

वहाँ गेहुँओं में लहर खूब मारी
पहर-दोपहर क्या अनेक प्रहर तक...

गँवई लोगों का भी चित्रण है, परन्तु यहाँ 'ग्राम्या' की तरह कोरी सहानुभूति नहीं है। कवि रूढ़िबद्ध 'चित्रकूट के बौड़म यात्रियों' की मीठी चुटकी भी लेता है; चैतू, चन्दू, रनिया की भी दुर्बलताओं पर तेज रोशनी डालता है। उसके लिए ग्रामीण जन देवता नहीं हैं बल्कि मानव हैं और वे भी अपने सगे। इसलिए वह उनकी अन्ध पूजा न करके कटु आलोचना करता है। वह मजदूर की शराबखोरी और शहरी छोकरों की आवारागर्दी की भी भर्त्सना करता है। केदार के व्यंग्य में निराला की-सी विक्षिप्तता नहीं, बल्कि कठोर सोद्देश्यता तथा संयम हैं। समूचे व्यंग्य को जनता की विजय का अडिग विश्वास मार्मिक मानवीयता तथा शक्ति प्रदान करता है। ऐसे स्थलों पर स्वर में अद्भुत दृढ़ता आ जाती है :

घन गरजे जन गरजे
बन्दी सागर को लख कातर
एक रोष से
घन गरजे जन गरजे।
क्षिति की छाती को लख जर्जर
एक शोध से
घन गरजे जन गरजे!

केदार में पुराना आदर्शवाद नहीं मिलता। कुल मिलाकर उनमें बहुजीवन की छवियाँ, अभिव्यक्ति के सीधे और व्यंग्यगर्भी विधान, चित्र विधान का लाघव तथा भावानुकूल नूतन संगीत-सृष्टि बड़े ही सहज ढंग से एकत्र मिल जाती हैं।

केदार की निर्वैयक्तिकता से भिन्न प्रकार की निजी पीड़ा और कठोरता को लेकर नागार्जुन की कविताएँ आईं। मिथिला के ठेठ गाँवों की मिट्टी से लिपटा हुआ यह 'यात्री' देश-देशान्तरों के अनुभवों और दृश्यों से इतना सम्पृक्त हो उठा है कि सामाजिक चेतना उसकी सरस्वती में शतधा रूपायित हो उठी—कहीं व्यंग्य की तिक्त बौछार, तो कहीं करुणा के मार्मिक उत्स; कहीं गँवई प्रकृति के यथार्थ चित्र, तो कहीं शहरी ढोंग का उद्घाटन! भाषा भी तदनुरूप—कहीं प्रांजलता, तो कहीं ठेठ बोल-चाल। छन्द-योजना की वेगवती धारा में नाटकीय विधान घटित होता चलता हैं। इस रूप-विधान में केदारनाथ अग्रवाल का-सा तराश तो नहीं मिलता, लेकिन मार्मिकता अधिक मिलती है; स्पष्टता और खरापन शायद सबसे अधिक। इनकी कविताओं में ऐसी सहज आत्मीयता तथा ईमानदारी की तड़प भरी रहती है जो रूप-विधान के सारे अनगढ़पने को ढँककर सीधी चोट करती है।

त्रिलोचन की 'धरती' ('45 ई.) में सामाजिक चेतना का उभार केदार और नागार्जुन का सा तो नहीं मिलता, लेकिन परम्परा वही है जिसमें मूलतः एक किसान

कवि का हृदय बोलता है। गँवई प्रकृति का बड़ा ही स्वस्थ उभार 'धरती' में हुआ है और ग्राम-जीवन के अनेक दुर्लभ चित्र दिये गए हैं :

तारकों से ज्योति चलकर भूमि तल पर
आ रही है आ रही है आ रही है

× × ×

है अँधेरी रात कल है ब्याह का दिन
दीपकों से गाँव का एकान्त अमलिन
जागती हैं नारियाँ
आज अपने गीत से वे तारकों को हैं जगातीं!

'चम्पा', 'बुआ', 'भोरई केवट' आदि सामाजिक इकाइयों के माध्यम से वास्तविकता मूर्तिमान हो उठी है। आगे चलकर, '50 में उनके 'सानेटों' में ग्राम-जीवन का यह यथार्थ और गाढ़ा हो उठा। त्रिलोचन की 'धरती' का महत्त्व सबसे अधिक उसकी स्वर-विविधता तथा रूपगत समृद्धि के कारण है जो इस प्रकार के अन्य कवियों में अपेक्षाकृत कम था।

इन कवियों के निर्माण को समझने के लिए आवश्यक है कि इनके समानान्तर रचना करनेवाले जन-बोलियों के कवियों से परिचित हों। इस दशक की कविता के भाव और रूप-निर्माण में जन-बोलियों के साहित्य ने बहुत बड़ा काम किया। बलभद्र दीक्षित 'पढ़ीस', चन्द्रभूषण त्रिवेदी, विसराम रामकेर, वंशीधर शुक्ल आदि बोली के कवियों ने इस युग के शिष्ट कवियों को लोकतत्त्व की उत्तम सामग्री दी।

सामाजिक यथार्थ का दूसरा स्तर नरेन्द्र शर्मा, दिनकर, सुमन, भवानीप्रसाद मिश्र, रांगेय राघव, गोपालसिंह नेपाली, शंकर शैलेन्द्र आदि कवियों में अभिव्यक्त हुआ। इन कवियों ने थोड़े-बहुत अन्तर के साथ उत्साह और उद्‌बोधन का बढ़ा-चढ़ा रूप दिखाया। इन्होंने जीवन की मर्म-छवियों के चयन में समय न लगाकर आविष्ट भाषणसुलभ ओजपूर्ण शैली में अनेक उत्तेजक कविताएँ लिखीं। इस युग में दिनकर ने 'कुरुक्षेत्र', 'सामधेनी' तथा 'इतिहास के आँसू' कविता-संग्रह उपस्थित किए। 'जीवन के गान' और 'प्रलय-सृजन' के कवि 'सुमन' ने इस बीच 'आज देश की मिट्‌टी बोल उठी है', 'नयी आग' तथा 'जल रहे हैं दीप जलती है जवानी' जैसी बड़ी उत्साहवर्धक लोकप्रिय रचनाएँ दीं। इन कवियों में भवानीप्रसाद मिश्र का लहजा थोड़ा भिन्न है; वे रोजमर्रा की बातचीत में बड़े ही बेतकल्लुफ ढंग के व्यंग्य, विनोद, सूक्ति तथा मार्मिक कहानी कह जाते हैं। नरेन्द्र शर्मा का स्वर इस प्रकार के कवियों में सर्वाधिक कलात्मक तथा स्पष्ट रहा है। इन कवियों ने समसामयिक महत्त्वपूर्ण घटनाओं को भी छन्दों में बाँधकर जागरूकता का परिचय दिया, जैसे—'बंगाल का काल', 'आजादी', 'गांधी हत्याकांड', 'नौसेना विद्रोह' आदि।

सामाजिक यथार्थ का तीसरा स्तर उन कवियों ने झनझनाया जिनके संवेदनशील मन में एक ओर मध्यवर्गीय संस्कारों की कटु अतृप्ति थी तो दूसरी ओर नवीन सामाजिक चेतना को बौद्धिक रूप से स्वीकार करके व्यावहारिक रूप से ग्रहण करने की ललक। इस अन्तर्द्वन्द्व ने इन संवेदनशील कवियों की अभिव्यक्ति को अस्पष्ट और उलझनपूर्ण बना दिया। इन्होंने कविता के रूपविधान की ओर अधिक ध्यान दिया। इनमें अज्ञेय, गिरिजाकुमार माथुर, प्रभाकर माचवे, नेमिचन्द्र जैन, भारतभूषण अग्रवाल, गजानन मुक्तिबोध, शमशेरबहादुर सिंह, हरि व्यास, धर्मवीर भारती, रघुवीर सहाय, नरेश मेहता और चन्द्रकुँवर बर्त्वाल मुख्य हैं। इन कवियों में गिरिजाकुमार, मुक्तिबोध, हरि व्यास, नरेश और बर्त्वाल में सामाजिक चेतना अपेक्षाकृत अधिक गहरी और प्रौढ़ है।

गिरिजाकुमार की मानसिक पीठिका छायालोक की थी, इसलिए 'नाश और निर्माण' की कुछ कविताओं में प्रणय-सम्बन्धी रूमानियत की काफी धूप-छाँह मिलती है। स्मृति के छिन्न अनुषंगों के सहारे उन्होंने मध्यवर्गीय केलि-विलास के नूतन यथार्थ तथा 'प्रौढ़ रोमांस' प्रस्तुत किए तथा रंग-रेखा के नये सौन्दर्य-बोध जगाए। उनकी आरम्भिक मीठी थकान, सूनापन तथा उदासी मध्यवर्गीय जीवन की गहरी वास्तविकता का प्रतीक बनकर आई जो आगे चलकर वस्तुनिष्ठ दृष्टिकोण के समन्वय से अधिक शक्तिशाली हो उठी। यह प्रौढ़ रोमान 'एशिया के जागरण' और 'शाम की धूप' जैसी कविताओं में प्रकट हुआ जिनमें यथार्थ रूमानियत की रंगीनी से चटक हो उठा है। नरेश मेहता ने माथुर के कल्पनावैभव और मूर्ति-विधान को 'समय-देवता' और 'चीन' जैसी कविताओं में बड़ा कैनवास प्रदान करने का प्रयत्न किया। इन कविताओं ने अपनी दूरारूढ़ तथा प्रसंग-गर्भी मूर्ति-योजना के बावजूद विराट मानवता का उदात्त चित्रण किया। मुक्तिबोध की मर्मस्पर्शी निराशा क्रमशः 'जीवन की लौ' के रूप में प्रज्वलित हुई जिसमें मध्यवर्गीय समाज का खोखलापन उभारकर दिखाया गया है। हरि व्यास के निर्ग्रन्थि व्यक्तित्व ने प्रकृति के अनेक मनोरम चित्र तथा क्रमिक आस्था के तेजोद्दीप्त गीत लिखे हैं। समीक्षकों द्वारा उपेक्षित तथा अकाल ही धरती से उठ जानेवाले कवि बर्त्वाल की प्रतिभा ने अनेक जौहर दिखलाए। विषय-वैविध्य तथा रूप-वैभिन्न्य की दृष्टि से उन्होंने अनेक सफल रचनाएँ उपस्थित कीं और उस रूमानी छाया की सीमा में भी अद्भुत सामाजिक चेतना का परिचय दिया।

अन्य कवियों में से नेमिचन्द्र में शैथिल्य तथा एकाकीपन का मार्मिक विषाद गहरा है। उनकी निराशा का कारण 'तिरस्कृत व्यक्तित्व', 'जन की कुंठित धार' तथा जीवन-शक्तियों से सहयोग न कर सकने की अक्षमता है। समाज की इस शक्ति को उन्होंने अस्पष्ट रूप से 'विविध गतिमय प्राणमय संचरित तत्त्व' नाम से ही स्मरण किया है। भारतभूषण में गत्यात्मक सामाजिक चेतना है, परन्तु बौद्धिक है, उनके

ग्रन्थिहीन सादे मन में जहाँ स्वस्थ सौन्दर्य-दर्शन, व्यंग्य-बौछार या अपनी विवश तरलता का बोध है, वहाँ वे विशेष सफल हैं। प्रभाकर माचवे की कविता में यद्यपि अनुभूति की गहराई कम मिलती है तथा रूप-विधान में अनमना कौतुक है, तथापि उनके हाथ व्यंग्यात्मक रेखांकन तथा नुकीले सूत्रों और सूक्तियों में अधिक मँजे हैं। भारती में जवानी की मिठास और रूप-रस के प्रति आसक्ति है तो रघुवीर सहाय में असमय वार्धक्य का प्रतीक बौद्धिक शुष्कता और जीवन से विरक्ति। संगीतगर्भी प्रयोगों की झीनी खूबसूरती में ढकी हुई सामाजिक चेतना के कवि शमशेर ने नई कविता को सम्भवतः सबसे अधिक स्वर-सम्पन्न बनाया है; उनके चित्र-विधान में बारीकी तथा शब्दों में अत्यधिक मितव्ययिता अथच अर्थ की दुरूहता है। उन्होंने अपनी उर्दू कविताओं में अवश्य ही स्पष्ट बाँकपन भर दिया है। इन नामों के साथ इनके सधर्मा कुछ और नये नाम जुड़ते हैं जिनमें सर्वेश्वर, केदारनाथ सिंह, अजित कुमार तथा सूर्यप्रताप के नाम मुख्य हैं।

इस युग की सीमा में 'अज्ञेय' की 'इत्यलम्' के उत्तरार्द्ध तथा 'हरी घास पर क्षण भर' की कविताएँ आती हैं। 'इत्यलम्' के उत्तरार्द्ध की अधिकांश कविताएँ समाज-निरपेक्ष व्यक्ति-मन की ग्रन्थियों और यौनवर्जनाओं का आसक्तिपूर्ण तथा उलझाव-भरा चित्र उपस्थित करती हैं। लेकिन 'हरी घास पर क्षण भर' में आते-आते वे सामाजिक चेतना का महत्त्व समझने लगते हैं; 'अपने से बाहर आने को छोड़ नहीं आवास दूसरा'। वे अपनी 'अहं अन्तर्गुहावासी स्वरति' आदि सीमाओं को स्वीकार करते हैं और ईमानदारी के साथ। इस ईमानदारी तथा लाचारी ने इस संग्रह की कविताओं में कुछ स्पष्टता तथा तन्मय गीतात्मकता भर दी है। इसमें सहसंवेदनजन्य अनुभूति की कोमलता प्रधान तथा बुद्धि की ललकार गौण है।

सामाजिक चेतना के इस तृतीय स्तर को प्रायः प्रयोगशील कविता के नाम से अभिहित किया जा रहा है। नाम को लेकर यहाँ कोई विशेष झगड़ा नहीं, किन्तु इतना अवश्य है कि इन कवियों ने 'प्रयोग-आकांक्षा' तथा 'रूप-विधान' पर इतना अधिक बल दिया है कि उक्त कवियों की कतिपय रचनाएँ रूपवादी अथवा प्रयोगवादी हो उठी हैं। जहाँ तक विषयवस्तु का सम्बन्ध है, इन कवियों में प्रायः सबकी रचनाएँ ह्रासोन्मुख मध्यवर्गीय मान्यताओं की चौहद्दी में घिरी हैं; खैरियत इतनी ही है कि इनमें से अधिकांश उस सीमा को तोड़ने के लिए आकुल हैं। ह्रासशील मान्यता की इन कविताओं का भी अपना सौन्दर्य है तथा अपनी संवेदनशीलता है, विशेषतः प्रकृति और प्रणय-सम्बन्धी अनुभूतियाँ अधिक मोहक और संवेद्य हैं।

इस युग में कुछ ऐसी भी कविताएँ हुई हैं जिन्हें 'नूतन रहस्यवाद' की संज्ञा दी जा सकती है। पुराने आदर्शवादी कवियों में जिन्होंने निम्नवर्ग के प्रति केवल बौद्धिक सहानुभूति प्रकट की थी, परन्तु उनका मूल मनोजगत व्यक्तिवादी और आदर्शवादी था, उन्होंने नये रहस्यलोक की शरण ली। श्री सुमित्रानन्दन पन्त, निराला, नरेन्द्र शर्मा,

नवीन, भगवतीचरण वर्मा आदि कवियों का प्रयास इधर इसी ओर हुआ है। यह नूतन रहस्यवाद छायावादी युग की रोमांटिक रहस्य-भावना से भिन्न है, क्योंकि इसमें उत्थानशील मध्यवर्गीय व्यक्ति की आशा-आकांक्षाओं तथा कल्पनाशीलाता का वह स्वस्थ यौवन नहीं है। उस रहस्य-भावना में बार-बार 'प्रभु' का आश्रय नहीं लिया जाता था। वह चेतन-सत्ता समाज की अन्तर्निहित शक्ति थी जो उस युगधर्म का संचालन कर रही थी। इस 'नूतन रहस्यवाद' में वह सामर्थ्य तो नहीं है किन्तु उदार मानवतावाद अवश्य है जो मध्यवर्गीय कुंठाग्रस्त कविताओं से श्रेयस्कर प्रतीत होता है। इस 'नूतन रहस्यवाद' में भी स्तर-भेद हैं। नवीन जी में यह सैद्धान्तिक तथा नैराश्य-मूलक है; पन्त जी में 'विराट मानवता' का वितान तानता है; 'निराला' की 'अर्चना' का रहस्यवाद यथार्थ की पीड़ा से सिक्त है; नरेन्द्र की रहस्यभावना लोकाश्रयी है।

इसके अतिरिक्त बच्चन, शम्भुनाथ सिंह, जानकीवल्लभ शास्त्री, हंसकुमार तिवारी आदि गीतों के राजकुमार भी रचनारत रहे। ठाकुरप्रसाद सिंह के मौलिक-से प्रतीत होनेवाले सन्थाली गीतों के अनुवाद इसी कोटि में आएँगे। इन कविताओं में मुख्यतः यथार्थ चित्रण से भिन्न भाव-कल्पित सुख-दुःख का रोमानी चित्रण मिलता है, परन्तु युग के अनुरूप कुछ-कुछ सामाजिक चेतना भी आई है।

इस प्रकार पिछले दशक में हिन्दी कविता में मुख्यतः तीन प्रवृत्तियाँ रही हैं—सामाजिक यथार्थवाद, रूपवाद तथा नूतन रहस्यवाद। अनेक कवियों में एकाधिक प्रवृत्तियाँ एक साथ मिलती हैं। कुछ ऐसे हैं जिनमें आरम्भ में एक प्रवृत्ति प्रधान थी, परन्तु धीरे-धीरे दूसरी प्रधान हो गई। विभिन्न वर्गों के संस्कारों और मान्यताओं वाले समाज में इस प्रकार की परस्पर विरोधी प्रवृत्तियों का मिलना स्वाभाविक है, परन्तु यह निःसंकोच कहा जा सकता है कि इस दशक में सामाजिक यथार्थवाद की कविता परिस्थितियों के साथ क्रमशः प्रौढ़, मानवोचित और जीवन-सौन्दर्य से परिपूर्ण होती गई। भविष्य इसी कविता के हाथ है, यह सभी अनुभव कर रहे हैं। रूपवादी कवियों ने इसे अनगढ़, कलाहीन, आक्रोशपूर्ण तथा एकांगी कहा है, लेकिन यह उनकी मध्यवर्गीय दृष्टि की सीमा का परिणाम है। इन कविताओं में अनगढ़पन हो सकता है और बहुत सम्भव है, वह कवि की असावधानी अथवा शक्ति की सीमा के कारण हो, परन्तु रूपवादियों की इस समीक्षा के पीछे जो उद्देश्य है, वह श्रमिक-वर्ग की मान्यताओं तथा रचनाओं के प्रति सहसंवेदनहीन है। प्रश्न यह है कि विकास के बीज किस कविता में हैं? रूपवादी रचनाओं में कुछ सफल, सुन्दर, आकर्षक और मोहक प्रतीत हो सकती हैं, लेकिन उनमें वह जीवनी शक्ति नहीं है जो बहुजन को स्पन्दित कर सके। कुछ रूपवादी कवियों ने अपना जन-प्रेम प्रदर्शित करने के लिए लोकगीतों की भी धुनें अपनाई हैं तथा कुछ ग्रामीण शब्दों का भी प्रयोग किया है, किन्तु वह अपनाव नहीं बल्कि चेतना को अलग करके शरीर का अपहरण है। लोक-काव्य रचने के लिए लोकगीतों की धुन तथा शब्द अपनाना ही

काफी नहीं है; देखना यह है कि वे लोकगीत किस ऐतिहासिक भूमिका के हैं। लोकगीतों के भी भावरूप में विकास होता है और आज के कवि के लिए आवश्यक है कि वह अपने समसामयिक लोक-काव्य से प्रेरणा ले। लेकिन देखा तो यह जा रहा है कि शिष्ट कवि ब्याह-शादी, मेला-ठेला, झूला-चक्की, बिरहा आदि पुराने लोकगीतों को ही अपनाकर निहाल हो रहे हैं। लोक-जीवन तथा काव्य के प्रति यह रूमानी दृष्टिकोण है।

निःसन्देह सामाजिक यथार्थवाद की सच्ची कविता लोक-काव्य से ही उत्पन्न और विकसित होगी, लेकिन लोक-काव्य के रचयिताओं को इस योग्य बनाने के लिए वर्तमान मध्यवर्गीय कवि जनशिक्षार्थ काव्य की रचना करते रहेंगे। निःसन्देह इन दस वर्षों में जागरूक कवियों ने इस दिशा में यथाशक्ति परिश्रम किया है।

इस अवधि में कुछ कवियों ने कविता को समृद्ध बनाने के लिए नवीन अर्थ-व्यंजनावाले कुछ नये शब्दों का प्रयोग किया है तथा पुराने शब्दों में नई अर्थ-व्यंजना भरी है। परन्तु शब्द-भंडार की दृष्टि से समृद्ध होती हुई भी इस प्रकार की रचनाएँ सीमित और दरिद्र हैं, क्योंकि ये प्रयोग ही सार्वजनिक मूल्यों वाले शब्दों से रिक्त हैं। दूसरे शब्दों में इनकी दरिद्रता का कारण इनके पाठकों की सीमा है।

यही दशा छन्दोविधान की बहुलता के विषय में है। नये-नये स्वरों का उपयोग करने अथवा खड़ी हिन्दी की लय में अंग्रेजी ढंग का स्वरपात, बलाघात देने से ही कविता समृद्ध नहीं होती। यदि यही बात होती तो केशव की 'रामचन्द्रिका' तुलसी के 'रामचरितमानस' से बहुमान पाती। मध्यवर्गीय अन्तर्द्वन्द्व-प्रधान रूपवादी कवियों ने छन्द-वैविध्य का बहुत ध्यान रखा है। इस प्रयोग का भी मूल्यांकन पाठकों की सीमा के ही अनुसार होगा।

इसी प्रकार इस युग की कविता में आधुनिक अंग्रेजी वाक्य-विन्यास की 'पैरेन्थिसिस', कोष्ठक, भावानुकूल विरामचिह्न, ध्वनि प्रतीक-योजना, दिवास्वप्न विधान, फी एसोसिएशंस आदि के जो प्रयोग किए गए, उनका मूल्यांकन उस मध्यवर्गीय विषयवस्तु को ध्यान में रखकर ही किया जाएगा।

इन तमाम असंगतियों के बावजूद पिछले दशक की कविता के विषय में ये तीन बातें निश्चित रूप से कही जा सकती हैं :

1. कविता में वर्ण्य विस्तार तथा अर्थभूमि का प्रसार हुआ। यदि मायकोव्स्की से शब्द लेकर कहें तो :

   आज हमारे रंग की हुई कूची सड़कें
   और कैनवस हुई पार्क गलियाँ चौराहे।

2. खड़ी हिन्दी में लोक-कंठ के अनुकूल ऋजुता आई। गाँवों और मजूर बस्तियों से उठी हुई ताजी कच्ची भाषा माँजा की भाँति कविता में माँज गई। भाषा में बारीकी के साथ एक नया ओज आया।

3. इस युग की कविता ने सामाजिक उत्तरदायित्व को निभाने में प्रत्यक्ष और परोक्ष रूप में यथाशक्ति अपूर्व योग दिया। इसके मानवतावाद की सीमाएँ तथा असंगतियाँ समाज की सीमाएँ तथा असंगतियाँ हैं। लेकिन कविता का प्रधान स्वर मानव-जय की स्पष्ट दिशा का सहयात्री रहा।

इस प्रकार इन दस वर्षों की कविता हिन्दी कविता की महान् मानवतावादी परम्परा को युग की आवश्यकता के अनुसार आगे बढ़ाती है।

[1952]

कामायनी के प्रतीक

सभी जानते हैं कि 'कामायनी' रूपक काव्य है और मानते हैं कि उसमें जहाँ-तहाँ आधुनिक समस्याओं पर भी विचार है लेकिन 'कामायनी' के सभी रूपक आधुनिक जीवन के हैं, इससे उन्हें मतलब नहीं है।

जहाँ तक मुझे मालूम है, प्रगतिशील कवि गजानन मुक्तिबोध ने इस ढंग से सबसे पहले विचार किया है। मुक्तिबोध का 'कामायनी : कुछ नये विचार' शीर्षक निबन्ध 'हंस', नवम्बर, '45 और जनवरी-फरवरी, '46 में क्रमशः छपा था। इस निबन्ध में मुक्तिबोध ने प्रमाण के साथ साबित किया है कि मनु आधुनिक मध्यवर्गीय व्यक्ति के प्रतीक हैं और श्रद्धा तथा इड़ा उसकी भावुकता तथा बुद्धिवाद का प्रतिनिधित्व करती हैं। लेकिन शाश्वतवादी आलोचकों के विचारों में इस नये विचार से कोई परिवर्तन नहीं हुआ।

सवाल यह है कि 'कामायनी' के प्रतीकों में आधुनिक जीवन सहसा क्यों नहीं दिखाई पड़ता? ध्यान से देखने पर पता चलेगा कि प्रसाद जी ने उन प्रतीकों पर अपने रहस्यवादी दृष्टिकोण का झीना पर्दा डाल दिया है। प्रसाद जी स्वयं भी मनु-श्रद्धा-इड़ा वगैरह को शाश्वत भावों का प्रतीक मानते थे। समस्याएँ निःसन्देह उनके सामने सामयिक थीं लेकिन उन्होंने उन्हें शाश्वत समझा क्योंकि उनके कारणों को प्रसाद जी ने देश-काल का आधार छोड़कर शुद्ध मानसिक जगत में खोजा। वहाँ जाने पर उन्हें मालूम हुआ कि सारी विषमता का कारण बुद्धिवाद है और इतिहास-प्रेमी प्रसाद जी को इस बुद्धिवाद की परम्परा वैदिक युग से दिखाई पड़ी। इसलिए उन्होंने सहज ही अपनी वर्तमान समस्या को अतीत से जोड़ दिया। इस कार्य में आदि युग की कहानी सबसे अधिक सहायक जान पड़ी क्योंकि पुरानी कहानी से सामयिक समस्या की सनातनता भी साबित की जा सकती है। इस तरह 'कामायनी' के रूपक प्राचीन हैं, भाव शाश्वत हैं और समस्याएँ आधुनिक हैं। अपनी आधुनिक समस्याओं को शाश्वत रूप देकर प्रसाद जी ने उनकी आधुनिकता पर पर्दा डाल दिया।

लेकिन आधुनिकता के प्रभाव से अपने मन को वे सर्वथा मुक्त न कर सके। नतीजा यह हुआ कि आधुनिक युग की वास्तविकता के जोर से उनके रूपकों का

रहस्यवादी शाश्वत पर्दा जगह-जगह मसक गया। सारस्वत नगर के नव-निर्माण में वैज्ञानिक उन्नति, प्रजातंत्र और वर्ग-विभाजन का वर्णन करते समय वे भूल गए कि प्रजापति वैवस्वत मनु के युग में सब नहीं था। इस प्रकार 'कामायनी' में चित्रित आधुनिक युग की वास्तविकता उसके प्रतीकों की शाश्वतता का खंडन करती है। 'कामायनी' में रूपक का निर्वाह ठीक से नहीं हो सका है—इसकी ओर आलोचकों ने अक्सर संकेत किया है। आचार्य शुक्ल ने तो स्पष्ट शब्दों में कहा है कि 'उसका निर्वाह रहस्यवाद की प्रकृति के कारण नहीं होने पाया है।'

लगता है कि प्रसाद जी भी रूपक-निर्वाह की कठिनाइयों को समझते थे, इसीलिए उन्होंने रूपक का दावा नहीं किया बल्कि इतना ही कहा कि 'मनु, श्रद्धा और इड़ा इत्यादि अपना ऐतिहासिक अस्तित्व रखते हुए सांकेतिक अर्थ की भी अभिव्यक्ति करें तो मुझे कोई आपत्ति नहीं।'

'कामायनी' के लिए यह कोई नई बात नहीं है। रूपकवाले काव्यों में ऐसी कठिनाई अक्सर उपस्थित हो जाती है! जायसी के 'पद्मावत' में भी जगह-जगह रूपक का ढाँचा ढीला हो गया है। लेकिन इस कठिनाई के मूल में केवल कवि के काव्य-कौशल की असमर्थता नहीं है। दरअसल यह अप्रस्तुत के विरुद्ध प्रस्तुत का, परोक्ष के विरुद्ध प्रत्यक्ष का, आदर्श के विरुद्ध यथार्थ का और शाश्वत के विरुद्ध सामयिक का जोर है। इस अन्तर्विरोध के दर्शन उन भक्ति काव्यों में भी होते हैं जो रूपक नहीं हैं, जैसे तुलसी का मानस। वहाँ मनुष्य की दुर्बलता राम के ईश्वरत्व को जगह-जगह तोड़ देती है और तुलसी के लाख सँभालने पर भी राम की मानवीय दुर्बलता प्रकट हो ही जाती है। वास्तविकता की विजय के ऐसे स्थलों पर काव्य-सौन्दर्य निखर उठता है।

इसलिए 'कामायनी' के वास्तविक काव्य-सौन्दर्य का दर्शन करने के लिए जरूरी है कि सबसे पहले प्रतीकों पर से प्रसाद जी के शाश्वतवादी दर्शन का पर्दा हटा दिया जाए। इस तरह प्रतीकों में चित्रित आधुनिक जीवन को पहचानने में सुविधा होगी।

'कामायनी' के मनु, श्रद्धा, इड़ा, काम, मानव इत्यादि चरित्र तो प्रतीक हैं ही, देव सभ्यता, सारस्वत नगर, हिमालय, कैलास, प्रलय, संघर्ष इत्यादि भी प्रतीकवत् प्रयुक्त हुए हैं। इन मुख्य प्रतीकों के अतिरिक्त छोटे-छोटे दर्जनों प्रतीक हैं।

'कामायनी' की पृष्ठभूमि में सबसे प्रभावशाली चित्र है प्रलय का। सम्पूर्ण हिन्दी कविता में ध्वंस का ऐसा रौद्र और विशाल चित्र दुर्लभ है। पन्त जी के 'परिवर्तन' में भी काल के विनाशकारी रूप का ऐसा उदात्त चित्र नहीं आ सका है। परन्तु 'परिवर्तन' के आदिवाक्य 'कहाँ आज वह पूर्ण पुरातन वह सुवर्ण का काल' से 'कामायनी' के महाप्रलय को समझने में सहायता अवश्य मिलती है। यह आकस्मिक नहीं है कि सभी छायावादी कवियों ने किसी-न-किसी रूप में एक महान परिवर्तन,

विध्वंस या विनाश का चित्रण किया है। 'कामायनी' में देव सभ्यता का ध्वंस है तो 'परिवर्तन' में पुरातन सुवर्ण काल का। यह आधुनिक युग का एक महत्त्वपूर्ण तथ्य है। इतिहास से प्रमाणित है कि अंग्रेजों ने निर्ममता के साथ भारत की प्राचीन सभ्यता तहस-नहस कर दी। सुनहले अतीत के नष्ट होने का दुःख आधुनिक भारत के प्रायः सभी सहृदय लोगों को रहा है।

परन्तु अतीत के विध्वंस का ठीक-ठीक कारण क्या है, इस विषय में सबकी समझ एक-सी नहीं है। पन्त जी इसे कालचक्र समझते हैं। प्रसाद जी इसे प्रकृति का प्रकोप समझते हैं। 'कामायनी' के अनुसार देव-सभ्यता ने सुख-भोग और प्रभुता में अति करके प्रकृति के नियमों का उल्लंघन कर दिया था, इसलिए प्रकृति ने प्रतिक्रियास्वरूप उसे ध्वस्त कर दिया। इस प्रकार पन्त जी से एक कदम आगे बढ़कर प्रसाद जी प्राचीन सभ्यता के विनाश का कारण उसके सुख-भोग और आपसी होड़ में समझते हैं। प्रसाद जी की यह आलोचना सोलहो आने सही है। वास्तविकता को ठीक से समझने के कारण ही उन्होंने देव-सभ्यता के ह्रास का अत्यन्त मार्मिक चित्रण किया है।

यह चित्र 'कामायनी' के श्रेष्ठ अंशों में से एक है।

देव-सभ्यता का ध्वंस वस्तुतः हिन्दू राजाओं और मुसलमान नवाबों तथा मुगल बादशाहों के विध्वंस का प्रतीक है। उनका नाश इसलिए हुआ कि वे 'अगतिमय' थे। इसीलिए अंग्रेजों ने एक-एक करके भारतीय राजाओं को तोड़ दिया और इस विध्वंस लीला का उत्कट रूप सन् सत्तावन में दिखाई पड़ा। विलास की सामग्रियाँ ही नई परिस्थितियों में क्रूर बन्धन हो गईं। जिन कुसुम सुरभित मणि-मालाओं को सुर बालाओं ने शृंगार के लिए धारण किया था, वे जल प्लावन के समय शृंखला की तरह जकड़ गईं। यदि अंग्रेज न आते तब भी इन राजाओं का पतन होता लेकिन अंग्रेज इतिहास के शस्त्र बनकर इन पर आ पड़े। प्रसाद जी ने इतिहास की इस मार को प्रकृति का प्रकोप कहा है।

जल-प्रलय के बाद हिम-संसृति पर उषा का आगमन, हिम-आच्छादन का धीरे-धीरे हटना और वनस्पतियों का जगना। हिम-संसृति प्राचीन जड़ता को व्यंजित करती है तो उषा नवजागरण को। वनस्पतियाँ समाज की नई शक्तियाँ हैं जो नवजागरण का सहारा पाकर प्राचीन रूढ़ियों को तोड़कर ऊपर उठ गईं।

इस प्रतीक-माला को इलियट के 'वेस्टलैंड' की आरम्भिक पंक्तियों के आलोक में अच्छी तरह समझा जा सकता है। वहाँ आधुनिक इंग्लैंड की बंजर जमीन को तोड़कर अप्रैल की गर्मी में फूल खिलते हैं तो यहाँ पुरानी हिमानी जड़ता को तोड़कर नव शरद् का विकास होता है।

इस पृष्ठभूमि पर 'कामायनी' के मनु का उदय होता है। पृष्ठभूमि से स्पष्ट है कि मनु प्राचीन सभ्यता के ध्वंसावशेष होते हुए भी वस्तुतः आधुनिक नवजागरण के

अग्रदूत हैं। मनु तो 'संसृति जलनिधि-तीर तरंगों से फेंकी हुई एक मणि है। ऊषा के साथ आशा का सन्देश मिलने पर भी मनु की चिन्ता दूर नहीं होती। अब भी मनु का मन अतीत के ध्वंस की व्यथा से व्यथित है। मनु की आरम्भिक चिन्ता-मिश्रित आशा बीसवीं सदी के आरम्भ के शिक्षित युवक का सच्चा चित्र है जिसके मन में स्वर्णिम अतीत के नष्ट हो जाने की व्यथा प्रधान थी और नये युग की आशा गौण। अतीत-मोह के साथ ही मनु के मन में एकाकीपन का भी विषाद है :

कब तक और अकेले? कह दो
हे मेरे जीवन बोलो।

परन्तु जैसे-जैसे प्रलय की काली रातों का प्रभाव दूर होता जाता है और उनके बीच से राका रजनी का उदय होता है, मनु के मन को सहारा मिलता है। राका के प्रकाश से उनके हृदय का भी अन्धकार दूर होता है; ऐसी ही प्राकृतिक तथा मानसिक स्थिति में श्रद्धा का आगमन होता है। मनु और श्रद्धा की बातचीत वस्तुतः घोर निराशा और आशा का अन्तर्द्वन्द्व है। अनस्तित्व और अस्तित्व, निरुद्देश्यता और जिजीविषा के संघर्ष में अस्तित्व और जिजीविषा की जीत होती है। मनु को आत्मविश्वास प्राप्त होता है और उनके सामने हमारी विजयिनी मानवता का ऊँचा आदर्श दिखाई पड़ता है।

मनु और श्रद्धा का मिलन वस्तुतः आधुनिक युवक के एकाकी और हताश मन में रागपूर्ण आत्मविश्वास का उदय है। प्रसाद जी के अनुसार श्रद्धा काम-गोत्रजा है, इसलिए वह मनु के हृदय में काम-भावना उत्पन्न करती है। प्रसाद ने काम-कला को अत्यन्त व्यापक रूप दिया है। यह वासना, प्रणय, जिजीविषा, विश्वास, लोकमंगल आदि अनेक भावनाओं का पुंज है। इस प्रकार काम वस्तुतः आरम्भिक रोमांटिक-भावना का ही प्रतीक है जिसमें देश-प्रेम, विश्व-प्रेम, प्रकृति-प्रेम, नारी-प्रेम, कल्पना की उमंग आदि विविध भावनाएँ घुली मिली थीं।

मनु और श्रद्धा का रागपूर्ण साहचर्य मनु के जीवन का ही नहीं, 'कामायनी' काव्य का सर्वोत्तम स्थल है। श्रद्धा, काम, वासना और लज्जा 'कामायनी' के सर्वश्रेष्ठ सर्गों में से हैं। यह संयोग की बात नहीं है। यह आत्मविश्वास और उच्च आदर्श का परिणाम है।

परन्तु इसी के बाद मनु और श्रद्धा के सम्बन्धों में तनाव शुरू हो जाता है। गर्भवती श्रद्धा गृहस्थी के निर्माण में इतनी तल्लीन हो जाती है कि मनु को फिर एकाकीपन सताने लगता है। श्रद्धा एकदम अपने में सिमट जाती है; अब वह कर्म-क्षेत्र में मनु की सहचरी नहीं रह पाती। फलतः श्रद्धा और मनु में विच्छेद की घड़ी आ जाती है। प्रसाद जी के अनुसार तनाव का एक कारण तो यह है कि मनु को श्रद्धा के सुख-सन्तोष से ईर्ष्या हो गई; दूसरा यह कि मनु में हिंसा की प्रवृत्ति बढ़ रही थी और श्रद्धा अहिंसा के पक्ष में थी।

श्रद्धा का अपने-आपमें सिमट जाना वस्तुतः आरम्भिक व्यापक काममंगल के संकीर्ण हो जाने का प्रतीक है। इसी तरह श्रद्धा की अहिंसा भी जीवदयावाद के नाम पर हृदय की दुर्बलता है। इसमें हृदय को शौर्य, क्रोध आदि अन्य अनेक वृत्तियों का निषेध है। इसीलिए आचार्य शुक्ल ने जीवदयावाद का घोर विरोध किया है।

श्रद्धा और मनु का संघर्ष वस्तुतः आधुनिक युवक के मन में अहिंसा, वन्य सरलता, सन्तोष और स्थिरता के विपरीत कर्म की आकांक्षा का विद्रोह है। सन् तीस के आसपास भारतीय समाज में संघर्ष की यह स्थिति उत्पन्न हो गई थी जब एक ओर गांधी जी का अहिंसावाद राष्ट्रीय प्रगति को पीछे खींचता प्रतीत हो रहा था और मार्क्सवादी धारा से प्रभावित युवक संघर्ष के लिए आगे कदम उठाना चाहते थे।

प्रसाद जी ने यहाँ अपनी सहानुभूति श्रद्धा को दी है, इसलिए गर्भवती श्रद्धा के प्राणि-प्रेम तथा अनागत के सपनों का अत्यन्त सुन्दर चित्रण हुआ है। लेकिन मनु को दोषी ठहराने के लिए उन्होंने ईर्ष्या के जिस मनोवैज्ञानिक कारण की कल्पना कर ली है, वह काफी कमजोर है। इसका कारण यह नहीं है कि प्रसाद जी को मनोविज्ञान की जानकारी कम है। बात यह है कि ऐतिहासिक दृष्टि से मनु की कर्मण्यता श्रद्धा की निष्क्रिय जीवदया की तुलना में सही है और सही चीज का विरोध करना कठिन होता है। इसलिए मनु को दोषी ठहराने की कोशिश में प्रसाद जी ने जो ईर्ष्या का लँगड़ा बहाना खोज निकाला है, वह स्वयं उनकी कल्पना को ही कमजोर बनाता है।

'प्रारम्भिक जीवन का सुन्दर निवास' छोड़कर मनु व्यापक कर्मक्षेत्र की तलाश में निकल पड़ते हैं। वन्य जीवन की सरलता के बाद मनु को नये पथ के लिए संघर्ष करना पड़ता है और इस संघर्ष में मनु का व्यक्तित्व एक बार फिर निखरता है। मनु की इस प्रगति का प्रसाद जी ने अत्यन्त ओजपूर्ण चित्रण किया है—जैसे 'गहनगुहा से अति अधीर झंझा प्रवाह' निकला हो अथवा 'अस्तित्व के धनु से शून्य को चीरता हुआ लक्ष्य-भेद के लिए विषम तीर' चला है या फिर यह 'ज्वलनशील गतिमय पतंग है!' प्रसाद जी यहाँ ऊँचे आदर्शों के प्रतीक जड़ पहाड़ों पर मीठा व्यंग्य करते हुए मनु की गतिशीलता का चित्रण करते हैं।

प्रगति के इस अवसर पर मनु के मन में अनेक विरोधी भाव उठते हैं—एक ओर विगत जीवन की ममता पीछे खींचती है तो आगे एकाकीपन का घोर अन्धकार दिखाई पड़ता है। काम की आकाशवाणी के रूप में उनके मन में श्रद्धा को छोड़ आने का पश्चात्ताप भी होता है। मनु का यह अन्तर्द्वन्द्व आरम्भिक चिन्ता से कहीं अधिक जटिल, प्रौढ़ और मार्मिक है। 'इड़ा' सर्ग की बौद्धिकता और 'चिन्ता' की भावुक निराशा तथा अतीत-मोह की तुलना से यह बात अच्छी तरह

स्पष्ट हो सकती है। 'जीवन निशीथ के अन्धकार' में सन् तीस के बाद की मध्यवर्गीय मनःस्थिति की सारी वेदना साकार हो उठी है। इस 'दुःखमय जीवन का प्रकाश' भी अद्भुत विरोधाभास है :

पावस रजनी में जुगनू गण को दौड़ पकड़ता मैं निराश
उन ज्योतिकणों का कर विनाश!

ऐसी ही मनःस्थिति में मनु की आँखों के सामने उजड़ा सूना सारस्वत नगर प्रान्त आता है। सरस्वती नदी के किनारे बैठे-बैठे मनु को सारस्वत नगर के विध्वंस की विगत स्मृति ताजा हो जाती है। जिस प्रकार देव-सभ्यता जल प्लावन से नष्ट हुई थी, उसी प्रकार सारस्वत नगर देवासुर संग्राम से नष्ट हुआ। प्रसाद के अनुसार यह देवासुर संग्राम भी एक प्रतीक है। वस्तुतः यह आत्मवादी और बुद्धिवादी विचारधाराओं का संघर्ष है जिनमें से एक भोगवादी है तो दूसरी दुःखवादी।

सारस्वत नगर का यह संघर्ष वस्तुतः श्रद्धा और मनु के संघर्ष का दूसरा पहलू है। इसीलिए सारस्वत नगर के विगत संग्राम की याद आते ही मनु को लगता है कि :

वह पूर्व द्वन्द्व परिवर्तित हो मुझको बना रहा अधिक दीन
सचमुच मैं हूँ श्रद्धाविहीन।

अन्तर्द्वन्द्व की इसी स्थिति में मनु के सामने सारस्वत नगर की रानी इड़ा उपस्थित होती है। इड़ा मनु के मानसिक पश्चात्ताप को क्षण भर में दूर करती है, बुद्धि-विवेक से काम लेने का परामर्श देती है। दूसरे शब्दों में मनु बुद्धि-विवेक के आधार पर श्रद्धा को त्यागने की पीड़ा मन से निकाल फेंकते हैं और आगे कर्म करने के लिए अग्रसर होते हैं।

ध्यान देने की बात है कि महाप्रलय के बाद मनु की चिन्ता भावुक आत्मविश्वास से दूर हुई थी लेकिन इस बार की चिन्ता बुद्धि-विवेक से शमित हुई। वह छायावाद के उदय काल की मनःस्थिति थी और यह प्रगतिवाद के उदय काल की अथवा छायावाद के अन्तिम समय की है।

बुद्धि के बल से मनु ने सारस्वत नगर का पुनर्निर्माण किया; विज्ञान के द्वारा उन्होंने प्रकृति पर विजय प्राप्त की; उत्पादन के बड़े-बड़े यंत्र खड़े किए; और लोक-कल्याण के लिए प्रजातंत्र की स्थापना की। इन सभी का अर्थ है औद्योगिक क्रान्ति तथा आधुनिक प्रजातंत्र की स्थापना।

पश्चात मनु में अधिनायकशाही की भावना उत्पन्न होती है। इसका आरम्भ इड़ा पर अधिकार जमाने की भावना से होता है। दूसरे शब्दों में यह बुद्धि पर बलात्कार है। यहाँ प्रसाद जी ने दिखाया है कि किस प्रकार प्रजातंत्र से ही फासिज्म प्राप्त हुआ। इसकी परिणति प्रजातंत्र और फासिज्म के संघर्ष के रूप में होती है जिसे प्रसाद जी ने एक ओर मनु तथा दूसरी ओर सारी जनता, इड़ा और समस्त प्राकृतिक शक्तियों को मानकर चित्रित किया है।

सारस्वत नगर की वैज्ञानिक सभ्यता की आलोचना प्रसाद जी ने ज्ञान, इच्छा और क्रिया को अलग-अलग स्थित त्रिपुर प्रतीक से भी की है। कहने को तो ये त्रिपुर आकाश में हैं परन्तु वस्तुतः इनका भी सम्बन्ध सारस्वत नगर से ही है :

ज्ञान दूर कुछ क्रिया भिन्न है
इच्छा क्यों पूरी हो मन की
एक दूसरे से न मिल सके
यह विडम्बना है जीवन की

'कामायनी' की इन पंक्तियों को इलियट के 'हॉलो मेन' कविता की निम्नलिखित पंक्तियों के साथ रखकर समझा जा सकता है :

बिट्वीन द आइडिया
एंड द रिएलिटी
बिट्वीन द मोशन
एंड द एक्ट
फाल्स द शैडो!

परन्तु प्रसाद जी का त्रिपुर-प्रतीक इलियट से कहीं अधिक चित्रात्मक और उदात्त है। जहाँ प्रसाद जी ने इन तीनों लोकों के अलगाव का चित्रण किया है, वहाँ तक तो यथार्थ है लेकिन ज्योंही वे श्रद्धा की ऐन्द्रजालिक स्मिति से इन तीनों को आकाश में मिला देने का प्रयत्न करते हैं, वह कल्पना निर्मित प्रतीत होती है। इसीलिए त्रिपुर का वास्तविक चित्रण जहाँ आकर्षक है, वहाँ काल्पनिक चित्रण नीरस है।

सारस्वत नगर के राजा-प्रजा संग्राम में प्रसाद जी की यथार्थ दृष्टि ने राजा के विरुद्ध प्रजा की शक्ति तथा उसके विवेक को विजयी दिखाया है। प्रसाद जी के चित्रण से साफ है कि इसमें सारा दोष मनु के अहंवाद और एकाधिकार-भावना का है, इड़ा का दोष तनिक भी नहीं है। फिर भी श्रद्धा के मुख से प्रसाद जी ने सारा दोष इड़ा को दिलवाया है। श्रद्धा के लिए यह स्वाभाविक है कि वह अपने पति को दोष देने की जगह अपनी सौत को ही दोष दे, लेकिन कोई जरूरी नहीं है कि सभी लोग भावुक श्रद्धा की बात का विश्वास कर लें। यहाँ मनु और श्रद्धा की अपेक्षा इड़ा का चरित्र अधिक ऊँचा दिखाई पड़ता है।

दूसरी ओर मनु का अत्यन्त लज्जाजनक रूप सामने आता है। एक तो उन्हें अपने किए का कोई पश्चात्ताप नहीं, दूसरे वे लौटकर श्रद्धा की शरण लेते हैं और क्षमा माँगते हैं; यही नहीं, वे इड़ा के पास से कहीं दूर भाग जाना चाहते हैं। ये तमाम बातें पराजित मध्यवर्ग के बुद्धि-विरोध और अन्धश्रद्धा हैं। यूरोप और अमेरिका में आज ऐसे बहुत से लेखक और विचारक हैं जो ईसाइयत की अन्ध श्रद्धा के विरुद्ध वैज्ञानिक बुद्धिवाद को जन्म देने के बाद अब फिर उस अन्धश्रद्धा में लौट जाना चाहते हैं। हमारे यहाँ भी ऐसे लोग निकल रहे हैं।

परन्तु वास्तविकता के अन्तर्द्रष्टा प्रसाद जी ने निर्भ्रान्त रूप से यहाँ दिखलाया है कि मनु और श्रद्धा के कैलास भाग जाने से मानव-जाति का इतिहास समाप्त नहीं हो गया। जिस जनता ने प्राकृतिक शक्तियों के द्वारा अधिनायकशाही को हराया और बुद्धि का उद्धार किया, उसका विकास रुक कैसे सकता है? मानव-विकास की इस तीसरी मंजिल पर मनु का पुत्र मानव आता है। जिस तरह मनु देव-सभ्यता के ध्वंसावशेष थे, उसी प्रकार मानव मनु की प्रजातांत्रिक सभ्यता का अवशेष है।

ध्यान देने की बात है कि मनु के घायल होने का सारा दोष इड़ा को देते हुए भी श्रद्धा ने अपने पुत्र 'मानव' को इड़ा के ही हाथों सौंपने में कल्याण समझा। यह पूर्वग्रह के ऊपर वास्तविकता की विजय का प्रमाण है। पलायनवादी अन्धश्रद्धावादी मनु के विपरीत मानव बुद्धिवादी नई पीढ़ी का प्रतीक है।

इन तमाम बातों से एक बात स्पष्ट है कि यदि वास्तविकता के साथ साहित्यकार का सम्बन्ध घनिष्ठ हो तो उसकी इच्छा के बावजूद रचना में वास्तविकता का प्रभावशाली चित्रण हो जाता है। अपनी ओर से प्रसाद जी ने कैलास पर मनु की यात्रा तथा श्रद्धावाद की ही स्थापना करनी चाही है लेकिन मानवता का भविष्य इड़ा और मानव के हाथ दिखाई पड़ता है। अपनी ओर से प्रसाद जी ने शान्त, स्थिर, अहिंसावादी श्रद्धा को श्रेष्ठ बताया है लेकिन कार्यों से इड़ा अधिक प्रेरणादायिनी दिखाई देती है।

जो कार्य श्रद्धा नहीं कर सकी, उसे इड़ा ने पूरा किया और आगे भी उसने मानव के द्वारा उस कार्य को आगे बढ़ाने का व्रत लिया। इसके विपरीत श्रद्धा ने मनु को भावुक ढंग से आत्मविश्वास तो दिया लेकिन स्वतंत्र व्यक्तित्व के अभाव में वह मनु के लिए सहायक न हो सकी और अन्त में जब उसने सहायता की भी तो मनु को निष्क्रिय बनाने में।

इस प्रकार 'कामायनी' के प्रतीकों की व्याख्या से पता चलता है कि प्रसाद जी ने इनके माध्यम से आधुनिक भारतीय जीवन की वास्तविकता चित्रित की है। जिस क्रम से वास्तविकता में परिवर्तन होता गया है, उसी क्रम से उन्होंने प्रतीकों के रूप और अर्थ में भी परिवर्तन किया है। इस दृष्टि से प्रसाद जी के प्रतीक सर्वथा नये हैं क्योंकि ये परिवर्तनशील तथा विकासशील प्रतीक हैं। जो इन प्रतीकों की गतिशीलता नहीं समझते, उन्हें 'कामायनी' कठिन प्रतीत होती है। जो अपने जड़ विचारों के पैमाने से 'कामायनी' को मापने की कोशिश करते हैं, उन्हें पहले अपने दिमाग में हरकत पैदा करनी चाहिए।

इसमें कोई शक नहीं कि 'कामायनी' के प्रतीक एक हद तक छायावादी आवरण से ढँके हुए हैं लेकिन दूसरी ओर उनसे अपने मनु की जीवन्त समस्याओं का स्पन्दन भी है। प्रसाद जी ने अपने युग की वास्तविकता को इतने व्यापक सामाजिक परिवेश में तथा भावना के गहरे स्तरों के साथ चित्रित किया है कि इन प्रतीकों में युग-युग

को रसमग्न और प्रेरित करने की क्षमता आ गई है। इतने विशाल आधार पर इतने चित्रात्मक ढंग से आधुनिक समाज का संघर्ष किसी हिन्दी काव्य में चित्रित नहीं हुआ है, और जहाँ तक मेरी जानकारी है, अन्य भाषाओं में भी शायद ही कोई ऐसी कविता मिले। इलियट की 'वेस्टलैंड' अत्यधिक व्यंग्यात्मक, प्रसंगगर्भी और प्रतीकात्मक होते हुए भी मानव विकास के भविष्य की ओर इतना विवेकपूर्ण और आस्थापूर्ण संकेत नहीं करती।

पारस्परिक सापेक्षता और कथा-प्रवाह में इन तीनों प्रतीकों का अध्ययन कर लेने के बाद अब इनमें से कुछ को अलग-अलग लेना ठीक होगा।

सबसे दिलचस्प प्रतीक है सारस्वत नगर जो इलियट के 'वेस्टलैंड' की याद दिलाता है। परन्तु दोनों में अन्तर भी काफी है। इलियट का 'वेस्टलैंड' यूरोप—विशेषतः इंग्लैंड—की ह्रासोन्मुखी बुर्जुआ सभ्यता का प्रतीक है जबकि प्रसाद का 'सारस्वत नगर' भारत के विकासोन्मुख राष्ट्र जागरण का प्रतीक है। सारस्वत नगर के वर्ग-भेद, ज्ञान-इच्छा-क्रिया-भेद आदि की आलोचना करते हुए भी प्रसाद जी ने उसके वैज्ञानिक विकास, औद्योगिक उत्थान तथा लोक संगठन की प्रशंसा की है। इसके साथ ही उन्होंने अधिनायकवाद की पराजय तथा जनशक्ति की विजय का चित्रण करके भारतीय स्वाधीनता के भावी रूप की ओर भी संकेत किया है।

'कामायनी' का सबसे अधिक विवादग्रस्त प्रतीक है इड़ा। प्रसाद जी के विशेष दृष्टिकोण के बावजूद वैज्ञानिक बुद्धि के प्रतीक इड़ा की विजय होती है। फिर भी आलोचकों ने इड़ा की उपेक्षा की है। जिन लोगों के संस्कार छायावादी भावुकता से निर्मित हैं, उन्हें इड़ा की तेजी बर्दाश्त नहीं होती। लेकिन जैसे-जैसे समाज और साहित्य की प्रगति होती जाएगी, नई पीढ़ी के युवक इड़ा के महत्त्व को समझते जाएँगे।

इड़ा के विपरीत 'कामायनी' के प्रेमी श्रद्धा का प्रचार करते अधिक दिखाई पड़ते हैं और 'नारी तुम केवल श्रद्धा हो' वाला छन्द उनकी जबान पर रहता है। बहुत से लोग इसी को 'कामायनी' का सन्देश भी बताते हैं। ये लोग वस्तुतः नारी पराधीनता के प्रचारक हैं और प्रसाद जी के मोहक शब्दों की आड़ में अपने पुरुषत्व का अधिकार प्रतिष्ठित करना चाहते हैं।

'कामायनी' का सबसे विचित्र प्रतीक है काम, जिसको प्रसाद जी ने जीवन की मूल शक्ति तथा मानव सभ्यता की आदि-वासना के रूप में चित्रित किया है। ऐसा प्रतीत होता है कि काम की इस कल्पना के मूल में फ्रायड की सेक्स-सम्बन्धी मान्यता का गहरा प्रभाव है। प्रसाद ने रोमांटिक प्रेम-भावना का फ्रायड के सहारे एक सैद्धान्तिक रूप देने का प्रयत्न किया है।

मनु 'कामायनी' का केन्द्रीय प्रतीक है जिसकी चिन्ता, असन्तोष, साहसिकता, ज्ञान की पिपासा, प्रगति की आकांक्षा, निरन्तर कर्म की प्रवृत्ति, सौन्दर्य-मुग्धता,

प्रेम-भावना इत्यादि आधुनिक भारतीय युवक की स्वस्थ भावनाओं का प्रतिनिधित्व करती है। दूसरी ओर उसका एकाकीपन, अहं भाव, एकाधिकार भाव, आदर्श लोक में पलायन इत्यादि उसकी दुर्बलताएँ हैं।

इस प्रकार प्रसाद जी ने 'कामायनी' में आधुनिक भारतीय सभ्यता के विविध पहलुओं का सजीव चित्रण किया है। इसी माने में 'कामायनी' भारत की आधुनिक सभ्यता का प्रतिनिधि महाकाव्य है।

[1955]

प्रसाद की काव्य-भाषा

हिन्दी उपन्यासों पर लिखते हुए श्री नलिनविलोचन शर्मा ने प्रसाद की भाषा को 'फीलपाँवी' कहा है। 'फीलपाँवी' शब्द भाषा की अनावश्यक स्फीति और मन्थर गति को सूचित करता है। मामूली-सी बातों के लिए बड़े-बड़े शब्दों का प्रयोग तथा एक वस्तु के लिए अनेक शब्दों का खर्च 'फीलपाँवी भाषा' का लक्षण कहा जा सकता है। नलिन जी ने यह बात प्रसाद के केवल उपन्यासों की भाषा के लिए कही है, क्योंकि प्रसंग भी उपन्यासों का ही था। लेकिन जिन लक्षणों के आधार पर उन्होंने उपन्यासों की भाषा को 'फीलपाँवी' कहा है, उनका चरम रूप प्रसाद की कहानियों, नाटकों और कविताओं में मिलता है। यही नहीं, यदि थोड़ी देर के लिए प्रसाद से दृष्टि हटाकर निराला, पन्त, महादेवी आदि की भाषा को भी देखें तो भाषा की यह स्फीति कमोबेश सभी छायावादी कवियों के गद्य-पद्य में मिलेगी। आज का लेखक जहाँ 'साँझ हो गई' कहकर सन्तोष कर लेगा, वहीं प्रसाद की लेखनी एक जादुई दुनिया खड़ी कर देती है।

'नील पिंगल सन्ध्या, प्रकृति की सहृदय कल्पना, विश्राम की शीतल छाया स्वप्न-लोक का सृजन करने लगी। उस मोहिनी के रहस्यपूर्ण नील जाल का कुहक स्फुट हो उठा, जैसे मदिरा से सारा अन्तरिक्ष सिक्त हो गया! सृष्टि नीलकमलों से भर उठी।' —*आकाशदीप।*

आज के यथार्थवादी लेखक के लिए यह सम्पूर्ण चित्रकारी उपहासास्पद प्रतीत हो सकती है। वह ऐसी शब्द-योजना करना पसन्द न करेगा। लेकिन कहना यह है कि यदि वह कोशिश भी करे तो ऐसी मुग्ध चित्रकारी और मोहक-शब्द-योजना नहीं दिखा सकता। यदि वह किसी तरह नकल करके कुछ कर भी डाले तो प्रसाद की भाषा से उसकी भाषा अधिक उपहासास्पद होगी। उसमें वह जादू, वह तन्मयता, वह सजीवता न आ पाएगी। यही नहीं, प्रसाद के पहले के लेखक और कवि भी यह भाषा न लिख सकते थे और न लिख सके। भारतेन्दु ही नहीं, आचार्य द्विवेदी भी ऐसी भाषा न लिख पाए। इससे यह मालूम होता है कि प्रसाद की जिस भाषा को नलिन जी ने 'फीलपाँवी' कहा है, वह एक ऐतिहासिक आवश्यकता का परिणाम है। उस ऐतिहासिकता को नजरअन्दाज करने के कारण ही विद्वान आलोचक के 'दृष्टिकोण' में चूक हो गई। उनके रिमार्क से प्रसाद के युग की रुचि प्रकट होती है। इसलिए

जिस 'स्फीति' को उन्होंने बीमारी समझ लिया है, वस्तुतः वह 'अवयव की दृढ़ मांसपेशियाँ' हैं जिनमें 'अपार ऊर्जस्वित वीर्य' है और उनमें ऐसी 'स्फीत शिराएँ' हैं जिनमें 'स्वस्थ रक्त का संचार होता था।'

यह ऐतिहासिक आवश्यकता थी छायावाद की स्वच्छन्द कल्पना।

तथ्यवादी द्विवेदी-युग की गद्य-पद्य शैली के प्रायः दो प्रकार के नमूने मिलते हैं। एक ओर है :

अहा! ग्राम्य-जीवन भी क्या है?
क्यों न इसे सबका मन चाहे?
थोड़े में निर्वाह यहाँ है
ऐसी सुविधा और कहाँ है?

दूसरी ओर :

सुरम्यरूपे रसराशि-रंजिते
विचित्रवर्णाभरणे कहाँ गई?
अलौकिकानन्द-विधायनी महा
कवीन्द्रकान्ते कविते अहो कहाँ!

ये दोनों नमूने पद्य के हैं, फिर भी इन्हें तत्कालीन गद्य की भाषा का प्रतिनिधि कहा जा सकता है, क्योंकि छन्द-बन्धन के होते हुए भी मूलतः ये गद्य ही हैं। दूसरे की पदावली पहले की अपेक्षा संस्कृत-बहुल और समासगर्भित है। फिर भी वाक्य-घटना और भाव-चेतना की दृष्टि से दोनों ही तथ्यवादी हैं। उदात्त नादवाले शब्दों के बावजूद दूसरा नमूना भी केवल तथ्य-कथन ही करता है। उससे किसी अमर कल्पना-लोक का आभास नहीं मिलता। इसीलिए शब्द-चयन की दृष्टि से स्फीत होते हुए भी यह छन्द भाव-चेतना की दृष्टि से कंकाल-मात्र है।

कारण साफ है। उन्नीसवीं सदी के सांस्कृतिक पुनर्जागरण के कारण हिन्दी आदि सभी आधुनिक भारतीय भाषाओं में संस्कृत के तत्सम शब्दों की बाढ़ तो आ गई लेकिन पुनर्जागरण के प्रथम चरण ने नये व्यक्ति के मन को उतना भाव-प्रवण और कल्पना-कलित नहीं बनाया था कि वे शब्द नई चेतना से सम्पृक्त और नई अर्थवत्ता से सजीव हो उठें। इसीलिए सांस्कृतिक पुनर्जागरण के प्रथम चरण के सभी लेखकों और कवियों की भाषा में संस्कृत की तत्सम पदावली के बावजूद केवल निर्जीव तथ्य-कथन मिलता है। हिन्दी में 'प्रिय-प्रवास' के पद्य तथा चंडीप्रसाद 'हृदयेश' की कहानियाँ इस तरह के प्रतिनिधि नमूने हैं। बांग्ला में बंकिमचन्द्र का संस्कृत-शाद्वल गद्य भी इसी तरह का है। तत्कालीन मराठी तो ऐसे गद्य का खजाना है।

सांस्कृतिक पुनर्जागरण का दूसरा चरण राष्ट्रीय आन्दोलन की नई लहर लेकर आया। समूचे भारतीय समाज में अपूर्व आशा और आकांक्षा का संचार हुआ। कल्पनाजीवी युवकों का अभ्युदय हुआ। व्यक्तित्व में विराटता आई। व्यक्ति-मन

रूढ़ियों से मुक्त हो ऊँची उड़ान भरने लगा! समाजशास्त्रीय भाषा में यह व्यक्तिवाद का उदय था। इस नये व्यक्ति की अभिव्यक्ति भी नई हो उठी। वह कुछ ऐसी भाषा बोलने लगा जो व्याकरण की दृष्टि से तो पहले की ही तरह थी, फिर भी पुराने वैयाकरणों और साहित्याचार्यों की पकड़ से बाहर हो गई। यह अस्पष्टता उन्हें छाया प्रतीत हुई, कभी-कभी उनके लिए यह रहस्य भी बन जाती है। लेकिन कवि के लिए भावना रँग गई, भाषा भी रँग उठी :

वह भाषा-छिपती छवि सुन्दर
कुछ खुलती आभा में रँगकर।
वह भाव-कुरल कुहरे-सा भरकर भाया।

[निराला : *तुलसीदास*]

जो जगत जीर्ण अरण्य था, अब कुसुमित उपवन-सा दिखाई पड़ने लगा। तथ्य सत्य हो उठा। ठठरियों पर मांस चढ़ आया। वस्तुजगत को आत्मीयता ने रँग दिया। वस्तु के बाहरी आकार को पार करके उसके भीतर निहित चेतना से तादात्म्य स्थापित किया गया! यह वस्तुवाद के विपरीत भाववाद की स्थापना थी।

वस्तु जैसी है वैसी ही दिखने की जगह, मन में उसकी जैसी मूरत है वैसी दिखाई पड़ने लगी। हर चीज भावनाओं और कल्पनाओं के प्रभामंडल से युक्त जान पड़ी। दृष्टि जाने से पहले ही कवि का मन हर चीज के चारों ओर ज्योतिर्वलय-सा छा जाने लगा।

केशर-रज-कण अब हैं हीरे पर्वत-चय—

यह वही प्रकृति पर रूप अन्य
जगमग-जगमग सब वेश वन्य
सुरभित दिशि-दिश, कवि हुआ धन्य मायाशय!

[निराला : *तुलसीदास*]

जब वस्तुओं का रूप बदला तो नाम भी बदल गया। बुझे शब्दों में नई ज्योति आ गई। जहाँ वह केवल 'अर्थ-ग्रहण' कराते थे, अब 'बिम्ब-ग्रहण' कराने लगे। भाषा की सूखी नदी उमड़ आई। कवि मुट्ठियाँ खोलकर शब्दों को लुटाने लगा। न भावों में कृपणता, न शब्दों में। सर्वत्र मुक्त-हस्त दान। अब किसी भाव या वस्तु को ठीक-ठीक नपे-तुले शब्दों में कहने की आकांक्षा नहीं रही। अब तो किसी भाव या वस्तु से सम्बद्ध मनोरम अनुषंगों और प्रसंगों के चित्रों की लड़ी ही रुचने लगी। विशेषणों की बाढ़ आ गई। मुद्रा-स्फीति की तरह शब्द-स्फीति के लक्षण दिखाई देने लगे। बाजार शब्दों के नोटों से पट गया।

यह दशा हिन्दी की ही नहीं हुई—बांग्ला, गुजराती, मराठी आदि अन्य भारतीय भाषाओं में भी यही लहर आई। यहाँ तक कि बोल-चाल की मुहावरेदानी का नाज

करनेवाली उर्दू भी इससे न बच सकी। यदि रवीन्द्रनाथ, नाना लाल और बाल कवि की भाषा में स्फीति आई तो इकबाल में भी उसका उभार दिखाई पड़ा। यह जरूर है कि यह असर हर साहित्य की अपनी परम्परा तथा स्वच्छन्दतावादी आन्दोलन की प्रवृत्ति के अनुसार कमोबेश रहा। बंगला में यह असर सबसे ज्यादा रहा और उर्दू में सबसे कम। फिर भी जो लोग हिन्दी कविता की भाषा के मुकाबले उर्दू के चलतेपन की तारीफ करते नहीं थकते, उन्हें मीर, ग़ालिब, दाग़ जैसे पुराने शायरों से थोड़ी देर के लिए फुरसत लेकर इक़बाल और जोश की प्रकृति, दर्शन और रोमांटिक प्रेम की कविताओं की ओर भी मुलाहिजा फरमाना चाहिए। इक़बाल की कविता से कुछ लाइनें नमूने के लिए दी जा रही हैं :

वस्तये-रंगे-ख़सूसियत न हो मेरी ज़बाँ
जौए-इंसा क़ौम हो मेरी, वतन मेरा जहाँ
दीदए-बातिन प राज़े-नज़्मे-क़ुदरत हो अयाँ,
हो शनासाये-फ़लक शमए-तख़य्युल का धुआँ
उकदए-अजदाद की काविश न तड़पाए मुझे,
हुस्ने-इश्क़-अंगेज़ हर शै में नज़र आए मुझे!

कविता बेशक बहुत ऊँची है, लेकिन कहाँ है इसमें पुराने शायरों की मुहावरेदानी! इसमें शायद ही कोई शब्द हो जिसे पहले के शायरी ने इस्तेमाल न किया हो! लेकिन उन्हीं को मिलाकर 'वस्तये-रंगे-ख़सूसियत', 'दीदए-बातिन', 'राज़े-नज़्मे-क़ुदरत', 'शनासाये-फ़लक', 'शमए-तख़य्युल का धुआँ, 'उकदए-अजदाद' वगैरह एक रोमांटिक शायर इक़बाल ही इस्तेमाल कर सकते थे। 'रोमांटिक' सस्ते 'रूमानी' अर्थ में नहीं, बल्कि 'स्वच्छन्द-कल्पना' के समूचे वैभव और व्यापक जीवन-दर्शन के अर्थ में।

प्रसाद की भाषा भी इस स्वच्छन्दतावादी लहर का एक अंग है। इसलिए एक हद तक वह हिन्दी ही नहीं, बल्कि समूचे भारतीय साहित्य के स्वच्छन्दतावादी दौर से जुड़ी हुई है। इसीलिए प्रसाद के पद-चयन में एक ओर बहुत दूर तक निराला, पन्त और महादेवी वर्मा के पद-चयन से साम्य है, तो दूसरी ओर प्रत्यक्ष रूप से रवीन्द्रनाथ के पद-चयन की झलक है और परोक्ष रूप से गुजराती और मराठी के स्वच्छन्दतावादी कवियों के साथ साधर्म्य है। इसी बात को आचार्य शुक्ल ने अपने ढंग से कहा है कि 'संस्कृत की कोमल-कान्त पदावली का जैसा सुन्दर चयन बंग भाषा के काव्यों में हुआ है वैसा अन्य देशी भाषाओं के साहित्य में नहीं दिखाई पड़ता। उनके परिशीलन के पद-लालित्य की जो गूँज प्रसाद जी के मन में समाई, वह बराबर बनी रही।'

किन्तु यह साम्य एक हद तक ही है। प्रसाद की भाषा-शैली की अपनी विशेषता है जो उसे निराला, पन्त और महादेवी की भाषा से अलग करती है। भाव-वैशिष्ट्य से भाषा-वैशिष्ट्य स्वाभाविक है। प्रसाद जी के पद-चयन के पीछे विशेष मनोवृत्ति झलकती है। यदि हिन्दी के इन चार प्रमुख कवियों की पदावली में मोटे तौर से एक

बात को लेकर भेदक रेखा खींची जाए तो पन्त में 'वायवी', निराला में 'विराट', महादेवी में 'चटकीली' और प्रसाद में 'मधुर' पदावली का बाहुल्य मिलेगा। ये चारों विशेषताएँ एक हद तक थोड़ी-बहुत सभी में हैं। जैसे, प्रसाद में 'वायवीपन' और 'विराटता' काफी है, पन्त-महादेवी में भी कहीं-कहीं 'विराटता' की झलक मिल जाती है, निराला में भी 'माधुर्य' और 'वायवीपन' कम नहीं है।

'मधु' या 'मधुर' प्रसाद का तक़ियाक़लाम-सा है। आचार्य शुक्ल ने भी इसे लक्षित किया है। उन्होंने प्रसाद जी की प्रतिभा को 'मधुमती' यों ही नहीं, साकांक्ष भाव से कहा है और आगे चलकर उनकी सारी रहस्य-भावना को 'मधुचर्या' तक कह डाला है। जो हो, प्रसाद जी भी बहुत कुछ उस 'मधुमती भूमिका' वाले मंडल के अंग थे जिसने कुछ दिनों तक 'रस-सिद्धान्त' को नई दिशा में मोड़ने का प्रयत्न किया। प्रसाद जी ने 'मधु' को आर्य अर्थ में व्यापकता के साथ स्वीकार किया था। उनके सभी कल्पना-लोकों और आदर्श-चित्रों के मूल में 'मधु' की मिठास है। प्रकृति का मनोमय रूप तो 'माधव' या मधुमास में ही उन्हें दिखाई पड़ता है। उनकी 'चाँदनी' पन्त की तरह 'लघु परिमल के घन' या 'स्वप्निल शयन मुकुल'-सी 'अनुभूतिमात्र' नहीं बल्कि मधु से पूर्ण है। जब पहले-पहले प्रिय को उन्होंने देखा तो 'मधु राका मुस्क्याती थीं'। 'कामायनी' में तो 'पुटके-पुटके मधु' की छटा है। उनके राष्ट्र की कल्पना भी 'मधुमय देश' की है।

यह आकस्मिक नहीं है और न एक शब्द को पकड़कर रामायणी कथावाचकों का-सा चमत्कार-प्रदर्शन है। 'मधु' प्रसाद के आनन्दवादी जीवन-दर्शन का अविच्छिन्न अंग है। जीवन की कटुता और छलना से बिंधे हुए भावुक हृदय के लिए 'मधु' प्रेम स्वाभाविक है। प्रतारणा और छलना का जैसा यथार्थ चित्र और उससे उत्पन्न होने वाली व्यथा प्रसाद के साहित्य में मिलती है, वैसी किसी छायावादी कवि में नहीं। निराला में खुले संघर्षों और रूढ़ियों के प्रहारों का दर्द है, प्रसाद की तरह आत्मीयों की प्रतारणा का नहीं। यही कटुता मधुमय कल्पना और 'मधुर पदावली' की जननी है।

प्रसाद की पदावली की दूसरी विशेषता है–'इन्द्रजाल'। प्रसाद प्रायः 'इन्द्रजाल', 'जादू', 'टोना', 'कुहक' आदि शब्दों का प्रयोग करते हैं। कविता में ही नहीं, कहानियों में भी इन शब्दों का वे निधड़क व्यवहार करते हैं। सृजनशील कल्पना के अनेक व्यापारी में से ऐन्द्रजालिक रचना भी एक है। यह कौशल छायावादी कवियों में प्रसाद के अतिरिक्त पन्त जी में सबसे अधिक है। अन्तर इतना ही है कि जादू की दुनिया और ऐन्द्रजालिक वातावरण खड़ा करने में प्रसाद अतीत के चित्रों का भी सहारा लेते हैं जबकि पन्त केवल बाल-कल्पना की तरह वर्तमान पर ही ऊँची-ऊँची उड़ानें भरते हैं। 'आकाशदीप' कहानी-संग्रह की अधिकांश कहानियों में यह जादूगरी देखी जा सकती है। 'कामायनी' में प्रलय के बाद देव-सृष्टि की मीठी याद तथा त्रिपुर-मिलन और कैलास की अतिमानवीय चित्रकारी इसी इन्द्रजाल का नमूना है। सामन्तयुगीन

वैभव की पुनः सृष्टि करके मायावी प्रभाव पैदा कर देना प्रसाद जी की पदावली की विशेषता है। कभी-कभी कंजर आदि जरायमपेशा जातियों की रूमानी जिन्दगी से भी प्रसाद जी यह असर पैदा कर जाते हैं।

प्रसाद का यह 'इन्द्रजाल' पन्त से इस मामले में भिन्न है कि पन्त का इन्द्रजाल जहाँ अधिक वायवी, सूक्ष्म, धुँधला और अस्पष्ट है, वहाँ प्रसाद का इन्द्रजाल अधिक मांसल, पुष्ट, इन्द्रिय-ग्राह्य और ठोस है। कारण साफ है। प्रसाद की अनुभूतियाँ पन्त के विपरीत प्रौढ़ मन की हैं और उनका सम्बन्ध ऐसे पुरुष से है जिसने खुलकर यौवन के उपादानों का उपभोग किया है। इसलिए प्रसाद के ऐन्द्रजालिक चित्रों में भी स्पष्टता, मांसलता और ठोसपन है। फलतः इसकी सूचक पदावली भी आई है। यदि प्रसाद में अस्पष्टता आई भी है तो चित्रों में नहीं, बल्कि यौवन की अस्पष्ट अनुभूतियों का प्रतिबिम्ब बनकर। वयःसन्धि की 'श्रद्धा' में लज्जा सम्बन्धी अनुभूतियों तथा कामपीड़ित 'मनु' की आत्म-विस्मृति की पदावली ऐसी ही अस्पष्टता का सुन्दर उदाहरण है। एक नमूना :

इन नृत्य-शिथिल निःश्वासों की कितनी है मोहमयी माया
जिनसे समीर छनता-छनता बनता है प्राणों की छाया।
आकाश-रन्ध्र हैं पूरित-से यह सृष्टि गहन-सी होती है;
आलोक सभी मूर्च्छित सोते, यह आँख थकी-सी रोती है।
श्रुतियों में चुपके-चुपके से कोई मधुधारा घोल रहा;
इस नीरवता के पर्दे में जैसे कोई कुछ बोल रहा।

शब्द वही हैं जो और लोग भी इस्तेमाल करते हैं लेकिन उनका संगठन मन पर जादू-सा असर कर जाता है। पढ़ते ही सब कुछ अनुभूति की पसन्द में आ जाता है किन्तु अर्थ बहुतों के लिए कुछ अस्पष्ट हो सकता है। प्रसाद की यह अस्पष्टता ऐसी है जिसे 'कहते न बने, सहते ही बने, मन-ही-मन पीर पिरैबौ करै।'

प्रसाद के शब्दकोश में सभी छायावादी कवियों की अपेक्षा आंगिक चेष्टाओं, प्रणय-लीलाओं सम्बन्धी पदावली अधिक मिलती हैं। विभ्रम, सम्भार, व्रीड़ा, अधर-दंशन, नर्ममय उपचार आदि न जाने कितने क्रिया-व्यापार उनके यहाँ शब्दों में चित्रित हो उठे हैं! नारी की विविध चेष्टाओं का अंकन करने में प्रसाद जी ने अद्भुत पर्यवेक्षण-शक्ति का परिचय दिया है। इसी तरह नाट्य और संगीत सम्बन्धी उपादानों और पारिभाषिक शब्दों को उपमा की तरह व्यवहृत करने में भी प्रसाद जी की रुचि अधिक देखी जाती है। इस क्षेत्र में निराला ही प्रसाद के निकट खड़े हो सकते हैं। मीड़, मूर्च्छना, विपंची आदि तो उनके यहाँ आम बात है; वहाँ पलकें भी झुकती हैं तो किसी 'जवनिका' की तरह और मनु अपने को 'अधम पात्र मय-सा विष्कंभ' अनुभव करते हैं।

प्रसंगगर्भत्व प्रसाद की पदावली का विशेष तत्त्व है। वैसे तो प्राचीन आर्ष काव्यों में उपयुक्त शब्दों का जीर्णोद्धार निराला, पन्त और महादेवी ने भी किया, लेकिन

प्रसाद ने सम्भवतः सबसे अधिक किया। उनके नाटकों ने तो प्राचीन सामन्त-युगीन सामाजिक जीवन के उपादानों का जीर्णोद्धार किया ही, उनकी कविताओं और कहानियों ने भी अनेक प्रसंगगर्भी शब्दों के द्वारा 'स्मृत्याभास कल्पना' को जाग्रत करने में योग दिया। उद्गीथ, सविता, ऋतु, पुष्पलावी, मंगलखील, भूमा, अर्चि, चषक, स्वर्णशालियों की कलमें, सौदामिनिसन्धि, कादम्बिनी, दिग्दाह, शिलासन्धि, वात्या, ब्रज्या, वन्या, कुल्या, शैलेय, अगरु, प्रालेय, अलक, कबरी, रथनाभि, चमर, अलम्बुषा आदि अनेक शब्द विविध अनुषंगों से अनुस्यूत हैं। यदि कहीं अकेले प्रसाद जी के ही शब्दों का एक कोष बनाया जाए तो हिन्दी शब्दकोश में उनकी अमूल्य देन का ठीक-ठीक मूल्यांकन हो सके। निराला की तरह प्रसाद जी ने नये-नये शब्द नहीं गढ़े, बल्कि उन्होंने पुराने प्रचलन-सिद्ध शब्दों को गतिशीलता प्रदान की।

कुल मिलाकर प्रसाद जी की पदावली के विषय में यह निस्सन्देह कहा जा सकता है कि उससे हिन्दी भाषा समृद्ध हुई है। कुछ लोगों का यह अनुमान है कि वे मोहवश यों ही कुछ श्रुतिरंजक और नादानुकृत मधुर शब्दों को एकत्र कर देते थे जिनसे कोई-न-कोई अर्थ निकल ही आता है। यह नितान्त भ्रान्त है। प्रसाद जी की आरम्भिक रचनाओं में यह प्रवृत्ति थोड़ी-बहुत हो सकती है किन्तु सतर्क कवि और लेखक प्रसाद में यह अन्धमोह कहीं नहीं मिलता। उनके पद-चयन में क्रमिक विकास स्पष्ट रूप से लक्षित किया जा सकता है। 'बभ्रुवाहन' और 'उर्वशी' आदि गद्य-खंडों से 'आकाशदीप' तक का विकास, चंडीप्रसाद 'हृदयेश' से ठेठ छायावादी 'प्रसाद' तक का विकास है। इसके बाद 'सालवती' तक जाते-जाते भाषा की अलंकृति वास्तविकता के अधिक निकट तथा यथार्थ से धुल उठती है। विकास की यह सोपान-पंक्ति नाटक और कविता में भी देखी जा सकती है।

अलंकृति-विधान भी पदावली से ही जुड़ा हुआ है। मोटे तौर से इस विषय में इतना ही कहा जा सकता है कि 'आँसू' तक प्रसाद पुराने ढंग के ही अलंकारों से लदे दिखाई पड़ते हैं और आगे भी वे सभी छायावादी कवियों से अधिक परिपाटी-विहित पाए जाते हैं।

लेकिन पदावली तो वाक्य की एकावली की एक मनका है। इसीलिए वाक्य-विन्यास को ही भाषा की इकाई माना जाता है। शैली की विशेषता वाक्यों की भंगिमा में ही देखी जा सकती है। जैसाकि प्रसाद ने स्वयं कहा है, समीप के ही शब्द भी उस शब्द विशेष का नवीन अर्थ-द्योतन करने में सहायक होते हैं। शब्द का वास्तविक अर्थ वाक्य की गति में ध्वनित होता है।

जब प्रसाद के वाक्य-गठन पर विचार करने चलते हैं तो छायावादी कवियों के बारे में कहा हुआ यह कथन याद आता है कि वे वाक्य नहीं, शब्द लिखते थे। निःसन्देह छायावादी कवियों ने खड़ी बोली को कोमल काव्य के अनुकूल बनाने के लिए क्रियापदों का बहिष्कार किया। पन्त जी ने तो 'है' को दो सींगोंवाला कनक-मृग

घोषित करके अपनी पंचवटी के पास फटकने तक न दिया। संयुक्त क्रियाओं की रोकथाम तो और भी हुई। क्रियापदों का काम कृदन्तज-विशेषणों से लिया जाने लगा। 'है' और 'था' को वाक्य में अन्तर्भुक्त मान लेने की प्रथा चला दी गई। यह कार्य सभी छायावादियों ने किया। प्रसाद लिखते हैं :

मधुर विश्रान्त और एकान्त–
जगत का सुलझा हुआ रहस्य–
एक करुणामय सुन्दर मौन
और चंचल मन का आलस्य!

इससे खड़ी बोली की खरखराहट तो जरूर दूर हुई लेकिन उसके साथ उसकी जीवन्तता भी चली गई। क्रियापदों के साथ उसकी क्रियाशीलता भी जाती रही। वह बोल-चाल से दूर हो गई। वह गद्य से ही नहीं, जीवन से भी दूर जा पड़ी। इस पर वैयाकरणों की कुढ़न उचित थी। कहना न होगा कि इस रोमांटिक दौर में भी वाक्य-गठन की दृष्टि से उर्दू कविता ने बोलचाल के गद्य का दामन न छोड़ा। सच कहें तो खड़ी बोली की कविता का भाषा की दृष्टि से स्वाभाविक विकास उर्दू शायरों में ही मिलता है।

इस निष्क्रिय वाक्य-रचना की बीमारी छुआछूत के जरिये गद्य के दायरे में भी पहुँची। वहीं क्रिया के अभाव में कृदन्तों ने 'कादम्बरी' के वाक्य-विन्यास का छोटा-मोटा उपनिवेश बसा दिया। निराला का 'वर्तमान धर्म' निबन्ध ऐसी ही भाषा के कारण 'साहित्यिक सन्निपात' कहा गया। पन्त के 'पल्लव' के 'प्रवेश' में भी इस शैली के काफी नमूने मिल सकते हैं। प्रसाद के 'उर्वशी', 'बभ्रुवाहन' आदि गद्य-खंडों में इनकी बहार है :

'यों ही पद-संचालन करते तथा चन्द्रिका में चमत्कृत चंचरीक मंजु गुंजित प्रफुल्ल पुष्पावली पर दृष्टिपात करते हुए युवक पथिक मालाकार के बताए स्थान पर सब वस्त्र और शस्त्र उतारकर सन्ध्यावन्दन के लिए सरोवर के मुख्य तीर पर गया।'

ऐसे महावाक्य उन उदाहरणों की याद दिलाते हैं जिनमें एक ही वाक्य में आठों कारकों का प्रयोग दिखाया जाता है; लेकिन यहाँ तो पूर्वकालिक, वर्तमान, कृदन्त आदि न जाने कितने प्रयोगों को एक ही वाक्य में जोत दिया गया है, भले ही उसे पढ़ते-पढ़ते पाठक का दम टूट जाए। लेकिन धीरे-धीरे प्रसाद जी में संस्कृत वाक्य-रचना की यह प्रवृत्ति कम हो गई। समासों में भी आरम्भिक 'कोकिल कंठ विनिर्गत काकली' क्षिप्र और छिन्न हुई। फिर भी संस्कृत वाक्य-रचना का जितना प्रभाव प्रसाद पर है उतना निराला के आलोचनात्मक निबन्धों को छोड़कर और किसी छायावादी कवि लेखक में नहीं मिलता। महादेवी की चक्करदार तथा द्राविड़ प्राणायामवाली वाक्य-रचना कुछ इससे भिन्न है। उनमें नैयायिकों की उस सतर्कता की झलक है जो वाक्य को जगह-जगह पर मोड़कर स्वरक्षात्मक गुमटी बना देती है।

फिर भी अपूर्ण वाक्य लिखने की जैसी कुटेव प्रसाद जी ने दिखाई, वैसी अन्यत्र दुर्लभ है, विशेषतः कविता में। उनकी प्रौढ़तम कृति 'कामायनी' में भी इसके नमूने भरे पड़े हैं :

1. मनन करावेगा तू कितना? उस निश्चिन्त जाति का जीव।

2. कर रहा वंचित कहीं न त्याग तुम्हें, मन में धर सुन्दर वेश।

पहले उदाहरण में कर्ता-क्रिया दोनों गायब और दूसरे में सहायक क्रिया ही नदारद। या तो कहीं 'हो' छूट गया है या 'तो'। 'त्याग तुम्हें कहीं वंचित न कर रहा हो' अथवा 'त्याग तुम्हें कहीं वंचित तो नहीं कर रहा है।'

अक्सर प्रसाद लम्बे वाक्य लिख जाते हैं लेकिन दो वाक्यों को जोड़ते समय पूर्वापर में कालगत तालमेल बैठाना भूल जाते हैं, जैसे :

1. था व्यक्ति सोचता आलस में, चेतना सजग रहती दुहरी।

2. करका क्रन्दन करती गिरती और कुचलना था उसका।

इसी तरह जहाँ 'हो सकता था' लिखने की जरूरत है, वहाँ केवल 'हो सकता' से ही वे काम चला सकते हैं। 'था' के अर्थ में 'रहा' प्रयोग भी 'कामायनी' में बहुत है। साधारण बोलचाल में 'हम आये रहे', 'हम गये रहे' आदि प्रयोगों की तरह वे प्रयोग भी अशुद्ध माने जाएँगे। 'चल' और 'जा' दो धातुओं से संयुक्त क्रिया बनाते समय प्रसाद प्रायः 'चल जा', 'चल जाती', 'चल गई' आदि का निधड़क प्रयोग करते हैं, जबकि वहाँ 'चली जा', 'चली जाती' और 'चली गई' होना चाहिए।

ऐसे ही लुंज-पुंज वाक्यों के कारण प्रसाद के वाक्य में अस्पष्टता की शिकायत प्रायः सुनने में आती है। 'कामायनी' से ही उदाहरण लें :

1. उलझन प्राणों के धागों की सुलझन का समझूँ मान तुम्हें।

2. अवगुंठन होता आँखों का आलोक रूप बनता जितना।

3. हो चकित निकल आई सहसा जो अपने प्राची के घर से।
उस नवल चन्द्रिका से बिछले जो मानस की लहरों पर से॥

अन्वय की यह कठिनाई कभी-कभी 'दूरान्वय' के कारण भी होती है :

उद्बुद्ध क्षितिज की श्याम छटा इस उदित शुक्र की छाया में;
ऊषा-सा कौन रहस्य लिये सोती किरनों की छाया में।

'छटा' कर्ता की क्रिया 'सोती' कितने चक्कर के बाद मिलती है! ऐसी गड़बड़ी बहुत कुछ विराम-चिह्नों के भ्रान्त प्रयोग के कारण भी हुई है।

'परिव्राजक की प्रजा' में अपने संस्मरणों के बीच श्री शान्तिप्रिय द्विवेदी ने प्रसाद की भाषा के विषय में जो यह तथ्य लक्षित किया है, वह बहुत-कुछ ठीक है : 'प्रसाद जी का गद्य विशृंखल और ऊबड़-खाबड़ था। उन्होंने भाषा का अभ्यास नहीं किया था, भाव के आवेग में उनके वाक्य प्रायः लुंड-मुंड शिला-खंडों की तरह लुढ़कते रहते थे।'

इतना होते हुए भी प्रसाद रुचिर गद्य के शिल्पी थे। भूसाभरी उनके यहाँ कहीं न मिलेगी। सर्वत्र उनकी शैली में एक प्रकार की अभिजात गरिमा मिलती है। तनिक भी ओछापन वहाँ नहीं है। उनकी स्थापना में तुंगता और वैभव है तो विरोध और खंडन की भव्यता और ऊर्जस्विता भी। स्वच्छता उतनी नहीं, जितनी उज्ज्वलता है। प्रायः लोगों ने उनके 'प्रसाद' नाम का लाभ उठाकर उनकी शैली में प्रसाद गुण बतलाया है, लेकिन यह श्लिष्ट चमत्कार की अपेक्षा और कुछ नहीं है। प्रसाद की भाषा उतनी प्रच्छन्न और विशद नहीं है जितनी 'प्रसाद' गुण के लिए होनी चाहिए। लालित्य उनके यहाँ अवश्य है, वर्णों की भास्वरता भी है, पदों के अनुरणन में हल्की मिठास से भरी मंजुल गूँज भी सुनाई पड़ती है। लेकिन सर्वत्र एकरस मध्ययुगीन मन्थरता-सी है; क्षिप्रता बहुत कम है। उनमें निराला की भाषा-शैली की तरह क्षिप्रता नहीं है; नाटक, कहानी और उपन्यास सर्वत्र पात्रों की भाषा एक-सी है। हर जगह एक ही जबान चलती है और वह प्रसाद के अपने व्यक्तित्व की इतनी गहरी छाप लिये है कि उसे कोई अपने नाम से चलाते हुए तुरन्त पकड़ा जाएगा। कुल मिलाकर प्रसाद की भाषा-शैली में रचनात्मक सम्भावनाएँ न्यूनतम हैं। इसीलिए वह निर्वंश गई। 'रचनात्मक सम्भावना' तो उस युग के एक ही साहित्यकार की भाषा में थी और वह थे प्रेमचन्द।

[1953]

पुनर्मूल्यांकन का एक उदाहरण : 'कामायनी'

'क्या आधुनिक साहित्य-चिन्तन की प्रक्रिया में पिछली समीक्षा-पद्धति की तुलना में ऐसा कोई गुणात्मक परिवर्तन आया है?' इस प्रश्न से प्रेरित होकर डॉ. रामस्वरूप चतुर्वेदी ने 'कामायनी के पुनर्मूल्यांकन' (*माध्यम* : अक्टूबर, 1967) की दिशा में एक प्रयास किया है; क्योंकि 'पुनर्मूल्यांकन की बात साहित्य में तब आती है, जब किसी रचना, कवि अथवा युग-विशेष को देखने-परखने की दृष्टि में गुणात्मक अन्तर आ जाए। हर समय की दृष्टि से–अगला–मूल्यांकन पुनर्मूल्यांकन नहीं होगा, क्योंकि सम्भव है कि वह पिछले मूल्यांकन का ही विस्तार अथवा पूरक हो। पुनर्मूल्यांकन एक साथ ही रचना और प्रचलित समीक्षा-दृष्टि, दोनों का होता है। इस माने में पुनर्मूल्यांकन की प्रक्रिया साहित्य-बोध के नये स्तर को उद्घाटित करती है। समकालीन साहित्य के मूल्यांकन की प्रक्रिया में गुणात्मक परिवर्तन होता है तो पिछले युगों के साहित्य का पुनर्मूल्यांकन एक स्वाभाविक और अनिवार्य परिणाम होगा, क्योंकि साहित्य मात्र के मूल्यांकन की प्रक्रिया एक ही होगी। यों पुनर्मूल्यांकन के माध्यम से हम युग-युग के साहित्य को समकालीन जीवन से जोड़ते चलते हैं।'

पुनर्मूल्यांकन की दृष्टि से 'कामायनी' का चुनाव सर्वथा उचित है। 'कामायनी' का प्रकाशन 1937 में हुआ जो एक युग के काव्य-बोध का चरम बिन्दु ही नहीं, बल्कि दूसरे युग का आरम्भ-बिन्दु भी है। इसके अतिरिक्त आधुनिक हिन्दी की काव्यकृतियों में 'कामायनी' को ही यह गौरव प्राप्त है कि उस पर सबसे अधिक आलोचनाएँ प्रकाशित हुई हैं। यदि आचार्य शुक्ल के 'हिन्दी साहित्य का इतिहास' को 'कामायनी' के मूल्यांकन का प्रस्थान मानें तो अब तक की अधिकांश आलोचनाएँ, जैसाकि डॉ. रामस्वरूप चतुर्वेदी ने अपने 'पर्यालोचन' में दिखलाया है, पुनर्मूल्यांकन नहीं बल्कि पिछले मूल्यांकन का ही विस्तार अथवा पूरक हैं। ' 'कामायनी' को समझने की अब तक की पद्धतियाँ रही हैं–महाकाव्य के रूप में, रूपक के रूप में, ऐतिहासिक इतिवृत्त के रूप में, दार्शनिक रचना के रूप में, या ऐसे ही कुछ अन्य पक्षों को आधार बनाकर।' स्पष्टतः ये पद्धतियाँ पिछले मूल्यांकन का 'विस्तार अथवा पूरक' भी नहीं, बल्कि उससे भी प्राचीन जड़ 'एकेडेमिक' अभ्यास-मात्र हैं। इसके विपरीत 'रचना को वस्तुशिल्प, मूर्ति या चित्र की तरह किसी स्तर पर समग्रता में, उसके अनुभव की

संश्लिष्टता में देखने का यत्न', डॉ. रामस्वरूप चतुर्वेदी के अनुसार, काव्य-समीक्षा की नवीन पद्धति है, जिसे सर्वथा नवीन न कहकर छायावाद-युग की समीक्षा-पद्धति का ही 'विस्तार अथवा पूरक' कहा जा सकता है, क्योंकि आचार्य शुक्ल ने भी 'कामायनी' की 'अन्तर्योजना' का प्रश्न उठाया था; यह दूसरी बात है कि उन्हें 'कामायनी' में 'अन्तर्योजना' बाधित प्रतीत हुई। इसके अतिरिक्त नन्ददुलारे वाजपेयी की 'कामायनी' सम्बन्धी समीक्षा का महत्त्व तो डॉ. रामस्वरूप चतुर्वेदी ने स्वयं ही स्वीकार किया है और संश्लिष्ट काव्य-विधान के बारे में वाजपेयी जी की दृष्टि कितनी साफ थी, उसके प्रमाणस्वरूप यह उद्धरण भी दिया है : 'बड़े जीवन-चक्रों को हाथ में लेना; पेचीदा भावधाराओं और सांस्कृतिक परिवर्तन के फलस्वरूप उठी हुई जटिल समस्याओं का निरूपण करना; व्यक्ति, देश और जाति के जीवन के बृहद् छाया-आलोकों को उद्घाटित करना; सारांश यह कि जीवन के गहरे और बहुमुखी घात-प्रतिघातों और विस्तृत जीवन-दशाओं में पद-पद पर आनेवाले उद्वेलनों को चित्रित करना, उन्हें सँभालना और अपनी कला में उनको सजीव करना' (*जयशंकर प्रसाद,* पृ. 9)। ये बातें निस्सन्देह किसी काव्यकृति के संश्लिष्ट विधान के बोध की सूचक हैं, किन्तु केवल सैद्धान्तिक स्तर पर, क्योंकि व्यवहार में स्वयं वाजपेयी जी 'कामायनी' में इस संश्लिष्टता का उद्घाटन न कर सके। इसलिए नये काव्य-बोध की ओर से समीक्षा की नई पद्धति के रूप में काव्य के संश्लिष्ट विधान का सैद्धान्तिक निरूपण करके स्वयं डॉ. रामस्वरूप चतुर्वेदी ने भी उसी प्रकार के खतरे के लिए अपने-आपको खुला छोड़ दिया है, क्योंकि यहाँ भी व्यवहार-पक्ष सिद्धान्त की प्रतिज्ञाओं को पुष्ट नहीं कर पाता। इस सन्दर्भ में प्रसंगात् यह उल्लेखनीय है कि संश्लिष्टता के लिए काव्यकृति के प्रसंग में वास्तुशिल्प मूर्ति या चित्र की उपमा भ्रामक हो सकती है—अधिक-से-अधिक इसे एक आलंकारिक प्रयोग के रूप में ग्रहण करना ही निरापद है। फिर भी प्रचलित एकेडेमिक आलोचना की खंड-दृष्टि के विपरीत 'संश्लिष्ट काव्य-विधान' की पुनः प्रतिष्ठा करके डॉ. रामस्वरूप चतुर्वेदी ने महत्त्वपूर्ण कार्य किया है और जैसाकि उन्होंने स्वयं स्वीकार किया है, इस कार्य में उनके अग्रणी मुक्तिबोध हैं। मुक्तिबोध ने पहली बार 'कामायनी' को एक ऐसी विशाल 'फैंटेसी' के रूप में देखने का प्रस्ताव किया जो 'कलाकार की विधायक कल्पना द्वारा जीवन की पुनर्रचना' है। डॉ. रामस्वरूप चतुर्वेदी ने भी उस संकेत-सूत्र को पकड़कर 'कामायनी' को 'बिम्ब-माला' के जटिल 'विधान' के रूप में विवेचित करने का प्रयास किया है।

विचार-क्रम में डॉ. रामस्वरूप चतुर्वेदी ने जो सबसे महत्त्वपूर्ण तथ्य लक्षित किया है, वह यह है कि 'कमजोर आधार-भाषा के बावजूद इतना कुशल बिम्ब-प्रयोग साहित्यिक इतिहास की एक असाधारण, पर सुखद विडम्बना है। वर्णन की भाषा काव्य-भाषा का प्राथमिक स्तर है, और बिम्ब-गठन भाषा का अधिकतम सर्जनात्मक स्तर है।...प्रसाद में वर्णन की यह भाषा जितनी अव्यवस्थित, ऊबड़-खाबड़ है, भाषिक

बिम्ब-गठन की क्षमता उतनी ही अधिक है। 'कामायनी' को लेकर प्रायः हर सजग पाठक के मन में जो आकर्षण-विकर्षण—एम्बीबेलेंस चलता है, उसका एक प्रधान कारण इन दो भाषिक स्तरों की विफलता और सफलता एक साथ है। ऐसा शायद इसलिए हो कि काव्य में अपना समूचा ध्यान बिम्ब-गठन पर ही केन्द्रित करके प्रसाद ने सामान्य वर्णन-भाषा की उपेक्षा की हो।'

पर्यवेक्षण निस्सन्देह सूक्ष्म है किन्तु प्रस्तुत समाधान से किसी सजग पाठक का कायल होना नामुमकिन है, जैसाकि गोष्ठी-परिचर्चा में श्री विजयदेव नारायण साही के इस वक्तव्य से स्पष्ट है : 'प्रसाद की भाषा अगर ढोकदार लगती है, बीच-बीच में झटके और लटके आते हैं, घुलावट नहीं है तो हमें देखना होगा कि 'स्वीप ऑफ इमेजिनेशन' कितना है। लेकिन एक सवाल रह जाता है कि कथ्य और भाषा में 'इंटेगरल' रिश्ता क्या है? यह अनगढ़पन किस प्रकार का है? कबीर में भी अनगढ़पन है, पर दूसरे प्रकार का है। पर कबीर में हम दर्शन देखते हैं, भाषा नहीं। जो कुछ भी अनगढ़पन है, उसे स्वीकार करना होगा। मैं ऐसा नहीं समझता कि भाषा का अनगढ़पन प्रसाद जी की भावाभिव्यक्ति में बाधक होता है। अनगढ़पन शायद खड़ी बोली की प्रवृत्ति के साथ स्वीकार करना होगा। कबीर में प्रतिज्ञा सुथरी, भाषा ढचर है, पर प्रसाद में नहीं। प्रसाद में भीतर विसंगति है। 'इच्छा क्यों पूरी हो मन की' खासी चपटी पंक्ति लगती है, जो बीच में प्रसाद में बैठी हुई है, जिससे हर आलोचक जूझ ही जाता है। केन्द्र में क्यों है यह? महादेवी के पास भी भाषा का वही दाय था। यह सही है कि प्रसाद ने 'कैनवास' बड़ा लिया। महादेवी ने भाषा को फुला दिया, प्रसाद ने क्यों नहीं? मनःस्थिति स्वयं उस भाषा से उद्भूत थी या नहीं? अस्थि-पंजर और 'स्वीप ऑफ इमेजिनेशन' में खाई, रिक्तता क्यों है जो तुलसी और कालिदास में नहीं मिलती? मैं कोई संगत उत्तर नहीं निकाल पाया।'

कहना न होगा कि विजयदेव नारायण साही ने 'कामायनी' की वर्णनात्मक भाषा और बिम्बात्मक भाषा के बीच दिखाई पड़नेवाली असंगति की गहराई में काफी दूर तक जाने का प्रयास किया। इस प्रयास में उन्होंने इतना तो देख लिया कि विसंगति 'भीतर' है जिसे 'स्वीप ऑफ इमेजिनेशन' की माप करके थाहा जा सकता है, फिर भी 'संगत उत्तर' निकल पाने का सन्तोष नहीं हुआ। निस्सन्देह यह बौद्धिक ईमानदारी किसी सतही समाधान से लाख दर्जे बेहतर है।

'कामायनी' में असंगति का अनुभव किसी-न-किसी स्तर पर प्रायः सभी सूक्ष्मद्रष्टा समीक्षकों ने महसूस किया है, किन्तु सभी स्तरों की उन असंगतियों के बीच संगत सम्बन्ध-सूत्र देख पाने की ओर ध्यान बहुत कम गया है। कथानक और चरित्रों के बीच की असंगतियों की ओर तो आचार्य शुक्ल का भी ध्यान गया था। इसके अतिरिक्त रूपक के निर्वाह में जो गड़बड़ी पैदा हुई है, उसकी ओर भी आचार्य शुक्ल ने संकेत किया है। इन असंगतियों के 'भीतर' पैठने का प्रयास आचार्य शुक्ल

ने भी किया और अपने सामर्थ्य के अनुसार उन्होंने प्रसाद जी की जीवन-दृष्टि– रहस्यवाद पर अँगुली रखी, जिसे आचार्य का पूर्वग्रह कहकर डॉ. रामस्वरूप चतुर्वेदी ने एक झटके में टाल दिया। स्पष्टतः इसके पीछे उनकी विशेष काव्य-दृष्टि है। वे काव्य-कृति के अर्थ और अनुभव को कम-से-कम क्षरित होने देना चाहते हैं। उनकी समझ से किसी भी प्रकार का दार्शनिक पूर्वग्रह इसमें बाधक हो सकता है, इसलिए वे कृति को समग्रता में आयत्त करने के लिए आद्योपान्त एक खुलापन कायम रखना चाहते हैं। आपाततः यह पद्धति निर्दोष प्रतीत होती है; किन्तु अधिक-से-अधिक यह रस-ग्रहण के उपयोग के लिए ही संगत हो सकती है। यह 'आलोचनात्मक' दृष्टि नहीं है क्योंकि यह मूल्यांकन के लिए प्रस्तुत नहीं है। आकस्मिक नहीं कि डॉ. रामस्वरूप चतुर्वेदी ने अन्त तक 'कामायनी' पर कोई मूल्य-निर्णय नहीं दिया, जो स्पष्टतः पुनर्मूल्यांकन की विडम्बना है। विश्लेषण के समस्त बारीक और नये औजारों के बावजूद न तो वे 'कामायनी' का कोई नया 'अर्थ' ही उद्घाटित करते हैं और न कोई अनदेखा 'अनुभव' ही, और इस प्रकार यदि 'कामायनी' के उनके मूल्य-बोधक निष्कर्ष परम्परा की पुनरावृत्ति-मात्र ही दिखाई पड़ते हैं तो यह केवल संयोग की बात नहीं है। वर्णन की भाषा की अनगढ़ता पर ध्यान न देकर केवल सुन्दर बिम्बों के आधार पर 'कामायनी' की प्रशंसा करना बहुत-कुछ वैसा ही है, जैसे आचार्य शुक्ल का यह कथन कि 'यदि हम इस विशद काव्य की अन्तर्योजना पर ध्यान न दें, समष्टि रूप में कोई समन्वित प्रभाव न ढूँढ़ें, श्रद्धा, काम, लज्जा, इड़ा इत्यादि को अलग-अलग लें तो हमारे सामने बड़ी ही रमणीय कल्पना, अभिव्यंजना की अत्यन्त मनोरम पद्धति आती है।'

वस्तुतः 'कामायनी' के सम्बन्ध में डॉ. रामस्वरूप चतुर्वेदी ने लगभग वही प्रश्न उठाया है जो शेक्सपियर के नाटक 'हैमलेट' के सम्बन्ध में किसी समय टी.एस. इलियट ने उठाया था। इलियट को भी 'हैमलेट' नाटक के कथानक और हैमलेट चरित्र के मन में उठती हुई अनुभूतियों के बीच संगति का अभाव दिखाई पड़ा और उन्हें लगा कि उन अनुभूति-प्रवण स्थितियों को सँभालने लायक कथा-संघटना नहीं है। अपनी विशिष्ट भाषा में इलियट ने उसी को 'ऑब्जेक्टिव कोरिलेटिव' का अभाव कहा है, जिसे हिन्दी में 'विभावन व्यापार' के रूप में अनुवाद करके बहुत-से लोग बिम्ब-विधान से सम्बद्ध कर लेते हैं। किन्तु इलियट की अपनी शब्दावली तथा उस शब्दावली के सन्दर्भों पर अच्छी तरह ध्यान देने से पता चलता है कि वे भाव की अभिव्यक्ति के लिए तत्सम्बन्धी जिस वस्तुनिष्ठता की खोज की बात कर रहे हैं, वह 'हैमलेट' के सन्दर्भ में कोई 'बिम्ब' नहीं बल्कि कथानक है। अमेरिकी समीक्षक जॉन क्रो रैन्सम अपनी भाषा में कविता के अन्तर्गत जिस 'स्ट्रक्चर' और 'टेक्सचर' के तनाव की बात करते हैं, इलियट की भाषा में वह 'स्ट्रक्चरल इमोशन' और 'फ्लोटिंग फीलिंग्ज' का द्वन्द्व है। इलियट भाव या संवेग (इमोशन) को सचेत मस्तिष्क का व्यापार मानते हैं

जो अपनी बौद्धिकता के द्वारा कविता को संरचनात्मक अन्विति प्रदान करता है। इनसे भिन्न स्थिति अनुभूतियों (फीलिंग्ज) की है, जो अचेतन मस्तिष्क की क्रियाएँ हैं और ये कवि की इच्छाशक्ति के अंकुश की अवहेलना करके स्वतःस्फूर्त बिम्बों के रूप में प्रकट होती रहती हैं। इस प्रकार रचनाकार की समस्या इन स्फुट बिम्बों को संरचनात्मक अन्विति में बाँधने की होती है। इलियट की अपनी राय में कवित्व-गुण संरचना में नहीं, बल्कि बिम्बों के ब्यौरे में होता है। इलियट के इस काव्य-सिद्धान्त का प्रतिनिधि उदाहरण स्वयं उन्हीं की प्रसिद्ध कृति 'वेस्टलैंड' है। इलियट का यह उदाहरण डॉ. रामस्वरूप चतुर्वेदी द्वारा 'कामायनी' के सन्दर्भ में प्रस्तुत समस्या पर पर्याप्त प्रकाश डाल सकता है। वर्णन की भाषा और बिम्ब की भाषा के बीच की असंगति वस्तुतः 'स्ट्रक्चर' और 'टेक्सचर' का तनाव है, इसलिए आवश्यकता उस असंगति को तनाव के रूप में देखने की है। इससे काव्य के रूपात्मक विश्लेषण के लिए निश्चित रूप से एक स्पष्ट दिशा मिल सकती है और इस प्रकार नये भाव-बोध के अनुरूप कविता के मूल्यांकन के लिए नई समीक्षा-पद्धति की स्थापना भी हो सकती है—ऐसी समीक्षा-पद्धति, जो सच्चे अर्थों में पिछली समीक्षा-पद्धति में 'गुणात्मक परिवर्तन' की सूचक हो।

किन्तु 'कामायनी' के पुनर्मूल्यांकन की समस्या इतने मात्र से समाहित नहीं होती। पुनर्मूल्यांकन के मूल में नियामक तत्त्व 'मूल्य' है और 'कामायनी' के पुनर्मूल्यांकन में जब तक गुणात्मक स्तर पर भिन्न मूल्य-दृष्टि का परिचय नहीं दिया जाता, वह पुनर्मूल्यांकन न कहलाएगा। इस प्रसंग में गजानन माधव मुक्तिबोध की पुस्तक 'कामायनी : एक पुनर्विचार' उल्लेखनीय है, जिसे लेखक के मार्क्सवादी पूर्वग्रह के कारण डॉ. रामस्वरूप चतुर्वेदी ने एक दूसरी 'गलती' का बायस मान लिया। वस्तुतः यहाँ खामख्वाह के लिए मार्क्सवाद को घसीटना अप्रासंगिक है। वास्तविक भेद प्रस्थान का है। डॉ. रामस्वरूप चतुर्वेदी 'कामायनी' के पुनर्मूल्यांकन की ओर प्रवृत्त हुए काव्य-समीक्षा की नई पद्धति की जाँच के लिए, जबकि मुक्तिबोध शुक्लोत्तर आलोचकों द्वारा 'कामायनी' के दुरुपयोग से क्षुब्ध होकर उसके पुनर्मूल्यांकन के लिए आगे आए, इसलिए स्वभावतः उनकी दृष्टि मूल्य-केन्द्रित रही। रूपवादी मूल्यांकन की सीमाएँ बतलाते हुए मुक्तिबोध साफ कहते हैं कि 'केवल काव्य-सौन्दर्य से अभिभूत होकर, वायवीय दार्शनिक बातें करना और सौन्दर्य-विवेचन न करना न केवल अपर्याप्त है वरन् पथ-भ्रामक भी।'

पुनर्मूल्यांकन का अपना मंतव्य स्पष्ट करते हुए मुक्तिबोध ने लिखा है : 'हुआ यह कि प्रसाद जी की 'कामायनी' साहित्य के रसवादी छायावादी पुराणपंथियों के हाथ में, नवीन प्रगति-शक्तियों के विरुद्ध एक शस्त्र बन गई। उन्होंने मनु के व्यक्तिवाद के विनाशकारी रूप का उद्घाटन नहीं किया, प्रसाद जी की सभ्यता-समीक्षा की बात को ढाँक दिया। किन्तु यही दो बातें हैं जिनके कारण 'कामायनी' अत्यन्त महत्त्वपूर्ण

हो गई है। भाववादी आलोचकों ने प्रसाद जी से भी आगे बढ़कर 'कामायनी' का रहस्यवादी मनोवैज्ञानिक अर्थ लगाया और उसके उपयोगी तत्त्वों को प्रच्छन्न कर दिया। उन्होंने 'कामायनी' के सम्बन्ध में हर तरह की ऊँचे किस्म की गलतफहमियाँ भी फैलाईं।'

मुक्तिबोध ने 'कामायनी' के पुनर्मूल्यांकन के द्वारा इन आलोचकों का विरोध इसलिए किया कि वे 'कामायनी' का उपयोग यथावत् स्थिति बनाए रखने के लिए कर रहे हैं। इस सन्दर्भ में एक स्थान पर उन्होंने पं. नन्ददुलारे वाजपेयी का स्पष्ट उल्लेख करते हुए कहा है कि वे 'कामायनी' के द्वारा छायावाद के प्रतिक्रियावादी मूल्यों को पुनः प्रतिष्ठित करने का प्रयास कर रहे हैं। एक नये सृजनशील कवि के नाते मुक्तिबोध काव्य और जीवन, दोनों ही क्षेत्रों में छायावाद के प्रतिक्रियावादी मूल्यों के खिलाफ संघर्ष करना अपना कर्तव्य समझते थे, इसलिए उन्होंने विशेष रूप से 'कामायनी' के भीतर घुसकर उन 'सामाजिक-ऐतिहासिक शक्तियों' का उद्‌घाटन किया 'जिन्होंने हिन्दी में व्यक्तिवादी रोमांसवाद, छायावादी भावुकता तथा भाववादी-आदर्शवादी विचारधारा का प्रणयन किया।' इस प्रयास में उन्होंने 'पूँजीवाद'-जैसे काव्येतर शब्दों के प्रयोग से भी परहेज नहीं किया क्योंकि उनकी स्पष्ट धारणा है कि ' 'पूँजीवाद' शब्द के प्रयोग से न केवल उन्हें परहेज है, वरन् भय भी है, क्योंकि यह शब्द उनकी साहित्यिक अभिरुचि पर आघात करता है। इस मनोवृत्ति के पीछे वर्गीय हित काम कर रहे हैं, क्योंकि यदि 'पूँजीवाद' शब्द के बारम्बार प्रयोग से संलग्न और संस्कृत जो भावधाराएँ विद्रोहपूर्ण होकर गरीब मध्यवर्ग और मजदूर वर्ग को आन्दोलित करती हैं, वे भावधाराएँ यदि साहित्य में स्थायी रूप से प्रतिष्ठित हुई हैं तो उनके वर्ग-हितों को आघात पहुँचने की सम्भावना बढ़ जाएगी। फलतः 'राष्ट्रीयता', 'भारतीय संस्कृति', 'जातीयता', 'मानवीयता' आदि शब्दों का ही प्रयोग किया जाना चाहिए, जिससे कि अन्यों की चेतना धुँधली हो उठे।'

इस प्रकार मुक्तिबोध का 'कामायनी : एक पुनर्विचार' केवल 'कामायनी' को 'फैंटेसी' के रूप में देखने का कलावादी प्रयास भर नहीं, बल्कि उस 'फैंटेसी' में निहित जीवन-मूल्यों की समीक्षा करते हुए नये मूल्यों की व्याख्या का मूल्यपरक विवेचन है। इस मामले में मुक्तिबोध की दृष्टि इतनी विशद थी कि वे कुछ मार्क्सवादी बन्धुओं की भ्रांत धारणाओं के निराकरण से भी अपने को रोक न पाए। 'कामायनी' में अनेक स्तरों पर द्वन्द्व की स्थिति देखकर उतावली में कुछ मार्क्सवादी आलोचकों ने उसमें द्वन्द्वात्मक भौतिकवाद की छाया देख ली। मुक्तिबोध ने सोदाहरण विश्लेषण करके दिखा दिया कि वह मार्क्सवाद की द्वन्द्वात्मकता नहीं बल्कि उसका सम्बन्ध भाववाद से है।

किन्तु इसका अर्थ यह नहीं कि मुक्तिबोध ने 'कामायनी' का मूल्यांकन किसी दर्शन-ग्रन्थ के रूप में किया है। स्वयं 'फैंटेसी' के रूप में काव्य-रचना करने के

अभ्यासी मुक्तिबोध ने स्पष्ट देख लिया था कि 'कामायनी' कवि के दीर्घ संचित भावों और विचारों के ऊहापोह के दौरान क्रमशः रूप धारण करती हुई एक आत्मपरक 'फैंटेसी' है जिसमें समकालीन जीवन की कलात्मक पुनर्रचना की गई है। इस कला-सृष्टि के विभिन्न कलात्मक तत्त्वों का एक-एक कर विश्लेषण करते हुए उन्होंने 'कामायनी' की कलात्मक शक्ति का अनुसंधान किया और फिर उसकी कलात्मकता को बाधित करनेवाले तत्त्वों को अलग करके 'कामायनी' की असंगतियों को भी रेखांकित किया। विचार-क्रम में मुक्तिबोध ने दिखलाया है कि 'कामायनी' सकर्मक जीवन-अनुभव और अकर्मक जीवन-दर्शन के द्वन्द्व अथवा तनाव की कलात्मक सृष्टि है, जिसमें जीवन की वास्तविकता की गहरी पहचान तो है किन्तु मानव-समाज के भविष्य का व्यापक और स्पष्ट चित्र न होने के कारण वे यथार्थ चित्र दकियानूसी जीवन-दर्शन के शिकार हो गए। यहाँ मुक्तिबोध ने प्रसाद के नाटकों को 'कामायनी' से अलग करते हुए उनमें निहित सकर्मकता की ओर अर्थपूर्ण संकेत किया है। 'कामायनी' की व्याख्या करते हुए मुक्तिबोध की दृष्टि इस हद तक अपने युग की स्थितियों से सम्बद्ध थी कि 'इड़ा' सर्ग की 'शापवाणी' पर टिप्पणी करते हुए वे अनायास कह जाते हैं कि 'यह शापवाणी सन् 1953 की वास्तविकताओं को भी ठीक चित्रित करती है—सिवाय एक बात के। नई ऐतिहासिक शक्ति-सम्पन्न विकासमान श्रमिक वर्ग की बलबुद्धि और आत्मविश्वासमयी क्रान्तिकारी प्रवृत्ति को वे न देख सके।'

सारांश यह कि मुक्तिबोध का 'कामायनी : एक पुनर्विचार' समकालीन साहित्य में पुनर्मूल्यांकन के बहाने नये मूल्यों का ऐतिहासिक दस्तावेज है जो समकालीन साहित्य के मूल्यांकन के साथ ही समकालीन सन्दर्भ में अपनी पूरी परम्परा का पुनर्मूल्यांकन करने की दृष्टि देता है। और जैसीकि मुक्तिबोध ने आशा व्यक्त की है, 'अगर इस रचना की ओर आलोचकों का ध्यान गया तो निश्चय ही मतभेदों की टंकार सुनाई देगी। यह आवश्यक भी है। 'कामायनी' हमारे लिए मूल्यवान ग्रन्थ है। मतभेदों की सक्रियता के द्वारा ही हम मतैक्य का विकास कर सकेंगे, तथा न केवल साहित्य के वरन् साहित्यालोचन के प्रधान सिद्धान्तों के बारे में भी कतिपय निष्कर्षों की तरफ बढ़ सकेंगे।'

प्रासंगिकता पर पुनश्चः 'प्रलय की छाया' के माध्यम से

सच्ची प्रासंगिकता का अनुभव सुख के समान अक्सर ऐसे समय होता है जब न तो उसकी तलाश हो, न प्रत्याशा ही। प्रसाद जी की प्रसिद्ध कविता 'प्रलय की छाया' के विषय में कुछ ऐसा ही अनुभव हुआ।

हुआ यह कि किसी और प्रयोजन से मैं भारत के स्वाधीनता-संग्राम का इतिहास देख रहा था। असहयोग-आन्दोलन की वापसी के बाद जैसे ही स्वराज पार्टी का प्रकरण आया, ध्यान अटक गया। आज स्वराज पार्टी की चर्चा कम ही सुनाई पड़ती है। इसलिए इसके बारे में कुछ तथ्यों का उल्लेख आवश्यक है। फरवरी, 1922 में गांधी जी ने असहयोग आन्दोलन को वापस लेने की घोषणा की; मार्च में उन्हें गिरफ्तार करके अंग्रेज सरकार ने 6 साल के लिए जेल भेज दिया। दिसम्बर, 1922 में गया कांग्रेस हुई। अध्यक्ष मोतीलाल नेहरू और मंत्री चित्तरंजन दास ने असहयोग का रास्ता छोड़कर काउंसिलों में जाने का प्रस्ताव रखा। प्रस्ताव बहुमत से गिर गया। मोतीलाल नेहरू और चित्तरंजन दास ने कांग्रेस के पदों से त्यागपत्र देकर पहली जनवरी, 1923 को 'स्वराज पार्टी' नाम से एक नई पार्टी बना ली, जिसका कार्यक्रम था चुनाव लड़कर काउंसिलों में जाना। अन्ततः स्वराज पार्टी के उम्मीदवार चुनाव लड़कर काउंसिल में गए और काउंसिल में उन्होंने भरसक कानूनी संघर्ष भी किया। किन्तु इस बीच 25 अक्टूबर, 1924 को सरकार ने एक अध्यादेश जारी करके व्यापक रूप से छापा मारकर अनेक जगहों की तलाशी ली और सुभाषचन्द्र बोस सहित अनेक कांग्रेसी, स्वराजवादी और क्रान्तिकारी नेताओं को गिरफ्तार कर लिया। अन्ततः इस कानूनी लड़ाई की निरर्थकता समझकर स्वराज पार्टी के काउंसिल-सदस्य काउंसिल से बाहर आ गए। गांधी जी शुरू से ही काउंसिल-प्रवेश के खिलाफ थे। उन्हें स्वराज पार्टी के नेताओं की देशभक्ति में सन्देह न था, किन्तु वे राजनीतिक दृष्टि से उन्हें गलत समझते थे। कांग्रेस ने भी सितम्बर, 1923 में दिल्ली में एक विशेष अधिवेशन करके कांग्रेस के सदस्यों को काउंसिल-उम्मीदवार होकर चुनाव लड़ने की अनुमति दे दी थी। फिर भी कांग्रेस की आम समझ यही थी कि संसदीय कार्यों के कारण आम जनता के बीच रचनात्मक कार्य तथा अन्य कार्यों को बाधा पहुँचेगी तथा लड़ाकूपन

में कमी आएगी, इसके साथ ही राजनीतिक भ्रष्टाचार के पनपने की भी आशंका थी। एक आशंका यह भी थी कि जो पार्षद काउंसिलों के कामकाज को ठप्प करने के इरादे से गए हैं, वे धीरे-धीरे सरकारी संवैधानिक ढाँचे द्वारा जज्ब कर लिये जाएँगे और छोटे-मोटे सुधारों में सरकार के साथ सहयोग करने लगेंगे।

स्वराज पार्टी की यह सहयोग-संघर्ष की भूमिका तथा अन्तिम परिणति इतनी विडम्बनापूर्ण और करुण है कि हठात् 'प्रलय की छाया' की नायिका कमला याद हो आई। कमला ने भी तो बड़े गर्व से कहा था :

पद्मिनी जली थी स्वयं किन्तु मैं जलाऊँगी
वह दावानल ज्वाला
जिसमें सुलतान जले।

लेकिन हुआ यह कि अन्त में वह स्वयं ही बुझ गई और वह भी इस तरह :

कृष्णागुरुवर्तिका
जल चुकी स्वर्णपात्र के ही अभिमान में
एक धूम-रेखा मात्र शेष थी;
उस निस्पंद रंग मन्दिर के व्योम में
क्षीण-गन्ध निरवलम्ब।

यह सच है कि 'प्रलय की छाया' पढ़ते हुए मुझे कभी स्वराज पार्टी की याद न आई, 'प्रलय की छाया' याद आई–'स्वराज पार्टी' का इतिहास पढ़ते हुए। और जब याद आई तो इन दोनों के बीच सम्बन्ध-सूत्र ढूँढ़ने की जिज्ञासा भी स्वाभाविक है।

'प्रलय की छाया' का प्रथम प्रकाशन जनवरी, '31 के 'हंस' में हुआ। प्रसाद की यह पहली कविता है जिसे प्रेमचन्द ने 'हंस' में प्रकाशित किया था और वह भी बड़ी सजधज से। उन्हीं दिनों प्रसाद ने दो और कविताएँ लिखी थीं–'शेरसिंह का शस्त्र समर्पण' और 'पेशोला की प्रतिध्वनि'। ये दोनों कविताएँ भी 'प्रलय की छाया' की तरह इतिहास पर आधारित हैं। तीनों कविताएँ अन्ततः 'लहर' में संकलित हुईं। मुक्तछन्द में लिखी हुई प्रसाद की ये तीन ही कविताएँ हैं। शेरसिंह और पेशोला की राजनीति इतनी स्पष्ट है कि उनकी राजनीतिक व्याख्या की आवश्यकता कभी अनुभव न की गई। फिर भी इन दोनों कविताओं की 'समकालीनता' की ओर दृष्टि न गई। शेरसिंह का पंचनद और पेशोला का मेवाड़ इतिहास नहीं, बल्कि प्रसाद का जीता-जागता वर्तमान है। और वर्तमान भी ऐसा जिसमें पराजय की गहरी पीड़ा है। एक जगह 'जीत होती जिसकी/वही है आज हारा हुआ।' दूसरी जगह 'अरुण करुण बिम्ब/वह निर्धूम भस्म रहित ज्वलन पिंड।'

पराजय का यह बोध देवसेना के अन्तिम गीत की इन पंक्तियों में भी है :

चढ़कर मेरे जीवन रथ पर
प्रलय चल रहा अपने पथ पर

मैंने निज दुर्बल पद बल पर
उससे हारी होड़ लगाई,
आह वेदना मिली विदाई!

यह गीत जिस नाटक का है, वह 'स्कन्दगुप्त' भी उन्हीं दिनों, यानी 1929 की रचना है। क्या इस 'प्रलय' से 'प्रलय की छाया' का भी कोई नाता-रिश्ता है?

पुण्य ज्योतिहीन कलुषित सौन्दर्य का–
गिरता नक्षत्र नीचे कालिमा की धारा-सी
असफल सृष्टि सोती–
प्रलय की छाया में।

असफलता और पराजय की वही पीड़ा 'प्रलय की छाया' में भी है जो देवसेना के गीत में है और 'शेरसिंह का शस्त्र समर्पण' तथा 'पेशोला की प्रतिध्वनि' जैसी ऐतिहासिक कविताओं में है। इस प्रकार 'प्रलय की छाया' का एक सीधा साहित्यिक सन्दर्भ है जिससे राजनीतिक अर्थ ध्वनित होता है और यह राजनीतिक अर्थ स्वाधीनता संग्राम के उस दौर की मनोदशा से सम्बद्ध है। फिर भी 'प्रलय की छाया' के समकालीन राजनीतिक अर्थ की ओर तत्काल ध्यान नहीं जाता, यह भी सच है। कविता में गुजरात की रूपरानी कमला के सौन्दर्य का वर्णन रह-रहकर इतने मोहक रूप में किया गया है कि सामान्य पाठक उस रूप-चित्रण में ही फँसकर रह जाता है और अन्ततः वह इसी निष्कर्ष से सन्तुष्ट हो लेता है कि रूप-गर्व की व्यर्थता ही 'प्रलय की छाया' का कथ्य है। किन्तु जो रूप सामान्य पाठक के लिए वंचना का दुर्ग है, वह कमला के लिए आत्म-प्रवंचना है। और 'प्रलय की छाया' में कवि की दृष्टि इसी आत्मा-प्रवंचना के नाटक पर केन्द्रित है।

रूप-गर्व की निस्सारता तो पहले भी प्रदर्शित की जा चुकी है। 'कुमारसम्भव' के पाँचवें सर्ग में शंकर ने पार्वती की आँखों के सामने कामदेव को भस्म करके रूप को असार साबित कर दिया था। कालिदास के शब्दों में 'निर्निंद रूपं हृदयेन पार्वती।' 'प्रलय की छाया' की विशेषता यह है कि कमला का रूप-गर्व किसी तपोरत शिव के द्वारा नहीं, बल्कि रूप-लोभी सुलतान के हाथों चूर होता है। कमला ने अपने रूप को राजशक्ति से अधिक शक्तिशाली समझा था। राजशक्ति के छल से वह सर्वथा अनभिज्ञ थी। उसे नहीं पता था कि वह एक तरह से अपने-आपको छल रही थी।

इस आत्मछल का एक और आयाम है पद्मिनी से स्पर्धा। कुछ ऐसा कर दिखाने का चमत्कार जो पद्मिनी से भी न हो सका। 'पद्मिनी की भूल जो थी उसे समझाने को/सिंहिनी-सी दृप्त मूर्ति धारण कर/सन्मुख सुलतान के/मारने की, मरने की–अटल प्रतिज्ञा हुई।' कमला की कहानी के द्वारा प्रसाद जी वस्तुतः यही दिखाना चाहते हैं कि भूल पद्मिनी की नहीं, बल्कि कमला की थी। प्रसाद जी के लिए स्पर्धा का अंश इतना महत्त्वपूर्ण था कि उन्होंने इसके लिए इतिहास को बदलने में भी संकोच नहीं

किया। अलाउद्दीन ने गुजरात पर हमला पहले किया, चित्तौड़ पर बाद में। गुजरात की रानी कमला चित्तौड़ की रानी पद्मिनी के जौहर से पहले पकड़ी गई—इस प्रचलित कहानी को इतिहासविद् प्रसाद जी न जानते रहे हों, कयास के बाहर है। स्पष्टतः घटना-विपर्यास कवि की कल्पना है और सोद्देश्य भी। स्पर्धा के लिए घटना-विपर्यास आवश्यक था और स्पर्धा के बिना 'प्रलय की छाया' में वह विडम्बना न होती जो उसका प्राण है। इस विडम्बना में ही कमला की 'ट्रेजडी' है। राजशक्ति को रूप से नष्ट करने की कोशिश में वह स्वयं नष्ट हो गई। संकल्प और यथार्थ के बीच कितनी गहरी खाई है! इस प्रकार राजशक्ति से रूप की यह टकराहट ही 'प्रलय की छाया' को राजनीतिक अर्थ प्रदान करती है। इस राजनीतिक अर्थ की व्याख्या तत्कालीन स्वाधीनता-संग्राम से इतर किसी अन्य सन्दर्भ से सम्भव ही नहीं।

'प्रलय की छाया' में कमला एक जगह कहती है :

जीवन में आता है परखने का
जिसे कोई एक क्षण;
लोभ, लालसा या भय, क्रोध, प्रतिशोध के
उग्र कोलाहल में;
जिसकी पुकार सुनाई ही नहीं पड़ती।

'विश्व इन्द्रजाल में 'सत्य' कहते हैं जिसे' और जो 'मानवता का आत्मसम्मान' है, उसी को यहाँ 'परखने' की बात कही गई है। इस परख के लिए जीवन में 'कोई एक क्षण' आता है और कमला को अनुताप है कि उसने वह क्षण खो दिया। कविता के सत्य को भी परखने के लिए ऐसा ही कोई एक क्षण आता है और यदि उस क्षण को पाठक ने खो दिया तो कविता भी खो गई। यहाँ कोलाहल शब्दों का होता है, जिसमें ध्यान से न सुनें तो काव्य-सत्य की पुकार अक्सर सुनाई नहीं पड़ती। जहाँ तक 'प्रलय की छाया' का सम्बन्ध है, कमला का रूप ही नहीं, कविता का रूप भी पाठक की दृष्टि को चकाचौंध में डाल देता है। उस चकाचौंध में राजनीतिक अर्थ ओझल हो जाता है।

ऐसी चौंधियाई दृष्टिवाले पाठक यदि यह कहें कि 'प्रलय की छाया' पर एक राजनीतिक अर्थ जबर्दस्ती थोपा जा रहा है, तो आश्चर्य नहीं। इस व्याख्या से कहीं अधिक आश्चर्य तो उन्हें तब होगा जब यह कहा जाएगा कि कविता के मूल पाठ जैसी कोई चीज होती ही नहीं, यहाँ से वहाँ तक व्याख्या ही व्याख्या है। कोई सर्जनात्मक कृति इसीलिए कृति है कि वह कोई स्थिर वस्तु नहीं है, जड़ पदार्थ नहीं है। पढ़ने की प्रक्रिया में ही काव्यकृतियाँ अर्थ ग्रहण करती हैं और सार्थक होती हैं। इस प्रक्रिया में कभी-कभी मूल पाठ इतना बदल जाता है कि मूल पाठ का पता लगाना भी कठिन होता है। यदि ऐसा न होता तो पाठ-विज्ञान नामक एक नये शास्त्र का जन्म भी न होता।

काव्यकृति कोई स्थिर और जड़ पदार्थ नहीं है, यह तो उसी दिन प्रकाशित हो गया जब ध्वन्यालोककार ने शब्द और अर्थ के 'नित्य' सम्बन्ध को 'स्फोट' का लक्ष्य बनाया। साहित्यशास्त्र के इतिहास में वह पहला क्रान्तिकारी विस्फोट था। इस विस्फोट के द्वारा अर्थ शब्द के जड़ बन्धन से मुक्त हुआ और नई-नई व्याख्या के लिए पथ प्रशस्त हुआ। आज भी उस स्फोट की ध्वनि से दिशाएँ गूँज रही हैं, फिर भी यदि किसी को वह सुनाई न पड़े तो 'प्रलय की छाया' की वह पंक्ति फिर दुहरानी पड़ेगी कि :

उग्र कोलाहल में
जिसकी पुकार सुनाई ही नहीं पड़ती।

संसार की अन्य भाषाओं में जहाँ आलोचना-कर्म को अधिक गम्भीरता से लिया जा रहा है, यह सवाल नये सिरे से उठाया जा रहा है कि आखिर 'टेक्स्ट' क्या है? इसी से जुड़ा हुआ प्रश्न 'व्याख्या' अथवा 'इंटरप्रिटेशन' का है। उस 'मूल पाठ' का अस्तित्व ही विवादास्पद है तो फिर किसी व्याख्या की वैधता और प्रामाणिकता का प्रश्न उस विवाद के घेरे से कैसे बच सकता है? सृजन से ग्रहण तक सम्प्रेषण की समग्र प्रक्रिया में काव्यकृति निरन्तर उपजती और उपजाई जाती है। यह 'उपज' ही उसका जीवन है। इसी का दूसरा चालू नाम प्रासंगिकता भी है। किसी कृति को उसके जड़ पाठ से मुक्त करना ही उसकी प्रासंगिकता है। 'जड़ पाठ' शब्द से एतराज हो तो 'नित्य पाठ' कह लीजिए। नित्य अर्थात् समयसिद्ध। मुक्ति पाठ से ही नहीं, सन्दर्भ से भी। सन्दर्भ वह इतिहास है, जिसमें कोई कृति जन्म लेती है और उस इतिहास के साथ आगे भी विकसित होती है। यह विकास ही उसकी मुक्ति है।

राजसत्ता को तोड़ने के इरादे से उसके अन्दर जानेवाले दरअसल एक खतरनाक खेल खेलते हैं और अक्सर विडम्बना के शिकार होते हैं। 'प्रलय की छाया' का यह 'त्रासद' सत्य भारत के स्वाधीनता-आन्दोलन के असहयोगोत्तर दौर के एक सीमित सन्दर्भ से पैदा होकर भी इतिहास का जीवित सत्य है और इसीलिए आज भी उतना ही प्रासंगिक है।

'प्रलय की छाया' न तो प्रसाद की प्रतिनिधि कविता मानी जाती है, न ठेठ छायावादी कविता ही। हिन्दी छायावाद की जो आम औसत धारणा है, उसके मेल में यह बैठती भी नहीं। यह छायावाद के उस दौर की कविता है जब इन्द्रजाल टूट रहा था, वास्तविकता की आँच में स्वप्न छिन्न-भिन्न हो रहे थे, नशा उतर रहा था, छायावाद के अन्दर से ही एक प्रति-छायावाद उभर रहा था। 'प्रलय की छाया' इसी अन्तर्विरोध का द्वन्द्वात्मक नाटक है।

भारत के इतिहास में 'प्रलय की छाया' के मूल सन्दर्भ की आवृत्ति फिर नहीं हुई। हो भी नहीं सकती थी। लेकिन उस प्रकार के सन्दर्भ जरूर आए। भारत की कम्यूनिस्ट पार्टी भी एक समय कांग्रेस की राजसत्ता के साथ सहयोग-संघर्ष की

रणनीति खेल रही थी। इस विडम्बनापूर्ण स्थिति में पार्टी कमला की गति को भले ही प्राप्त न हुई हो, क्षत-विक्षत अवश्य हुई—यहाँ तक कि एक हद तक अपना जन-आधार भी खो बैठी : लड़ाकूपन में कमी आई सो अलग। 'प्रलय की छाया' एक बार फिर प्रासंगिक हुई।

राजसत्ता के अन्दर रहते हुए उससे लड़ने और लड़कर बदलने का भ्रम आज भी बहुतों को है—उन्हें भी जो अपने को क्रान्तिकारी समझते हैं और अपनी समझ के अनुसार सत्ता से एकदम अलग और बाहर भी। सत्ता के स्वरूप और उसकी व्यापकता के बारे में कितना भ्रम है और कितना भ्रम है अपनी वास्तविक स्थिति के बारे में!

अपने दिल पर हाथ रखकर ईमानदारी से आज भी कितने लोग यह कहने का साहस रखते हैं कि वे 'प्रलय की छाया' की कमला नहीं हैं?

निश्चय ही 'प्रलय की छाया' का मूल सन्दर्भ और है, आज का सन्दर्भ और। कुछ समानता हो सकती है, लेकिन समानता का अर्थ एकरूपता नहीं होता। समानता में भिन्नता निहित होती है। सत्ता का स्वरूप आज अधिक पेचीदा है, उसकी बाँहें अधिक विशाल हैं, हथियार अधिक सूक्ष्म हैं और दमन के तरीकों में बारीकी भी बढ़ी है। विकल्प उतने स्पष्ट नहीं हैं। विडम्बनापूर्ण स्थितियाँ अधिक हो गई हैं। 'प्रलय की छाया' में स्वभावतः इन तमाम सूक्ष्म रेखाओं का अंकन सुलभ नहीं हो सकता। फिर भी सन्दर्भ-भेद का यह अहसास उस कविता की प्रासंगिकता को कम नहीं करता। वस्तुतः इन दोनों ऐतिहासिक सन्दर्भों की द्वन्द्वात्मकता में ही प्रासंगिकता का मर्म छिपा है।

प्रासंगिकता का सम्बन्ध वस्तुतः दो प्रसंगों से है : एक प्रसंग वह, जिसमें कविता लिखी गई और दूसरा वह, जिसमें वह पढ़ी जाती है। जिनके लिए हर महत्त्वपूर्ण कविता शाश्वत और सार्वभौम है, उनके लिए दो क्या, सभी प्रसंग निरर्थक हैं, साथ ही प्रासंगिकता की चर्चा भी। अपनी समझ से कविता के सच्चे, बल्कि सबसे बड़े सहृदय वही हैं। उनके पास कविता का एक बना-बनाया साँचा होता है, जिसमें वे हर कविता को ढाल लेते हैं और सभी कविताओं से एक जैसा रस लेते हैं। यदि इस प्रक्रिया में कविताओं की अपनी विशिष्टता खो जाए तो उन्हें फिक्र नहीं। वैसे, ध्यान दें तो यह प्रसंगातीत काव्यदृष्टि भी आज के सन्दर्भ का एक हिस्सा है, जिसे अपरिवर्तनवाद की संज्ञा दी जा सकती है।

लेव टॉल्स्टॉय ने आन्ना कारेनिना का आरम्भ इस वाक्य से किया है : 'सभी सुखी परिवार एक जैसे हैं और हर दुखी परिवार अपने ढंग से दुखी है।'

प्रस्तुत प्रसंग में इस वाक्य का विस्तार करें तो सभी महान कविताएँ एक जैसी होती हैं, लेकिन हर प्रासंगिक कविता अपने ढंग से प्रासंगिक होती है। महान कविताएँ सबके लिए महान होती हैं, लेकिन प्रासंगिक होती हैं वे हर एक के लिए अलग-अलग!

अक्सर देखा गया है कि जिन कविताओं को आम तौर से सभी लोग प्रासंगिक कहते हैं, वे हकीकत में किसी के लिए प्रासंगिक नहीं होतीं, क्योंकि किसी को उनकी प्रासंगिकता का अनुभव होता ही नहीं।

इधर पहले की कविताओं को प्रासंगिक बनाने का एक और चलन चल निकला है : कविता के वर्षों पुराने गर्द-गुबार को झाड़-पोंछकर उसे नितान्त समकालीन बना दिया जाता है। इस झाड़-पोंछ में निश्चय ही काफी मेहनत करनी पड़ती है और इस मेहनत की जितनी दाद दी जाए, कम है। लेकिन दिक्कत यह है कि इस प्रक्रिया में मूल कविता गायब हो जाती है। प्रासंगिकता-विधायी आलोचक यह भूल ही जाता है कि 'सरसिजमनुबिद्धं शैवलेनापि रम्यम' कविता अपने पुराने सन्दर्भ की प्राचीनता के साथ भी रम्य हो सकती है—इसे विस्तार से समझाना जरूरी नहीं है।

इस प्रकार किसी कृति की प्रासंगिकता उसके समूचे इतिहास में ही सम्भव है—ऐसा इतिहास, जो कृति के सृजन-क्षण से लेकर ग्रहणशीलता के सभी क्षणों तक फैला हुआ है। जरूरी नहीं कि जो कृति आज अप्रासंगिक प्रतीत हो रही है, वह कल भी अप्रासंगिक होगी ही। इतिहास-धारा में ऐसी अनेक कृतियाँ हैं जो अप्रासंगिक से प्रासंगिक बनी हैं और प्रासंगिक से अप्रासंगिक! प्रासंगिकता के उन सुखद क्षणों की कहानी रोचक होते हुए भी इतनी लम्बी और पेचीदा है कि उसकी चर्चा फिर कभी!

अन्त में प्रसाद या किसी अन्य कवि की प्रासंगिकता का निर्णय वह करे जो स्वयं भी प्रासंगिक हो। स्वयं तो हो अप्रासंगिक और निर्णय करे प्रसाद की प्रासंगिकता का—कैसी विडम्बना है! निर्णायक क्यों न पहले अपना निर्णय करे?

मरा हूँ हजार मरण

मेरे लिए निराला के काव्य का सामना करना हममें से हर एक का कठघरे में खड़े होना है। इतने पर कोई आदमी निराला का सामना करेगा तो घिसी-पिटी बातों को ही दुहराएगा। ठीक-ठीक निराला के काव्य की आत्मा का दर्शन नहीं कर पाएगा। यह तय है कि निराला खुद जिरह करने नहीं आएँगे लेकिन उनके काव्य के सम्मुख खड़े होने पर आप अपने-आपसे जिरह करने से बाज नहीं आ सकते और जो आदमी अपने-आपसे जिरह न कर पाए, निराला की कविता की आत्मा उसके पास नहीं फटक सकती। भारतेन्दु को छोड़कर आधुनिक काल के अकेले कवि हैं निराला, जो जीते-जी किंवदन्ती बन गए। कबीर, तुलसी के बाद आधुनिक काल में भारतेन्दु हरिश्चन्द्र या फिर निराला के साथ अधिक किंवदन्तियाँ रही हैं। इससे निराला का काव्य थोड़ा आच्छादित हुआ, किन्तु सचाई यह है कि अपनी रचनाओं के द्वारा निराला एक काव्य नायक रहे हैं। काव्य नायक तमाम चमत्कारपूर्ण किंवदन्तियों से बड़ा होता है।

मुझे ऐसा लगता है कि उनकी कविताओं का कोई और विषय नहीं है। अपनी कविताओं का विषय स्वयं निराला हैं। माउंतेन ने कहा था—'मेरे निबन्धों का विषय स्वयं मैं हूँ'। 'तुलसीदास' प्रबन्ध के नायक तुलसीदास नहीं हैं, स्वयं निराला हैं। चित्रकूट में तुलसीदास ने कहा, 'सब दिन नीको चित्रकूट मोंहि लागत' और 'तुलसीदास' में निराला ने लिखा है कि 'मुक्त नभ पर निस्तरंग'। मन्द्र निस्तरंग आकाश में निराला वह देखते हैं जो तुलसीदास नहीं देखते। शूद्र आदि पर जो अत्याचार-अन्याय हुए, उसे तुलसीदास ने नहीं देखा, उसे निराला ने देखा। इसलिए जिस काल के शर से बिंध कर नया काल पैदा होता है, उस पर निराला ने कहा, 'और और छवि निरख, और और नूतन ही...'। 'तुलसीदास' काव्य को पढ़ते हुए तुलसीदास नहीं निकलते हैं, उस समूचे काव्य से निराला जैसा नया, आधुनिक कवि निकलता हुआ दिखाई पड़ता है, जिसकी सामाजिक दृष्टि तुलसीदास से भिन्न है, छन्द भिन्न है, काव्य भिन्न है, अन्दाज भिन्न है। समानता ऊपरी है। स्वप्न में या दिवा-स्वप्न में आकाश में तुलसीदास को रत्नावली दिखाई पड़ती है और बार-बार

लगता है कि यह रत्नावली नहीं है, यह निखरी छोटी अलकों वाली मनोरमा देवी हैं। यह वह नायिका है जो 'जूही की कली' में प्रगट हुई थी। यह रत्नावली नहीं है। इसलिए हृदय ने कहा कि 'तुलसीदास' प्रबन्धात्मक काव्य का नायक तुलसीदास नहीं हैं, निराला हैं।

निराला ने 'मैं' शैली को अपनाने का दावा बहुत पहले किया था, आरम्भिक समय में, लेकिन 'मैं' शैली निराला छोड़ देते हैं—उन प्रसंगों में, जहाँ कथात्मक होते हैं। रही 'राम की शक्ति-पूजा' जो बहुत कुछ 'रामचरितमानस' की तरह लोकप्रिय लगती है क्योंकि इसमें राम हैं, मैं नहीं जानता कि राम के इस संघर्ष में कोई और दिखाई देता है। वहीं राम का जो पूरा का पूरा संघर्ष है, उसकी राजनीतिक व्याख्या भी लोगों ने की है। लेकिन निराला का समूचा काव्य-सन्दर्भ यदि आप ध्यान में रखें तो 'अन्याय जिधर है उधर शक्ति'। रावण ने आराधना करके शक्ति अर्जित की थी और निराला को लगता था कि उनके समकालीन साहित्यकारों ने जोर-जबरदस्ती से अपना स्थान साहित्य में नहीं बनाया था बल्कि आराधना करके बनाया था। जब वे संकल्प करते हैं तो कोई युद्ध की तैयारी नहीं करते, जैसे इराक ने अमेरिकी युद्ध का सामना करने के लिए हथियारों से की। 'आराधन का दृढ़ आराधन से दो उत्तर, तुम वरो विजय संयत प्राणों से प्राणों पर'। यह आराधना का उत्तर आराधना से देना कवि का काव्य-साधना द्वारा उत्तर देना है। पूरी 'राम की शक्ति-पूजा' एक रूपक है। एक कवि के अपने मन की, अपनी साधना की, अपनी पराजय और निराशा की और उसके बीच वह एक मन जो सत्य के लिए थका नहीं, हारा नहीं, वह अपनी साधना के लिए चलता रहा, वह निराला की काव्य-साधना है, निराला की काव्य-पूजा है, सरस्वती-पूजा है। वह पूजा बंगाल की दुर्गापूजा नहीं, जिसके लिए 'कृतिवास रामायण' आदि को ढूँढ़कर निकाला जाता है। यदि 'राम की शक्ति-पूजा' को आप निराला की अपनी काव्य-साधना के रूप में नहीं देखते तो फिर आप निराला के काव्य को नहीं देखते।

मैंने कहा कि निराला अपने काव्य के स्वयं नायक हैं। सिर्फ यही कहना काफी नहीं। हर बड़ा कवि कुछ-न-कुछ निराला होता है। क्या तुलसीदास निराले नहीं थे? क्या कबीरदास निराले नहीं थे? हर बड़ा कवि कुछ-न-कुछ निराला होता है। अगर निराला नहीं है तो उसे बड़ा कवि नहीं होना चाहिए। उसे भीड़ में शामिल हो जाना चाहिए। लेकिन निराला होने के साथ उसका निरालापन अपना होना चाहिए। वह अपने ढंग का निराला होता है। इसलिए निराला को 'निराला' कहना काफी नहीं है। निराला का अपना खास निरालापन था जो औरों से अलग था। जब तक आप उसे रेखांकित नहीं करते, तब तक नहीं समझेंगे। हर बड़े कवि की तरह निराला 'निराले' थे और अपने ढंग के निराले थे। हर बड़ा कवि थोड़ा अटपटा जरूर होता है। शेक्सपियर और तुलसीदास में भी अटपटापन था और कबीर में तो बहुत ज्यादा था।

निराला के काव्य में भी अटपटापन बहुत अनगढ़ है, वह बहुत कुछ उस चित्रकार की तरह है जो बहुत बड़े चित्र को बनाने की तैयारी में कई बार चित्रों को तोड़ता है, बदलता है। इस तरह किसी बड़ी कृति की तैयारियों में कुछ-न-कुछ अटपटापन हो ही जाता है। इसलिए निराला में भी अटपटापन है। हमें निराला में उनके निरालेपन को ढूँढ़ना चाहिए।

'मेरे गीत और कला' नामक उनका जो निबन्ध है, वह खुलता नहीं है। 'माधुरी' में मार्च, 1936 में उस लेख की पहली किश्त छपी थी और उस लेख के साथ 'माधुरी' में निराला का एक नंगा चित्र छपा था। शायद वह किसी किताब में संगृहीत भी हो। रवीन्द्रनाथ निर्वसन रूप में समाज के सामने सार्वजनिक रूप से आ ही नहीं सकते थे। नग्न रूप में आने का साहस निराला ही कर सकते थे और यह मुझे प्रतीकात्मक लगता है। निराला की जो 'नेकेडनेस' है, वह जैसे माँ के सम्मुख बच्चा नग्न होता है; सरस्वती या कविता के सम्मुख कवि होता है। यह आकस्मिक नहीं होता, यह नग्नता मुझे प्रतीकात्मक लगती है। जैसे प्रकृति को, जीवन को नंगे बदन स्पर्श करना, देखना और जीना। इसलिए भू-स्पर्श जैसा साक्षात् अनुभव निराला की कविता में मिलता है, दूसरे किसी कवि में नहीं।

भाषा की सामाजिक-आर्थिक दीवार तोड़कर जो संघर्ष है, उसे देखें। यह जरूरी नहीं कि कवि युद्ध के मैदान में भी निष्कवच होकर सीने पर वार झेलने के लिए जाए। निराला के नंगेपन के बारे में मैं सोचता हूँ तो ग़ालिब का वह शे'र याद आता है—'ढाका कफन ने दागे अयूबे मरनद, मैं वरना हर लिबास में नंगा वजूद था'। निराला को सिर्फ क़फ़न ढक सका। उससे पहले निराला का दिमाग, उनकी आत्मा, उस नग्न रूप में उनके साहित्य में थी। यह निराला का निरालापन नहीं है तो और क्या है? ऐसा ही आदमी पूरे समाज को नंगा कर सकता है। निराला खुद नंगे हुए तो जितने मुखौटे थे, सब उतार फेंके। नेहरू का मुखौटा उतारा, 'यह जो विदेश जाकर समाजवाद का भाषण दे रहे हैं—मैं भी होता राजपुत्र तो विदेश जाकर शिक्षा लेकर भाषण देता, फोटो खिंचवाता—इस पोज और उस पोज में। और साम्यवाद कितना उदार है कि जब तक रहे, प्रधानमंत्री बने रहे।' ऐसी कविता निराला ही लिख सकते थे। कोई एक भी मुखौटा दिखाई देता तो निराला जी उसे उतार देते थे। यह बात उन्हें 'कफन' के लेखक से जोड़ती है। जीते-जी जिसको कफन नहीं मिला, मरने पर उसे कफन जरूर मिलना चाहिए। क्या उसूल है साहब! इसलिए यह जो नंगापन है, मैं जब भी निराला के बारे में सोचता हूँ और उनकी रचनाओं को देखता हूँ, तो भूल नहीं पाता हूँ। जैसे कोई एक व्यक्ति युद्ध के मैदान में खड़ा है। पूरा समाज जैसे युद्ध का मैदान है, वैसे ही काव्य-रचना भी युद्ध का मैदान है। सुमन जी जब सुना रहे थे तब मैं साँस रोके हुए था कि काश, वही पंक्तियाँ सुना देते जिसमें—

'शरक्षेप वह रणकौशल/आते थे मुझे पर तुले तूल/सद्भाव भूल/और देखता रहा मैं खड़ा, अटल/वह शरक्षेप वह रणकौशल'।...इस स्वार्थ समर में युद्ध का ही रूप है कि मेरे ऊपर सद्भावपूर्ण तुले तूल आते थे—'देखता रहा शरक्षेप वह रण-कौशल।' काव्य में, साहित्य में, समाज में और जीवन में वह संघर्ष कैसा था, किस तरह का था कि कुल्लीभाट के मरने के बाद अन्तिम संस्कार के समय स्वयं निराला ने कहा, 'कोई मंत्र नहीं पढ़ेगा, इस कुजात ब्राह्मण के लिए तो मैं मंत्र पढ़ूँगा।' तो उस गढ़कोला में भी वही रणकौशल और युद्ध था। वह जीवन भर संघर्ष करते रहे। जीवन उनके लिए युद्ध का मैदान था।

इसलिए आकस्मिक नहीं है कि निराला ने 'देवी सरस्वती' नामक कविता लिखी तो उसमें सरस्वती देवी के लिए कहा है, 'चढ़ी हुई हो तुम, शायद चढ़ी हुई हो जनता का जी धरनी'। सरस्वती को कहना कि तुम चढ़ी हुई हो शायद बाण हो। किसका बाण हो, किस धनुष का बाण हो और धन्वी कौन है, धनुर्धर कौन है? निराला स्वयं कविता को चढ़ा हुआ बाण समझते थे। धनुर्धर जनता का जी था, प्राण था और जनता के हृदय से जिस आदमी का हृदय मिला हुआ हो, वह भी धनुर्धर होने का अधिकारी है। 'बन्दीगृह वरण किया, जनता के हृदय लिया'। जो जनता का हृदय छन्द है, जनता से मिला हुआ है। अतः जनता का हृदय धनु ही है और उससे निराला का मन मिला हुआ है। मेरे मन में निराला की सरस्वती इस रूप में दिखाई देती है। जो लोग मीठा-मीठा गप वाला निराला समझते हैं, वे इस देश में हर बात को हलवा बना देते हैं। मुझे डर है कि जन्मशती में से हलवा निकलेगा। बल्कि वह हलवा साल के अन्त में लप्सी हो जाएगा और चाटेंगी संस्थाएँ और हम लोगों को भी थोड़ा-थोड़ा प्रसाद के रूप में मिलेगा। इससे बड़ा निराला का कोई अपमान नहीं हो सकता। इसलिए जो छवि निराला की मेरे मन में आती है, उस गीत का मैंने आधा हिस्सा पढ़ा है, जिसकी पहली पंक्ति है, 'बन्दीगृह वरण किया, जनता के हृदय लिया, जीवन विष विषम किया'—यह बन्दीगृह क्या है, यह मैं अक्सर सोचता हूँ। यह एक कविता नहीं है। बन्दीगृह और कारागार निराला की कविताओं में बार-बार आता है। वे समाज को युद्ध के मैदान की तरह देखते हैं। बन्दीगृह वरण किया—किसी ने बन्दीगृह भेजा नहीं था, मैंने इसे वरण किया। समाज के आसपास के परिवेश को जब हम देखते हैं, पढ़ते हैं तो अपने देश की महिमा के अनेक गीत गाए गए हैं। यह बात नहीं थी कि निराला ने क्षितिज के उस पार नहीं देखा था। इस समाज को उन्होंने इसलिए वरण किया कि लोगों ने उन्हें पागल करार देकर बाहर कर दिया था। यह समाज निराला को कुजात कह रहा था। हम इस्लाम की निन्दा करते हैं। कहते हैं, 'एक दीन होता है, एक ईमान होता है, एक काफिर होता है, हमारे हिन्दू समाज में ऐसा नहीं होता है।' भैया, गाँव में आप लोगों ने हुक्का-पानी बन्द होते नहीं देखा है। एक बार नन्ददुलारे वाजपेयी के यहाँ निराला गए थे, जहाँ उन्हें समाज में न

बिठाकर वाजपेयी जी ने इनके लिए थाली बाहर भेज दी। इसलिए 'ब्राह्मण समाज में ज्यों अछूत' निराला ने लिखा था, वह यों ही नहीं लिखा था। तुलसीदास ने लिखा है, 'सबसे कठिन जाति अपमाना'। हम पढ़-लिख लें, कोई हमें विद्वान न माने, प्रोफेसर न बनाए, इस दर्द को हम सह लेते हैं, लेकिन जहाँ जन्म को लेकर विवाद उठता है, वह असह्य होता है। निराला ने इसीलिए समाज को बन्दीगृह कहा था। वे कहते थे—मैं लड़ूँगा, समाज से संघर्ष करूँगा। इसलिए समाज की बुराइयों को बन्दीगृह माना, 'बन्दीगृह वरण किया, जीवन विष विषम किया, विष पिया नहीं विषम किया।' इशारा सुकरात की ओर तो नहीं है जो जानता था कि जेल में जगह नहीं है और अपनी सफाई में चाहता तो वह नहीं कहता, जो उसने कहा। यह जरूरी नहीं था कि वह जेल जाता। उसने अपनी इच्छा से जेल का वरण किया। जिस तरह विद्यार्थियों को प्रश्न-पत्र दिये जाते हैं और उन्हें अपने प्रश्न चुनने की छूट होती है, वैसे ही उसने विष का प्याला चुना। निराला ने भी विष वरण किया, विष पिया नहीं। वह विष—जो रोजमर्रा के जीवन का, जीने के संघर्ष और पीड़ा का दुःख। इसलिए उनकी कविताओं में वह बार-बार आया है।

रही परम्परा को तोड़ने की बात, तो क्या पन्त जी ने नहीं तोड़ी थी? कौन छायावादी था जिसने परम्परा को नहीं तोड़ा, नहीं बदला?—सबने तोड़ा है। छन्द द्वारा कविता की मुक्ति की चर्चा के कारण सबके कोपभाजन निराला ही बने। पन्त पर वह कोप नहीं हुआ जो निराला पर हुआ। निराला के देहावसान के बाद गुरुदेव हजारीप्रसाद द्विवेदी ने एक भाषण दिया था—'निराला का छन्द', जिसमें कहा था, 'निराला मूर्तिमान छन्द थे।' जो लोग द्विवेदी जी के लेखन से परिचित हैं, वे जानते हैं कि छन्द का बहुत व्यापक अर्थ हुआ करता है। कोई व्यक्ति आता दिखाई देता था तो दूर से ही द्विवेदी जी कहते थे कि मैं इसके छन्द को पहचानता हूँ। किसी आदमी का आचरण-व्यवहार जान लेते थे तो कहते थे—इसका 'छन्द' बहुत अच्छा है। क्योंकि छन्द के साथ छल छन्द भी होता है, जो मैं नहीं कहना चाहता था। छन्द शब्द बड़ा व्यापक अर्थ रखता है। इसलिए निराला की भाषा में विडम्बना और विरोधाभास है। जिक्र कर रहे थे कि जो व्यक्ति परम्परा को तोड़ने वाला था, रूढ़ियों को तोड़ने वाला था, वह सबसे बदनाम कवि था। यह विचित्र बात है। वह अपनी परम्पराओं से अगाध प्रेम करनेवाला था। जिस तरह निराला प्राचीन कवियों का नाम लेते हैं, किसी दूसरे छायावादी कवि को लेते हुए नहीं देखा। कुछ भी कहें, तुलसीदास उनको नहीं भूलते थे। तुलसीदास पूरी हिन्दी कविता की परम्परा के प्रतीक थे। तुलसीदास पर उन्होंने प्रबन्ध लिखा लेकिन प्राचीन कवियों में रविदास के बारे में कहा और लिखा कि चरण छूकर मैं आपको प्रणाम करता हूँ। इन्हीं छोटी-छोटी बातों से कवियों को पहचाना जाता है। वे कहाँ हैं, क्या हैं, उनकी जमीन क्या है? आज बाबा साहब की बड़ी धूम है। लेकिन बाबा साहब की स्मृति में सबसे बड़ी दुर्घटना

रविदास हो गए। एक तरफ निराला उन रूढ़ियों का विद्रोह करनेवाले थे और दूसरी तरफ परम्परा में रँगे हुए।

एक बन्दीगृह उनकी परम्परा थी, लेकिन उससे बड़ी परम्परा एक कवि के लिए अपनी रचना होती है। बहुत कम कवि हैं जो एक बार प्रारम्भ से एक बिम्ब, एक छन्द, एक भाषा, एक प्रतीक और एक भाव को अपनाते हों। वह दूर-दूर तक छिपता नहीं है। रघुवीर सहाय ने कहा कि मैं मूर्ति बनाता हूँ, तोड़ता हूँ, तुम कहते हो मैं कविता करता हूँ? इस तरह अपनी ही रचना बन्दीगृह हो जाती है और देखें, पन्त ने कितना तोड़ा, महादेवी वर्मा कितना तोड़ पाईं? मन्दिर की पूजा से मन्दिर का दीया जलने दो। क्षमा करें, एक बार महादेवी मन्दिर में घुसीं और मधुर-मधुर जलने लगीं तो 'दीप शिखा' तक अपने गीतों की भाषा, छन्द, प्रतीक, बिम्ब से मुक्त नहीं हो सकीं और जब नहीं निकल सकीं तो कविता बन्द कर दी। पन्त जी समझते थे—तोड़ेंगे, कोशिश की किन्तु हम और आप जानते हैं, 'युगान्त' घोषित करने के बावजूद, 'तुम नहीं तोड़ सके'। निश्चय ही निराला ने तोड़ा, अपने को तोड़ा, अपने विचारों को तोड़ा, अपनी रचनाओं को तोड़ा। निराला के बाद कितनों ने अपने को तोड़ा? बाद के अज्ञेय नहीं तोड़ सके, शमशेर नहीं तोड़ सके। इसलिए रोमांटिक दौर में रहते हुए भी निराला पूरी तरह छायावादी नहीं थे। अनेक कविताएँ छायावाद से बाहर हैं। विचित्र बात है, छायावादी युग में रहते हुए भी व्यक्ति पूर्ण रूप से छायावादी नहीं है, यही सब निराला का निरालापन था। निराला जब प्रगतिवादी हुए तो वह दौर बहुत दिलचस्प दौर है निराला का—1936 से 1946। 'बेला', 'कुकुरमुत्ता' आप देखें तो उस दौर की, जो मजदूरों को 'जागो-जागो' कहकर नींद हराम करनेवाली रचनाएँ भाषण रूप में लिखी गई थीं। उस दौर में यथार्थ के चित्र अगर ढूँढ़ने आप निकलेंगे तो देखेंगे कि प्रगतिशील लेखक संघ की मोहर लगाए कवि थे जो मजदूरनी को रात को कोयले की खान के सदृश बता रहे थे अपनी कविताओं में, लेकिन कभी उन्होंने मजदूरनी को देखा ही नहीं था। वहाँ आप 'नये पत्ते' की कविताओं को देखें तो लगेगा कि किसानों के बारे में यह कवि कितना कुछ जानता है!

निराला की भाषा निराला के गद्य से आई है; 'कुल्लीभाट' से आई है, जो छोटे-छोटे वाक्यों में है। निराला गद्य तोड़ रहे थे और दूसरी ओर कविता को गद्य की नई भाषा दे रहे थे। जो कवि छायावादी दौर में छायावादी न था, प्रगतिवादी युग में प्रगतिवादी न था, वह जीवन के क्षेत्र में सबसे अलग था। वह पूरा-का-पूरा अपने को तोड़ता है। 'गीतिका' के गीत और 'अणिमा' के गीत को मिलाकर देखिए तो लगेगा कि निराला ने कितना लम्बा फासला—दस सालों में सौ साल के फासले के समान तय कर लिया था। सबसे बड़ा चमत्कार तो निराला ने 1947 के बाद किया। मुक्त छन्द के कवि ने इस दौर में आने के बाद, जिस मुक्त छन्द का निर्माण किया

था, उसे छोड़ दिया। केवल गीत लिखे, जिस तरह तुलसीदास ने आखिरी दिनों में 'विनयपत्रिका' लिखी। मुक्त छन्द बनाने वाले ने मुक्त छन्द छोड़कर गीत लिखा और जिन्होंने मुक्त छन्द बनाया नहीं, वे केवल मुक्त छन्द लिखते रहे और मान लिया कि मुक्त छन्द हमारी नियति है। एक कवि चालीस वर्षों के जीवनकाल में लगभग हर दस-पन्द्रह सालों के बाद अपने बन्दीगृह से मुक्त होता है, अपने कारागार से मुक्त होता है। यह कवि कितना निराला है, कितना महाप्राण और सच्चा कवि है। क्रान्तिकारी कवि इसे कहते हैं। निराला इसकी मिसाल पेश करते हैं और स्वयं निराला को श्रद्धा से देखते हुए, चाहते हुए भी शमशेर, नागार्जुन या त्रिलोचन ऐसा नहीं करते हैं। अज्ञेय की तो बात ही छोड़िए।

मैं कहूँगा कि निराला को केन्द्र में रखकर हिन्दी कविता और भारतीय कविता पर एक नजर डालनी चाहिए। आधुनिकता के विकास पर एक नजर डालनी चाहिए कि किस तरह हमारे यहाँ आधुनिकता हमारे अर्थतंत्र में परोपजीवी रूप में आई है और किस हद तक जिसे आधुनिक कविता कहते हैं, परोपजीवी है। (उस दौर में भी निराला ने इसकी परवाह न की। ऐसा नहीं कि उन्होंने पढ़ा नहीं था।) ऐसा लगता है, कहीं का रोड़ा, कहीं का ईंट रखकर इमारत बनाई गई है। जो लोग उसके अनुयायी हैं, देखें कि निराला हिन्दी कला में आधुनिकता को अपनी परम्परा के अनुसार लेकर आ रहे थे और उनके अनुयायी, उनको श्रद्धा की दृष्टि से देखने वाले आधुनिकता को किस तरह से ला रहे थे? इस पर बहस होनी चाहिए। लोग निराला के गीतों को भक्ति गीत के खाते में रख छोड़ देते हैं और नहीं देखते हैं कि भक्त पूरे ख्वाब में आज की कविता लिख रहा है। यह वह भक्ति गीत नहीं है जो श्री अरविन्द के प्रभाव में सुमित्रानन्दन पन्त लिख रहे थे। भक्ति फार्म है। लगभग वैसे ही जैसे विलियम ब्रेव की 'न्यू येरूशलम' के नाम पर लिखी कविताएँ रिलीजियस नहीं हैं बल्कि वह उनमें कहता था, 'लन्दन इज सिटी लाइक हेल'। वह इस तरह के नरक को देखता था और नये येरूशलम की कल्पना करता था। भाषा, रूप, प्रतीक, बिम्ब व्यक्तिगत थे, लेकिन अपने जीवन का, अपने युग का यथार्थ विलियम ब्रेव ने लिखा था। निराला का सार भक्ति का था, लेकिन निराला उस प्रवृत्ति के सार में क्या कह रहे थे, उस सार को समझना चाहिए।

दो चीजों की ओर संकेत करना चाहता हूँ। बन्दीगृह में रहते हुए निराला के दो शब्द---वही कविता 'बन्दीगृह वरण किया, जीवन विष विषम किया'। उनकी कविता में विष होता है। कई रूपों में विष आया है। सारी पंक्तियाँ उद्धृत नहीं करूँगा। विष, मरण और पागलपन या उन्माद—इन तीन चीजों पर विचार किए बगैर निराला की कविता पूरी नहीं होती है। एक ओर विष भर गया है। 'जहर से संसार जैसे हाड़ खाकर, देखते हैं लोगों को यहीं जन्म पाकर'। एक ओर विष का यह रूप दूसरी ओर

विष नशे की तरह आता है। प्रेमी के प्रणय सम्भोग के दुर्लभ क्षणों में; सम्भवतः 'गीतिका' का गीत है—'कंठ लगी उरगी'। प्रिया उस चरम अनुभूति के क्षणों में जैसे नागिन की तरह गले लगती है। तीव्र अनुभूति निराला को विष के समान लगती है। प्रेम पर बहुत-सी कविताएँ लिखी गई हैं और अज्ञेय तो प्रेम के ही कवि माने जाते हैं, फिर भी वे प्रेम के विष का वह नशा नहीं देख पाए, जो निराला ने देखा है। कविता में प्रेम विष भी होता है और विष का नशा भी होता है, शराब का नहीं; उस विष का नशा निराला में उन्माद और प्रेम के रूप में एकत्र था। 'मत्त है जो प्राण'—इस कविता को पढ़िए। यह पागलपन की वार्ता है। अतः पागलपन के बिना निराला की कविता को नहीं समझा जा सकता। निराला को लोग पागल कहते हैं। उनका एक गीत है छोटा-सा—'डमक डम डमक डम डमरू नाद है, नचे शिव तांडव प्रवाद है'। 'प्रवाद' शब्द ध्यान दीजिए। 'डमक डम डमक डम डमरू नाद है, नचे शिव तांडव प्रवाद है'। शिव सती के शव को लेकर नाच रहे हैं, तांडव कर रहे हैं, और लोग कह रहे हैं—पागलपन है। निराला उस शव को लेकर, समाज के शव को लेकर, नाच रहे हैं। यह केवल मनोहरा देवी का शव नहीं है।

भारतीय समाज के शव को लेकर यह आदमी गा रहा है, नाच रहा है। प्रवाद है लोकापवाद। लोग कहते हैं, ये पागल हो गए हैं। हर कवि अपनी चरम अनुभूति के अभिव्यक्ति-क्षणों में पागल माना जाता है। इस पागलपन के बिना बड़े कवियों को नहीं समझा जा सकता। निराला की उन्मदता के प्रसंग में रामविलास जी ने बहुत कुछ उल्लेख किया है, निराला जी के पागलपन के विषय में। मार्क्सवादी रामविलास जी ने प्रायः का सहारा लिया है, यह शायद कोशिश नहीं है। हजारीप्रसाद द्विवेदी ने छोटे-से लेख में लिखा है कि निराला पागल नहीं थे। वे एक छन्द थे। 'डमक डमक डमक' काव्यानुभूति के क्षणों में उन्मुक्त होकर कवि नाचता है, गाता है। द्विवेदी जी ने लिखा है कि बाह्य अर्थ से उनका कोई मेल नहीं था और पागलपन यही होता है, बाहरी यथार्थ से आपका मेल न होना और रिश्ता टूट जाए तो आदमी पागल होता है। समाज के कायदे-कानून-नियम आप मानते हैं तो आप पागल नहीं हैं और इससे अलग यदि अपना अलग कानून बनाते हैं, नियम बनाते हैं तो बाह्य यथार्थ से विच्छेद हो पागलपन कहाता है। यह परिभाषा देते हुए द्विवेदी जी ने इस प्रसंग में कहा कि लोगों ने निराला जी की कविताओं का अर्थ समझना और उसे पकड़ना चाहा, जब पकड़ में नहीं आया तो लोग उन्हें पागल कहने लगे। उनका कहना था—निराला के छन्द को पकड़ो, यदि आप नहीं समझते हैं तो इसमें कविता का क्या दोष है? विष से पैदा होने वाला उन्माद निराला की रचनात्मक शक्ति था। जैसे साँप का विष उसकी शक्ति होता है। आपके लिए वह विष जरूर होगा, उसके लिए वह शक्ति है। विष का एक प्रभाव उन्माद है और दूसरा प्रभाव मरण है। इस मरण का, इस मृत्यु का साक्षात्कार निराला जी ने किया।

यह इस बात का सूचक है कि जीवन को समझने के लिए, जीवन का रस लेने के लिए मौत को सामने रखना जरूरी है।

कोई तो कारण होना चाहिए कि निराला की अधिकांश कविताओं में निराशा है। अन्त से ही नहीं, आरम्भ से भी, एक लाल धागा निराशा का; आदि से लेकर अन्त तक है। एक समारोह में मैंने एक कविता सुनी थी, उसकी एक लाइन है, 'और इस बीच इस जमाने में, इस थोड़ी-सी निराशा को बचाए रखना'। जो लोग कलकत्ते में हैं और इस वामपंथी सरकार को देखकर समझते हैं कि हिन्दुस्तान में भी क्रान्ति या समाजवाद आया हुआ है तो मैं उनसे कहूँगा कि थोड़ी-सी निराश बचाए रखो। वह समझ देगी, विवेक देगी और ताकत देगी। घनघोर आशावाद तुम्हें धराशायी ही करेगा। कवि है जो सतर्क रहता है। आत्मप्रवंचना है आशावाद, इसलिए उस निराशावाद को बचाए रखें। तुलसीदास ने भी बचाए रखा था और निराला ने भी बचाए रखा। मरण वाली कविताएँ जीवन की परिभाषा देती हैं। इसलिए फिर कहूँ कि निराला ने बन्दीगृह वरण किया था अर्थात् उन्होंने मरण को वरण किया था। यह वह मरण था, 'मरा हूँ हजार मरण'। कोई हजार मरण कहाँ मरता है? वह कौन-सा मरण है जिसे निराला 'हजार मरण' कहते हैं? 'हजार मरण' एक विशेषण है। यह रोज-रोज का जीना मरने से कम नहीं है। कुछ लोग एक दिन मरते हैं लेकिन कवि इस जीवन के रास्ते से रोजमर्रा की जिन्दगी के धक्के खाता हुआ चलता है और रोज मरता है। और धीरे से मैं कहूँ कि कविता मरण ही है। सच्चा कवि हर कविता के साथ मरता है और नया जन्म लेता है। जिस कवि को यह अनुभूति नहीं होती, जो यह अनुभव नहीं करता, वह घास काटता है। उसे फिल्मों में जाकर गीत लिखना चाहिए। कविता के सीरियस धन्धे में नहीं पड़ना चाहिए। 'मरा हूँ हजार मरण'। इसलिए उन्होंने कहा कि 'मैं करूँ वरण जननी दुख हरण पद राग रंजित मरण', मैं वरण करूँगा हे जननी, ये जो तुम्हारे दुख-हरण हैं। चरणों में मरण का महावर लगा दिया है। कवि खिले हुए पुष्प जैसी कविता लिख सकता है। घूमता हुआ शरद आए, मेघ छाए, उस सुन्दरता को लिख सकता है। इसलिए निराला की कविताओं में जो जीवन-रस है, रूप है, रंग है, गन्ध है—उसे समझना जरूरी है। यह वह कवि निराला है जिसने मरण का वरण किया था, इसलिए यह जीवन का चित्र उपस्थित कर सका था।

[भारतीय भाषा परिषद, कलकत्ता में, साहित्य अकादमी दिल्ली के सहयोग से आयोजित निराला जन्म शतवार्षिकी आयोजन के बीज-भाषण का संक्षेप, 'वागर्थ' के फरवरी, 1997 अंक में प्रकाशित]

बन्दीगृह वरण किया

निराला के देहावसान के बाद 'सरस्वती' में पंडित श्री नारायण चतुर्वेदी जी ने एक वाक्य लिखा था। वह सम्भवतः उनकी अपनी अकेली आवाज नहीं थी बल्कि समस्त हिन्दीभाषी जनता और भारतीय जनता की अन्तरात्मा की आवाज थी। उन्होंने कहा कि तुलसीदास के बाद निराला जैसी काव्य-प्रतिभा का दूसरा कवि नहीं हुआ। अपने जीवनकाल में निराला चाहे जितने विवादास्पद रहे हों, लेकिन धीरे-धीरे यह मान्यता, यह धारणा स्थिर हो चली है कि तुलसीदास के बाद निराला जैसी काव्य-प्रतिभा का कोई दूसरा कवि नहीं हुआ। एक और बात डॉ. रामविलास शर्मा ने लिखी है—'निराला की साहित्य साधना' में और मुझे लगता है, उसे भी स्थिर मान्यता के रूप में स्वीकार कर लिया जाना चाहिए। उन्होंने लिखा : 'हिन्दी जाति ने जो स्नेह, जो आत्मीयता, जो प्यार भारतेन्दु हरिश्चन्द्र को दिया था, वैसा ही प्यार अगर किसी को दिया तो निराला को दिया।' भारतेन्दु को कितना प्यार मिला था, यह भारतेन्दु के जीवनकाल में लिखे हुए लेखों, टिप्पणियों, संस्मरणों से तो मालूम ही होता है, भारतेन्दु की मृत्यु के बाद हिन्दी जाति में जो कुछ लिखा गया है, उससे अन्दाजा लगता है कि कितना प्यार करते थे लोग भारतेन्दु को। जब उन्होंने कहा था कि 'प्यारे हरिश्चन्द्र की कहानी रह जाएगी' तो सचमुच प्यारे हरिश्चन्द्र की कहानी रह गई। निराला जी वैसे ही प्यारे थे। अपने जीवनकाल में ही नहीं, मरने के बाद कुछ साहित्यकार एक तरह से 'लीजेन्ड' बन जाते हैं, किंवदन्ती बन जाते हैं। ये पुराने क्लासिकी कवियों के बारे में तो सुनते हैं लेकिन आधुनिक युग में अगर कोई कवि किंवदन्तियों का, दन्तकथाओं का, आख्यानों का नायक बन गया, तो वे निराला ही हैं। यह गौरव दूसरे को नहीं प्राप्त है। ऐसे महाकवि के लगभग आधी शती से कुछ कम की ही साहित्य-साधना के बारे में संक्षेप में कहना, हिमाकत होगी।

निराला ने परम्परा की शृंखलाएँ सबसे ज्यादा तोड़ीं, लेकिन उसके साथ ही परम्परा से जुड़ने और परम्परा को पुनर्जीवित करने का सबसे ज्यादा श्रेय निराला को ही जाता है—छन्द में, काव्यकला में, और सामाजिक रूढ़ियों को तोड़ने में। अपने

जीवन और साहित्य में एक विद्रोही की-सी छवि निराला की रही है। निराला को पढ़ते हुए आप कालिदास की गूँज सुनेंगे, विद्यापति की गूँज सुनेंगे, तुलसी पर तो एक काव्य ही लिखा है, पद्माकर की भी ध्वनि सुनाई पड़ेगी। उनमें समूची हिन्दी कविता की ही नहीं बल्कि भारतीय कविता की परम्परा बोलती है। ऐसा विद्रोही कवि, जो परम्परा का रक्षक और विकासकर्ता है। परम्परा-मुक्त निराला मुक्त छन्द के लिए जाने जाते हैं लेकिन निराला की अधिकांश कालजयी कृतियाँ छन्दोबद्ध हैं। 'राम की शक्ति-पूजा' छन्दोबद्ध है, 'सरोज-स्मृति' छन्दोबद्ध है, 'तुलसीदास' छन्दोबद्ध है और अधिकांश उनकी कविताएँ गीतों में हैं। निराला अपने गीतों के लिए प्रसिद्ध हैं। छन्दों को तोड़ने वाला मुक्त छन्द का प्रवर्तक छन्दों में श्रेष्ठ कृतियाँ रचता है। निराला छायावाद के कवि थे, उसी रूप में उनका उदय हुआ, लेकिन छायावाद के युग में छायावाद की सीमा में रहते हुए भी निराला नितान्त छायावादी नहीं हैं, जैसे कि पन्त थे। उनका काव्य छायावाद की चहारदीवारी को तोड़ता हुआ उससे निकल जाने वाला था। उसी युग में लिखी 'राम की शक्ति-पूजा' छायावादी कविता नहीं है, 'सरोज-स्मृति' छायावादी कविता नहीं है। इसलिए छायावाद के युग में भी वह कवि छायावाद की सीमाओं को तोड़ता है, उसका अतिक्रमण करता है। निराला प्रगतिशील धारा से सम्बद्ध माने जाते हैं। अपने विचारों में, सामाजिक-राजनीतिक मान्यताओं में निराला प्रगतिशील विचार रखते हैं, लेकिन निराला प्रगतिवाद की सीमाओं को भी तोड़ते हैं अर्थात प्रगतिशील लेखक संघ का जो प्रगतिवाद है, निराला उस प्रगतिवाद के साथ रहते हुए भी अपना निरालापन स्पष्ट रखते हैं। निराला को प्रयोगवादी कभी नहीं माना गया। प्रयोगवाद का सम्बन्ध तो गलत या सही 'तार सप्तक' और बाद में सप्तकों के कवियों से माना जाता है। निराला उसमें कहीं नहीं आते। प्रयोगवादी न रहते हुए भी स्वयं प्रयोगशील कवियों द्वारा भी स्वीकार किया गया है कि सबसे ज्यादा नये प्रयोग तो पहले निराला ने किए थे। ऐसा कवि छायावाद में रहते हुए भी छायावाद का अतिक्रमण करता है, प्रगतिशील धारा में रहते हुए भी प्रगतिवाद का अतिक्रमण करता है, नये प्रयोग करते हुए भी प्रयोगवाद का अतिक्रमण करता है। यह कवि, जो आनन्द और सौन्दर्य के गीत गाने को पैदा हुआ था, जीवन की विषमताओं से लड़ने के लिए एक दूसरे ढंग के कवि के रूप में विकसित हुआ। यह केवल सौन्दर्य और आनन्द का गायक न होकर 'जीवन विष विषम पिया' कहने वाला कवि बना। उसने नरक-यात्रा के गीत लिखे। एक अनूठे ट्रैजिक कवि के रूप में उनका एक नया रूप सामने आया। आधुनिक काल में जब भक्ति कविता की सम्भावना नहीं है, इस दौर में उन्होंने भक्ति गीत लिखे। तुलसीदास के समान 'अर्चना', 'आराधना', 'गीतगुंज', 'सान्ध्यकाकली' में एक नई विनयपत्रिका रचता हुआ वह कवि आधुनिक युग में भक्तिपरक गीतों के

द्वारा जैसे भक्ति को नई अर्थवत्ता देता है, नई संजीवनी प्रदान करता है। ऐसे कवि के बारे में कुछ तथ्यों का उल्लेख करके मैंने केवल स्मृति को कुरेदने का प्रयास किया है। ये वे तथ्य हैं, जिनको सब जानते हैं, सब मानते हैं। निराला केवल बड़े कवि ही नहीं हैं, बल्कि आज के रचनाकारों के लिए प्रसंगानुकूल और एक सार्थक सन्दर्भ और प्रेरणा देनेवाले कवि भी हैं। उनसे नये रचनाकार लगाव अनुभव करते हैं; अर्थात वे केवल पुस्तकालयों और पाठ्यक्रमों तक सीमित रहनेवाले कवि नहीं हैं।

मोटे तौर से आजकल इतिहासकार यह मानते हैं कि लगभग 1936 के बाद विशेष तौर से 1938 के आसपास एक नये परिवर्तन का युग आरम्भ हुआ था। 1936-37 से 1947-48 तक जो संक्रमण काल है, उसमें यह दशक बहुत ही महत्त्वपूर्ण है— राष्ट्रीय, राजनीतिक दृष्टि से भी है और साहित्यिक दृष्टि से भी। यह संक्रमण काल हमारे लिए इसलिए महत्त्वपूर्ण है कि इस संक्रमण के बाद का पिछला 50 वर्ष है जिसके सन्दर्भ में भी हमें निराला पर विचार करना है। उस संक्रमण काल में निराला की क्या भूमिका थी और निराला की उस भूमिका को केवल स्मरण करने के लिए मैं 'रूपाभ' की फाइलें देख रहा था। उस दौर में निराला ने जो पत्र लिखे हैं, जो निराला की 'साहित्य-साधना' भाग तीन में रामविलास जी ने एकत्र किए हैं, मैं उन्हें देख रहा था। 'रूपाभ' के सम्भवतः ग्यारह अंक निकले थे, बारह पूरे नहीं हो सके थे। 'रूपाभ' पन्त जी निकालते थे, कालाकाँकर से। नरेन्द्र शर्मा उसके सहयोगी सम्पादक थे। 'रूपाभ' की उन फाइलों में मैंने देखा कि 'रूपाभ' में उस काल में निराला का क्या छपा। पन्त ने क्या कविताएँ प्रकाशित कीं। अज्ञेय की कविता छपी है, शमशेर की कविता छपी है और नरेन्द्र शर्मा की कविता छपी है। प्रगतिशील लेखक संघ की स्थापना 1936 में हो चुकी थी। उसकी ओर से इलाहाबाद में स्वदेशी प्रदर्शनी के अवसर पर भी कई संगोष्ठियाँ और सम्मेलन हुए थे। प्रगतिशील लेखकों के एक आयोजन में निराला ने भी भाग लिया था। पत्र में लिखा है और उसका जिक्र भी और जगह आया है। इस दौर में एक अंक में मध्यवर्ग, श्रमजीवी और कृषक पर तीन कविताएँ पन्त जी की छपी हैं। 'पवित्र है वह जग के करदम से पोषित'। कृषक के बारे में लिखा है। 'युग-युग का वह भारवाह, आकटी नतमस्तक'। पन्त जी अब उस वर्ग चेतना, जो नई अर्जित वर्ग चेतना थी, उसके आधार पर मध्यवर्ग, श्रमजीवी और कृषक पर ये कविताएँ लिख रहे थे। उस समय निराला ने लिखा था :

सहज-सहज पगधर, आओ उतर देखें वे सभी तुम्हें पथ पर।

पन्त जी तब प्रगतिशील माने जा रहे थे क्योंकि वह स्पष्टतः वर्गबोध के साथ मध्यवर्ग, श्रमजीवी वर्ग, कृषक वर्ग के बारे में कविताएँ लिख रहे थे। निराला कहते

थे कि 'सहज-सहज पगधर आओ उतर'। कविता उस समय आकाश से धरती पर उतर रही थी। निराला का इस पर जोर था कि सहज पग से उतरो और इस तरह उतरो कि रास्ते पर और लोगों के साथ दिखाई पड़ो और तुम्हारे साथ लोगों का लगाव महसूस हो सके। पन्त जी जिस ऊँचाई से बोल रहे थे, वह पग सहज नहीं था, न सहज पग से उतर ही रहे थे। जिस भाषा में श्रमजीवियों के बारे में लिखा है, सौ जन्म में श्रमजीवी नहीं समझेगा कि वह पवित्र है और आपने पूजा की वस्तु बना दिया उसे। 'करदम से पोषित' आदि कहने से दया की भावना तो जरूर पैदा होती है, पर वह लगाव नहीं है जिसकी बात निराला कर रहे हैं।

पन्त और निराला की उस समय की कविताओं को देखें तो दोनों के बीच अलगाव का पता चलेगा। उसी समय का दूसरा गीत छपा था, 'और और छवि रे यह और और छवि, नूतन भी कवि रे, यह नूतन भी कवि।' यहाँ एक नया कवि अवतरित हो रहा था। 'रूपाभ' में पन्त जी के दो गीत छपे थे, निराला से मिलाकर देखना चाहिए। उसी काल में निराला छायावाद की रोमांटिक, जिसको 'हाईसाउंडिंग' कहते हैं, उदात्त और ललित-कलित कोमलकान्त पदावली को तोड़कर एक नई भाषा गढ़ने की कोशिश कर रहे थे। पन्त जी की भाषा वही पुरानी थी। छायावादी भाषा में मजदूरों पर कविताएँ लिखी जा रही थीं। जब तक वह भाषा नहीं टूटती है, तब तक आपमें वह नया भाव-बोध नहीं प्रकट होगा। नई संवेदना-नई दृष्टि का गहरा सम्बन्ध नई भाषा से होता है। बुनियादी अन्तर था। उस काल में निराला का मुख्य आकर्षण 'यथार्थवाद' की ओर था। एक पत्र में उन्होंने लिखा था। रामविलास शर्मा को पत्र लिखते हुए लिखते हैं, 'यथार्थवाद वाली बात तुमने बहुत अच्छी कही है और इसी की वृद्धि होनी चाहिए।' उन्होंने कुछ गीत उनके पास भेजे थे और कहा था कि कुछ देहाती लताएँ भी संलग्न हैं लेकिन थोड़ी निखरी हुई हैं। अब जिसका अर्थ था कि उस दौर में 'रूपाभ' के साथ एक नया यथार्थवाद, यथार्थ की एक नई भाषा शुरू हो रही थी। इसकी पहली झलक पन्त जी से जुड़े हुए एक छायावादी कवि नरेन्द्र शर्मा की 'आषाढ़' पर लिखी हुई कविता में मिलती है, 'पकी जामुन के रंग की पाग, बाँधता आया लो आषाढ़।' यह पकी जामुन के रंग की पाग बाँधता हुआ आषाढ़ आ रहा है, यह बिम्ब ही नया नहीं था, उसके साथ नये यथार्थ का अहसास होता है। यह वही समय है जब 'रूपाभ' में केदारनाथ अग्रवाल की 'चन्द्र गहना से लौटती बेर' कविता छपी थी जिसमें वे कहते हैं, 'ठिंगना चना बाँधे मुरेठा सीस पर'। 'ठिंगना चना बाँधे मुरेठा सीस पर' या 'पकी जामुन के रंग की पाग बाँधता आया लो आषाढ़'—ये कविताएँ उस छायावाद से और छायावादी भाषा से अलग दिखाई पड़ती हैं, जिस छायावादी भाषा में पन्त जी मजदूरों और किसानों पर कविता लिख रहे थे। देखना चाहिए,

उस समय अज्ञेय जी और शमशेर क्या कर रहे थे? अज्ञेय की कविता छपी है— 'विश्वदूत'। आपकी सुविधा के लिए उसकी पाँच पंक्तियाँ :

चुप-चुप हो जग के रव-रव नाद?
बुझा प्रातः का गायन भैरव
अभी दूर सन्ध्या का कलरव
स्वर रवि से झुलसा अति नीरव
फैल रहा मध्यान निषाद,
चुप-चुप हो जग के रव-रव नाद।

कहने की आवश्यकता नहीं कि जो कविता कलरव-नीरव और छायावादी विषाद से बद्ध हो, वह नई भाषा की शुरुआत नहीं है, नई संवेदना की शुरुआत नहीं है। शमशेर की उसमें जो कविता छपी है, शीर्षक नहीं है। अन्यत्र उद्धृत की गई है :

फिर क्यों मुझको तुम अपने बादल में,
घेरे लेती हो, मैं निगाह बन गया स्वयं
जिसमें तुम आँज गई अपना सुरमई साँवलापन हो।

शमशेर उर्दू के विद्यार्थी थे इसलिए यह निगाह हिन्दी कविता में आ सकती थी। 'मैं निगाह बन गया और उसमें तुम अपना सुरमई साँवलापन आँज गई हो।' यह जो 'सुरमई साँवलापन' है, मेरा खयाल है, बादलों के साथ भी छायावादी नहीं इस्तेमाल करते थे। साँवलापन सुरमई हो और आँखों में अँज जाए—थोड़ी नई भाषा जरूर है, एकदम बहुत नई नहीं हो, लेकिन अपेक्षाकृत अज्ञेय जी के, शमशेर भाषा में थोड़ा नयापन लाते, नया भाव लाते हुए दिखाई पड़ते हैं। यह है 1938 के 'रूपाभ' की स्थिति, जो प्रगतिशील होने की कोशिश कर रहा था, घोषित रूप से प्रगतिशील था। उस दौर के इन कुछ कवियों को देखकर मैंने बताना चाहा कि निराला इनसे अलग थे।

'रूपाभ' में निराला ने 'बिल्लेसुर बकरिहा' का गद्य लिखा था, उसी में 'कुल्ली-भाट' छपा था, 'चमेली' छपा था। निराला के काव्य-जीवन से मालूम होता है कि पहले वे भाषा को गद्य में बनाते हैं या तोड़ते हैं, फिर छन्दों को तोड़ते हैं और फिर उसके आधार पर वे छन्दोबद्ध रचनाएँ लिखते हैं। छायावाद के काल में भी यही किया था। 'परिमल' के मुक्त छन्दों में छन्द को तोड़कर, नई भाषा गढ़कर फिर 'गीतिका' के गीत लिखे, 'अनामिका' की कविताएँ लिखीं यानी वे 'राम की शक्ति-पूजा' व 'सरोज-स्मृति' लिखने से पहले और 'गीतिका' के अनेक गीतों से पहले छन्दों को तोड़-तोड़कर एक नई भाषा खड़ी बोली में गढ़ रहे थे। उसी तरह निराला ने सन् 1938 के बाद सबसे महत्त्वपूर्ण कार्य किया कि पहली बार वह भाषा गढ़ी जिस भाषा में आज हिन्दी कविता बहुत कुछ लिखी जा रही है। वह भाषा गढ़ने का श्रेय अगर किसी को है तो वह निराला को है। निराला साथ-साथ उर्दू-हिन्दी दोनों में प्रयोग

करते थे। गजलें लिखीं, गीत भी लिखे, मुक्त छन्द भी लिखे। उस एक दशक में निराला का जो कृतित्व है, विशेष है। निराला सावधान थे जब गीत लिखते थे। उन्होंने कुँवर सुरेश सिंह को लिखते हुए भेजा कि गीत लिखे हैं, साधारण हैं। 'बेला' के गीतों के बारे में उनकी धारणा बहुत ऊँची न थी, गजलों के बारे में उनकी धारणा ऊँची न थी–'लिखे हैं हाथ आजमाने के लिए। भाषा बनाने के लिए ये साधारण हैं।' यह शब्द स्वयं निराला जी का है। फिर इसी दौर में 'जूही की कली' के कवि ने 1940-41 में 'कुकुरमुत्ता' लिखा। दूधनाथ जी ने 'कुकुरमुत्ता' पर एक पूरी किताब लिखी है। 'कुकुरमुत्ता' को एक हँसी-मजाक की, मनोविनोद की हल्की-फुल्की कविता मानकर छोड़ दिया गया है। स्वयं निराला जी ने कुँवर सुरेश सिंह को जो पत्र लिखा है, जो 1941 के आसपास का है, जिसमें उन्होंने लिखा है कि 'मेरी यह रचना 'कुकुरमुत्ता' जो 450 पंक्तियों की कविता है, यह मेरी रचना 'तुलसीदास' की कोटि की रचना है।' कुछ लोगों को यह बात अतिशयोक्ति लगेगी। क्योंकि कवि का वक्तव्य या कवि की राय स्वयं अपनी कविता के बारे में प्रामाणिक नहीं मानी जाती है, किन्तु निराला वैसा कवि नहीं था, बल्कि बहुत सतर्क काव्य-बोध का मर्मी भी था। वे 'कुकुरमुत्ता' को अहमियत देते थे तो किस वजह से देते थे, वह कौन-सी चीज थी–इस पर विचार किया जाना चाहिए। उस दौर के निराला के कामों पर विचार करते हुए, सम्पूर्ण भारतीय कविता और साथ ही अंग्रेजी कविता का भी ध्यान रखा जाना चाहिए। यह 'ऑडन' का जमाना था। भारतीय भाषाओं में देखें तो इस समय बुद्धदेव घोष तथा हिन्दी में अज्ञेय का युग माना जाता है 'तार सप्तक' के कारण। इस दौर में कुल मिलाकर तथाकथित आधुनिक या आधुनिकतावादी कविता की शुरुआत होती है। इस आधुनिकतावाद के प्रभाव में कुछ लोग थे जो अंग्रेजी शिक्षा प्राप्त थे और अंग्रेजी की आधुनिक कविता पढ़कर एक नई भाषा गढ़ने की कोशिश कर रहे थे। इसमें 'तार सप्तक' के अधिकांश कवि, एक तरफ अज्ञेय भी शामिल हैं, दूसरा सप्तक के शमशेर भी शामिल हैं। उसके समान्तर वे लोग हैं जिन्होंने आधुनिक अंग्रेजी कविता नहीं पढ़ी थी। 'कुकुरमुत्ता' में टी.एस. इलियट का मजाक उड़ाया गया है, 'कहीं का ईंट कहीं का रोड़ा, दे मारा जैसे टी.एस. इलियट ने।' निराला टी.एस. इलियट के बहाने जो कविता गढ़ी जा रही थी, उस पर टिप्पणी कर रहे हैं। वे लोग जो अपने को मार्क्सवादी कहते हों और चाहे गैर-मार्क्सवादी हों, अंग्रेजी की कलम भारतीय भाषा में लगा रहे थे–निराला उनका मजाक उड़ा रहे हैं। उसके बरक्स निराला स्वयं अपनी परम्परा से अपनी भाषा कैसे गढ़ी जाती है, इसका उदाहरण प्रस्तुत करते हैं। भाषा जो आधुनिक हो, आधुनिक भाव-बोध के लिए उपयुक्त हो, लेकिन अपने मुहावरे में अपने वाक्य-विन्यास में अंग्रेजियत वाली न हो। 'तार सप्तक' को पढ़ते हुए स्पष्ट होता है कि वाक्य विन्यास और भाषा से अंग्रेजियत की गन्ध आती है। निराला ने 'नये पत्ते' में कहा है, 'मैंने गीतों के साथ, नये गीतों

के साथ आधुनिक कविताएँ भी लिखी हैं'। 'नये पत्ते' की आधुनिक कविताओं में अनेक फुटकर कविताओं को आप देखें। एक नये ढंग की, जिसे वे 'बैलेड' कहते थे, की तरह लिखी कविताएँ हैं। जो कविता कहानी कहती है और कहानी के माध्यम से या यात्रा-वृत्तान्तों के माध्यम से अपनी बात कहती है। 'महँगू महँगा रहा' जैसी कविता है। 'जल्दी-जल्दी पैर बढ़ाओ आओ-आओ', 'राजे ने अपनी रखवाली की', और 'झींगुर डटकर बोला' और 'डिप्टी साहब आए'—यहाँ पूरा वर्णन होता है। एक जीवन का छोटा-सा चित्र, यथार्थ चित्र है जो छोटी-सी कहानी कहता है। आप उनकी भाषा देखें। मैं समझता हूँ कि इन मुक्त छन्दों में कहानी कहते हुए निराला जो भाषा दे रहे थे, वह अंग्रेजी पढ़े-लिखे कवियों द्वारा बनाई जाने वाली भाषा से अलग भाषा थी। मैं इसे निराला का सबसे ज्यादा योगदान मानता हूँ कि अंग्रेजियत के बिना भी हिन्दी कविता कैसे रोमांटिक अवरोध को पार कर उस भाषा की ओर अग्रसर होती है, जिसमें सहजता है। मैं कहूँगा कि अंग्रेजियत भरी भाषा से मुक्त होने में नई कविता को कम-से-कम तीस-पैंतीस साल लगे। अब अरुण कमल या एकान्त श्रीवास्तव वगैरह की कविताएँ आप देखेंगे तो लगेगा कि वह सहजता आ गई है, जहाँ जरूरी नहीं है कि वह अंग्रेजी का अनुवाद मालूम हो। जो प्रयास निराला ने 40 के अन्तिम तथा 40 के आरम्भ के दशक में भाषा को तोड़ने में और बनाने के लिए किया था, उसका फल इतने दिनों के बाद अस्सी की दशक की लिखी हुई कविताओं में पहली बार दिखाई पड़ा। इन कविताओं के कवि उस हद तक नये-नये प्याज खाने वाले मुसलमान नहीं थे। नई-नई अंग्रेजी की मॉडर्निस्ट पोएट्री पढ़कर उसको हिन्दी में उल्था करनेवाले नहीं थे। यही नहीं, बल्कि अंग्रेजी में गैर-अंग्रेजी कविता इतनी आ चुकी थी—स्पेनिश, पोलिस, चेक, रूसी, या अफ्रीकी कविताएँ शायद उनके कारण हों, मैं कह नहीं सकता, लेकिन भाषा में यह देशीपन आया। यह निराला का शुरू किया हुआ था, जिसको याद करने की जरूरत है। उस दौर की कविताएँ कैसे गढ़ी जाती हैं, अचानक पढ़ते हुए मुझे निराला की 'स्फटिक शिला' कविता याद आई और उसको मैंने नये सिरे से पढ़ा। उसको आप लोगों ने पढ़ा होगा—'चित्रकूट यात्रा में स्फटिक शिला'। ये 'कुकुरमुत्ता' संकलन में पहली कविता थी, बाद में सम्भवतः 'नये पत्ते' में आई है। यात्रा-वृत्तान्त है। उस पूरी कविता का ढाँचा आप देखें। वर्णन करना और कहानी कहना, दोनों अलग-अलग कलाएँ हैं। जरूरी नहीं, कोई वर्णन करते हुए कहानी कह सकता हो। नैरेशन अलग चीज है और डिस्क्राइब करना बिलकुल अलग चीज है। निराला कहाँ ठहरकर वर्णन करना है और कहाँ नैरेट करना है—दोनों कलाओं के साथ सामंजस्य बिठा लेते थे। केवल एक अंश देखिए, जहाँ बीच में विनोद भी है :

पांडों का किला दिखा कर्बी में,
जैसे कुछ लिखा हुआ अर्बी में।

ऐसी कुछ पंक्तियाँ भी दिखाई पड़ेंगी आपको। दो अन्तिम अंश जहाँ :

खड़ा हुआ स्फटिक शिला
मैं देखता ही रहा,
आँख पड़ी युवती पर
आई थी जो नहाकर
गीली धोती सटी हुई
भरी देह में सुघर,
थे उठे पुष्ट तन,
दुष्ट मन को मरोड़कर,
आयत ध्रुवों का मुख,
खुला हुआ छोड़कर,
बदन कहीं से नहीं काँपता,
कुछ भी संकोच नहीं ढाँपता,
वर्तुल उठे हुए उरोजों पर
अड़ी थी निगाह चोंच जैसे जयन्त की,
नहीं जैसे कोई चाह, देखने की मुझे और
कैसे भरे दिव्य स्तन हैं
ये कितने कठोर
मेरा तन काँप उठा, याद आई जानकी
कहा तुम राम की
कैसे दिये हैं दर्शन!

आजकल हुसैन के चित्रों पर बड़ी बहस हो रही है। इस सन्दर्भ में भी देखें। याद रखें, ये वही निराला हैं जो अपनी बेटी के यौवन का वर्णन कर चुके हैं। निराला स्फटिक शिला पर पहुँचे। नहाकर आई युवती का चित्र। 'नहीं जैसे कोई चाह, देखने की मुझे और', 'कैसे भरे दिव्य स्तन हैं/ये कितने कठोर', 'मेरा तन काँप उठा, याद आई जानकी/कहा तुम राम की/कैसे दिये हैं दर्शन!' एक साधारण युवती में जानकी का दर्शन--कई लोग कहेंगे, आदर्शवाद है। लेकिन यही वह निरालापन है। 'स्फटिक शिला' जैसी यथार्थ कविता में भी यह विद्रोही कवि कई रूढ़ियों, मान्यताओं को और सौन्दर्य सम्बन्धी धारणाओं को तोड़कर किस प्रकार उस परम्परा के अपने संस्कार की रक्षा भी करता है। 'स्फटिक शिला' के अन्त से ठीक पहले जहाँ वह कुटिया के पास पहुँचे, वहाँ एक काली-सी औरत थी। निराला ने लिखा है कि एक बैलगाड़ी ने मार दिया, जिससे बनवासी महिला का चबूतरा टूट गया :

कहीं चबूतरे की, कुटिया से निकली
काली एक नारी गाली देती

मैंने देखा बड़ा मैला मन उसका?
समाज से
चोट खाई हुई वह रामजी के राज से
शूद्रों को मिला नहीं जिनसे कुछ भी कहीं।

प्रसंगवश वह जो काली औरत आई और कड़ुवाहट के साथ जिस तरह बोली तो सहानुभूति से कहा कि यह इसलिए मैला है कि चोट खाई हुई वह रामजी के राज से। राम जी वह पुराने नहीं, आज के राम जी हैं, 'शूद्रों को मिला नहीं जिनसे कुछ भी कहीं।'

'स्फटिक शिला' कविता मैंने पढ़ी। आप लोगों में से निश्चय ही कुछ मर्मज्ञ लोगों ने पढ़ी होगी। मैं कहूँगा, दुबारा पढ़िए। 'कुकुरमुत्ता' की बड़ी चर्चा हुई। 'स्फटिक शिला' की कम। मैंने देखा है कि उस दौर में निराला ने ऐसी कई कविताएँ लिखी हैं। प्रायः निराला का जो उत्कर्ष काल माना जाता है, 'अनामिका' तक की कविताओं की ज्यादा चर्चा हुई है। स्वयं रामविलास जी ने भी उस दौर की कविताओं के बारे में लिखा है कि 'यह जैसे काव्य-साधना की उस ऊँचाई तक न पहुँच करके नीचे रह जानेवाली कविताएँ हैं।' उन प्रयोगों की ओर ध्यान दिया जाना चाहिए। अन्त में जिस ओर मेरा ध्यान गया और मैं चाहता हूँ कि उस पर गहराई से विचार किया जाना चाहिए। सन् पचास से लेकर इकसठ तक निराला ने अधिकांशतः गीत लिखे। जिस दौर में इसी इलाहाबाद में नई कविता, प्रयोगशील कविता, प्रगतिशील कविता—ये सारी कविताएँ लिखी जा रही थीं। प्रायः छन्द-मुक्त। मुक्त छन्दों वाला कवि उस दौर में केवल गीत लिख रहा था। उन गीतों को आम तौर से एक ज्येष्ठ कवि की परवर्ती रचनाएँ मान करके छोड़ दिया जाता है। सामान्य तौर से ये गीत भी विचारणीय हैं, क्योंकि निराला के लिखे हैं। लेकिन मैं चाहता हूँ एक साहित्य के पाठक के नाते, आलोचना कर्म करने के नाते, इस पर गहराई से विचार किया जाना चाहिए कि इस दशक की जो नई कविता लिखी गई है अज्ञेय की, शमशेर की, सप्तकों के कवियों की; उसके समानान्तर निराला की कविता का क्या महत्त्व है? अगर महत्त्व नहीं है तो सीधे कहना चाहिए कि नहीं है। कृपा करने की आवश्यकता नहीं है। लेकिन समानान्तर बहती हुई उस कविता पर विचार किया जाना चाहिए। उसके बारे में सिर्फ एक बात कहना चाहूँगा। वह नेहरू का युग है। आजादी के बाद राष्ट्र-निर्माण की नई उमंग और नये उत्साह का युग है। आज के जमाने को देखते हुए वह स्वर्ण युग ही मालूम होता है। जैसा पतन, जैसी गरीबी, जैसा भ्रष्टाचार, लोकतंत्र की जो दुर्दशा नैतिक दृष्टि से, राजनीतिक दृष्टि से आज दिखाई दे रही है, तब न थी। राष्ट्रीय स्तर पर नया उभरता हुआ राष्ट्र विश्व में जो स्थान उस समय रखता था, वह आज नहीं है। आवाज हमारी सुनी जाती थी। दुनिया में आज हम लोग 'बनाना रिपब्लिक' के रूप में कुख्यात हो गए हैं। हमारी बात कोई सुनने वाला नहीं। सिक्योरिटी कौंसिल

में हम हार गए, जापान जीत गया। सब कुछ को देखते हुए योजनाबद्ध विकास का वह स्वर्ण युग मालूम होता है। हमें याद करके उन दिनों की, एक नास्टेल्जिया की अनुभूति होती है। उस दौर की कविताओं को पढ़ें तो लगेगा कि निराला के लिए यह नरक-यात्रा का युग है। यह नरक-यात्रा क्या निराला की नितान्त आत्मगत पीड़ा है या उस युग की? नये राष्ट्र का स्वागत करती, अभिनन्दन करती हुई 'नई कविता' में दर्द है, लेकिन 'नई कविता' उस दौर की राजनीति की उन चीजों की मुखर आलोचक नहीं है कि समाज गिर गया। 'गहन है यह अन्धकारा, स्वार्थ के अवगुंठनों से हुआ है लुंठन हमारा, प्रिय हमें वह चेतना दो देह की, याद जिससे रहे वंचित गेह की, खोजता फिरता न पाता हुआ मेरा हृदय, हारा, गहन है यह अन्धकारा'। निराला कहते हैं, 'बन्दीगृह वरण किया, जनता के हृदय दिया, जीवन विष विषम पिया।' यह कारा, बन्दीगृह—निराला की कविताओं में बार-बार आता है। निराला क्या यथार्थ से इतने दूर हैं कि जिस युग को हम स्वर्ण-युग कह रहे हैं, वह निराला को अन्धकार नजर आ रहा है, कारागार नजर आ रहा है? लगेगा कि निराला पागल हो गए हैं, लेकिन उनको अपना नरक सारे देश का नरक नजर आ रहा है। इसका मतलब है कि तुलसीदास भी तब पागल थे। अकबर का युग स्वर्ण-युग मानते हैं। मध्यकाल में समृद्धि की दृष्टि से, विकास की दृष्टि से, धार्मिक कट्टरता की दृष्टि से एकदम मुक्त अकबर का काल स्वर्ण-युग माना जाता है। कहते हैं कि अशोक के काल और गुप्तकाल के बाद अकबर का काल था। अगर आप 'विनयपत्रिका' पढ़िए तो मालूम नहीं होता है कि यह स्वर्ण-युग है। इसका मतलब है कि जो सच्ची युग-चेतना का कवि होता है, वह स्वर्ण-युगों के नरक को, उसके अँधेरों को पहचान लेता है। मैं अंग्रेजी का विद्यार्थी नहीं हूँ लेकिन शेक्सपियर की ट्रैजिडी और लियर को पढ़ते हुए विश्वास नहीं होता कि यह एलिजाबेथ के युग का कवि है। इसका मतलब है, सामाजिक और सार्वजनिक जीवन पर एक सच होता है। एक यथार्थ होता है लेकिन उसकी तह में कोई दूसरा एक नरक होता है, एक वैतरिणी होती है। बड़ा कवि—गहरा कवि जीवन के उस स्तर की ओर भी हमारा ध्यान आकर्षित करता है। नेहरू युग में भारतीय जीवन में वही नरक था, जो पहले कालीन के नीचे डाल दिया गया था, अब फूट-फूटकर बह रहा है। यह विभाजन की ट्रैजिडी के समय भी हुआ, जब आग और नरक और गन्दगी सतह पर आ गई थी। वह गटर के नीचे चली गई थी। जब शरीर कमजोर हुआ तो वह मलेरिया जैसे फिर शरीर पर चढ़ बैठा। फिर वही साम्प्रदायिक विद्वेष और बाकी चीजों में दिखाई पड़ रहा है। क्या निराला इन गीतों के द्वारा देख रहे थे उसे और बहुत से संवेदनशील कवि नहीं देख पा रहे थे? निराला के भक्ति के ये गीत मध्ययुगीन भक्ति के नहीं हैं, बल्कि भक्ति के इन गीतों में वही आध्यात्मिकता है जो 'लन्दन' कविता लिखने वाले अंग्रेजी के विलियम ब्लेंक में थी। 'रिलिजियस सेंसिबिलिटी' विलियम ब्लेंक में गहरी थी, पर विलियम ब्लेंक अपने

जमाने के सामाजिक जीवन और मनुष्य की उस दशा का वर्णन कर रहा था, खास तौर से 'सांग ऑफ एक्सपीरियन्स' में, 'सांग ऑफ इनोसेंस' में नहीं। निराला के सहज प्रतीति होने वाले वन्दना गीत—देवी माँ 'नर को नरकत्रास से तारो'—ये कविताएँ केवल भक्ति नहीं हैं, प्रार्थना नहीं हैं। रूप में, ढाँचे में, शब्दावली में यह भक्ति और आध्यात्मिकता है, लेकिन तह में जो अन्तर्वस्तु है, यह वह अन्तर्वस्तु है, जो भक्तियुगीन कविता से भिन्न है, ईश्वरविहीन नई कविता है, क्योंकि उस समय लोग ईश्वर को सलीबों पर देख रहे थे। उस दौर में लोगों को निराला के गीतों में भी ईश्वर पर और माँ शक्ति पर बहुत सन्देह है, तुम हो कि नहीं हो, इस पर। 'हार गया मैं जब उस पार गया', तो उस पार जाना मेरी हार है। कैसी हुई हार? वे निराकार को चुनौती देते हैं। उन तमाम चीजों के माध्यम से मुझे लगता है कि निराला के भक्ति-गीत एक भारतीय ढाँचे में, भारतीय मानस में उत्पन्न होने वाली उस आधुनिकता की, उस आधुनिक बोध की, उस आधुनिक कविता की सृष्टि कर रहे थे जहाँ पश्चिमी आधुनिकता से आक्रान्त लोग नहीं पहुँच पा रहे थे। निराला ने केवल नेहरू को ही नहीं तिरस्कृत किया था, खारिज किया था। इस पर तमाम प्रगतिशील लोग विचार करेंगे कि निराला प्रगतिशील थे, लेकिन नेहरूवादी प्रगतिवादियों से अलग थे। 'महँगू महँगा रहा' गीत इसका उदाहरण है। उस दौर में ही निराला के गीतों ने उस नेहरूवाद के विकासवाद का, आधुनिकीकरण का निषेध करके मध्ययुग की भूमि पर शायद एक नये ढंग की आधुनिकता विकसित करने की कोशिश की थी।

[निराला जन्म-शताब्दी के अवसर पर हिन्दुस्तानी अकादमी, इलाहाबाद में दिया गया व्याख्यान। 'हिन्दुस्तानी' के भाग-58, अंक-2, अप्रैल-जून, 1997 में 'निराला : नई अर्थवत्ता की तलाश' शीर्षक से प्रकाशित]

गहन है यह अन्धकारा

निराला की अन्तिम दस वर्षों की कविताएँ ही इस समय मेरे ध्यान में हैं। इसका अर्थ यह नहीं कि पहले की कविताओं की मैं उपेक्षा कर रहा हूँ। उन पर लिखा भी बहुत गया है और उनके महत्त्व के बारे में अलग से कहने की जरूरत नहीं है। लेकिन खास तौर से 1936 के बाद से, जब से प्रगतिशील, प्रयोगशील और नई कविता का दौर शुरू हुआ है, उस दौर में इन सारी प्रवृत्तियों के समानान्तर निराला क्या लिखते रहे हैं और जो लिखा है, उसका सम्बन्ध इन कविताओं के साथ क्या बनता है—इस पर गहराई से विचार किया जाना चाहिए। यद्यपि इस दौर के अधिकांश प्रगतिशील, प्रयोगशील और नई कविता वाले कवियों ने निराला को ही अपना जनक माना है। शमशेर ने तो निराला पर प्रसिद्ध कविता लिखी है। त्रिलोचन ने भी लिखी है। नागार्जुन ने लिखी है। केदारनाथ अग्रवाल ने लिखी है। देर से ही सही लेकिन अज्ञेय ने भी निराला के ऋण को स्वीकार किया है। यद्यपि पहले उनका दृष्टिकोण बहुत आलोचनात्मक था। बाद के कवियों में रघुवीर सहाय, केदारनाथ सिंह आदि ने तो स्पष्ट रूप से निराला के प्रति अपना ऋण स्वीकार किया है लेकिन सवाल यह है कि परख होनी चाहिए। अगर देखें तो 1950 से लेकर 1961 तक निराला ने अधिकांशतः गीत ही लिखे हैं और जो कवि उनका नाम लेते हैं, उनमें से किसी ने भी उस तरह के गीत लिखने की कोशिश नहीं की।

निराला हिन्दी मुक्त छन्द के प्रवर्तक कहे जाते हैं। 'जूही की कली' में पहली बार उन्होंने बँधी-बँधाई तुकान्त कविता की जंजीरों को तोड़ करके हिन्दी कविता को मुक्त करने का प्रयास किया। निराला की उस विरासत में चलकर इस दौर में कविता इतनी मुक्त हुई कि *मुक्त छन्द को छोड़ करके (वह इतनी मुक्त हुई कि) अब तो गद्य ही हो गई है। और अब भी पलटकर मुक्त छन्द की ओर लौटने की कोशिश नहीं हो रही है।* तो कुछ चीजों के बारे में मन में सवाल उठता है कि *आखिर निराला की परम्परा का अर्थ क्या है?* और यह कहते हुए मुझे लगता है, स्वयं हिन्दी की कविता की पहले की परम्परा से निराला का क्या सम्बन्ध या उस परम्परा को निराला ने किस रूप में लिया? तुलसीदास पर निराला ने कविता लिखी है और वह तुलसी से सबसे ज्यादा जुड़े हुए थे। अवध के नाते भी और अवधी के

नाते भी। फिर 'राम की शक्ति-पूजा' लिखकर उन्होंने जैसे आधुनिक युग में एक नया 'रामचरितमानस' भी लिखा। लेकिन मुझे ऐसा लगता है कि निराला हिन्दी कविता की परम्परा में केवल तुलसीदास को ही लेकर आगे नहीं बढ़े हैं। अगर उनकी कविताओं को देखें तो उसमें विद्यापति भी हैं, कबीर भी हैं, सूर भी हैं। यही नहीं, बल्कि पद्माकर, मतिराम, बिहारी भी मिलेंगे—और कहीं न कहीं उसमें उन्नीसवीं शताब्दी के भारतेन्दु भी हैं। शायद कुछ लोगों को आश्चर्य हो लेकिन मुझे नहीं है, और इसके प्रमाण हैं कि मैथिलीशरण गुप्त भी वहाँ हैं। निराला विद्रोही और क्रान्तिकारी होते हुए भी अपने रचना-कर्म में हिन्दी की एक हजार साल की पूरी परम्परा को अपनी हड्डियों, अपनी मज्जा में लेकर लिखते हुए दिखाई पड़ते हैं। यह सही है कि उनकी कविता के रचाव में अलग-अलग इन कवियों को नहीं पहचाना जा सकता। लेकिन उस पूरी परम्परा का जो उत्तमांश है कि किससे क्या लेना है, कहाँ लेना है, लेना ही नहीं बल्कि उनके संस्कार में इतना सब कुछ रच-पच गया था कि ये अनुगूँजें आप यदि अपनी सूक्ष्म इन्द्रियों से पहचानें, देखें, तो कहीं न कहीं गूँजती हुई-सी सुनाई पड़ेंगी। इस बात का मैं इसलिए जिक्र कर रहा हूँ कि विद्रोही और क्रान्तिकारी लोग निराला के विद्रोह और क्रान्ति के स्वर पर इतना जोर देने लगे हैं कि स्वयं आज के कवियों की परम्परा बहुत छोटी हो गई है और शायद इतनी छोटी हो गई है कि लगता है, इन्होंने परम्परा से न तो विद्रोह किया है और न कोई क्रान्ति की है, बल्कि एकदम उसकी उपेक्षा की है। परम्परा से इतनी टूटी और कटी कविता निराला की नहीं है, जितनी निराला के ठीक बाद की। ठीक बाद की नहीं बल्कि पिछले दस-बीस वर्षों की कविताओं में ऐसा ही लगता है, जैसे इसकी कोई पहले की परम्परा नहीं है।

मुझे देख करके कभी-कभी आश्चर्य होता है कि निराला की जितनी सर्वोत्तम कविताएँ हैं, वे छन्दोबद्ध हैं। यह भी एक विचित्र विडम्बना है कि जिस निराला को मुक्त छन्द का प्रवर्तक कहा जाता है, उनका श्रेष्ठ काव्य मुक्त छन्दों वाला कम और छन्दोबद्ध ज्यादा है। मुक्त छन्दों वाली कविताओं में सम्भवतः 'बादल राग' वाली शृंखला की एक-दो कविताएँ होंगी। 'वह तोड़ती पत्थर' हो सकती है। इस तरह की कुछ और भी मिलेंगी—लेकिन अधिकांश कविताएँ जो प्रबन्धात्मक हैं, इनमें 'सरोज-स्मृति' और 'राम की शक्ति-पूजा' तो हैं ही, उसके बाद ज्यादातर निराला के गीत ही हैं। पर सवाल यह है कि निराला के साथ नई कविता का सम्बन्ध जोड़ते हुए मेरा ध्यान मुख्य रूप से निराला के गीतों पर जाता है। यह गीत 'परिमल' में भी हैं। 'अनामिका' में भी हैं, और 'अणिमा से लेकर अर्चना', 'आराधना' और 'सान्ध्यकाकली' की रचनाएँ ज्यादातर गीतों की हैं। 'गीतिका' गीतों का ही संकलन है। मुझे ऐसा लगता है कि निराला अपने कविता-कर्म में मुक्त छन्दों के द्वारा बार-बार कविता की बँधी हुई जंजीरों को तोड़कर एक नया रास्ता

बनाते हैं। जब वह नया रास्ता बना लेते हैं तो उस रास्ते को व्यवस्थित करके अपनी संवेदनाओं और काव्यानुभूतियों को छन्दों में बाँध करके एक नये ढंग की सृष्टि करते हैं। मैं इस बात को स्पष्ट करने के लिए कहूँ कि 'जूही की कली' और 'बादल राग' जैसी कविताओं में मुक्त छन्दों के द्वारा जो काम उन्होंने किया था, उसी को आखिर में बाँध करके, कलात्मक कसाव के साथ उपस्थित करने का काम उन्होंने 'सरोज-स्मृति', 'राम की शक्ति-पूजा' और 'तुलसीदास' में किया। यही नहीं, बल्कि उन्होंने उस दौर में जो गीत लिखे, वे भी मुक्त छन्द के प्रयोग से तोड़ी हुई भूमि पर एक नई काव्य सृष्टि हैं। वे नये ढंग के गीत हैं। छायावादी दौर के गीत और इस दौर के निराला के गीतों को अगर हम देखें तो पाएँगे कि ये गीत पन्त, प्रसाद और महादेवी के गीतों से अलग हैं। इसलिए कहने को वे गीत जरूर हैं लेकिन ठीक-ठीक परम्परित अर्थ में वे प्रगीत हैं—जिसे लिरिक कहते हैं। मैं यहाँ लिरिक शब्द का प्रयोग करना चाहता हूँ क्योंकि गीत कहने में भ्रम होता है। खास तौर से हिन्दी में, जहाँ सस्ते, चलताऊ, मंचीय गीतों और अब जबकि फिल्मी गीत भी लिखे जा रहे हैं। इसलिए सरल, सुगम, सुबोध संगीत के समान गाने के लिए वे गीत लिखे गए हैं। मैं कहना चाहता हूँ कि निराला ने छन्दों से जमीन तोड़कर हिन्दी में नये ढंग का 'लिरिक' उस दौर में लिखा था। इन गीतों और मुक्त छन्दों से जो भाषा और शब्द-विन्यास बने, उनको फिर तोड़ने की जरूरत महसूस हुई। उस तोड़ने की दिशा में पहला प्रयास 'कुकुरमुत्ता' है। 'कुकुरमुत्ता' (1942) के द्वारा निराला ने छायावाद की मृदुल, मधुर व कोमलकान्त पदावली, भावुकतापूर्ण व कल्पनाशील काव्यानुभूति—सारी जमीन को तोड़ने की कोशिश की। इसलिए 'कुकुरमुत्ता' स्वयं अपने-आपमें भले ही उच्च कोटि का काव्य न हो लेकिन इस दृष्टि से यह हिन्दी कविता के इतिहास में बड़ी क्रान्तिकारी घटना है, जो एक नये उठान में सहायक हुई थी।

तुलना करके यदि हम देखें तो पन्त ने छायावादी भूमि छोड़कर 'युगवाणी' और 'ग्राम्या' लिखी। पर उसमें कोई बहुत बुनियादी परिवर्तन नहीं मालूम होता—न भाषा के मामले में, न काव्यानुभूति के बारे में। वह बौद्धिकता और ग्राम जीवन के प्रति एक सहानुभूति, एक नये यथार्थ का आभास तो देती है, लेकिन वह उस तरह का क्रान्तिकारी कार्य नहीं है, जैसा 'कुकुरमुत्ता' के द्वारा निराला ने करना चाहा। 'कुकुरमुत्ता' के द्वारा जो जमीन तोड़ी, उसका सबसे सफल काव्यात्मक रूप 'नये पत्ते' (1946) में दिखाई पड़ता है, जिसे मैं कहूँ कि एक नये ढंग के यथार्थवाद की ओर निराला आगे बढ़े। और जब नये ढंग का यथार्थवाद मैं कहता हूँ तो उसकी पहली पहचान तो यही है कि निराला प्रकृति को स्वयं कैसे देखते थे। यदि बादल सम्बन्धी उनकी कविताएँ देखी जाएँ तो निराला में पहले भी फूल आते हैं, जैसे शेफाली है, जूही है। उसके बाद जब प्रकृति का नाम लेते हैं तो प्रकृति में केवल वही ललित

और कुछ परम्परागत फूलों के नाम नहीं रह गए हैं, बल्कि प्रकृति ज्यादा ठोस, मूर्त और सामान्य से विशेष होती है। इसका उदाहरण मैं दूँ तो खास तौर से उनकी कविता याद आती है जो 'अणिमा' में है, 'जलाशय के किनारे कुहरी थी'। छायावादी दौर में समुद्र है, नदी है, निर्झर है पर जलाशय नहीं मिलेगा। 'जलाशय के किनारे कुहरी थी'—इसमें चीजों का सामान्य से विशेष किस तरह आता है। पहले तो केवल तरु आते थे लेकिन अब जो वृक्ष भी है तो वह आम का है, नारियल के गाछ हैं; यही नहीं, आम की जो डाली है, वह तालाब के पानी में झुकी हुई है। आसमान के तारे के तालाब के पानी में प्रतिबिम्ब दिखाई पड़ते हैं। 'जलाशय के किनारे कुहरी थी'—यह पहली ही पंक्ति बता रही है कि प्रकृति के बारे में यह वही दृष्टि नहीं जो 'बादल राग' कविता लिखते समय थी या 'झरती मेरी शेफाली' में दिखाई पड़ती है। यह अलग है। उषा और संध्या वही नहीं रह गई हैं, बल्कि जलाशय के किनारे जो कुहरी है, उसकी उषा और है। उस संग्रह में एक और कविता है : 'सड़क के किनारे दुकान थी'। एक ओर जलाशय के किनारे कुहरी है तो दूसरी ओर शहर का वर्णन भी निराला करते हैं।

लगता है कि छायावादी कविता यदि धूमिल रंगों वाला एक वॉटर कलर हो या कहीं ऑयल कलर हो तो अब यह पेंसिल से रेखाचित्र बनाते हुए दिखाई पड़ते हैं। वह उनकी भाषा में भी है। किसी जमाने में निराला ने भाषा, खास तौर से वेदों की भाषा में—उन्होंने कहा कि एक सहज, सरल, भाषा वहाँ है, जहाँ अलंकार न हो। श्लेषहीन भाषा हो। अनलंकृत भाषा और सहज भाषा की बात वह करते थे। लेकिन वह उतनी सहज नहीं थी। छायावादी दौर में अब सहज ही नहीं बल्कि सपाट, अनलंकृत, सरल, सीधी भाषा का प्रयोग करते हैं। यह भाषा सूचित करती है कि कवि की काव्यदृष्टि बदल चुकी है। अब आँखें चीजों को दूसरी तरह से देख रही हैं। जैसा देखती हैं, उसको हू-ब-हू, ज्यों-का-त्यों रख देने या उतार देने की कोशिश करती हैं। इसलिए मैं कह रहा था कि निराला में यह नई बात दिखाई पड़ेगी। बाद में तो हिन्दी कविता में कई लोग ऐसा करने लगे। लोगों को अलग-अलग नामों से पहचानना, पुकारना। जैसे 'महँगू महँगा रहा' और 'झींगुर डट कर बोला' में 'महँगू' और 'झींगुर' केवल नाम नहीं हैं; बल्कि इससे मालूम होता है कि पहले उनके सामने समाज या मनुष्य या जन सामान्य रूप से आता था; अब उनके सामने वही लोग एक व्यक्ति विशेष के रूप में आने लगे हैं। यही है उनकी नई यथार्थ दृष्टि इसलिए 'नये पत्ते' में 'महँगू महँगा रहा' या 'झींगुर डटकर बोला' या 'खजोहरा' जैसी कविताएँ हैं। इन कविताओं को अब 'तार सप्तक' से मिलाकर देखिए तो मालूम होगा कि 1936 से लेकर 1946 के काल में भी निराला की भाषा छन्दबद्ध और यथार्थ के प्रति उनकी दृष्टि खास तौर पर राजनीतिक कविताओं को अगर देखें तो वे प्रगतिशील दौर की लिखी राजनीतिक कविताओं से भिन्न हैं, अलग हैं। 'महँगू महँगा रहा' में जवाहरलाल

नेहरू भी आते हैं, उस दौर की पूरी राजनीति आती है। ये कविताएँ 'नये पत्ते' की 'वनवेला' के बाद के चलन की हैं। 'वनवेला' में बिना नाम लिये हुए भी राजनीति को लेकर कैसे वामपंथी नेता मंच पर खड़े होकर कभी इधर मुँह करते हैं, कभी उधर मुँह करते हैं। लेकिन वह पूरी कविता इतनी व्यक्ति विशिष्ट नहीं है जितनी कि 'महँगू महँगा रहा'।

उस दौर में निराला यथार्थ को देख रहे थे। उसी दौर की ये प्रगतिशील कविताएँ हैं। उन्हें देखें। उस दौर में प्रयोगशील लोग विद्रोह कर रहे थे। उदाहरण के लिए 'तार सप्तक' में अज्ञेय की कविता है :

तीन टाँगों पर खड़ा नतग्रीव, धैर्यधन गधा

जैसे बड़ी भारी क्रान्ति कर दी हो! या 'वंचना है चाँदनी सित।' तो उस दौर में भी छायावाद के विरुद्ध जो लोग प्रतिक्रिया कर रहे थे और निराला जिस तरह कर रहे थे, 'नये पत्ते' में; उनको साथ-साथ मिलाकर देखना चाहिए—मैं यह कह रहा हूँ। इस दौर में भी अगर देखें तो निराला ने जो गीत लिखे, वे इस दौर की उपलब्धियाँ हैं। इसी दौर में 'अणिमा' का वह प्रसिद्ध गीत है : 'मैं अकेला; देखता हूँ, आ रही/मेरे दिवस की सान्ध्य वेला'; या फिर 'स्नेह निर्झर बह गया है/रेत ज्यों तन रह गया है'। यह हिन्दी में एकदम नये ढंग का लिरिक है। छोटा होते हुए भी पूरी नाटकीयता के साथ यहाँ पूरे विन्यास को देखें। यही नहीं, इसमें छायावादी भावोच्छ्वास का भी अभाव है, कल्पनाशीलता का भी अभाव है, बल्कि यह बहुत कुछ आत्मनिरपेक्ष कविता दिखाई देती है। पूरे छन्द-विधान और नाटकीयता में। साथ ही, 'अरथ अमित अति आखर थोरे' वाली उक्ति इन पर पूरी तरह चरितार्थ होती है। यहाँ छोटे-छोटे सहज शब्द हैं और उनके बीच यथास्थान संस्कृत के भी शब्द हैं। जैसे 'मैं अलक्षित हूँ, यही कवि कह गया है'। 'अलक्षित' शब्द का प्रयोग भी निराला करते हैं। इसलिए मुझे लगता है कि इस दौर में भी निराला नये ढंग से मुक्त छन्द के द्वारा जमीन तोड़ते हैं। उसी जमीन पर नये ढंग का लिरिक लिखते हैं और वहाँ सचमुच निराला अपने को व्यक्त करते हैं। 'नये पत्ते' की भूमि के बाद निराला ने अधिकांश लिरिक ही लिखे हैं—'अर्चना' से 'सान्ध्यकाकली' तक। लगभग 'अणिमा' से जो धारा उन्होंने उठाई थी—उसी क्रम में आगे तक वह लिखते चले जाते हैं, जैसे यह निराला की अपनी 'विनयपत्रिका' हो! इस 'विनयपत्रिका' की जाँच की जानी चाहिए।

1950 से लेकर 1961 तक नई कविता का दौर है। जिन कविताओं की रचना इस दौर में हुई, उनके समानान्तर रखकर निराला के लिरिक की जाँच होनी चाहिए। इनमें से कुछ गीतों के सहारे हम बात करें। यहाँ इसकी चर्चा करने से पहले मैं यह कहना चाहता हूँ कि मेरी अपनी धारणा है कि हिन्दी कविता विशेष

रूप से (यद्यपि उसमें प्रबन्ध काव्य लिखे गए—जिसमें 'पृथ्वीराज रासो' की रचना हुई हो, जिसमें 'पद्मावत' लिखा गया हो, 'रामचरितमानस' लिखा गया हो, 'कामायनी' की रचना हुई हो, 'साकेत' की हुई हो) लिरिकल ही है। ऐसा लगता है कि हिन्दी कविता की मुख्य धारा लिरिक-प्रधान है। भले ही संस्कृत में 'रामायण', 'महाभारत' या 'रघुवंश' जैसे महाकाव्यों का महत्त्व रहा हो लेकिन हिन्दी कविता का इतिहास लिरिक का इतिहास है। इसमें सबसे अधिक लिरिक आधुनिक काल या बीसवीं शताब्दी में जो लिखे गए, उनमें जो 'मैं' है, अर्थात कवि के अन्तःकरण का आयतन; वह क्या है? उस 'मैं' का समाज से क्या रिश्ता है? 'मैं' कितना सामाजिक है? साथ ही, वह अन्तर्मुखी होते हुए आत्मविश्लेषण करने में कितना सक्षम है? और उसके जो अन्तर्द्वन्द्व हैं, उनमें कितनी गहराई तक वह जा सकता है तथा कितना निर्भय होकर आत्म-समीक्षा कर सकता है? इस 'मैं' की प्रकृति पर, इसके घनत्व पर और साथ ही इसके आत्मविस्तार पर हिन्दी में लिखे हुए लिरिक की ऊँचाई निर्भर करती है। छायावादी कविता के दौर में भी यदि निराला सबसे महत्त्वपूर्ण हैं तो वह इसीलिए कि निराला का 'स्व' सबसे प्रबल मुखर और अधिक समृद्ध है। जब उन्होंने यह कहा था कि 'मैंने 'मैं' शैली अपनाई' तो खाली वह 'मैं' शैली नहीं थी—बल्कि पहली बार कविता में वह 'स्व' प्रकट हुआ था। अपनी पूरी शक्ति और समृद्धि के साथ। सारे अन्तर्द्वन्द्व के साथ और कशमकश के साथ। जैसे उर्दू कविता में किसी जमाने में ग़ालिब और मीर में आया था। भक्तों में जैसे यह 'मैं' तुलसीदास में पहली बार 'विनयपत्रिका' में प्रकट हुआ था। बीसवीं शताब्दी में जब यह नया लिरिक छायावाद के साथ आया, उस दौर में भी निराला का जो 'मैं' था, वह और लोगों के 'मैं' से स्पष्ट रूप से अलग था। महादेवी जी लिखती थीं, 'मैं नीर भरी दुःख की बदली'। पन्त जी का 'मैं' जो छायावादी दौर में बहुत कम प्रकट होता है, उसका आभास ही नहीं मिलता। यह 'मैं' प्रसाद जी के कुछ गीतों में है। लेकिन निराला के साथ अगर मिलाकर देखें तो उनके लिरिक उस दौर में इसलिए अलग पहचाने जाते हैं कि वह स्पष्ट रूप से अन्य कवियों के 'मैं' से भिन्न है—अपने आत्म-साक्षात्कार में 'स्व' के साथ और इस जगत की समीक्षा को लेकर भी।

निराला अपने अकेलेपन की बात करते हैं। अपने रुग्ण होने की, अपने जर्जर तन होने की भी बात करते हैं। लेकिन जिस रूप में वह कहते हैं तो ऐसा लगता है कि वह 'मैं' केवल व्यक्ति का नहीं रह जाता, बल्कि आभास होता है, जैसे वह बड़ी सचाई की बात कर रहे हैं। कभी-कभी देखकर आश्चर्य होता है कि 1950 से 1961 तक के निराला के ये लिरिक इस काल के भारतीय मानस की जितनी सही तसवीर पेश करते हैं, उतनी सही तसवीर सम्भव है कि इस दौर की, जिसमें दर्द ही दर्द भरा पड़ा है, किसी कविता में नहीं मिले। अब आप इन गीतों में से कुछेक को

लें। मैं एक गीत को इस सन्दर्भ में रखना चाहूँगा। 1943 के आसपास का यही गीत है :

गहन है यह अन्धकारा
स्वार्थ के अवगुंठनों से
हुआ है लुंठन हमारा
खड़ी है दीवार जड़ की घेर कर
बोलते हैं लोग ज्यों मुँह फेर कर
इस गगन में नहीं दिनकर
नहीं शशिधर, नहीं तारा।

इनकी अन्तिम पंक्तियाँ हैं :

प्रिय मुझे वह चेतना दो देह की
याद जिससे रहे वंचित गेह की
खोजता-फिरता न पाता हुआ,
मेरा हृदय हारा।

'प्रिय मुझे वह चेतना दो देह की'—केवल चेतना नहीं माँग रहे हैं बल्कि 'देह' की चेतना' माँग रहे हैं 'याद जिससे रहे वंचित गेह की'। यह जो घर है जिसमें विशेषण दिया है—'वंचित गेह' और 'खोजता फिरता, न पाता हुआ मेरा हृदय हारा'—यह लिरिक है। यह केवल निराला की अपनी निजी व्यक्तिगत चिन्ता है? वह छटपटाहट, जिसमें वह कहते हैं, 'खोजता-फिरता न पाता हुआ मेरा हृदय हारा'? यह क्या चीज है जो खोज रहे हैं, जिसे न पाकर भी हारा हुआ हृदय लेकर यह आदमी बैठा है और बोल रहा है? तो ऐसा मालूम होता है कि 'गहन है यह अन्धकारा'—जिस कारा की यह बात कर रहे हैं, उस कारागृह में अन्धकार ही अन्धकार भरा हुआ है। यह गीत केवल 'मैं' या किसी एक व्यक्ति की वेदना का नहीं रहता। इस हद तक उनका अपना समय और उसकी समस्याएँ जुड़ी हुई हैं। इसलिए इसकी व्याख्या न करते हुए मैं यह कहना चाहूँगा कि लगभग यही भाव आगे चलकर 'अर्चना' और 'आराधना' के गीतों में है।

दुःख और मृत्यु निराला के काव्य में आरम्भ से ही हैं। 'परिमल' में हैं। 'अनामिका' में भी हैं। फिर इस दौर में भी हैं। लेकिन उस दुःख में और इस दुःख की जाति में अन्तर है। बाद की कविताओं में लगभग यथार्थ की पृष्ठभूमि में आने वाले दुःख और मृत्यु को जाँचना चाहिए। इस दुःख और मृत्यु की जाति बिलकुल अलग है। यह सही है कि बाद की रचनाओं में ऐसा प्रतीत होता है कि दूसरे कवियों से इस मामले में निराला अलग नहीं हैं। 1950 से लेकर 1961 तक के स्वाधीन भारत के अन्त के इसी दौर के मुक्तिबोध में वही अन्धकार,

वही मृत्यु, वही दुःख की प्रधानता दिखाई पड़ेगी। शायद कहीं न कहीं अस्तित्ववाद के प्रभाव के कारण नई कविता में भी उसकी छाप दिखाई पड़ेगी। लेकिन निराला में क्या है? निराला ज्यादातर अन्धकार के कवि कहे जाते हैं। संध्या पर कविताएँ लिखी हैं। लेकिन ऐसा लगता है कि इस दौर की कविताओं में रात ज्यादा गहरी है :

शिशिर की शर्वरी/हिंस्र पशुओं भरी

तो शिशिर की शर्वरी है, और हिंस्र पशुओं से भरी हुई है। जीव-जन्तु चारों तरफ विचरते हुए दिखाई पड़ रहे हैं। एक तो यथार्थ का यह रूप, जिसको खुली आँखों से वे देखते हैं और जिसका चित्र उपस्थित करते हैं।

इस बीच यह देखने को आता है कि बाद के गीतों में छोटे छन्दों को लेते हैं। कम-से-कम शब्दों में अपनी बात कहते हैं, इसका एक उदाहरण :

भग्न तन रुग्ण मन
जीवन विषण्ण वन

अब 'तन', 'मन', 'वन' तो ठीक है लेकिन जो 'टंकार' सुनाई पड़ती है, वह है 'भग्न' 'रुग्ण' और 'विषण्ण' आदि। कहते हैं लोग कि निराला बीमार पड़े थे, 'अर्द्धविक्षिप्त' हो गए थे। इसलिए अपनी बात कह रहे हैं। लेकिन भग्न, रुग्ण और विषण्ण—यह कहीं अपने से बाहर के यथार्थ और सचाई के बारे में संकेत दिखाई पड़ते हैं। विचित्र बात है कि जिस युग में उनको रुग्ण और अर्द्धविक्षिप्त कहा जाता रहा, उसी युग में उनके सृजन मन से इतने अधिक गठे सुथरे गीत निकलते हैं। लिरिक निकलते हैं :

हार गया/जब मैं उस पार गया

यह बोध उनको बार-बार था। कुछ लोग कहते हैं, निराला आध्यात्मिक हो गए थे। ईश्वर की शरण में चले गए थे। जो लोग यह कहते हैं, उन्हें इन पंक्तियों पर ध्यान देना चाहिए :

हार गया/जब मैं उस पार गया

उस पार जाना हार है हमारी। जो आदमी यह कहता हो, वह पुराने सन्तों और भक्तों की तरह से निवृत्ति मार्ग की ओर नहीं जा रहा था। वह जानता था इस सीमा को। इन गीतों में भावुकता या आर्तवेदना के अलावा एक गहरी विडम्बना का बोध बराबर दिखाई पड़ता है, जिसके कारण ये गीत, खास तौर से छायावादी दौर के गीतों से अलग दिखाई पड़ते हैं। इनकी भाषा, इनकी शब्द-योजना, इनका वाक्य-विन्यास और इनका संगीत पूरा-का-पूरा अलग है।

यहाँ मैं इनके बारे में कहना चाहूँगा कि निराला लोकगीतों की छाया अपने गीतों पर लेते रहे हैं। 'अनामिका' के गीतों पर दिखाई पड़ती है। डॉ. रामविलास

शर्मा ने बिलकुल ठीक कहा है कि निराला ने लोकगीतों के अनुकरण पर दूसरे लोकगीत लिखे हैं; बल्कि धुनें ली हैं। शब्द-योजना ली है। भाव-बोध उनका अपना है। जैसे वह कहते हैं–'खेलूँगी कभी न होली उससे जो नहीं हमजोली'। होली या चैता की धुनें लेते हैं। लेकिन जो लिखते हैं, वह वही नहीं हैं। इसके द्वारा उनकी लोकोन्मुखता का ही नहीं बल्कि लोक से गहरे जुड़े होने का भाव प्रकट होता है। लगता है कि अन्तिम दिनों में उनका बैसवाड़ा मुखर हुआ। जो कुछ वहाँ सीखा-पढ़ा था उन्होंने, वह सब छायावादी ढाँचे में आ नहीं सकता था। इसलिए उन्होंने पहली बार खुलकर लोकजीवन से मिले संस्कारों से जो गीत सुने थे, जो शब्द सुने थे, उन्हें इन गीतों में आने दिया। ऐसे शब्दों का प्रयोग करते हैं इस दौर में, जिनका प्रयोग कम होता था। यहाँ उनके ठेठ बैसवाड़ी के शब्द मिलेंगे। उन्होंने 'अरघान' फैलाव का प्रयोग किया है, 'आराधना' में एक गीत है–'अरघान की फैल मैली हुई मालिनी मृदुल शैल'। त्रिलोचन जी ने भी इस शब्द का प्रयोग किया है और बहुत अच्छा किया है। लेकिन 'अरघान' का प्रयोग इसी दौर में हो सकता था। क्रियापदों का प्रयोग तो अनूठा है– 'अट न रही है आभा फागुन की तन। सट न रही है।' अब इसमें केवल 'अट' का 'सट' तुक नहीं है बल्कि बोलचाल में जो मुहावरे और शब्द काम आते हैं, निराला उनका प्रयोग करते हैं। इसीलिए इन गीतों की सहजता, सरलता केवल लोकगीतों का प्रभाव नहीं है, बल्कि कहना चाहिए कि लोक-चेतना का सूचक है। इसका सम्बन्ध धुन, शब्द, गीत और शब्दावली तक ही से नहीं है। जिस व्यक्ति को या कवि को लोक-चिन्ता होगी, वही इस भाषा में बोलने की कोशिश करेगा। इसीलिए निराला के ये लिरिक नये ढंग के बन सके हैं।

यहाँ इस क्रम में एक और बात का जिक्र करना जरूरी समझता हूँ। वह यह है कि दुःख और मृत्यु से आक्रान्त होते हुए भी निराला पहले की तरह इस दौर में भी सुख के क्षण या अनुभूतियाँ या नारी रूप और नारी सौन्दर्य जैसी चीजों को भूले नहीं। उनकी उपेक्षा नहीं की। इस दौर के गीतों में हर समय उनमें सुख-दुःख का एक अजीब ताना-बाना दिखाई पड़ता है। उनका प्रसिद्ध गीत है : 'बाँधो न नाव इस ठाँव बन्धु। पूछेगा सारा गाँव बन्धु'। यह बताता है कि जो भी वह देखते थे, उसे लिखते थे, रचते थे। तो यह जो जीवन का राग-रंग है, रूप और सौन्दर्य है–चाहे वह ऋतुओं का हो, लोगों का हो, आसपास के जीवन का हो–वह सब इस दौर के गीतों में मिलेगा। भले ही इसकी मात्रा कम हो। लगता है, जीवन का पूरा रस लेना, उसे जी भर के जीना निराला में बराबर रहा है। हाँ, पहले और गहरा था। 'गीतिका' में वह लिख सकते थे, 'नयनों के डोरे लाल गुलाल भरे', वैसे गीत तो निराला बाद में नहीं लिख सके। लेकिन होली के कई गीत इस दौर में भी लिखे उन्होंने। ऋतुचक्र से निराला का बराबर लगाव रहा है। वसन्त ऋतु के गीत

भरे पड़े हैं 1950 से 61 के दौर में। पर यह वही पसन्द नहीं है, मैं कहूँगा जो पहले के गीतों में है। लेकिन बाद के गीतों में भी कुछ-न-कुछ ऐसा है। वसन्त और वर्षा दो ऋतुएँ उन्हें बहुत प्रिय थीं। इसलिए यह समझना कि इस दौर के लिखे हुए गीतों में केवल अपना और पराये का दुःख है या मृत्यु की चिन्ता है या बीमारी, रोग, व्याधि ही है—इन गीतों में, यह सही नहीं है बल्कि एक भरा-पूरा जीवन इन गीतों में दिखाई पड़ता है। इस दृष्टि से यदि हम देखें तो अपने काव्य-विकास की पूरा यात्रा में अकेले निराला ने हिन्दी में, हर उठान में एक नये ढंग का लिरिक लिखा है।

यह सही है कि वह समझ गए थे कि इस दौर में उस तरह प्रबन्ध रचना सम्भव नहीं है जैसे कि 'सरोज-स्मृति' या 'राम की शक्ति-पूजा'। लेकिन इस दौर में इन छोटे-छोटे गीतों के द्वारा कसी हुई अनुभूतियों को वाणी देने की उन्होंने कोशिश की। इस तरह एक प्रचलित धारणा जो लिरिक के बारे में बनी हुई थी कि उसमें खास तरह की सीमित चीजें ही कही जा सकती हैं, निराला ने यह साबित करके दिखाया कि छोटे गीतों के द्वारा गहरी, घनी अनुभूतियाँ व्यक्त की जा सकती हैं। *खास तौर से इन गीतों के विन्यास में एक और बात जो मुझे लगती है कि निराला की वे कविताएँ श्रेष्ठ हैं जहाँ वह दो विरोधी भावों या अनुभूतियों के द्वन्द्व को दिखाने के साथ ही उनके बीच एक सन्तुलन स्थापित करते हैं।* आचार्य शुक्ल के शब्दों में जो 'विरुद्धों का सामंजस्य है'। गीतों की सीमा में जो बहुत कम सम्भव हो पाता है। क्योंकि दो विरोधी भावों के आने पर सम्भव है कि गीत का घनत्व और समग्र प्रभाव खंडित हो जाए। इसके एकदम अपवाद हैं निराला। अपनी लम्बी कविताओं में भी तो अनेक प्रकार के अन्तर्विरोधी भावों की टकराहट दिखाते हैं। साथ ही उनमें सामंजस्य स्थापित करते हैं। यही बात उनके गीतों में दिखाई पड़ती है। अचानक कोई गीत शुरू होगा, जैसे 'अर्चना' में उनका एक गीत है—'रंग भरी कि अंग भरी हो' और सहसा आगे जैसे ही जाते हैं, तुरन्त आता है, 'जैसे मैं बाजार में बिका कौड़ी के मोल। पूर्ण शून्य दिखा'। अब कोई सोच भी नहीं सकता है कि 'रंग भरी कि अंग भरी हो' से शुरू होने वाली कविता, जैसे 'बाजार में बिका कौड़ी के मोल' पर खत्म होगी। इसकी कल्पना भी नहीं की जा सकती। वे एक विचित्र प्रकार का कोलाज बनाते हैं। यह उनकी काव्य-प्रतिभा थी कि वह अटपटा नहीं लगा बल्कि वे उसे साध ले जाते हैं।

मैं समग्र रूप से देखने की कोशिश करता हूँ कि जो साधना निराला की है, उसको उनके बाद के कवियों ने किस रूप में लिया है, यह विचार का विषय है। मुझे ऐसा लगता है कि जिन कवियों की निराला के प्रति सच्ची श्रद्धा है और वे अपने को निराला का वारिस मानते हैं अथवा मानने की आकांक्षा जिन लोगों के मन में है, उनका ध्यान इस तथ्य की ओर जाना चाहिए। हो सकता है, जा भी रहा

हो, *लगभग चालीस-पचास वर्षों से हिन्दी कविता अपने विन्यास में एकरस एकरूप हो गई है। वह गद्य के निकट ही नहीं गई है बल्कि वह गद्य हो गई है।* उसका एक मुहावरा बन गया है। अपनी काव्य साधना के 40 वर्षों में निराला ने अपने-आपको तीन-चार बार तोड़ा और हर बार एक नई शुरुआत की। देखा जाए कि इस दौर में, उनके बाद की पीढ़ी के कवियों ने अपने को कितना तोड़ा है। कितनी बार तोड़ा। रघुवीर सहाय ने कभी लिखा था कि 'मैं अपनी मूर्ति बनाता हूँ और तोड़ता हूँ और तुम कहते हो कि कविता की है'। रघुवीर सहाय ने जरूर कुछ तोड़ा है अपने को। 'सीढ़ियों पर धूप में' वाले रघुवीर सहाय, 'आत्महत्या के विरुद्ध', 'हँसो, हँसो जल्दी हँसो' वाले रघुवीर सहाय नहीं हैं। लेकिन दूसरे कवियों से कहा जाए तो स्वयं किसी का ध्यान इस ओर नहीं जाता कि आखिर इस चालीस साल में बनी हिन्दी कविता की गद्यात्मकता को तोड़ करके क्या कुछ और ऐसा किया जा सकता है जिससे लोककंठ में बसने वाले गीतों की रचना कर सकें, जैसे निराला ने की? निराला की कविताओं की अनेक पंक्तियाँ आज के कवियों को याद हैं। शायद सबसे ज्यादा उद्धृत करनेवाली पंक्तियाँ निराला में ही मिलेंगी। क्या आज के कवियों ने ऐसी पंक्तियाँ लिखी हैं कि पूरी कविताएँ न सही तो कम-से-कम एक-दो कविता ऐसे क्षणों में याद आ जाएँ? जैसे निराला ने कहा है कि—'बाहर मैं कर दिया गया हूँ। भीतर पर भर दिया गया हूँ'। या कहें, 'सुख का दिन डूबे डूबे जाए। तुमसे न सहज मन ऊब जाए।' ऐसी अनेक पंक्तियाँ हैं, 'भर गया है जहर से संसार जैसे हार खाकर। देखते हैं लोग लोगों को सही परिचय न पाकर।' इस तरह की कविता जो जुबान पर चढ़ जाए। तुलसीदास *इसीलिए बड़े हैं कि जीवन के अनेक क्षणों में उनकी कोई न कोई पंक्ति याद आ ही जाती है। जैसे हमारी अनुभूतियों को महाकवि वाणी देते हैं।* इस तरह का दूसरा कवि हमको निराला ही मिलता है। उनके बाद चालीस-पचास वर्षों में जो कविताएँ लिखी गई हैं, उनमें कितनी पंक्तियाँ ऐसी हैं जो हमारे जीवन के अलग-अलग क्षणों में हमारी भावना की वाणी बन सकें?

निराला पर आज के सन्दर्भ में सोचने की बात है कि हम अपने को बार-बार सार्थक ढंग से तोड़ सकें। कविता को गद्यात्मकता से उबार सकें। नई भाषा रचने के लिए अपने को तैयार कर सकें। याद रखना चाहिए कि अविस्मरणीय कविताओं की भूमि और है जहाँ पर गठी हुई काव्यात्मक छन्दोबद्ध कविताएँ की जाती हैं और की जानी चाहिए। यह एक प्रमुख समस्या है जिस पर गम्भीरता से सोचने की जरूरत है।

मुझे निराला की अन्तिम कविता की वह पंक्ति याद आती है जो कवियों को भी सम्बोधित मानी जा सकती है, 'पत्रोत्कंठित जीवन का विष बुझा हुआ है'। फिर इस गीत की यह पंक्ति है, 'ताक रहा है भीष्मशरों की कठिन सेज पर'। निराला इसके

बाद कविता के सन्दर्भ में कहते हैं : 'बीत चुका है दिक्चुम्बिक चतुरंग। काव्य गति यति वाला; ध्वनि अलंकार रस। रामबंध के वाद्यछन्द के। रणित गणित छूट चुके हाथ से। क्रीड़ाएँ व्रीणा में परिणत।' मुझे लगता है, आज भी निराला उस कठिन शर की सेज पर लेटे हुए भीष्म के समान इस पूरी पीढ़ी को देख रहे हैं। यह एहसास कराना चाहते हैं कि काव्य का जो राग-रंग है, वह छूट चुका है। उससे कम-से-कम मुक्त हो करके वह रचा जाए। सचमुच निराला का अनुकरण होना कतई जरूरी नहीं है। किसी भी रूप में जरूरी नहीं है। लेकिन उसमें कुछ नया जोड़ने के लिए जरूरी है कि अपने-आपको तोड़कर आज की कविता रचें, उसे सृजें।

[कृति ओर, जुलाई-सितम्बर, 1996 में 'निराला की कविता में परम्परा तथा आस्वाद के विभिन्न स्तर' शीर्षक से प्रकाशित]

मुक्त छन्द की रूढ़ि से मुक्ति

छन्दोबद्ध कविता की सम्भावनाओं पर विचार करने का समय अब आ गया है। वैसे यथास्थिति ही बनाए रखना हो, तो नई कविताओं में लय भी है और संगीतात्मकता भी। लय का क्या, कहीं भी मिल सकती है, बशर्ते वह आपके मन में हो! फूल-पत्ती तक में लोगों को लय दिखाई पड़ती ही है। किसी रहस्यवादी या गायक से पूछिए : सारी सृष्टि संगीतमय है। जिसे गाना है, उसके लिए कोई जरूरी है कि सूर का पद ही हो, अखबार की खबर भी काम दे सकती है! फिर नई कविता की पंक्तियों के लिए लय का क्या भय? 'अर्थ की लय' तक जाने की क्या जरूरत? मुझे उन लोगों से पूरी सहानुभूति है जिन्हें नई कविता को लयमय साबित करने के लिए इतना कष्ट उठाना पड़ा। ऐसे गूढ़ सिद्धान्तों के निर्माण और उदाहरणों के सूक्ष्म अन्वेषण के लिए जितना श्रम किया गया उतना श्रम उन कविताओं को पढ़ने की विधि में हुआ होता तो ज्यादा काम बनता। कम-से-कम 'मुद्दई सुस्त गवाह चुस्त' का नजारा तो सामने न आता! यदि नई कविता में लय के होने का इतना ही विश्वास है, तो अपोलोनेयर की तरह हटा दें ये कवि भी तमाम विराम-चिह्न और लिखें पूरी कविता गद्य की तरह! लय होती तो अपने-आप पढ़ते समय पकड़ में आ जाएगी। पुरानी कविता की पांडुलिपियाँ आखिर छन्दोबद्ध नहीं पढ़ ली जातीं? वह तो मुरजबन्ध आदि चित्रकाव्य थे जिनके छन्दों को सचित्र लिखना पड़ता था और सभी जानते हैं कि चित्रकाव्य को अधम काव्य समझा जाता था! अस्तु, इस स्तर पर विचार-चर्चा करने से लाभ की जगह हानि ही अधिक है। यहाँ से एक रास्ता रहस्यवाद की ओर जाता है और दूसरा रास्ता चित्रकाव्य की ओर! बेहतर है, काव्य-चर्चा को वस्तुगत और व्यावहारिक स्तर पर ही रखें!

वस्तुस्थिति यह है कि अब नई कविता ने प्रायः तथाकथित मुक्त छन्द को ही वरण कर लिया है। मुक्त छन्द और नई कविता पर्याय जैसे हो चले हैं। कुछ ऐसी धारणा-सी बन चली है कि नई कविता मुक्त छन्द ही में हो सकती है और आधुनिकता है, तो मुक्त छन्द ही में! जो स्थिति किसी समय छन्द की थी, वही आज मुक्त छन्द की है। छन्द पहले कविता के लिए अनिवार्य था, फिर वैकल्पिक हुआ और अब सर्वथा त्याज्य। छायावाद क्या उसके बाद तक हिन्दी कविता में छन्द की स्थिति

वैकल्पिक थी, अब छन्द को सिर्फ गीतों के हवाले कर दिया गया है—इस खयाल से कि गीत नई अनुभूतियों के अनुपयुक्त हैं। खैर! हालत यह है कि छन्द की रूढ़ियों से मुक्त होते-होते आधुनिक कविता एक दूसरी रूढ़ि का शिकार हो गई है। निश्चित है कि मुक्त छन्द की यह रूढ़ि छन्द की रूढ़ि से किसी भी तरह कम नहीं है। विरोधाभास भले ही लगे लेकिन 'स्वतंत्रता' भी कभी-कभी परतंत्रता हो जाती है। कट्टर विद्रोही प्रायः कट्टर रूढ़िवादी भी होता है। शक होता है कि 'फ्री वर्स' की यह स्वतंत्रता भी 'फ्री वर्ल्ड' की स्वतंत्रता जैसी तो नहीं? जो हो, नई कविता का मुक्त छन्द को नियति के रूप में स्वीकार कर लेना खटकने लगा है। ऐसी स्वतंत्रता भी क्या, जिसमें सारे विकल्प खारिज कर दिए जाएँ! क्या ये लक्षण कविता के विकास के हैं? ऐसे ही में याद आता है कि 'कभी पाबन्दियों से छूट के भी दम घुटने लगता है।'

इस मुक्त छन्द के चलते बहुत-सी नई कविताएँ कविता के नाम पर कविता की व्याख्या होती जा रही हैं। एक पंक्ति कविता तो दस पंक्तियाँ व्याख्या। व्याख्या नहीं तो 'पैराफ्रेज'! जैसे बिहारी के दोहे पर पठान सुलतान की कुंडलियाँ। फर्क है तो इतना ही कि यहाँ बिहारी लाल स्वयं ही अपने पठान सुलतान भी हैं। मुक्त छन्द का खुला मैदान क्या मिला, कविता एकदम सपाट हो गई। अब इसे भी कोई अनुभूति की आवश्यकता साबित करे तो फिर विवशता किसे कहेंगे और किसे असमर्थता? इस तरह तो हर असमर्थता को आवश्यकता प्रमाणित किया जा सकता है। मेरा खयाल है कि इस प्रसंग में उदाहरण देना अनावश्यक है। यहाँ केवल इतना ही कहना काफी होगा कि ऐसी कविताएँ छन्दोबद्ध होकर चुस्त-दुरुस्त ही नहीं, प्रभावशाली भी हो सकती हैं और इस प्रयत्न में उनकी 'आधुनिकता' का सोना भी न झड़ने पाएगा! नये कवियों में जो अपेक्षाकृत वाक्सिद्ध हैं, वे कला के इस रहस्य को अच्छी तरह जानते हैं। देखिए, 'छोटी कविता : भाव-संहति और भाव-समुच्चय' पर अज्ञेय के विचार! लेकिन यहाँ तो अब 'हाइकू' भी हिन्दी में सव्याख्या होने लगी है। पाँच पंक्तियों की कविता में भी तीन-चार पंक्तियाँ 'पैराफ्रेज' के एवज आ जाती हैं। छन्द का बन्धन नहीं तो कथ्य भी काबू से बाहर होता चला जाता है।

सिवा, ऐसी भी कविताएँ हैं जो एक तुक से बचने की कोशिश में दमतोड़ बहती चली जाती हैं। तुक होता तो शायद यति होती; तुक नहीं रहा तो अबाध गति जैसे 'गति के पागलपन से प्रेरित चलती रहती संसृति महान्!' 'संसृति' के स्थान पर 'कविता' रख दें तो पूरी पंक्ति ऐसी कविताओं पर चस्पाँ बैठ जाए। 'कवि' पत्रिका में कुछ समय पहले भवानीप्रसाद मिश्र पर स्वयं उन्हीं के से मुक्त छन्द में एक लेख लिखकर, हजारीप्रसाद द्विवेदी ने जैसे उनकी कविताओं की सटीक समीक्षा प्रस्तुत कर दी थी। अपनी ओर से उन्होंने सिर्फ इतना ही विनोद किया था कि लिखने में उसे गद्यात्मक निबन्ध का रूप दे दिया था। विडम्बना यह कि इसे लोग बोलचाल के लहजे की सहजता कहते हैं। स्थिति यह है कि ऐसे मुक्त छन्द का आधार किसी

पुराने छन्द की ही लय होती है, नहीं होती तो पुराने छन्द की यति और उससे सम्बद्ध तुक। परम्परा से आधा लेने और आधा छोड़ने का नतीजा यह होता है कि कविता हर दूसरी-तीसरी पंक्ति पर 'कि-कि-याने' लगती है—'कि', 'कि' की झड़ी लग जाती है। इस तरह की सैकड़ों नई कविताएँ लिखी गई हैं—एक-दो नहीं, कई कवियों के द्वारा और जो कवि किसी तरह इस 'कि' को बचा ले जाते हैं, वे भी लय की एकरसता से कविता को मुक्त करने में असमर्थ रहते हैं। विस्तार-भय से ही यहाँ के उदाहरण का लोभ सँवरण किया जा रहा है। इतना संकेत काफी है कि लम्बी कविताएँ प्रायः इस सुविधा का उपयोग करती हैं। अज्ञेय ने इन कविताओं को गद्य-कविताओं से भी 'गर्ह्य' कहकर उचित ही किया है। पुराने संस्कारोंवाले लोग नई कविता लिखने का प्रयास करते हैं तो प्रायः इसी सुभीते के रास्ते चलते हैं। नई कविता की शक्ल में पुरानी कविता यानी अकविता लिखनेवालों की यह खास पहचान है! नाम बताकर किससे-किससे विरोध मोल लिया जाए, 'खुला रहस्य' है—सब जानते हैं। यह नुस्खा है कम खर्च बालानशीं। 'कोई कवि बन जाए सहज सम्भाव्य है'—कवि ही नहीं, नया कवि!

आज जो मुक्त छन्द को ही आधुनिकता की एकमात्र नियति मानकर चल रहे हैं, उन्हें सम्भवतः इसका ध्यान भी नहीं है कि शुरू-शुरू में आखिर मुक्त छन्द का निर्माण किस आवश्यकता के कारण हुआ। ज्यादातर कवि यही जानते हैं कि कुछ विशेष प्रकार की जटिल अनुभूतियों की मुक्त अभिव्यक्ति के लिए मुक्त छन्द का मार्ग निकाला गया था, लिहाजा वे अपनी हर अनायास अभिव्यक्ति को अनुभूति का आवश्यक परिणाम समझते हैं—समझते ही नहीं, समझाते भी हैं। इस रोमांटिक धारणा का खंडन करना अब आवश्यक नहीं रहा। आन्तरिक अनुभूतियों के हिमायतियों की दृष्टि इस ठोस तथ्य की ओर नहीं जाती कि सबसे पहले कविता में कुछ खास शब्दों को जगह देने के लिए पुराने छन्दों के बन्धन तोड़े गए क्योंकि पुराने छन्द-विधान में वे शब्द खप नहीं सकते थे। मुक्त छन्द का तात्कालिक विधान नई शब्दावली ने किया। प्रत्यक्ष रूप से सक्रिय शब्द हैं, अनुभूतियाँ परोक्ष हैं। जो शब्द कविता में कभी प्रयुक्त नहीं रहा, उसे कविता में लेने के लिए कभी-कभी पूरा छन्द-विधान बदल देना पड़ता है—यहाँ तक कि कभी-कभी अकेला एक ही शब्द निर्णायक हो जाता है। प्रारम्भिक प्रयास में ऐसे शब्दों के लिए छन्द-विधान में किंचित् स्वतंत्रता अपरिहार्य मानी जा सकती है। किन्तु कुछ दिनों में जब वे शब्द कविता में रच-पच जाएँ तो रचना-क्रम में उनके अनुकूल किसी छन्दोबद्ध ढाँचे के बनने की उम्मीद ज्यादती न होगी। कोई वजह नहीं कि बीस वर्षों से जो शब्द नई कविता में चल रहे हैं, वे आज भी आरम्भिक अवस्था की तरह मुक्त छन्द ही के ढाँचे में प्रयुक्त होने के लिए विवश हों। ऐसा लगता है कि प्रयोगशील कविता के पुरस्कर्ता इस तथ्य को जितना जानते हैं उतना बाद में आनेवाले कवि नहीं जानते। इसीलिए बाद वाले कवि अनायास भाव

से सिर्फ एक लीक पीट रहे हैं—अन्यथा भीतर इतना विद्रोह किन्तु भाषा और छन्द में नितान्त रूढ़ि-पालन का क्या अर्थ हो सकता है? वैसे प्रयोग के पुरस्कर्ता कवियों में भी कुछ भाषा और छन्द के मामले में आज भी अपने आरम्भ-बिन्दु पर ही 'मार्क टाइम' कर रहे हैं, किन्तु मुख्य प्रश्न तो आज की विद्रोही नई पीढ़ी का है जिनके हाथ में कविता का भविष्य है!

उल्लेखनीय है कि मुक्त छन्द के प्रवर्तक निराला ने आगे चलकर प्रायः छन्दोबद्ध गीत ही लिखे! विचित्र बात है कि हिन्दी कविता के इतिहास में जो निराला मुक्त छन्द के प्रवर्तन और प्रयोगशीलता के लिए प्रसिद्ध हैं, उनकी श्रेष्ठ कविताएँ अधिकांशतः छन्दोबद्ध हैं। कहीं ऐसा तो नहीं है कि मुक्त छन्द उनके लिए केवल प्रयोग का क्षेत्र था, प्रयोगों की उपलब्धियाँ छन्दोबद्ध कविताओं में रचित होती रहीं? निराला की काव्य-रचना के इतिहास पर दृष्टिपात करने से यह बात एकदम स्पष्ट हो जाती है। 'राम की शक्ति-पूजा' और 'सरोज-स्मृति' जैसी श्रेष्ठ छन्दोबद्ध कविताओं की पृष्ठभूमि में 'परिमल' और 'अनामिका' के मुक्त छन्द हैं तो 'अणिमा' 'अर्चना', 'आराधना', 'गीत गुंज' आदि संग्रहों के कुछ श्रेष्ठ नये गीतों की पृष्ठभूमि में 'अणिमा' और 'नये पत्ते' के नये मुक्त छन्द! जो हो, यह तथ्य है कि जिस शब्दावली को निराला कविता में लाना चाहते थे, उसे क्रमशः मुक्त छन्दों के माध्यम से प्रयोग करते हुए छन्दोबद्ध रचना में शब्द-पाक की रसवत्ता प्रदान करते गए। बाद के कवियों ने निराला से विद्रोह और मुक्त छन्द तो लिया किन्तु छन्दोबद्ध रचना का काव्य-पाक ग्रहण नहीं किया। निराला ने बहुत पहले कहा था कि मुक्त छन्द की रचना में वही सफल हो सकता है जिसने छन्दोबद्ध रचना में सिद्धि प्राप्त कर ली है। जहाँ अगली पीढ़ी के प्रयोगशील कवियों में से प्रायः सभी छन्दोबद्ध रचना करने के बाद मुक्त छन्द के पथ पर आए वहाँ बाद के कवियों में से अधिकांश ने प्रायः मुक्त छन्द ही से शुरू किया। जैसे इधर के बच्चों ने सीधे 'फाउंटेन पेन' से ही ककहरा लिखना शुरू किया; धूल में अँगुली से लिखने और चाकू से बनाई हुई सरकंडे या मुश्कवेद की कलम से लिखने की अवस्थाओं से वे गुजरे ही नहीं; और नतीजा हमारे सामने है। यह तो न कहूँगा कि इस पीढ़ी के कवि छन्द-रचना कर ही नहीं सकते इसीलिए मुक्त छन्द लिखते हैं, किन्तु यह तथ्य है कि छन्द-रचना की दिशा में उन्होंने अभी तक कोई प्रयास नहीं किया; यहाँ तक कि इस सम्भावना की उन्होंने पड़ताल भी नहीं की कि नई कविता छन्दोबद्ध भी हो सकती है या नहीं। निराला के नये गीतों को देखते हुए भी उन्होंने ऐसा नहीं किया।

उदाहरण के लिए 'बेला' के 35वें गीत का यह आरम्भिक अंश :

बाहर मैं कर दिया गया हूँ।
भीतर, पर, भर दिया गया हूँ।

ऊपर वह बर्फ गली है
नीचे यह नदी चली है
सख्त तने के ऊपर नर्म कली है
इसी तरह हर दिया गया हूँ
बाहर मैं कर दिया गया हूँ।

उल्लेखनीय है कि यह कविता उस काव्य-संग्रह की है जिसमें केवल 1942 तक की कविताएँ संकलित हैं जब 'तार सप्तक' प्रकाशित नहीं हुआ था लेकिन शायद उसकी कविताएँ लिखी जा रही थीं। कौन कह सकता है कि इसमें व्यक्त अनुभूति आधुनिक मन की—एकदम आज की नहीं है? कौन कहेगा कि यह छन्दोबद्ध गीत नई कविता नहीं है? यही वह कवि है जो आगे चलकर 1952 ई. में लिखता है :

सुख का दिन डूबे डूब जाए।
तुमसे न सहज मन ऊब जाए।

कहना न होगा कि मुक्त छन्द के व्रती नये कवि छन्द में कसी इन दो पंक्तियों को कम-से-कम दस-एक पंक्तियों में तो 'पैराफ्रेज' करेंगे ही और उसी को गर्व से नई संवेदना की नई कविता कहेंगे और कुछ पूछने पर यह भी साबित कर दिखाएँगे कि किसी भी तरह इससे कम पंक्तियाँ नहीं हो सकतीं और न ढाँचा ही दूसरा हो सकता है।

कुछ लोगों का खयाल है कि अनुशासन की कमी से ही नई कविता में व्यापक रूप से छन्दहीनता आई है। अपनी इसी समझ के कारण वे कवियों को 'आन्तरिक अनुशासन' का उपदेश पिलाया करते हैं। आज हर रोग का निदान 'अनुशासनहीनता' है और हर रोग का इलाज अनुशासन। विद्यार्थियों को स्कूल-कॉलेज में अनुशासन की सीख नेता दे जाते हैं तो साहित्य में नये कवियों को अनुशासन की शिक्षा नई कविता के आलोचक! इस शिक्षा की असलियत सभी जानते हैं और जानते हैं कि इसके पीछे क्या उद्‌देश्य है! जहाँ तक कविता का सम्बन्ध है, आज की व्यापक छन्दहीनता के मूल में एक निश्चित काव्य-सिद्धान्त है। कोई आवश्यक नहीं कि सभी कवि सचेत रूप से उस काव्य-सिद्धान्त से अवगत ही हों। यह काव्य-सिद्धान्त कुछ दिनों के प्रयोग और व्यवहार के कारण बहुत से कवियों के मानस में अनजाने ढंग से बद्धमूल भी हो सकता है, वह काव्य सिद्धान्त है बिम्बवाद। बहुत से कवि यह समझते आए हैं कि एक अछूता नया बिम्ब भी दे दिया जाए, तो अपने आपमें मुकम्मल एक कविता हो सकती है। और यह समझना कुछ गलत भी नहीं है। कोई छन्द न हो, गद्य में ही सही एक पूरा बिम्ब आ गया तो कविता हो गई; फिर एक से अधिक बिम्ब हों तो क्या कहने! इस प्रकार काव्य-संवेदना और शिल्प का सारा ध्यान बिम्ब-शोध और बिम्ब-निर्माण की ओर चला गया। जब छन्द के बिना भी कविता हो सकती है तो उसके लिए परेशान होने की जरूरत? बिम्ब-विधान ही काफी है। सुविधानुसार प्राप्त

एक प्रचलित-सी लय के सहारे कई एक बिम्ब गूँथ दिये गए और कविता तैयार। लय के कारण दिक्कत खड़ी हुई तो गद्य भी काफी है। और वह गद्य भी प्रायः खंडित; क्योंकि बिम्ब वाक्य के रूप में नहीं बल्कि केवल शब्द-समुच्चय के रूप में आते हैं। यह आकस्मिक नहीं है कि बिम्बवादी कवि प्रायः कविता से वाक्य-विरोधी हैं, या यों कहिए कि व्याकरण के सामान्य वाक्य-विन्यास के विरोधी हैं। इस प्रवृत्ति के बीज हम छायावाद से ही देख सकते हैं।

इस प्रकार ऐसी कविताओं की रचना-प्रक्रिया मूलतः छन्द-विरोधी है। इसमें किसी छन्दोबद्ध वाक्यात्मक इकाई के रूप में कविता उत्पन्न ही नहीं होती, बल्कि यह कविता तो सबसे पहले एक बिम्ब के रूप में उठती है और वह बिम्ब भी अब तो प्रायः विचार के रूप में पहले आता है फिर किसी मूर्त वस्तु का आकार और आधार लेता है। कहनेवाले कह सकते हैं कि कविता की वास्तविक रचना-प्रक्रिया यह है ही नहीं। मलार्मे की दृष्टि में सम्भवतः ऐसी ही स्थिति थी जब उसने कहा कि कविता विचारों से नहीं लिखी जाती। बड़े-बड़े विचारों से भरे दिमाग अक्सर बड़ी खराब कविताएँ लिखते देखे जाते हैं। कविता मूलतः छन्द के रूप में पैदा होती है चाहे वह एक वाक्य-खंड ही क्यों न हो किन्तु अपने स्फोट-काल से ही वह लय-युक्त होता है। हमारी अपनी काव्य-परम्परा भी यही कहती है। आदिकवि वाल्मीकि के मुख से जो पहला श्लोक निकला था, वह जन्मना छन्द था। शायद उनके मन में सबसे पहले 'मा निषाद' या 'मा निषाद प्रतिष्ठां' से ही कोई वाक्यखंड उठा हो और इसके बाद दूसरे झटके में 'त्वमगमः शाश्वती समाः'। यह छन्दोबद्ध आवेग इतना प्रबल था कि इसने व्याकरण के नियम को भी तोड़ दिया। व्याकरण के नियम को तोड़कर निकला यह छन्द-प्रवाह आज भी कविता की रचना-प्रक्रिया का जीवन्त स्मारक है। इसके शब्द-क्रम, छन्द-रचना, भाववेग और काव्य-संघटना में अंकित रचना-प्रक्रिया का आरम्भिक इतिहास आज भी साफ-साफ पढ़ा जा सकता है।

सम्भवतः इस परम्परा-पुष्ट रचना-प्रक्रिया से अलग होने के कारण ही आज की बहुत-सी कविताएँ पढ़ने में अनुवाद मालूम होती हैं। और यह स्थिति कुछ हिन्दी में ही नहीं है। अंग्रेजी की नई कविता के बारे में डोनाल्ड डेवी ने ऐसी ही बात लिखी है और डोनाल्ड डेवी नई कविता के विरोधी नहीं हैं बल्कि एक गम्भीर काव्य-समीक्षक और अध्यापक होने के साथ ही वे एक मँजे हुए नये कवि भी हैं। इससे यही साबित होता है कि यह प्रवृत्ति व्यापक है और इसके मूल में एक व्यापक काव्य-सिद्धान्त है—सम्भवतः वही बिम्बवाद। इस काव्य-सिद्धान्त के उल्लेख का प्रयोजन यह है कि निदान मालूम होते ही जिस प्रकार अंग्रेजी की वर्तमान कविता पूर्ववर्ती मुक्त-छन्द और वाक्यहीन पद-योजना से मुक्त होकर छन्दोबद्ध सीधे वाक्यों के प्रशस्त पथ पर आ गई, उसी प्रकार उम्मीद है हिन्दी की नई कविता भी पूर्ववर्ती रूढ़ि से मुक्त हो

सकती है। यह उल्लेखनीय है कि तीन-चार वर्षों से हिन्दी नई कविता में इस तरह के प्रयास शुरू हो गए हैं।

उदाहरण के लिए कुँवर नारायण की हाल की कविताएँ। सबसे अधिक अनुवाद कुँवर नारायण की ही कविताएँ मालूम होती थीं और आज भी उसके अवशेष उनकी कविताओं में यत्र-तत्र मिल ही जाते हैं; लेकिन सबसे सतर्क इस मुक्ति-प्रयास में कुँवर नारायण ही हैं। उनकी कविताओं से बौद्धिकता की शिकायत की जाती रही है, उसके मूल में शायद यही कारण है। वैसे इस बौद्धिकता के समर्थन में कुछ लोगों ने तो आगे बढ़कर 'बौद्धिक रस' की भी कल्पना कर डाली लेकिन ये वही लोग थे जिन्होंने 'अर्थ की लय' का सिद्धान्त गढ़ा था। इसे राग-बोध और रस-बोध की कमी का विलोम प्रयास समझना चाहिए। यह आकस्मिक नहीं है कि कुँवर नारायण शुरू से ही छन्दोबद्ध और मुक्त छन्द, दोनों तरह की कविताएँ लिखते रहे हैं। छन्दोबद्ध कविताओं का भावबोध पुराना है तो मुक्त छन्द की कविताओं का भावबोध नया। ऐसा लगता है कि सतर्क कवि दोरुखे प्रयास से किसी एक समन्वित काव्य-रूप की ओर बढ़ता रहा है और अब वे विषम चरण किन्तु तुकान्त मुक्त छन्द की रचना की अवस्था से गुजर रहे हैं, जो एक तरह से नया प्रयोग कहा जा सकता है। सम्भवतः इस प्रयोग की प्रेरणा भी उन्हें कविता के अनुवादों से मिली है। जैसे जनवरी, 1962 की 'कल्पना' में प्रकाशित ग्रीक कवि कवाफी की अनेक कविताओं के सफल अनुवाद : 'परिवेश : हम-तुम' की अनेक कविताएँ इसी रंग की हैं। जैसे 'यह युग' शीर्षक कविता का यह एक अंश :

इनसान
मगर बेजान
मकानों-सा ढहता
अपने से दूर पास बस्ती के रहता
सभ्यता
लगी नाखूनों पर पॉलिश जैसे
हम ठाठ फकीरी
बिकता जो पैसे-पैसे।

यहाँ टी.एस. इलियट का वह कथन सार्थक होता है कि मुक्त छन्द तक आने के केवल दो ही रास्ते हैं—परम्परा-प्राप्त ढाँचे से शुरू करते हुए और लगातार उससे मुक्त होते हुए या फिर बिना किसी ढाँचे के शुरू करते हुए और लगातार किसी परम्परा-सिद्ध ढाँचे की ओर अग्रसर होते हुए। फिलहाल शायद दूसरा रास्ता अपनाना होगा।

सोचने की बात है कि इधर की इतनी बेलाग-बेलौस और दिल पर सीधी चोट करनेवाली कविताएँ भी क्यों सपाट मालूम होती हैं? क्या वजह है कि ये कविताएँ

चोट करके दिमाग से एकदम निकल जाती हैं, याद से बिलकुल फिसल जाती हैं? विचार करें तो इसका एकमात्र कारण छन्दहीनता है। साधारण गद्य के समान इन कविताओं में भी केवल इकहरा ढाँचा होता है—एकमात्र वाक्य-विन्यास का। इनके विपरीत सीधे-सादे वाक्यों की छन्दोबद्ध कविताएँ टिकाऊ होती हैं, क्योंकि उनमें दुहरा ढाँचा होता है : एक तो वाक्य-विन्यास का; दूसरा, छन्द-विधान का। इस प्रकार छन्द-विधान की लय और वाक्य-विन्यास के तनाव से इन कविताओं में एक विशेष प्रकार का प्रभाव उत्पन्न होता है। कुशल कवि वाक्य-विन्यास और छन्द-विधान के पारस्परिक द्वन्द्व के बीच यथास्थान एक के विपरीत दूसरे को उभारते और दबाते हुए नये-नये चमत्कार उत्पन्न करता जाता है। तुलसीदास के मानस की चौपाइयाँ इसीलिए लोगों की जबान पर अनायास आ जाती हैं। एकदम सीधी-सादी चौपाइयों में वाक्य-विन्यास और छन्द-विधान का काफी जटिल सामंजस्य है। कभी-कभी एक वाक्य चौपाई के एक चरण की सीमा को तोड़ता हुआ दूसरे चरण के बीच में कहीं विराम लेता है, फिर भी छन्द-विधान इस वाक्य-प्रवाह में बाधा नहीं देता। तुलसीदास की अनेक चौपाइयाँ विषम चरण तुकान्त मुक्त छन्द के रूप में लिखकर पेश की जा सकती हैं। वाक्य-विन्यास बोलचाल के लहजे के नजदीक है किन्तु छन्द-विधान उसे बोलचाल की साधारणता से उबारकर एक कलात्मक रचाव प्रदान कर देता है। दूसरी, आज की नई कविता है कि बोलचाल के लहजे के अनुसार वाक्य-विन्यास तो करती है किन्तु उसे किसी जातीय छन्द के साँचे में ढालकर कलात्मक स्थायित्व प्रदान नहीं कर पाती। यह विडम्बना ही है कि जो कविताएँ किसी परम्पराप्राप्त छन्द की लय अपनाती हैं, वे बोलचाल के वाक्य-विन्यास को छोड़ देती हैं और जो बोलचाल के वाक्य-विन्यास को अपनाती हैं, वे परम्पराप्राप्त छन्द से उदासीन रहती हैं। विकास की सम्भावना निस्सन्देह इस दूसरे विकल्प में ही है किन्तु इसके लिए एक साहसिक कदम की आवश्यकता है—सिर्फ एक साहसिक कदम और वह यह कि मुक्त छन्द के मोह-पाश से मुक्ति, बिना इस परवाह के कि लोग इसे अतीत की ओर प्रत्यावर्तन कहेंगे। आज जातीय परम्परा की ओर मुड़ना भी नैतिक साहस का काम है और छन्द भी एक प्रकार का नैतिक प्रयास है!

[ज्ञानोदय : अक्टूबर, 1963]

महादेवी वर्मा : काव्य-कला और जीवन-दर्शन

हिन्दी समीक्षा में शिक्षोपयोगी संग्रह-युग चल रहा है। कुछ लोग एक कवि, लेखक या काव्य-धारा सम्बन्धी दस-पन्द्रह लेखकों के निबन्ध बटोरकर सम्पादक बन बैठते हैं और कुछ उन्हीं निबन्धों से लम्बे-लम्बे उद्धरण देकर स्वयं ही पुस्तक के लेखक। श्रीमती शचीरानी गुर्टू ने सुश्री महादेवी वर्मा के व्यक्तित्व, काव्य-कला तथा जीवन-दर्शन पर विविध लेखकों के छब्बीस निबन्धों का संग्रह करके पहली श्रेणी में एक नाम और जोड़ दिया है। विषय-चयन में योजना का अभाव, पुनरावृत्तियों की अधिकता, निबन्ध-क्रम में गड़बड़ी, अनुपात की अवहेलना, एक ही विषय पर अनेक निबन्धों का होना तथा कुछ पर एक भी न होना, महादेवी जी का तथ्यपरक जीवन-चरित तथा कालानुक्रम से उनकी रचनाओं की सूची, साथ ही उन पर प्रकाशित अब तक के ग्रन्थों की तालिका का अभाव—सभी निबन्धों के आरम्भ में सार-संचय करते समय महत्त्वपूर्ण अंश का तिरस्कार आदि बातें बतलाती हैं कि सम्पादिका ने सम्पादन-कार्य पूरा नहीं किया है। यह सब इसलिए कहना पड़ता है कि इधर उनके सम्पादन की गूँज है। उन्होंने श्री सुमित्रानन्दन पन्त पर भी एक पुस्तक सम्पादित की है। उत्साह प्रशंसनीय है, लेकिन उत्तरदायित्व सापेक्ष भी है।

इतना होते हुए भी इस संग्रह का महत्त्व है और इसका श्रेय अनेक संकलित समीक्षकों को है। अब तक महादेवी जी पर गंगाप्रसाद पांडेय तथा विश्वम्भर 'मानव' जैसे काव्य-मुग्ध समीक्षकों ने ही कुछ पुस्तकें निकाली हैं, जिनमें कवयित्री की कुछ कविताओं के लम्बे-लम्बे उद्धरण तथा शेष के गद्य-रूपान्तरों के बाद स्वयं समीक्षक ने अपना गद्य-काव्य प्रदर्शित किया है। ऐसी दशा में यह जरूरी था कि महादेवी जी सम्बन्धी उन निबन्धों को एकत्र किया जाए जो अपनी कसावट में एक पुस्तक की रूपरेखा छिपाए थे। शचीरानी जी का यह कार्य सामयिक ही नहीं, ऐतिहासिक महत्त्व का है। यद्यपि उन्होंने यह नहीं बतलाया कि कौन निबन्ध किस सन् का लिखा है तथा सर्वप्रथम वह कहाँ प्रकाशित हुआ, तथापि महादेवी जी पर बिखरे हुए महत्त्वपूर्ण निबन्धों का संग्रह स्वयं ही एक बड़ा काम है। हिन्दी में संग्रहकर्ता के लिए 'कृतज्ञता-ज्ञापन' का चलन ही कहाँ है?

अब पुस्तक-परिक्रमा।

संग्रह में महादेवी जी के व्यक्तित्व सम्बन्धी चार निबन्ध हैं, जिनमें देवेन्द्र सत्यार्थी कवयित्री के साहित्य पर भी राय देने की झोंक में 'उस पर ही' राय देते रह जाते हैं। वीर पूजा की भावना आजकल ऐसा भीषण रूप ले रही है कि कोई निराला जी को देवता बनाने पर तुला है तो कोई महादेवी जी को देवी। सत्यार्थी जी का 'महाश्वेता महादेवी' बाण की 'कादम्बरी' की 'महाश्वेता' का स्मरण दिलाती हैं। श्री शिवचन्द्र नागर ने भी कुछ ऐसा ही आटोप बाँधा है। महादेवी जी के उन्मुक्त हास को तो यारों ने ऐसा रहस्यात्मक जामा पहनाया है तथा इस हद तक फेटा है कि उसकी सारी सहजता जाती रही, और शचीरानी जी जैनेन्द्र जी से प्रश्न करते समय पहला प्रश्न यही करती हैं, 'सुना है महादेवी जी नब्बे प्रतिशत हँसती हैं, बातें कम करती हैं।' क्या बढ़िया गणित का ज्ञान है।

तमाम शिल्पाभास (मैनरिज्म) तथा आत्मशंसा के बावजूद सत्यार्थी जी ने महादेवी जी के विषय में यह तथ्य ठीक ही लक्ष्य किया है कि 'एक लेखक तो ऐसा है जो लेखनी से थोड़ा अवकाश लेकर समकालीन लेखकों के अधिकारों के लिए 'कॉपी-राइट' के विषय में इतना चिन्तित हो!' श्री शिवचन्द नागर ने रेखाचित्र खींचते हुए ऊब-भरी वर्णनात्मक शैली में महादेवी जी की कलात्मक रुचि, अध्यापन-कला, बातचीत, फूलों की जानकारी, अच्छी स्मृति, क्रियाशीलता, बरसात-प्रियता, सभा-भीरुता, दर्पण-विमुखता, पारिवारिक भावना, तपःपूत जीवनचर्या आदि की चर्चा करते हुए अन्त में 'हिमवत्' से उपमित किया है। श्री भानुकुमार जैन ने 'एक भेंट' के माध्यम से प्रसंगेतर बातों की बृहद् चर्चा की है और 'जन की ओर से वे उत्कीर्ण नहीं हुईं'—जैसा अज्ञान-भरा वाक्य लिखा है। अलबत्ता श्रीमती सावित्रीदेवी वर्मा ने स्त्री-जन-सुलभ सरलता तथा सहानुभूति से अपनी महादेवी बहन जी के छात्र-जीवन की अनेक अज्ञात बातें बड़े मनोरंजक ढंग से बतलाई हैं। आरम्भ से ही कवयित्री द्रवणशील तथा एकान्तप्रिय थीं, तेरह-चौदह की वय से ही काव्य-रचना करने लगी थीं। परन्तु सबसे सुन्दर बात सावित्री जी ने यह बतलाई है, 'इनके चेहरे में जो एक विशेषता है, वह यह कि इनके कान कुछ आगे को बढ़े हुए झाँकते हुए-से हैं, मानो वे मानव की करुण पुकार सुनने के लिए कुछ सतर्क हो खड़े हों!'

कलाकार के रूप में महादेवी ने गद्य, चित्र तथा कविता—तीन प्रकार की रचनाएँ की हैं और इस संग्रह में तीनों पर निबन्ध हैं। महादेवी का गद्य भी विविध है—रेखाचित्र, सामाजिक निबन्ध, साहित्य-समीक्षा सम्बन्धी निबन्ध। रेखाचित्र की दो पुस्तकें हैं—अतीत के चलचित्र तथा स्मृति की रेखाएँ; कुछ अन्य रेखाचित्र—जैसे निराला जी सम्बन्धी अभी पुस्तकाकार संगृहीत नहीं हुए हैं। श्री गोपालकृष्ण कौल ने इन रेखाचित्रों पर विचार करते हुए लक्ष्य किया है : 'वे केवल रेखाओं में आकृति और मुद्रा को ही अंकित नहीं करतीं, वरन् मन के सूक्ष्म भावों को भी उभारकर शब्द-रेखाओं में बाँधने का प्रयत्न करती हैं।' अन्त में वे इस निष्कर्ष पर पहुँचते हैं

कि यद्यपि संस्मरण का संस्पर्श होने से उनकी कुछ रचनाएँ पूर्ण रेखाचित्र नहीं कही जा सकतीं, किन्तु उनमें भी रेखाचित्रों के स्फुट अंश दिखाई पड़ते हैं।'

महादेवी जी के सामाजिक निबन्ध 'शृंखला की कड़ियाँ' में संगृहीत हैं और इसका अध्ययन श्री अमृतराय ने 'नारी-समस्या' की दृष्टि से उपस्थित किया है। दीर्घ उद्धरण-प्रेमी श्री अमृतराय ने अन्त में यह निर्णय दिया है कि नारी-समस्या पर महादेवी जी के विचार आद्यन्त समाजवाद की ओर उन्मुख हैं और उनकी पुष्ट सामाजिक चेतना का परिचय देते हैं। आरम्भ में उन्हें 'नीर-भरी दुख की बदली' कहना और अन्त में 'क्रान्तिकारिणी' कुछ अजीब लगता है। इनकी अपेक्षा डॉ. रामविलास शर्मा का यह कथन अधिक युक्ति-संगत प्रतीत होता है कि 'महादेवी जी का कवि और गद्यकार एक-दूसरे से जुड़े हुए हैं, वे दो बिखरी हुई इकाइयाँ नहीं हैं।'...'इसका कारण यह है कि संसार के प्रति उनका दृष्टिकोण विज्ञान-सम्मत नहीं है और उनके मनोबल और कर्म-सम्बन्धी इच्छा-शक्ति की अपनी सीमाएँ हैं।' इन सूत्रों के आलोक में श्रीमती शचीरानी ने जो यह धारणा बनाई है, वह सर्वाधिक वैज्ञानिक है : 'गद्य में सामाजिक जीवन की ह्रासोन्मुखी गतानुगतिकता के प्रति स्वस्थ एवं सफल विद्रोह होते हुए भी उनमें गतिशील क्रान्तिकारी चेतना और सजग क्रियाशीलता के चिह्न नहीं हैं। उनमें राग है, कशाघात नहीं; पराजय है, प्रतिकार-भावना नहीं; कोमलता है, कठोरता नहीं; निर्मम वास्तविकताओं के प्रति मूक स्वीकृति है, उनके निदान का कोई स्पष्ट उपचार नहीं।'

महादेवी जी ने जो आलोचनात्मक लेख लिखे हैं, उन पर डॉ. नगेन्द्र तथा देवराज उपाध्याय दो विद्वानों ने विचार किया है। श्री देवराज जी ने अंग्रेजी समीक्षकों की अनूदित, अननूदित फिकरों की छटा दिखाने के बीच लगे हाथों महादेवी जी के 'काव्य-शास्त्र' पर भी कृपा कर दी है। वे कहते हैं, 'आप पाएँगे कि महादेवी ने कविता क्या है, साहित्य क्या है—इन प्रश्नों की छान-बीन में अधिक परिश्रम किया है।' परन्तु लगता है कि यह लिखते समय देवराज जी के दिमाग में महादेवी जी के स्थान पर आचार्य शुक्ल आ गए थे। डॉ. नगेन्द्र ने महादेवी जी के साहित्य-दर्शन और छायावाद सम्बन्धी मत पर उद्धरण देकर विचार करने की चार बातें कही हैं :

1. महादेवी जी के साहित्यिक भाग नैतिकता के बोझ से काफी दबे हैं।
2. महादेवी जी ने छायावाद की तन्वी कविता पर दर्शन का बोझ कुछ अधिक लाद दिया है।
3. शुक्ल जी की शास्त्रीय गवेषणा से सर्वथा भिन्न यह शैली प्रसाद और पन्त की ठोस बौद्धिक विवेचना की अपेक्षा टैगोर की लचीली काव्य-चिन्तना के अधिक समीप है।
4. ऐतिहासिक एकसूत्रता।

शचीरानी जी को उनमें 'अपने पक्ष समर्थन का आग्रह अधिक, वस्तुस्थिति की निर्दिष्ट दिशाओं का संश्लेषण कम' मिलता है। साथ ही 'दार्शनिक चिन्तन की बोझिलता से उनकी भाव-व्यंजना सहज दुर्विज्ञेय हो गई है।'

श्री मन्मथनाथ गुप्त के अनुसार, 'इन भूमिकाओं के कारण उनकी कविताओं को समझना और भी दुरूह हो गया है।' यह दुरूहता भाषागत ही नहीं, बल्कि परस्पर-विरोधी बातों के कारण है।

ये सभी विचार एक-दूसरे के पूरक समझकर ही रखे गए हैं। परन्तु महादेवी की समीक्षा का एक और अंग है, और वह है—काव्य-परख। 'गीत-काव्य' निबन्ध में उन्होंने गीतों की जो ऐतिहासिक परम्परा दिखाई है, अन्यत्र दुर्लभ है। वहीं अपने समसामयिक तथा प्राचीन कवियों की कविताओं का जो मर्मोद्‌घाटन उन्होंने किया है, वह एक कुशल काव्य-पारखी की दृष्टि से ही सम्भव है।

महादेवी जी के गद्यगत विचारों के साथ गद्य-शैली पर भी विचार जरूरी है और श्री रामचरण महेन्द्र ने यह कार्य सम्पन्न किया है। हिन्दी में शैली-सूचक पदावली की कमी है और इसका साफ मतलब है कि हिन्दी में शैली पर बहुत कम विचार हुआ है। श्री रामचरण जी के निबन्ध में भी यही ओछापन है। उन्हें 'हृदय की विशालता, भाव-प्रसार की विलक्षण शक्ति, मर्मस्पर्शी स्वरूपों की उद्‌भावना, कल्पना-शक्ति पर प्रभुत्व और शब्दों की नक्काशी का समुच्चय' महादेवी जी की गद्य-शैली में घुला मिलता है। उपमाओं का कोष लुटाना तथा वचन-वक्रता उन्हें अधिक पसन्द आती है। कुछ लोगों को महादेवी जी की शैली लद्धड़, प्रवाहहीन, घुमावदार तथा श्रम-साध्य लगती है। वस्तुतः शैली का विवेचन विषय का मर्म समझे बिना सम्भव ही नहीं। महादेवी जी की शैली में ही ये बातें नहीं मिलतीं बल्कि निराला को छोड़कर सभी छायावादियों में वह श्रम-साध्य पेचीदगी तथा संस्कृताऊ विशेषण बहुल वाक्य-विन्यास मिलता है। यह छायावादी चेतना का परिणाम था। छायावादी गद्य-शैली को छायावादी काव्य-शैली से अलग करके नहीं देखा जा सकता।

गद्य की ही भाँति महत्त्वपूर्ण हैं महादेवी जी के चित्र। महादेवी जी की कविता के साथ उनके चित्रों का तुलनात्मक अध्ययन प्रस्तुत किया है श्री प्रभाकर माचवे ने। माचवे जी स्वयं चित्रकार (शायद रेखाकार अधिक) हैं। परन्तु खेद के साथ कहना पड़ता है कि पांडित्य-प्रदर्शक उद्धरणों की आतंकमयी लड़ी के बीच माचवे जी ने अब तक कोई तथ्यपरक बात नहीं कही है। आरम्भ में व्यर्थ ही मीरा-महादेवी की तुलना में उलझकर उन्होंने कुछ दूर तक संचारी भावों की सूची के सहारे शास्त्रीय तथा गणनामूलक समीक्षा का प्रदर्शन किया है। हाथ लगता है यह सूत्र : 'महादेवी जी के चित्रों में करुण मुद्राओं का आधिक्य है। काँटों से बँधे हाथ, मृत-प्राय शिशु, अँधेरा और टिमटिमाते दीप अधिक हैं।' जो सर्वविदित है। फिर मिलते हैं ऐसे फिकरे, 'वर्ण-वर्ण में पंक्ति बन गई है। रंग रेखाकार हो उठे हैं।' जिनका कोई अर्थ नहीं खुलता।

हम चित्र-विशेषज्ञ नहीं, जो इसमें व्यर्थ टाँग अड़ाएँ, (यद्यपि हिन्दी-समीक्षक के लिए सब कुछ जानने का अभिनय करना जरूरी है) लेकिन यह अवश्य कहेंगे कि अभी तक महादेवी जी के चित्रों का सही मूल्यांकन देखने में नहीं आया—कविताओं के साथ उनकी तुलना तो दूर की वस्तु है।

महादेवी जी की सबसे महत्त्वपूर्ण देन है कविता; और इस संग्रह में आधे से अधिक निबन्ध इसी पर हैं। 'कमलेश' जी ने प्रकृति-चित्रण पर लिखा है तो ओमप्रकाश जी ने अलंकार सौन्दर्य पर, मानव जी ने प्रणयानुभूति पर। और तीन समीक्षाएँ तुलनात्मक हैं—मीरा और महादेवी (रघुवीर प्रसाद सिंह), पन्त और महादेवी (शान्तिप्रिय द्विवेदी), क्रिस्टिना रोज्जेटी और महादेवी (शचीरानी गुर्टू)। दो समीक्षाएँ पुस्तक-परिचय देती हैं—नीरजा (विजयेन्द्र स्नातक) तथा दीपशिखा (नगेन्द्र)। श्री मन्मथनाथ गुप्त और पं. नन्ददुलारे वाजपेयी 'दर्शन' समझाते हैं तथा सुधांशु, विनयमोहन शर्मा, प्रकाशचन्द्र गुप्त, इन्द्रनाथ मदान, रामविलास शर्मा समूची कविताओं का मूल्यांकन करते हैं। इस प्रकार काव्य-समीक्षा में भी एक योजना दिखाई पड़ती है। परन्तु वस्तुस्थिति ऐसी नहीं है। इस खंड में पुनरावृत्तियाँ सबसे अधिक हुई हैं। सबने दुःखवाद, पीड़ावाद, रहस्यवाद का राग अलापा है। मीरा और महादेवी की तुलना के विषय में अब बात इतनी साफ हो चुकी है कि स्वतंत्र निबन्ध देना ही व्यर्थ है। 'पन्त और महादेवी' में शान्तिप्रिय जी ने तुलना करने का कोई प्रयत्न नहीं किया है परन्तु उस निबन्ध का उपयोग करने में सम्पादिका से त्रुटि हुई, क्योंकि समूचा निबन्ध मूलतः पन्त पर है। क्रिस्टिना रोज्जेटी के साथ महादेवी की तुलना, तुलना-प्रिय शचीरानी जी की कृति है और उनका उद्देश्य है महादेवी की अतृप्ति तथा असंतोष को उभारना। इससे अधिक और कुछ हो तो वह दूरारूढ़ है। इस विषय में स्वयं शचीरानी जी भी मुगालते में नहीं हैं। इससे निबन्ध का सबसे बड़ा महत्त्व, रामविलास शर्मा के शब्दों में, यही है कि शचीजी ने महादेवी को देवी की जगह मानवी रूप दिया है। वे कहती हैं : 'महादेवी और क्रिस्टिना के काव्य में जो भावों की उत्कट तीव्रता, मर्मान्तक वेदना और अन्तर् का हाहाकार व्यक्त हुआ है—वह अलौकिक अथवा आध्यात्मिक विरह-गर्भित न होकर लौकिक प्रणय की सहजानुभूति से उद्भूत हुआ है और काल्पनिक आवरण में लिपटकर उत्तरोत्तर रहस्यपूर्ण और अविज्ञेय होता गया है।'

शेष निबन्धों में रामविलास शर्मा, नन्ददुलारे वाजपेयी तथा नगेन्द्र के लेखों को छोड़कर अन्य यांत्रिक तथा पिष्टपेषित हैं। विनयमोहन जी को महादेवी जी के काव्यों में प्रकृति से परिचय लगता है और स्वयं हरसिंगार, शेफाली, दुपहरिया के फूलों को भिन्न-भिन्न नहीं, एक ही फूल मानते हैं। कहाँ हरसिंगार और कहाँ दुपहरिया यानी अड़हुल! इसी प्रकार ओमप्रकाश जी ने 'यामा' का आलंकारिक सौन्दर्य रूपक, उपमा, अपनहुति और सबसे ऊपर सांगरूपकों में दिखाकर प्राचीन अलंकार-शास्त्रीय यांत्रिकता का भोंडा रूप खड़ा किया है।

शेष तीन महत्त्वपूर्ण लेखों में रामविलास शर्मा का निबन्ध सबसे महत्त्वपूर्ण तथा चिन्तनशील है, क्योंकि उसमें उक्त सभी समीक्षकों के महादेवी सम्बन्धी विचारों का हवाला देकर गहराई से विचार किया गया है। डॉ. शर्मा ने सबसे पहला प्रश्न 'छायावाद' के स्वरूप पर उठाया है क्योंकि 'महादेवी जी छायावाद के मध्याह्नकाल से और अपने जीवन के उषाकाल से साहित्य-रचना करती आई हैं।' अस्तु वे वाजपेयी जी और नगेन्द्र जी के आदर्शवादी दृष्टिकोण की सीमाओं का निर्देश करते हुए कहते हैं : 'हिन्दी का छायावादी साहित्य सामंत-विरोधी औद्योगिक क्रान्ति के बाद का साहित्य नहीं है। वह साम्राज्यवाद और सामंतवाद के विरुद्ध भारतीय जनता के संघर्ष-काल का साहित्य है। उसमें सबसे सशक्त देश की स्वाधीनता और जनतंत्र प्राप्त करने की आकांक्षा का स्वर है।' फिर अंग्रेजी रोमांटिक साहित्य तथा हिन्दी छायावादी साहित्य का अन्तर बतलाते हुए वे कहते हैं : 'अंग्रेजी रोमांटिक साहित्य का एक सीमान्त समाजवादी विचारधारा को छूता है तो दूसरा आदर्शवाद (आइडियलिज्म) की विभिन्न धाराओं में डूबा हुआ है। हिन्दी के छायावादी साहित्य का एक सीमान्त साम्राज्य-विरोधी, सामन्त-विरोधी विचारधारा को छूता है तो दूसरी ओर सामन्तवाद का समर्थन करनेवाली अनेक आदर्शवादी धाराओं में डूबा हुआ है। इनके अतिरिक्त छायावादी या रोमांटिक साहित्य के दूसरे सीमान्त निर्धारित करना एक इतिहास-विरोधी कार्य होगा।'

नगेन्द्र जी ने छायावाद के साथ ही महादेवी जी की कविता को मानसिक दमन और अतृप्तियों से उत्पन्न कहा है जिसको स्पष्ट करते हुए डॉ. शर्मा कहते हैं कि यूरोप की उस पतित पूँजीवादी धारा को छायावाद से एकाकार नहीं किया जा सकता; छायावाद में अतृप्त-भावना है पर उसकी मूल प्रेरणा वही नहीं है : 'इसमें सन्देह नहीं कि महादेवी जी के काव्य में पीड़ावादी पलायनवादी तत्त्व मौजूद हैं, लेकिन इनकी उत्पत्ति और स्थिति का सही कारण तब हम अच्छी तरह जान सकेंगे जब हम इनके विरोधी तत्त्वों पर भी दृष्टिपात करेंगे और दोनों के परस्पर-सम्बन्ध जानने की कोशिश करेंगे।'

इसके बाद रामविलास जी ने महादेवी में जीवन की चाह, नारी-सुलभ हठ, स्वाभिमान, शृंगार-भावना, प्रेम की विह्वलता तथा कष्ट सहने का साहस आदि सोदाहरण दिखलाया है। अन्त में उनका यह तर्क सत्यता के अधिक निकट है : 'यदि जीवन और सौन्दर्य की चाह प्रकट करनेवाली कविता दमित इच्छाओं के ही कारण हो तो जितने भी जीवन और सौन्दर्य के कवि हैं, वे सब दमित इच्छाओं के शिकार साबित हों और जितने भी मृत्यु और कुरूपता के कवि हैं, वे सब तृप्त इच्छाओं वाले समझे जाएँ।' वस्तुतः नगेन्द्र जी ने अज्ञेय आदि आधुनिक प्रयोगवादी कवियों की दमित इच्छाओं को महादेवी पर भी आरोपित कर दिया है जबकि भेद स्पष्ट है।

डॉ. शर्मा ने महादेवी जी की पीड़ा का सामाजिक कारण बतलाते हुए ठीक कहा है—सामन्त-विरोधी सामाजिक और सांस्कृतिक आन्दोलन से दूर रहना ही मुख्य कारण है। उन्हीं के शब्दों में : 'महादेवी जी छायावाद की प्रतिनिधि कवि हैं। उनमें छायावाद का निराशावादी पलायनवादी पक्ष है तो जीवन और सौन्दर्य की आकांक्षा का स्वस्थ मानववादी पक्ष भी है। उनके अन्दर एक विद्रोही आत्मा सोती है जो दृष्टिकोण और मनोबल की सीमाओं के कारण अपना पूरा चमत्कार नहीं दिखा सकी। उन्हें जनता से हार्दिक सहानुभूति है और वे उससे सम्पर्क स्थापित करती हैं—यह उनका सम्बल है। जिस दिन यह सहानुभूति सक्रिय रूप लेगी, उनके द्वन्द्व का भी अन्त हो जाएगा।'

रामविलास जी के निष्कर्षों से हम लगभग सहमत हैं, परन्तु दो बातों का निर्देश आवश्यक है। एक तो उन्होंने यह नहीं दिखलाया कि महादेवी जी के इस निराशा और आशामूलक अन्तर्द्वन्द्व का क्रमिक विकास किस प्रकार हुआ; दूसरा यह कि आज भी उनमें पीड़ा और जीवन-चाह का अनुपात ऐसा नहीं है कि हम उन्हें इतना विद्रोही कह सकें। फिर भी समूची पुस्तक में एकमात्र डॉ. शर्मा का निबन्ध ऐसा है जिसमें महादेवी जी को सही वैज्ञानिक-सामाजिक दृष्टि से देखने का प्रयत्न किया गया है। पुस्तक के आरम्भ में शची जी का 'अपने दृष्टिकोण से' तथा जैनेन्द्र जी का वार्तालाप भी काफी मनोरंजक है। शची जी के शब्द-जाल में भी तथ्य के कुछ कण हैं।

निस्सन्देह यह संग्रह महादेवी जी पर अब तक की प्रकाशित सभी पुस्तकों से उत्तम है।

[आलोचना-2 : जनवरी, 1952]

रहस्यवाद का सामाजिक आधार और महादेवी की कविता

महादेवी जी पर यह गोष्ठी न होती तो शताब्दी उत्सव लगभग समाप्त हो गया होता और मैं कुछ न कह पाता। लगभग 50 साल पहले महादेवी पर एक पुस्तक प्रकाशित हुई थी। उस समय प्रसिद्ध समालोचक शिवदान सिंह चौहान के सम्पादन में 'आलोचना' पत्रिका की शुरुआत हुई थी। उसके दूसरे अंक में मैंने एक समीक्षा लिखी थी जो पुनः किसी पुस्तक में प्रकाशित नहीं की। उस समय शचिरानी गुर्टू सम्पादन का कार्य कर रही थीं। उन्होंने अनेक ग्रन्थों का सम्पादन किया था और लिखा भी था। उन्होंने महादेवी जी पर एक पुस्तक सम्पादित की थी, जिसमें अनेक लोगों से लिखवाया भी था। उस समय पुस्तक की समीक्षा करने के बहाने मैंने जनवरी, 1952 में पहली बार महादेवी पर कुछ लिखने की कोशिश की थी। उस समय में एक लेख डॉ. रामविलास शर्मा का था। रामविलास जी का महादेवी पर पहला लेख था। शर्मा जी ने महादेवी पर लिखा था, मैंने तो बस पुस्तक की समीक्षा की थी। उसके बाद 1953 में मैंने रहस्यवाद पर पहला लेख लिखा जो 'आधुनिक साहित्य की प्रवृत्तियाँ' में संकलित है। उनको दोबारा मैंने नहीं पढ़ा। 1954 में मैंने छायावाद पर किताब लिखी, जिसमें महादेवी वर्मा जी की चर्चा है—अन्य छायावादियों के समान। आपने इस कार्यक्रम के बहाने मुझे महादेवी जी को फिर से याद करने का अवसर दिया। मुझे भय है कि इसके बाद महादेवी जी पर मैं न बोलने वाला हूँ, न लिखने वाला हूँ।

महादेवी जी के साथ रहस्यवाद चिपक गया है। आचार्य रामचन्द्र शुक्ल ने अपने 'हिन्दी साहित्य का इतिहास' में लिखा है कि छायावादी कहे जाने ('कहे जाने' पर ध्यान दीजिएगा) वाले कवियों में महादेवी जी ही रहस्यवाद के भीतर आती हैं, छायावाद में रहस्यवाद के भीतर यही आती हैं। तब से मैं देखता हूँ कि महादेवी जी के साथ रहस्यवाद चिपक गया है। रामविलास जी ने अपने उसी लेख में महादेवी जी के साहित्य को रहस्यवाद के साथ बाँधकर देखने को उनके साथ अन्याय कहा है—उनकी कविताएँ भी और उनका समूचा साहित्य भी जो गद्य का लिखा हुआ है। इसलिए महादेवी के मूल्यांकन के लिए आपने जो रहस्यवाद के सामाजिक आधार की बात की है, उसमें महादेवी जी को रहस्यवाद के दायरे में सीमित करना, उसे प्रशंसा में कहें या निन्दा

में कहें, महादेवी जी को अधूरा देखना है और सच तो, हिन्दी में यह दुर्भाग्यपूर्ण है। आचार्य रामचन्द्र शुक्ल जी ने 1928 के आसपास रहस्यवाद पर पुस्तक लिखी और उसके द्वारा सारे छायावादी कवियों को ध्वस्त करने की कोशिश की थी। आचार्य शुक्ल जी छायावाद के भी विरुद्ध थे और उसमें भी ततोलिक रहस्यवाद के तो घोर विरुद्ध थे। रामविलास जी ने 1946 में निराला पर एक किताब लिखी थी और उसी समय निराला ने शुक्ल जी के रहस्यवाद का भी खंडन किया था। निराला जी के उस खंडन को रामविलास शर्मा जी ने अपनी किताब (काव्य साहित्य) संकलित किया। इस खंडन में निराला जी कहते हैं कि पंडित रामचन्द्र शुक्ल की 'काव्य में रहस्यवाद' पुस्तक आलोचना से पहले उनके अहंकार, हठ, मिथ्याभिमान तथा रहस्यवादी या छायावादी कहे जाने वाले कवियों के प्रति उनकी अपार घृणा सूचित करती है। ऐसा दुर्वासा समालोचक कभी भी किसी कृति (शकुन्तला) का कुछ बिगाड़ नहीं सके। अपनी साख से उसको चमका दिया है। रामविलास जी ने इस पर उसी किताब में टिप्पणी की, 'शुक्ल जी और छायावादियों के विवाद में विजय छायावादियों की हुई। आज काव्य में रहस्यवाद एक मनोरंजन की वस्तु बनकर रह गई है, और छायावाद की अनेक रचनाएँ हिन्दी का कंठाहार बनी हैं।' इसलिए पहली बात यह है कि जो अकबर ने कहा है, 'अकबर नाम लेता है खुदा का इस जमाने में।' 2006 में हिन्दी विभाग रहस्यवाद की चर्चा करे, यह अपने-आपमें एक विडम्बना है लेकिन चूँकि यह हमारे इतिहास का एक अध्याय रहा है और इसके कारण कविता के मूल्यांकन में कई चीजें आई हैं। खास तौर पर मिस्टीसिज्म का यह दौर 1928 के आसपास का है।

रहस्यवाद एक नहीं है, अनेक हैं। अजीब बात यह है कि उस समय रहस्यवाद को हर जगह ढूँढ़कर शुक्ल जी ने उसका विरोध किया। उनको भ्रम हो गया था। रहस्यवाद का विरोध करने के दो कारण थे : प्रथम तो यह कि रवीन्द्रनाथ टैगोर को नोबेल पुरस्कार 'गीतांजलि' पर मिला। 'गीतांजलि' के जो गीत हैं, वे रहस्यवादी हैं। उसमें शुक्ल जी ने मिस्टीसिज्म देखा। उन्होंने कहा कि पुरस्कार इसलिए मिला है कि रवीन्द्रनाथ जी.डब्ल्यू.बी. यीट्स के दोस्त हैं, और उन्होंने पुरस्कार दिलवाया। यीट्स की गहरी छाप बच्चन पर है और बच्चन जी ने उन पर शोध भी किया है। यीट्स आयरिश मूल के थे। आयरिश मूल में क्रिश्चियनिटी और इसके कैथोलिक रूप एक हिस्से में बहुत ज्यादा है। इसलिए यीट्स के सम्पर्क से एक तो यह हुआ कि यूरोप से 'गीतांजलि' प्रभाविन है। शुक्ल जी ने तुलना करने की कोशिश की ही नहीं, जबकि दोनों की कविता में बहुत फर्क है। जिस आदमी ने 'टावर' जैसी कविता लिखी हो, जबकि रवीन्द्रनाथ ने ऐसी कोई कविता नहीं लिखी। तुलना नहीं की, बस, दोनों की मित्रता पर चले गए। सबसे खतरनाक यह लगा कि यीट्स में क्रिश्चियन मिस्टीसिज्म है। क्रिश्चियनिटी के कारण शुक्ल जी का हिन्दुत्व उभरा और उन्होंने कहा कि हिन्दी में एक तो पश्चिम का प्रभाव है। वह लेख पढ़ें, बहुत

दिलचस्प है। विलियम ब्रेथ जो तीव्र रोमांटिक हैं, वह क्रिश्चियनिटी सम्प्रदाय से जुड़े हुए हैं। ब्रेथ में क्रिश्चियन मिस्टीसिज्म दिखाई पड़ता है तो उन्हें लगा कि जो अंग्रेजी की रोमांटिक कविता थी, उसमें भी कहीं-न-कहीं मिस्टिक एलिमेंट था और उसमें क्रिश्चियन मिस्टीसिज्म। दूसरी बात है कि रोमांटिक लोग उसके खिलाफ थे। शुक्ल जी ने यह भी कहा है कि एक यूरोप और दूसरी क्रिश्चियनिटी, यह बंगाल में पहले आई और बंगाल में ईसाइयत का प्रभाव, प्रचार-प्रसार भी बहुत हुआ था। रवीन्द्रनाथ की 'गीतांजलि' के प्रभाव से हिन्दी साहित्य व्यथित हो रहा है, नष्ट हो रहा है। उनकी नकल पर यहाँ ऐसी कविताएँ लिखी जा रही हैं, जो दूषित हो रही हैं। उन्होंने कहा कि बंगाल में जो छायावाद और रहस्यवाद है, हिन्दी में भी आ रहा है। यह जानने की कोशिश नहीं कि 'हिस्ट्री ऑफ बांग्ला लिटरेचर' में कहीं छायावाद शब्द का इस्तेमाल नहीं हुआ है। आचार्य हजारीप्रसाद द्विवेदी ने बहुत बाद में कहा कि बंगाल में छायावाद कोई जानता ही नहीं है। रवीन्द्रनाथ की कविताओं को छायावादी नहीं कहा जाता, रोमांटिक कहते हैं और रहस्यवाद का भी कहीं जिक्र बांग्ला कविता में नहीं किया है। इसलिए शुक्ल जी ने एक नया बड़ा नाम खोज लिया। छाया के समानान्तर उन्हें फैंटासमाटा मिला। अंग्रेजी कविता की आलोचना में कहीं फैंटासमाटा का प्रयोग नहीं मिलता। फैंटासमाटा छाया होती है। पन्त ने छाया पर एक कविता लिखी थी तो उन्होंने कहा कि यह कविता छायावादी है और फैंटासमाटा शब्द उन्होंने गढ़ लिया। शुक्ल जी के बारे में कहूँगा कि बुद्धि हो तो इन्सान क्या नहीं साबित कर सकता। शुक्ल जी का ज्ञान अध्ययन है। अंग्रेजी साहित्य की दो आलोचनात्मक पुस्तकों को पढ़कर उन्होंने छायावाद, रहस्यवाद और पूरे यूरोप के बारे में लिख डाला है। नतीजा इस रहस्यवाद का इतनी दूर तक हुआ कि 1928 से लेकर 1930-39 तक हिन्दी में चलता रहा। शुक्ल जी ने 'काव्य में रहस्यवाद' नामक पुस्तक लिखी। 'हिन्दी साहित्य का इतिहास' में उसी पुस्तक से छायावादी रहस्यवाद के बारे में लिखा।

'पद्मावत' का सम्पादन जो शुक्ल जी ने किया तो सूफियों के रहस्यवाद पर पूरा-का-पूरा विचार किया और सारी सूफी कविता रहस्यवाद के खाते में डाल दी। मैं कहना चाहता हूँ कि एक शब्द, एक धारणा जब विमर्श के अन्दर आ जाए तो उसके कारण हम अपने साहित्य की, समकालीन साहित्य की पूरी परम्परा के मूल्यांकन में कैसे हमारी दिशा भटक जाती है। इसलिए जरूरी है कि आप फिर से अपने पूर्व रहस्यवाद को देखें। प्रसाद जी ने 'रहस्यवाद' लेख लिखा कि वेद से लेकर तत्त्व विद्या, दर्शन और अब तक आते हुए उन्होंने यह साबित कर दिया कि रहस्य की हमारी परम्परा तो बड़ी पुरानी है। इसलिए हम कोई अन्याय नहीं कर रहे हैं अपनी परम्परा के साथ। शुक्ल जी ने कहा कि यह यूरोप की चीज है, साहित्य की देन है तो उन्होंने साबित किया कि रहस्यवाद तो वेद की चीज है। महादेवी जी ने

भी वेद से शुरू किया। वे संस्कृत की विदुषी महिला थीं। उन्होंने शुक्ल जी को जवाब देते हुए कहा कि—हमारी परम्परा रहस्यवादी परम्परा है। यही नहीं, उन्होंने भक्तिकाल और सन्तकाल लिया और कबीर, जायसी को रहस्यवादी कहा। मध्यकाल रहस्यवाद हुआ। इसलिए वर्तमान को उचित ठहराने के लिए कवियों की बहुत बड़ी शक्ति अपनी परम्परा के पुनर्मूल्यांकन की ओर गई और इस तरह रहस्यवाद स्थापित हो गया। इस पृष्ठभूमि में रहस्यवाद के सामाजिक आधार बताने से पहले आपसे निवेदन करना चाहता हूँ कि रहस्यवाद एक नहीं है, अनेक प्रकार का है। उसमें भेद करने की जरूरत है।

एक तो निश्चित रूप से धर्म में रहस्यवाद है। शुक्ल जी ने कहा था कि यदि परम सत्ता को अज्ञात मानें बल्कि अज्ञात नहीं, अज्ञेय मानें तब वह रहस्यवाद होता है। परम तत्त्व, परम सत्ता क्या है? ईश्वर तो वेल डिफाइंड (Well Defined) है। ईश्वर के अतिरिक्त एक परम सत्ता, वह सत्ता अज्ञात और अज्ञेय है। धर्म की ताकत इसी बात में है कि परम सत्ता को अज्ञात और अज्ञेय समझे, तभी वह सबसे शक्तिशाली होगी। जो अमूर्त है, जान नहीं सकते, वह इन्द्रिय, बुद्धि से, मन से जो परे है, वह पकड़ में नहीं आएगी तो आप क्या बिगाड़ लेंगे उसका? इसलिए धर्म का केन्द्र परम सत्ता है, जो जानी नहीं जा सकती, उसकी सत्ता बनी रहती है। जिस दिन जान जाते हैं, उस दिन मुट्ठी में कर लेते हैं। इसलिए स्वाभाविक है कि धर्म का बहुत बड़ा अंश रहस्यधर्मी हो, रहस्य बनाए रखे। कुंडलिनी आपके शरीर में है, आपको पता नहीं कौन-सा है। जगाते रह जाते हैं, इसलिए बाबा लोगों की जो ताकत है, वह रहस्य में है, गुफा में जाकर बैठ जाते हैं। 'धर्मस्य तत्त्वम् निहिताम् गुफायाम्'। अगर गुफा में रहें तो एक रहस्य है। इसीलिए रहस्य में आकर्षण भी होता है और भय भी होता है, आतंक भी होता है। यह धर्म में तो है लेकिन भूल जाते हैं कि बहुत सारा साहित्य धर्म में प्रेरित रहा है—चाहे वह ईसाई, इस्लाम, हिन्दू धर्म या जैपनिज हो। उनका एक पहलू है। निश्चय ही उनका परम सत्ता की परिकल्पना के साथ रहस्य है। जिस दिन किसी ने कहा 'अनहलक', मैं ही सच हूँ, सूली पर चढ़ा दिया गया। यह कैसे हो सकता है कि आदमी दावा करे 'अहम् ब्रह्मास्मि', और वह सूली पर चढ़ा दिया गया। वह रहस्य है क्योंकि धर्म रहस्य के रूप में आता है। एक कौंध है, चमक है, जैसे मुसा को हुई थी और वे अन्धे हो गए थे। एक बिजली की तरह से ज्ञान पैदा होता है। वह कहाँ से आता है, यह कोई नहीं जानता। हर धर्म के पहलू में आपको रहस्य मिलेगा। एक तो यह और दूसरी यह कि साहित्य में रहस्य का आभास मिलेगा लेकिन साहित्य में पहले हम जिन सूफियों के रहस्य की बात करते हैं और उसके बाद हम कबीर और जायसी का रहस्य एक ही नहीं कहते और जो रहस्य कबीर और जायसी के यहाँ है, वही महादेवी और निराला या प्रसाद में नहीं है। आगे चलकर उसी परम्परा में साहित्य

में रहस्य की परम्परा को देखें तो छायावाद के जमाने में पन्त जी में रहस्यवादी तत्त्व बहुत कम था, लेकिन रहस्यवाद तो मलेरिया बुखार है, जड़ से जाता नहीं। इसलिए पन्त जी में तब जो रहस्यवाद उतना नहीं आया था, वह आया 1942-43 ईस्वी में लिखी उनकी पुस्तक 'स्वर्ण-किरण' में। अरविन्द से प्रभावित होकर रहस्यवाद में नया उभार आया–नूतन रहस्यवाद। जबकि पन्त जी 'ग्राम्या' लिख चुके थे। आकाश से धरती पर उतर चुके थे। फिर जब अरविन्द की 'डिवाइन' (Divine) पढ़ी तो 'स्वर्ण-किरण' लिखी।

यही नहीं, क्रान्तिकारी कविता लिखने वाले पंडित बालकृष्ण शर्मा 'नवीन' ने स्वतंत्रता मिलने के बाद 'क्वासी' नाम की पुस्तक लिखी। हमने सोचा कि पुराने छायावादी हैं, इनमें रहस्य की छौंक लग गई। 1960 के आसपास अचानक एक और रहस्यवाद नई कविता में पैदा हो गया। अज्ञेय जी ने 'असाध्य वीणा' लिखी। असाध्य वीणा है, बज रही है, कोई नहीं है। महादेवी की कविता समझ में आने वाली है। न अज्ञात है, न अज्ञेय। इसलिए मैंने कहा, साहित्य में भी कई प्रकार का रहस्यवाद है : निर्गुण वाले कबीर, सूफी वाले जायसी, रामकृष्ण परमहंस और विवेकानन्द से प्रभावित निराला, शैव प्रत्यभिज्ञा दर्शन से प्रभावित होने वाले प्रसाद, महादेवी और 'स्वर्ण-किरण' के पन्त, क्वासी के नवीन और फिर नई कविता के प्रयोगवादी 'असाध्य वीणा' वाले अज्ञेय जी। दर्शनों, प्रवृत्तियों के हिसाब से देखें तो मध्यकालीन धर्म साधन और आधुनिक दौर की रोमांटिक कविताएँ जिसे आप कहते हैं, फिर आप अज्ञेय जिनके समय में साहित्य में अस्तित्ववादी दर्शन का प्रभाव था, उनमें दिखाई पड़ती है रहस्यवादी कविता। इसलिए साहित्य में रहस्यवाद कई प्रकार का है, कई रंग में है। किस रहस्यवाद का सामाजिक आधार आप ढूँढ़ना चाहते हैं?

कई लोगों का खयाल है कि धर्म में ही रहस्यवाद है। शुक्ल जी ने एक पुस्तक 'रिडल ऑफ यूनिवर्स' (Riddle of Universe) का 1920 के आसपास हिन्दी में अनुवाद किया। लम्बी भूमिका लिखी गई। प्रसिद्ध भूमिका है। इसमें डार्विन के विकासवाद का योग था। इस किताब का अनुवाद शुक्ल जी ने अपने ढंग से किया। 'रिडल' को हिन्दी में 'पहेली' या 'रहस्य' कहते हैं, जबकि शुक्ल जी ने 'प्रपंच' किया। कायदे से इसका अनुवाद 'रहस्य' होना चाहिए। लेकिन विज्ञान के बारे में लिखी हुई किताब थी। विज्ञान को 'रहस्य' कैसे कह देते? उनकी आस्था थी, विश्वास था, विज्ञान पर। लिखी हुई किताब धर्म का खंडन करेगी इसलिए उसका अनुवाद उन्होंने 'प्रपंच' नाम से किया। प्रपंच तो बड़ी सांसारिक चीज है। उसका निष्कर्ष निकालते हुए आपको एक कोटेशन देना चाहता हूँ। सर ऐजवेल लॉज का बड़ा जिक्र करते हुए उन्होंने कहा है कि 'सृष्टि में जिन रहस्यों को विज्ञान खोल चुका है, उनके सम्बन्ध में जो प्राचीन पौराणिक कथाएँ और कल्पनाएँ हैं, वह भाल, तलवार काम नहीं दे सकती। अब जिन्हें मैदान में आना है, वह मानव विज्ञानों से

तथ्य संग्रह करके नीचे सीधे उस सीमा पर जाएँ जहाँ दो पक्ष अड़े हुए हैं : एक ओर आत्मवादी, दूसरी ओर अनात्मवादी। एक ओर जड़वादी, दूसरी ओर चैतन्यवादी। उनकी चेतना की नित्य सत्ता सर्वमान्य हो गई तो सब मतों की भावना का समर्थन हुआ, क्योंकि चैतन्य सर्वस्वरूप है। नाना भेदों में अभेद दृष्टि, सच्ची तथ्य दृष्टि है। इसी के द्वारा सत्य का अनुभव और मत-मतान्तर, राग-द्वेष का संग्राहार हो जाता है।' इसलिए शुक्ल जी यह दिखाना चाहते हैं कि विज्ञान में रहस्यवाद की गुंजाइश नहीं है। फिर भी ज्ञान स्वयं मानता है कि विश्व हमारे लिए एक पहेली है। आइंस्टाइन का सिद्धान्त पढ़ें, आज भी यही मालूम है कि आकाश के बहुत से रहस्य अब भी अनसुलझे हुए हैं। विज्ञान स्वयं मानता है कि बहुत कुछ है इस ब्रह्मांड में। अनेक नक्षत्रों, तारों के बारे में हम नहीं जानते। सौरमंडल के बारे में भी हमारी जानकारी अभी तक पूरी नहीं हुई है। इसलिए विज्ञान आज भी बहुत सारे तथ्यों को रहस्य के परदे में मानता है। खास तौर से जो भौतिकी वाले वैज्ञानिक हैं, उनके अनुसार पृथ्वी के बारे में ही हमें पूरी जानकारी नहीं है। पृथ्वी के गर्भ में क्या कितना है, हम नहीं जानते हैं। अगर जानते होते तो सूनामी नहीं आती, कंट्रोल कर सकते थे। अचानक स्वयं पृथ्वी के अन्दर से ही ऐसी घटना हो जाती है जिसे आप जानते नहीं, अगर जानते तो अधिकार हो जाता। आप उसे रोक सकते हैं, बदल सकते हैं। अभी तक हमको धरती के प्राणियों के बारे में पूरी जानकारी नहीं है। कितने प्राणी हैं, हम जानते ही नहीं। इसलिए शुक्ल जी का यह भ्रम था कि विज्ञान है इसलिए वहाँ रहस्य नहीं है। रहस्य धर्म में है, रहस्य साहित्य में हो सकता है। रहस्य केवल साहित्य का ही आभूषण नहीं है अथवा कलंक नहीं है, बल्कि यदि कलंक है तो विज्ञान के सुन्दर माथे पर लगा हुआ है। वह दर्शन के भी माथे पर है, साहित्य के माथे पर है, सर्वत्र दिखाई पड़ा है।

ब्रह्म के बारे में भी यही कहा जाता है। एक शब्द ब्रह्म नाम की भी चीज होती है। यह शब्द क्या है? शब्द का अर्थ क्या है, यह अपने-आपमें रहस्य है। भारत में यह परम्परा थी कि लोगों के बहुत से उपचार शब्द के द्वारा किए जाते हैं। मंत्र-वंत्र पढ़ा जाता है। कहते हैं, उसका भी असर पड़ता है। इसलिए ईसाई के बाइबल में लिखा गया है : 'The begining was word and word was God.' आरम्भ में, सृष्टि के आरम्भ में केवल शब्द था। वही कोई परम तत्त्व था, बाद में वह शब्द ईश्वर हुआ। हमारे यहाँ उसे ब्रह्म कहते हैं। भर्तृहरि नाम के एक आचार्य हो चुके हैं। उन्होंने 'वाक्यपदीयम्' में लिखा है—अपादिनिदम् ब्रह्म से पहला श्लोक शुरू होता है तो वे शब्द ब्रह्मवादी थे। 20वीं सदी में एक बड़े अच्छे दार्शनिक विटगेंस्टाइन की एक किताब है, वह भी शब्द-ब्रह्म पर विश्वास करनेवाले आदमी थे। सबसे मूल शक्ति ब्रह्म है। सारी सृष्टि रूप से भरी हुई है। जब तक उसे कोई नाम नहीं देते तब तक वह रूप में ही आती है। इसलिए बच्चा पैदा होता है तो हर धर्म में सबसे पहले उसे

एक नाम दिया जाता है। नाम देने से रूप सुनिश्चित होता है। नाम देने का काम आदमी करता है। जितनी दूर तक जाते हैं उतना ही जानते हैं। जहाँ नहीं जानते, उस जगह पर हम चुप हो जाते हैं। अध्यापक पढ़ाते-पढ़ाते चुप हो जाए तो उसका मतलब यह कि आगे का अर्थ मालूम नहीं है। समझदार चुप हो जाते हैं और मूर्ख लोग बोलते चले जाते हैं। इसलिए विटगेंस्टाइन ने कहा है : 'There are one cannot be said, there are of must be silent.' जहाँ आप बोल नहीं सकते, कह नहीं सकते, वहाँ पर मौन हैं। इसलिए शब्द रहस्यवाद होता है। शाब्दिक रहस्यवाद होता है, प्राकृतिक रहस्यवाद होता है, इसलिए रहस्यवाद एक नहीं है, अनेक है। साहित्य में भी रहस्यवाद की लहरें आती रही हैं समय-समय पर। हर लहर एक समाज-व्यवस्था से, समाज-तंत्र से जुड़ी है। 13वीं-14वीं शताब्दी के आसपास जो भारतीय समाज था, उसका सामाजिक आधार कबीर का और जायसी का एक है।

कबीर के रहस्यवाद का सामाजिक आधार वही नहीं है जो निराला के रहस्यवाद का हो सकता है। इसलिए गड़बड़ी हुई शुक्ल जी में। वह भी अंग्रेजी के रोमांटिक कवियों के सामाजिक आधार को भूलकर हिन्दी के रोमांटिक कवियों के सामाजिक आधार पर यदि विचार करते। अंग्रेजीवाद के जमाने का समाज निराला, महादेवी का समाज था। लोग मीरा, महादेवी को एक कर देते हैं लेकिन रजवाड़ों के जमाने की जो मीरा थी और अंग्रेजी राज के जमाने की जो महादेवी है, ये दो इतने भिन्न युगों की, इतने भिन्न समाज की स्त्रियाँ हैं कि एक नहीं है। बन्धन दोनों को है लेकिन 'शृंखला की कड़ियाँ' लिखने वाली महादेवी की नारी कहीं नहीं है जो मीरा की थी। मीरा के लिए जो सूली थी, वह महादेवी जी के लिए तो सूली का सवाल नहीं था। 'सूली ऊपर सेज पिया की'—यह इमेज आ ही नहीं सकती थी महादेवी में क्योंकि उन्हें कोई सूली देने वाला नहीं था। सूली का रिवाज ही नहीं था। इसलिए मीरा और महादेवी पहली महिला लेखिका हैं जिन्होंने 'मीरा उत्सव' प्रारम्भ किया। स्वयं पहल करके इलाहाबाद में किया। इसलिए अंग्रेजी रोमांटिसिज्म चाहे वह शेली, ब्लेक या वड्र्सवर्थ का हो, यह तो औद्योगिक क्रान्ति की उपज थे। उस वक्त तो भारत में यह क्रान्ति हो ही नहीं रही थी, अब हो रही है। उस समय कितने कल-कारखाने उद्योग थे? हिन्दुस्तान का नक्शा बदला नहीं था। उभरते हुए क्रान्ति (औद्योगिक) में 'गुलिवर्स ट्रेवेल्स' लिखे गए, 'रोबिन्सन क्रूसो' जैसी किताब लिखी गई थी। सारी दुनिया में अपने जहाज ले करके उपनिवेशों की स्थापना करनेवाले साम्राज्य के निर्माण करने का कार्य उद्योगपति कर रहे थे। उत्थानशील, प्रगतिशील मध्यवर्ग था। उसको व्यक्त करनेवाले लोगों में ब्लेक, शेली जैसे क्रान्तिकारी कवि थे। हमारे यहाँ 1857 में जो साहित्य लिखा गया, वह रोमांटिक साहित्य बन ही नहीं सकता था। रोमांटिक साहित्य पैदा हुआ 1920 में, जब गांधी का असहयोग शुरू हुआ। अगर रवीन्द्रनाथ में यह पहले दिखाई पड़ता है तो बंग-भंग के विरुद्ध पूरा बंगाल उठ गया

था। इसलिए रोमांटिसिज्म—अंग्रेजी रोमांटिसिज्म और भारतीय भाषाओं का रोमांटिसिज्म—दोनों के इतने भिन्न युग थे। एक उभरते हुए पूँजीवाद, औद्योगिक क्रान्ति और साम्राज्य निर्माण करनेवाली जाति के थे जो सारी दुनिया में नौकाएँ लेकर निकल पड़े। सारी दुनिया पर कब्जा करके चल रहे थे, एक वे थे और दूसरी ओर वह भारत जिसे गुलामी से मुक्त करने के लिए लोग स्वाधीनता की लड़ाई लड़ रहे थे। वहाँ के और यहाँ के छायावाद की सामाजिक पृष्ठभूमि वही नहीं हो सकती है। यह अन्तर करने की जरूरत है।

शुक्ल जी ने रहस्यवाद के सन्दर्भ में छायावादियों पर आरोप लगाया प्रतीकवाद का। इंग्लैंड में प्रतीकवाद का आन्दोलन नहीं चला, फ्रेंच में चला था। प्रतीकवाद फ्रेंच फिनोमेना है। पाल वालरी, मलार्मे, रेन्बो जैसे प्रतीकवादी कवि फ्रांस में हुए। हमने अंग्रेजी प्रतीकवाद जैसी कोई किताब कहीं नहीं पढ़ी। अंग्रेज जैसा दुकानदार आदमी वह हो नहीं सकता था। वह भाषा की नफासत नहीं आ सकती थी। फ्रेंच प्रतीकवाद में शब्द पर ज्यादा बल दिया गया है। शब्द ही रहस्य है। मलार्मे की कविता में कन्टेंट नहीं होता। कविता में शब्द ही होते हैं, अर्थ नहीं होता। शब्द ही, उसकी ध्वनि ही बहुत होते हैं। रहस्य की कविता अभिधावादी होती है, ध्वनिवादी होती है। व्यंजना के द्वारा व्यंजित होती है, ध्वनित होती है। घंटे की जो आवाज निकली, अन्तिम लहर होते-होते वह आवाज जहाँ मौन होती है, सच पूछिए तो पराकाष्ठा वह है। इसलिए रहस्यवाद का सामाजिक आधार ढूँढ़ते समय ध्यान में हमारे होना चाहिए कि स्वयं महादेवी वर्मा के रहस्यवाद का सामाजिक आधार क्या है?

अधिकांश लोगों ने कहा है कि महादेवी की कविताएँ निहायत पर्सनल (Personal) हैं। वे स्त्री हैं। लोगों को पता था कि शादी हुई थी लेकिन शादी को उन्होंने अस्वीकार किया। प्रेम किससे कर रही थीं, वह अज्ञात है। इसलिए उन कविताओं को लोगों ने नितान्त रिड्यूस (Reduce) कर दिया--पर्सनल पोएट्री (Personal Poetry) के रूप में, पर मैं समझता हूँ, कविता के साथ इससे बड़ा दुर्व्यवहार नहीं हो सकता। कोई स्त्री कविता लिख रही है इसलिए उसकी कविताएँ पर्सनल (Personal) हैं, यह मानना तर्कसंगत नहीं लगता। महादेवी रात के गीत गानेवाली नहीं, पन्त से ज्यादा प्रकाश उनमें है। दुःख से ज्यादा सुख है। 'नारी सुलभ शृंगार देता है'—सौन्दर्य है, सुख की परिधि घेरे हुए है। सामान्य जनों के प्रति ममता, आत्मीयता भी है। छायावाद में सबसे ज्यादा सामाजिक कार्य उन्होंने ही किया। 1941-42 में गांधी पर कविता लिखी। 'जाग तुझको दूर जाना', 'पूछता शेष क्यों कितनी रात' जैसी कविताएँ लिखीं। 'नीर भरी दुख की बदली में' पानी से ज्यादा रंग भरे हुए हैं आसमान के। प्रभात के अनन्त चित्र हैं। महादेवी ने रहस्य से ज्यादा सत्य के बारे में लिखा है, 'तू धूल भरा ही आया'। महादेवी का साहित्य लड़ाकू साहित्य है, संघर्ष का साहित्य है। निराला के विद्रोह का समानान्तर रूप महादेवी जी

की कविताओं में मौजूद है। रहस्य वाली कविताएँ तो महादेवी में कम हैं। कविताएँ यथार्थ की ठोस जमीन पर हैं। महादेवी आधुनिक मीरा हैं। मीरा की जो परिणति हुई, वह महादेवी की कम-से-कम नहीं हुई। विद्रोह का स्वर, संघर्ष की मुद्रा महादेवी के पद्य, गद्य एवं विचारों में कसी हुई है। एक भी कविता हल्की मालूम नहीं पड़ती। सामाजिक धरातल से उठी हुई कविता है। उनकी कविता का सामाजिक आधार मूल रूप में यही है।

[साभार—हस्ताक्षर : अंक-4, पत्रिका हिन्दू कॉलेज, दिल्ली विश्वविद्यालय]

[15 नवम्बर, 2006 को हिन्दू कॉलेज में दिया गया वक्तव्य/भाषण।]
[कैसेट से लिप्यन्तरण मनीषा अरोड़ा]

प्रगतिशील और अग्रसोची महादेवी

महादेवी जी की जन्मशती महिला अध्ययन केन्द्र की ओर से मनाई जा रही है। शायद कुछ लोगों को इसमें विडम्बना न दिखाई पड़े लेकिन महिला अध्ययन केन्द्र की ओर से मनाने का फल यह है कि कार्यक्रम में तीन गोष्ठियाँ स्त्री विषयों से सम्बन्धित हैं। केवल एक गोष्ठी काव्य पर है। गोष्ठी की पूरी रूपरेखा देखकर मालूम होता है कि महादेवी जी इसलिए महान हैं कि उन्होंने 'शृंखला की कड़ियाँ' नाम की पुस्तक लिखी है। कल्पना कीजिए कि उन्होंने केवल 'शृंखला की कड़ियाँ' पुस्तक लिखी होती; 'नीहार', 'रश्मि', 'नीरजा', 'सान्ध्यगीत', 'दीपशिखा', 'अग्निरेखा', 'सप्तपर्णा' जैसे ग्रन्थ न लिखे होते, 'स्मृति की रेखाएँ' और 'अतीत के चलचित्र' न लिखी होतीं, तो कितना होता? पाद-टिप्पणी के रूप में होता या अनुक्रम में कहीं होता या पूरा का पूरा अध्याय होता, सोचिए। महादेवी को केवल स्त्री के रूप में निःशेष करना क्या ठीक है? सिर्फ इसलिए कि उन्होंने प्रयाग महिला विद्यापीठ की स्थापना की और इसलिए कि उन्होंने महिला शिक्षा के क्षेत्र में काम किया? अगर स्त्री-विमर्श और स्त्री सम्बन्धी कार्यों को ही ध्यान में रखें तो उनकी सहेली सुभद्राकुमारी चौहान का काम ज्यादा महत्त्वपूर्ण है। सुभद्रा जी के सम्पूर्ण जीवन को, स्वाधीनता आन्दोलन में उनकी भूमिका को, स्त्रियों के बारे में उनके काम को उनकी बेटी सुधा की लिखी हुई किताब 'मिला तेज़ से तेज़' के मार्फत देखें तो मालूम पड़ेगा कि महादेवी जी से कई गुना ज्यादा स्त्री सम्बन्धी काम सुभद्राकुमारी चौहान ने किया है। इसलिए मेरी नज़र में महादेवी जी पहले एक कवि थीं। यदि हम सम्पूर्ण महादेवी को ध्यान में रखकर विचार नहीं करेंगे तो गलत निष्कर्ष सामने आएँगे।

आप उनको स्त्री के रूप में, खास तौर से ध्यान में रखेंगे तो भी मेरा खयाल है कि अप्रासंगिक नहीं है, आवश्यक है। यह सही है कि सामाजिक दायरे में उनकी एक मानवीय छवि उभरकर आती है और इसमें भी स्त्री की छवि उभरती है। फिर भी मैं कहूँगा कि हम लोग कहीं उनको सिमोन द बउवार न बना दें—आज के वातावरण में यह खतरा है। महादेवी नारी थीं, लेकिन उसमें उनकी क्या विशेषता थी? इस विशिष्टता से उनका सम्पूर्ण काव्य एक तरह से प्रभावित हुआ है। एक जमाने में लोग महादेवी को मीरा कहा करते थे। लोगों ने अब कहना छोड़ दिया है।

मध्यकाल की मीरा और आधुनिक काल की महादेवी में बहुत अन्तर है। युगों का ही अन्तर नहीं है, दोनों की प्रकृति, दोनों के मानसिक गठन में अन्तर है। अब उस ब्यौरे में फिलहाल जाने की जरूरत नहीं है। 'शृंखला की कड़ियाँ' धारावाहिक रूप में रामरथ सहगल के कर्मयोगी प्रेस से 'चाँद' नामक पत्रिका से निकलती थी। यह वह पत्रिका है जिसने 'फाँसी अंक' निकाला था। महादेवी उसमें नियमित कॉलम के रूप में लिखती थीं। 'शृंखला की कड़ियाँ' लिखने का जितना श्रेय महादेवी को है, उससे ज्यादा श्रेय 'चाँद' को उसको प्रकाशित करने का है और उस दौर में निकालने का श्रेय है। यह उसकी प्रेरणा से लिखा हुआ है। इसलिए हम उस परिवेश को ध्यान में रखें। एक निश्चित दौर था सन् तीस के आसपास, जब 'चाँद' जैसी पत्रिका थी। ठीक उसके कुछ समय बाद प्रेमचन्द जी ने 'हंस' निकाला था। इसलिए हम लोग पूरे ऐतिहासिक सन्दर्भ को ध्यान में रखकर महादेवी जी के व्यक्तित्व को समझें।

सबसे महत्त्वपूर्ण चीज है कि महादेवी जी देवी नहीं थीं, न होना चाहती थीं। वह मानवी थीं। बहुत से लोगों ने महादेवी को देवी बना दिया है। इस पर व्यंग्य भी उन्होंने किया है कि अपने नाम के साथ 'महादेवी' पढ़कर मुझे बहुत बड़ा व्यंग्य विद्रूप मालूम होता है। वह मानवी हैं। जैसे ही किसी स्त्री को आप देवी बना देते हैं तो उसकी दुर्गति होती है। वह देवी नहीं, मानवी थीं और मानवी कहने का मतलब है कि बहुत-सी मानवीय दुर्बलताओं के साथ थीं। एक मनुष्य इसलिए मनुष्य है और देवता से बड़ा है कि उसमें मानवीय दुर्बलताएँ होती हैं। वह महादेवी में भी थीं। उन्होंने अपना साहित्य पूजा, अक्षत, फूल से नहीं, उन दुर्बलताओं से ही रचा है जिसमें कमज़ोरियाँ नहीं होतीं, वह कविता नहीं लिख सकता और दस चीजें भले ही लिख ले।

आम तौर पर लेखक के पूरे व्यक्तित्व में से कुछ चीजें रेखांकित कर ली जाती हैं। किसी कवि या लेखक से ज्यादा जूझना पड़ता है, उसकी छवियों से। महादेवी की कुछ छवियाँ लोगों ने गढ़ रखी हैं। ये बनाई हुई छवियाँ बहुत दिनों तक हिन्दी में प्रचलित रहीं। उनकी झलक संगोष्ठी के शीर्षक 'वेदना और विद्रोह' में भी मौजूद है। महादेवी के पूरे साहित्य को आपने दो शब्दों में सिकोड़ दिया है—यानी 'मैं नीर भरी दुख की बदली' वाली छवि में। जैसे महादेवी न हुईं, सावन की बरसात हो गईं, रोने-धोने वाली औरत हो गईं। औरतों के बारे में जैसे ही हम सोचते हैं तो सोचते हैं, वेदना ही होगी। महादेवी ऐसी—रोने-धोने वाली—नहीं थीं, बल्कि सचाई इसके विपरीत है। व्यावहारिक जीवन में हम लोगों ने देखा है, वे हँसती ज्यादा थीं। उनको रोते हुए तो शायद ही कभी किसी ने देखा हो। वे बात-बात पर हँसती थीं—ठहाके लगाती थीं। आप कह सकते हैं कि मैं हँसता इसलिए हूँ कि कहीं रो न पड़ूँ। प्रेमचन्द के बारे में कहते हैं—प्रेमचन्द भी बहुत हँसते थे। उनके हँसने का कारण यह था कि बहरे थे, ऊँचा सुनते थे। आप कुछ कहें तो जवाब देने में समय के लिए—हँसी में

उड़ाते थे। हँसने के कई अर्थ होते हैं। मैं नहीं जानता कि महादेवी क्यों हँसती थीं, लेकिन रोते हुए महादेवी को किसी ने नहीं देखा। 1952-53 के आसपास शचीरानी गुर्टू ने एक किताब सम्पादित की थी 'साहित्य दर्शन' नाम से। महादेवी के सन्दर्भ में वेदना की बात से चिढ़कर डॉ. रामविलास शर्मा ने उस किताब के लिए एक लेख लिखा था। आप जानते हैं डॉ. रामविलास शर्मा को? वे प्रचलित मान्यताओं और धारणाओं को तोड़ने के लिए जाने जाते हैं। उन्होंने कहा कि महादेवी जी की 'मैं नीर भरी दुख की बदली' को लोग बार-बार उद्धृत करते हैं, पर उसी महादेवी ने लिखा था 'रात के उर में दिवस की चाह का शर हूँ।' अब इसका क्या जवाब है कि महादेवी 'मैं नीर भरी दुख की बदली' भी लिखती हैं और 'रात के हृदय में दिवस की चाह का शर हूँ' भी लिखती हैं? यह भी छवि है। इसलिए महादेवी की स्त्री वाले व्यक्तित्व में जब वेदना पर बहुत ज्यादा ज़ोर दिया जाता है तो कुछ दूसरे पहलू छूट जाते हैं, जिसके कारण उनकी छवि पूरी नहीं होती। महादेवी बार-बार कहती हैं—हठ। दृढ़ता उनकी तस्वीर में से उभरकर आती है। वे बहुत दृढ़ थीं :

हठीले हौले-हौले बोल
मधुरित हौले-हौले बोल।

वे हठीले शब्द का प्रयोग करती हैं। हिन्दी कविता और साहित्य के इतिहास में मैंने 'हठीले' शब्द दो ही जगह प्रयुक्त देखा है। तुलसीदास ने हनुमान के लिए कहा है—हठीले हनुमान और महादेवी अपने प्रिय को हठीले कहती हैं। इसके अलावा वे अपने लिए 'अभिमानिनी' शब्द का बार-बार प्रयोग करती हैं। उनका स्वाभिमान अद्‍भुत है। इलाहाबाद में जवाहरलाल नेहरू के रहते हुए भी, उन लोगों के दौर में भी, महादेवी साहित्यकारों के पक्ष में अपना स्वाभिमान इस तरह रखती हैं। लिखा है उन्होंने, उन्हीं की पंक्ति है :

सजनि, मधुर निजत्व दे कैसे मिलूँ अभिमानिनी मैं

अपना मधुर निजत्व देकर किसी से कैसे मिलूँ? यही मधुर निजत्व न देने के कारण महादेवी ने आजीवन अकेलापन झेला। इस अभिमानी स्वरूप, हठ और दृढ़ता की ओर ध्यान जब तक नहीं जाएगा, तब तक महादेवी के उस व्यक्तित्व को हम पूरा-पूरा नहीं जान पाएँगे।

इसीलिए विद्रोह की मंज़िल को रेखांकित करने से पहले हमें देखना चाहिए कि वह व्यक्तित्व था क्या? और ये चीजें 'शृंखला की कड़ियाँ' से नहीं मालूम होती हैं, ये चीजें उनकी कविता से मालूम होती हैं। जिस कविता को आप पिघली हुई मोम समझते हैं, उस कविता से प्रकट होता है कि वे कितनी अभिमानिनी थीं, कितनी हठीली थीं। जीने की कितनी चाह थी उनमें। वे लिखती हैं :

कंटकों की सेज जिसकी आँसुओं का ताज
सुभग हँस उठ खुश प्रफुल्ल गुलाब ही सा

'कंटकों की सेज' के साथ यह 'प्रफुल्ल गुलाब' जैसी चीज देखना स्त्रीत्व का उदाहरण है। महादेवी के स्त्रीत्व का सबसे बड़ा उदाहरण है—उनकी अधिकांश कविताओं में मिलने वाली शृंगारप्रियता। स्त्री सचमुच यदि स्त्री है तो शृंगारप्रियता होगी, शृंगार रस नहीं कह रहा हूँ, साज-शृंगार के अर्थ में कह रहा हूँ। पति को त्यागकर वे आई थीं, कायदे से सादगी होनी चाहिए व्यवहार में। वे रंगीन चीजें नहीं पहनती थीं। व्यवहार में ऊपर चाहे कितनी सादगी दिखाई पड़े, उनकी कविताओं में रँगने की, रंग की, रूप-शृंगार की अनेक पंक्तियाँ मिलती हैं। कुछ उदाहरण मैं दे रहा हूँ आपको। एक जगह लिखा है—'राग धीमी मैं सजनि विश्वास भी तेरे रँगीले'। उनकी कविताओं में सन्ध्या सम्बन्धी चित्र देखें। खास तौर से उनके चित्रों को देखें तो चित्रों में जो रंगकारी की है, उन रंगों से पता चलता है कि रंगों से किस तरह वे खेलती हैं। उनकी कविताओं में जो चित्र आते हैं, वे रंगों से भरे हुए हैं। स्वयं अपने व्यक्तित्व की उपमा देते हुए उन्होंने कहा है—'कमल दल पर किरन अंकित चित्र हूँ मैं।' स्वयं महादेवी अपने-आपको चित्र मानती हैं। बनाने वाला एक चित्रकार है, चितेरा है, जिसने कमल दल पर यह चित्र किरणों से बनाया है। इस तरह से अपने-आपको देखती हैं कि मैं मूर्ति नहीं, बल्कि चित्र हूँ, तस्वीर हूँ जो रंगों से बनाई गई है। इसीलिए, रंगों से अलग करके महादेवी को नहीं देखा जा सकता। इस दुनिया में, फूलों से, रंगों से भरे हुए जगत में इसके बिना, इस सौन्दर्य के बिना वे सूखी काठ कठोरी, किसी आर्यसमाजी महिला के समान दिखने लगेंगी। लोगों ने ऐसे उनकी छवि बनाई है जैसे वे किसी आर्यसमाजी अनाथालय की महिला हों या गांधी आश्रम में सूत कातने वाली हों। वे गांधी जी को मानती थीं पर सूत कातने वाली नहीं थीं और आर्यसमाजी अनाथालय वाली महिला भी नहीं थीं। इसलिए उनका मन राग रस से भरा हुआ है। इस सुन्दर विश्व को सुन्दर बनाने का उनका खास तरह का संघर्ष है। जिसके हृदय में प्रेम हो, राग हो, पशुओं के प्रति, पक्षियों के प्रति, मनुष्यों के प्रति और वह सारे समाज को बाँट देना चाहे—ऐसी थीं वे। सारी मानवता, जो उनको जीवन में नहीं मिल पाई थी, वह सब वे सबको देना चाहती थीं।

आजकल की अंग्रेजी पढ़ने वाली महिलाएँ जो स्त्री विमर्श कर रही हैं और जो स्त्रीवादी आन्दोलन में हैं, उससे बिलकुल भिन्न छवि है महादेवी की। स्त्री-पुरुष सम्बन्धों के बारे में उनकी एक गहरी भारतीय समझ है। जब मैं भारतीय कह रहा हूँ तो इसका मतलब भारतीय जनता पार्टी नहीं है, विश्व हिन्दू परिषद् नहीं है, आर.एस.एस. नहीं है। आर.एस.एस. वाले तो बेचारे कह ही नहीं सकते। वहाँ तो शाखा में लड़कियों का प्रवेश ही नहीं है। वे क्या जानें! लेकिन गहरे अर्थ में भारतीय जब मैं कह रहा हूँ तो महादेवी अपने दौर के लोगों में तो महत्त्वपूर्ण हैं ही लेकिन आज भी उन जैसे कम लोग मिलेंगे। भारतीय वाङ्मय पर उतना छोटा और गम्भीर निबन्ध मैंने नहीं पढ़ा है जो महादेवी जी ने लिखा था। भारतीय साहित्य पर अंग्रेजी

में बहुत किताबें हैं, इसके बावजूद यह निबन्ध अत्यन्त महत्त्वपूर्ण है। ऋक् की ऋचाओं से शुरू करके अथर्ववेद से होते हुए वे आती हैं पालि में लिखी हुई थेरि गाथाओं तक। उस पूरी परम्परा में उषःगीत आप पढ़ें। उषःगीत तो दो हैं, 'उषःगीत' और 'ज्योतिष्पदी' नाम से। उनको पढ़ें तो लगता है कि महादेवी नारी को किस रूप में देखती थीं। उनकी नारी सम्बन्धी समझ थेरि गाथाओं पर लिखते हुए बहुत महत्त्वपूर्ण ढंग से उभरती है। उन रचनाओं को पढ़ते हुए लगता है कि नारी की क्या छवि थी महादेवी की। कालिदास में पढ़ें आप, वाल्मीकि की सीता को पढ़ें, फिर भवभूति की सीता के बारे में देखें, जयदेव के 'गीत गोविन्द' में पढ़ें। महादेवी के मन में नारी की छवि भारत की परम्परा से छनकर आती है, यह वह परम्परा नहीं है जो फ्रांस में सिमोन द बोउवार ने कही थी या अमेरिका में दूसरी महिलाओं ने। इसलिए महादेवी के यहाँ स्त्री-पुरुष सम्बन्ध भी अलग दिखाई पड़ते हैं। सम्पूर्ण लेखन में कहीं भी महादेवी जी ने जिस व्यक्ति से उनकी शादी हुई थी, उसके बारे में एक भी कटु शब्द नहीं लिखा है। आजकल दो कहानीकारों, स्त्री और पुरुष के बीच में जो लिखा-पढ़ी हो रही है, वह आप पढ़ ही रहे होंगे। कोई बख़्शता नहीं है। इसलिए महादेवी के स्त्री-विमर्श पर बात करते हुए यह बात बराबर ध्यान में रहे।

महादेवी एक नहीं थीं, कम-से-कम दो तो थीं ही। मुझे लगता है कि तीन महादेवी थीं और तीनों में टकराव नहीं था। वे एक-दूसरे की पूरक थीं। इसमें नियामक और केन्द्रीय भूमिका थी कवि महादेवी की। महादेवी का कवि रूप—आश्चर्यजनक है, एक करिश्मा है। उनका सारा का सारा लेखन तीस-बत्तीस साल से कम की उम्र का था। वे बत्तीस वर्ष की उम्र तक अपना श्रेष्ठ साहित्य लिख चुकी थीं। बारह-तेरह वर्षों में उन्होंने लिखा—और यह भी तय कर लिया था कि अब नहीं लिखना है। महादेवी ने सिर्फ गीत लिखे। निराला गीत भी लिखते थे और नज़्में भी। रामचन्द्र शुक्ल ने महादेवी के गीतों की प्रशंसा की है। उन्होंने अपने इतिहास में साफ लिखा। पन्त, प्रसाद और निराला पर लिखने के बावजूद महादेवी पर लिखा है—'गीत रचना में जैसी सफलता महादेवी को मिली, ऐसी किसी को नहीं मिली'—ऐसा बिना हिचक उन्होंने लिखा। स्निग्ध भाषा, प्रांजल प्रवाह, भावव्यंजना आदि पर पूरा एक पैराग्राफ लिखा। उन्होंने जिस तरह महादेवी की प्रशंसा की, उतनी प्रशंसा न पन्त की, न प्रसाद की, न निराला की की। निराला के गीतों के लिए उन्होंने कहा कि संगीत का प्रभाव बहुत ज्यादा है। विधा के रूप में सिर्फ गीत का चुनाव—यह साबित करता है कि महादेवी ने अपनी सीमा समझ ली थी। जो आदमी अपनी सीमा समझ लेता है, वही आदमी उस सीमा में उसकी समस्त सम्भावनाओं को निचोड़कर कुछ असीम की रचना कर सकता है। जो हर जगह हाथ-पाँव मारता है, वह कुछ नहीं कर पाता। इसीलिए महादेवी ने अपनी सीमाओं को समझते हुए, भारतीय नारी के रूप में सीमाओं को समझते हुए, स्त्रियों के लिए जो सीमाएँ निर्धारित कर देता है—उन

सीमाओं में रहते हुए जो रचा, जो एक्टीविज्म किया, वह अतुलनीय है। सारे छायावादियों में महादेवी जैसा एक्टिविस्ट कोई नहीं। उन्होंने साहित्यकार संसद बनाई, नैनीताल के पास रामगढ़ में एक आश्रम बनाया, रसूलपुर में गंगा किनारे निराला जी के रहने के लिए घर बनाया। इमर्जेंसी के जमाने में उनका एक्टिविज्म देखिए। उनके एक्टिविज्म का हिस्सा ही था–माघ के महीने में झूँसी में जाकर महीने भर का कल्पवास। कल्पवास वे पूजा-पाठ के लिए नहीं करती थीं। इसमें लिखने-पढ़ने का काम तो करती ही थीं। ये कल्पवास सारे देश से आए स्त्रियों-पुरुषों-साधारणजनों से मिलने के लिए था।

एक ओर सार्वजनिक जीवन में ऐसा एक्टिविज्म और दूसरी ओर रचना के बारे में एक चौहद्दी खींच दी और उसी में उन्होंने खड़ी बोली की पूरी रंगीन दुनिया रची। यह दुनियां भारत की एक नारी ने रची थी जो दूसरों की नजर में पीड़ित, प्रताड़ित, उपेक्षित, परित्यक्ता थी लेकिन अपनी नजर में वह अपनी उस दुनिया की रानी थी और रानी की तरह रही। आज जन्मशती मनाते समय उन पर आँसू बहाने की जरूरत नहीं है, अपने पर बहाना हो तो बहाइए। महादेवी किसी की दया की मोहताज नहीं हैं। उनके नाम पर कोई स्त्रीवादी आन्दोलन चलाना चाहें तो किसी और के नाम पर चला लें, इन्दिरा गांधी के नाम पर चला लें, मायावती के नाम पर चला लें, लेकिन कम-से-कम बख्शिए महादेवी को। उन्हें हिन्दी की एक विशिष्ट कवयित्री और लेखिका के रूप में याद कीजिए, जिसका स्वाभिमान अपने बारे में किसी को अतिरिक्त एक भी फालतू शब्द कहने से वर्जित करता है।

देखना चाहिए कि महादेवी हमारी पूरी परम्परा में कहाँ हैं, उनकी क्या भूमिका रही है और विशिष्ट अवदान क्या है–इस निष्कर्ष पर पहुँचने की कोशिश होनी चाहिए। पहली उल्लेखनीय बात जो मुझे लगती है कि उनके समय में लगभग चार शताब्दियों के बाद रचनाकारों की एक शृंखला दिखाई देती है यानी चार शताब्दी पहले कबीर, जायसी, सूर, तुलसी और मीरा जैसी हिन्दी की महान विभूतियाँ भक्ति आन्दोलन के लोकजागरण के साथ पहली बार उदित हुई थीं। यह लोकजागरण केवल हिन्दी की घटना नहीं है, बल्कि यह सौ-दो सौ साल आगे-पीछे भारत की सभी भाषाओं में हुआ है। दक्षिण में तमिल की परम्परा सम्भवतः सबसे पुरानी है। हिन्दी से थोड़ी और पुरानी तो मराठी में है। ज्ञानेश्वर और नामदेव पहले हो चुके हैं। इस तरह ठेठ महाराष्ट्र में परम्परा पहले शुरू हो चुकी थी। हिन्दी में उसके बाद शुरू हुई। दो सौ साल लग गए। नामदेव, ज्ञानेश्वर उत्तर में आए और आकर उत्तर में इस परम्परा को बढ़ाने में योग दिया। भक्ति आन्दोलन कन्नड़ में हुआ है, तेलगू में हुआ है, कश्मीर में हुआ है, इसलिए वह महान युग था। डॉ. रामविलास शर्मा ने उचित ही उसे लोकजागरण का युग कहा है। लोकजागरण इसलिए कि इस आन्दोलन से पहले संस्कृत की परम्परा थी और इसके साथ भारत की लोकभाषाओं में ऐसा

साहित्य उदित हुआ जिसने संस्कृति की महान परम्परा के सम्मुख एक बहुत बड़ी चुनौती खड़ी की। अनपढ़, गँवार, देहात में रहनेवाले लोगों ने वह साहित्य रचा जिसके माध्यम से क्रान्ति हुई है—भारतीय साहित्य के इतिहास में, संस्कृति के इतिहास में। इस नये लोकजागरण में लोकभाषाएँ साहित्य की भाषा बनीं और यह महान परम्परा शुरू हुई।

चार सौ साल बाद बीसवीं शताब्दी में फिर वही परम्परा एक नये तेवर के साथ उभरी, जिसे नया राष्ट्रीय नवजागरण भी कहते हैं। इस राष्ट्रीय नवजागरण में भारत की सभी भाषाओं में नये स्वर सुनाई दिये। बांग्ला में शुरुआत पहले हुई। वहाँ उन्नीसवीं शताब्दी में ही शुरुआत हो गई थी। क्यों हुई, कारण आप लोग अच्छी तरह से जानते हैं। ईस्ट इंडिया कम्पनी का इतिहास और बाकी चीजें इस क्रम में आप देखेंगे। इसलिए वहाँ बंकिम, रवीन्द्र पहले हुए। धीरे-धीरे उसी क्रम से आगे बढ़ा। उस हिसाब से देखें तो तीन प्रेसीडेंसी बनी थीं—कलकत्ता, मद्रास (जो चेन्नई कहलाता है) और मुम्बई—ये तीन जो समन्दर के किनारे वाले शहर थे—ये व्यापार के केन्द्र बने। इसलिए नवजागरण आप देखेंगे कि समुद्र के किनारे की भाषाओं से जुड़े लोगों में पहले आया। तमिल, बांग्ला और मराठी में पहले शुरू हुआ। हिन्दी समुद्र से दूर है इसलिए हिन्दी में बाद में शुरू हुआ। लेकिन राष्ट्रीय जागरण पूरे तेज के साथ इस हिन्दी भाषा-भाषी प्रदेश में रहा, क्योंकि 1857 का केन्द्र यहीं था। इसीलिए 1857 के तेवर से जो चीज हिन्दी में पैदा हुई, वह बाकी भाषाओं में तब नहीं शुरू हुई, भले ही बारिकपुर में मंगल पांडे को फाँसी पर चढ़ाया गया हो। लगभग चार सौ साल बाद बीसवीं शताब्दी में फिर, जिसको अंग्रेजी में गैलेक्सी कहते हैं, दिखाई पड़ती है। उस गैलेक्सी में साहित्य की विभूतियाँ हैं—प्रेमचन्द, प्रसाद, निराला, पन्त, महादेवी। यह सूची बढ़ाई जा सकती है। इस राष्ट्रीय नवजागरण के उन लेखकों में एक बात पुराने लोकजागरण के लेखकों के समान ही है। प्रत्येक बड़े साहित्यकार की अपनी अलग विशिष्ट पहचान है। उसका तेवर अलग दिखाई पड़ेगा, भाषा अलग दिखाई पड़ेगी, अन्दाज अलग दिखाई पड़ेगा। इस पर जोर देना जरूरी है। उस दौर में ऐसी कविताएँ भी हैं, इन लोगों की नकल करनेवाले कवि भी थे। लेकिन जो पहचान इन्होंने बनाई, इनकी विशिष्टता, भक्तों की तरह से थी। कबीर और तुलसी में, मीरा और सूर में आपको कहीं भ्रम नहीं हो सकता। यही बात इन साहित्यकारों में है। अब क्यों ऐसा हुआ? इन दोनों में क्या सम्बन्ध है?—ऐतिहासिक विस्तार से यह विश्लेषण की वस्तु है और उसकी चर्चा मैं नहीं करूँगा। आप प्रबुद्ध लोग हैं, मुझसे बेहतर जानते हैं।

हमारे यहाँ जिसको लिरिक (Lyric) कहते हैं, वह पहली बार लोकसाहित्य में, लोकभाषाओं के साहित्य में पैदा हुआ है। पहले छन्दस हुआ करता था, लेकिन गीत जिसको कहते हैं, वह नहीं था। ये भक्त न होते तो मल्लिकार्जुन मंसूर या भीमसेन जोशी या कुमार गन्धर्व न होते। हमारे यहाँ शास्त्रीय संगीत में संस्कृत के छन्द नहीं

गाए जा सकते, इसलिए इन लोकभाषाओं ने वह संगीत दिया, जिसको आज हम हिन्दुस्तानी संगीत कहते हैं। यह ध्रुपद से अलग है। इस तरह ये चीजें नये संगीत का आधार बनीं। इस क्रम में एक बात यह भी देखें कि गीत के साथ भारत की परम्परा आख्यान (नैरेटिव) की रही है, महाकाव्य (Epic) की भी रही है। पुराने लोगों में तुलसीदास ने 'रामचरितमानस' लिखा। सूर ने नहीं लिखा, लेकिन 'सूरसागर' के पद भी नैरेटिव ही हैं। कहानी भी उसमें जुड़ी हुई है। सूफियों की पूरी की पूरी दास्तान आख्यान है। मैं इसलिए कह रहा हूँ कि वह परम्परा यहाँ आकर छायावाद के समय में एक नया रूप लेती है। अब लगा कि आख्यान कहानी और उपन्यास में तो चल सकता है, कविता में नहीं चलेगा। आख्यान तो गद्य की चीज है, इसलिए आख्यान वाली परम्परा उपन्यास और कहानी के रूप में चली। जिस किसी ने पुराने ढंग का महाकाव्य लिखने की कोशिश की, उसकी गति या दुर्गति वही हुई जो 'साकेत' लिखकर मैथिलीशरण गुप्त की हुई। आख्यान कहानी और उपन्यास की चीज है, गद्य की चीज है। प्रबन्ध काव्य लिखने की कोशिश करोगे तो वही गति होगी जो 'साकेत' की हुई। 'रामचरितमानस' के सामने 'साकेत' मनोरंजन की चीज है। प्रसाद जी सावधान थे, इसलिए जब उन्होंने 'कामायनी' को लिखा, वे उसे उस धरातल पर ले गए जहाँ उन्होंने कहानी कहने की कोशिश ही नहीं की। और 'कामायनी' एक तरह से अलग-अलग गीतों का एक समूह है। सब लोग उसे उसी तरह पढ़ते हैं, जैसे 'लहर' को पढ़ते हैं, जैसे 'आँसू' को पढ़ते हैं। यह इन कवियों ने सबक लिया। बदले युग के साथ भाषा ही नहीं बदली, छन्द ही नहीं बदला, साहित्य का रूप भी बदल गया। सबकी भाषा अलग है। पन्त और महादेवी की दो कविताएँ रखकर देखिए। आपको कभी भ्रम नहीं होगा—महादेवी की कविता को देखकर कि ये पन्त की हैं। निराला को देखकर बिलकुल नहीं लग सकता है। प्रसाद अलग पहचाने जा सकते हैं।

छायावादी कवियों के यहाँ जीवन को सांगोपांग रखने की वृत्ति है। सभी सुपठित थे। संस्कृत की परम्परा जानते थे। पन्त जी के सामने तो आप्टे की संस्कृत डिक्शनरी बराबर रहा करती थी। दिखाते थे कि जब मुझे शब्द की आवश्यकता होती है, मैं इसे रखता हूँ। निराला जिस तरह से 'चौर पंचाशिका' से उद्धरण देते हैं, लगता है, संस्कृत भली भाँति जानते होंगे। अंग्रेजी तो सब जानते थे। प्राचीन साहित्य का सबसे ज्यादा अध्ययन दो ने किया था। महादेवी ने विधिवत् अध्ययन किया था—ऋग्वेद से लेकर आगे तक अनुवाद करके दिखा दिया। और जयशंकर प्रसाद आठवीं पास एक आदमी। 'काव्य-कला तथा अन्य निबन्ध' पढ़ते हुए, 'कामायनी' पढ़ते हुए आपको मालूम होगा कि उन्हें कितनी जानकारी थी। बिना वेद का अध्ययन किए, बिना 'शतपथ ब्राह्मण' का अध्ययन किए कोई मनु का आख्यान लिख नहीं सकता था। इन सबको अपनी जड़ों का गहरा ज्ञान था। मैं इसलिए कहना चाहता हूँ कि आजकल जो कवि लिख रहे हैं, वे छायावादियों की बराबरी करते हैं—करते समय देखें कि वे

कितनी संस्कृत जानते हैं, कितनी संस्कृत की परम्परा जानते हैं? छायावाद से हम सौ कदम, पाँच सौ कदम आगे निकल गए हैं—कहने वाले लोग रोमांटिक कवियों से अपनी समानता करते समय यह ध्यान रखें कि छायावादियों की तुलना में वे अपनी जड़ों से, भाषा की जड़ों से कितने जुड़े हैं। संगीत का अच्छा ज्ञान जयशंकर प्रसाद को था। नाटकों में उन्होंने अपने हर गीत के लिए धुन बनाकर दी है—टेक्निकली। निराला तो बाकायदा सीखते थे और गाते थे। इसी बनारस में निराला जी को हारमोनियम पर अपने दो गीत क्लासिकल तेवर में गाते हुए मैंने सुना है। जब इसी भदैनी पर उनकी स्वर्ण जयन्ती मनाई गई थी। बिलकुल सुर ताल में गाया था : 'प्रातः तव द्वार पर आया शरिण नर अन्ध पथ पार कर' और 'टूटे सकल बन्ध कलि के दिशा ज्ञान गत हो गए।' ये लोग अपने गीत-संगीत की पुरानी परम्परा में गाते थे जैसे कि भक्तों के गीत गाए जा सकते थे।

इन परम्पराओं के केन्द्र दो ही थे—काशी और प्रयाग। स्वस्थ होड़ रही है काशी और प्रयाग में—एक लम्बे अरसे से। प्रेमचन्द और प्रसाद काशी के थे। महादेवी ने इलाहाबाद चुना—वे टिक ही नहीं सकती थीं बनारस में। ठीक ही जगह चुनी उन्होंने। उनका इलाहाबाद जाना ठीक था। अब निराला जी भटकते हुए कलकत्ता से, अवध से, उन्नाव से, लखनऊ से इलाहाबाद आए। विचित्र बात है कि फिर भी ये सभी लोग काशी जरूर मिलने के लिए आते थे। आकर्षण था मन में। महादेवी जी ने भी लिखा है : निराला आए थे और विनोद शंकर व्यास को प्रमाण मानें तो ('रात और दिन' नाम की उनकी एक पुस्तक है) निराला जी को कलकत्ता में छूत की बीमारी लग गई थी। उसका इलाज कराने के लिए प्रसाद जी ने कहा। इसका उल्लेख शायद रायकृष्ण दास की किताब में भी है। विनोद शंकर व्यास ने मीरघाट पर उनको तीन-चार महीने रखकर इलाज करवाया था। निराला रहे हैं काशी में। निराला की स्वर्ण जयन्ती काशी में ही मनाई गई, इलाहाबाद में नहीं मनाई गई। हो सकता है, काशी का होने के कारण मैं काशी वालों के साथ कुछ पक्षपात कर बैठूँ, लेकिन भरसक जो सचाई है, वह सामने आनी चाहिए।

इन सभी लोगों ने गीत लिखे, गीतों के अलावा कविताएँ लिखीं—जिसको उर्दू में नज़्म कहते हैं, प्रबन्ध काव्य लिखे। सभी ने नहीं तो कम-से-कम निराला ने और प्रसाद ने तो लिखे ही। 'तुलसीदास', जिसे खंडकाव्य न भी कहिए, किन्तु प्रबन्धात्मक रचना है। और इस रूप में देखें तो अपनी बेटी पर एक लम्बी कविता लिखी है—'सरोज-स्मृति'। 'राम की शक्ति-पूजा' जैसी कविता लिखी है। पूरी रामायण न लिखकर 'राम की शक्ति-पूजा' लिखकर इन्होंने दिखा दिया कि आज के युग में भी तुलसी की परम्परा में राम की नये ढंग से प्रस्तुति हो सकती है। मैथिलीशरण गुप्त को चुनौती दी कि इस युग में 'साकेत' नहीं लिखी जा सकती, 'राम की शक्ति-पूजा' लिखी जा सकती है। कविता में गीत और मुक्तक के अलावा लम्बी कविताएँ लिखीं,

जो आगे चलकर मुक्तिबोध ने लिखीं, रघुवीर सहाय ने लिखीं। विविध काव्य-रूप सबने लिखे—प्रसाद ने लिखे, निराला ने लिखे। महादेवी ने केवल गीत लिखा—गीत से बाहर वे गईं ही नहीं। उनके मूल्यांकन की भूमि तैयार करते समय इसका ध्यान रखना पड़ेगा। सबने किसी-न-किसी रूप में गद्य लिखा। अधिकांश ने उपन्यास लिखे, प्रेमचन्द ने उपन्यास लिखे, प्रसाद ने उपन्यास लिखे। महादेवी ने भी कहानियों और संस्मरण के रूप में गद्य लिखा। निराला ने उपन्यास भी लिखे, कहानियाँ भी लिखीं। सबने आलोचनात्मक निबन्ध लिखे। आलोचना, उपन्यास, कहानी, कविता—कई तरह की चीजें लिखीं। एक चीज थी नाटक—दो ने केवल लिखे। पन्त जी ने 'ज्योत्स्ना' लिखा। जयशंकर प्रसाद ने सबसे ज्यादा नाटक लिखे। अब ये विविध आयाम, अनेक साहित्य रूप और सम्पूर्ण जीवन का शहर हो, गाँव हो—यथार्थ चित्रण—इन तमाम लोगों ने करने की कोशिश की। अब कुल मिलाकर आप देखें।

अपनी विशिष्ट पहचान और विशिष्ट योगदान करते हुए भी इसको रेखांकित किया जाना चाहिए कि अपने विषय में महादेवी की विशिष्ट देन क्या है? और फिर इन सबमें महादेवी का स्थान क्या है? और इसमें कोई शक नहीं कि भक्तों में जो स्थान मीरा का है—इसीलिए नहीं कह रहा हूँ कि स्त्री-विमर्श वाले मुझसे नाराज न हों—प्राचीन साहित्य में जो स्थान मीरा का है, इस आधुनिक दौर में, समग्रता की दृष्टि से वही स्थान महादेवी का है। प्रसाद को सबसे कम उम्र मिली, प्रेमचन्द को छोटी उम्र मिली। लम्बी उम्र मिली पन्त जी को, महादेवी जी को। महादेवी तो उनके बाद भी जीवित रहीं, उन्हें सबसे लम्बी उम्र मिली। भक्तों के बारे में नहीं जानते—यह बहस भी है—मृत्यु-तिथि किसी की नहीं मालूम, किसी की जन्म-तिथि नहीं मालूम है। इसीलिए लम्बी उम्र भक्तों में कबीर को ज्यादा मिली या तुलसीदास को—कहना कठिन है। सूर के बारे में नहीं जानते हैं। मीरा को सबसे कम उम्र मिली थी। उसकी तुलना में महादेवी को बहुत ज्यादा मिली। ये हिसाब-किताब की चीजें हैं, लेकिन हिसाब-किताब को अलग करके देखें, तब भी कुल मिलाकर जो सम्पूर्ण कृतित्व या अवदान है, इसको स्वीकार करना पड़ेगा कि इतनी कम उम्र मिलने के बावजूद कई बातों में जयशंकर प्रसाद का सम्पूर्ण अवदान महादेवी से कहीं अधिक है। जीवनानुभवों को, साहित्य-रूपों को, चिन्तन में नई देन को जितना वे समेटते हैं, महादेवी नहीं समेट पातीं। मैं उस बारे में नहीं जाना चाहता।

अब सवाल यह है कि पन्त जी और महादेवी में यदि तुलना करेंगे तो क्या निष्कर्ष होगा? एक स्तर है, महादेवी जिससे नीचे नहीं आतीं। पन्त जी का रचना-कर्म बहुत विषम है। दुर्भाग्य से उन्होंने प्रबन्ध काव्य भी लिख दिया था, जिसको हमारे मित्र विजयदेव नारायण साही ने कहा कि न पढ़ा है, न पढ़ूँगा। उन्हें क्या पता कि उसे

दुबारा पन्त जी ने भी कभी नहीं पढ़ा होगा! बोध ही नहीं था कवि को कि क्या लिखना है, क्या नहीं। सम्भव है, महादेवी जी ने और बहुत कुछ लिखा हो, लेकिन ग़ालिब की तरह से अपना दीवान चुनकर रखा। जो चीज जरा-सी भी कमजोर थी, उसे छाँटकर निकाल दिया। कोई नहीं जानता कि महादेवी ने कुछ कमजोर चीजें भी लिखी हैं। जो सामने हैं, उनमें एक भी चीज कच्ची नहीं है। पन्त जी का जितना अच्छा है, उसका तीन-चौथाई कूड़ा है। उनकी रचनावली देखिए, उन्होंने काफी खराब लिखा है। इसलिए मुझे पन्त और महादेवी में चुनना हो तो मैं तो कहूँगा कि महादेवी में यह विवेक, यह बोध था, स्वयं उनका चयन बताता है। इस सिलसिले में मैं मीर और ग़ालिब का नाम लूँगा। मैं आप लोगों के सामने केवल सवाल रख रहा हूँ, जरूरी नहीं कि आप सहमत हों। ये मीर और ग़ालिब का फर्क है। मीर को उर्दू में 'खुदा-ए-सुखन' कहा जाता है। यदि मीर न हुए होते तो ग़ालिब नहीं होते। लेकिन मीर के दीवान और सारी चीजों में देखने में काफी कूड़ा मिलेगा। ग़ालिब ने एक भी कच्चा शे'र नहीं आने दिया अपने दीवान में। यह सावधानी बरती थी। लगभग वही स्थिति पन्त और महादेवी की है। महादेवी जी के प्रकाशित संग्रहों में कोई कच्ची और हल्की चीज नहीं है। उन्होंने एक स्टैंडर्ड बनाए रखा था। इसलिए महादेवी को पन्त से ऊँचा स्थान देना होगा। यद्यपि रामचन्द्र शुक्ल ने 'इतिहास' में पन्त की बड़ी प्रशंसा की है। महादेवी पर उतना लम्बा नहीं लिखा है, लेकिन यह कह दिया है कि गीत लिखने में जो सफलता इनको मिली है, वह किसी को नहीं मिली। यह उनको कहना ही पड़ा। सबसे कमजोर स्थिति पन्त की है। गहराई नहीं है, व्यापकता चाहे जितनी हो।

सबसे बड़ी चुनौती निराला में है। बेजोड़ है वह आदमी, जिसने 'तुलसीदास' जैसा काव्य लिखा है। प्रेमचन्द को शामिल करते हुए कहा जा सकता है कि इस तरह जो स्थान तुलसीदास का है, लगभग वही स्थान निराला का है। मैं ग्रेडिंग नहीं करता, लेकिन मिश्र-बन्धुओं वाला मामला याद आता है। चूँकि जयन्ती महादेवी की मनाई जा रही है और क्षमा करें महिलाएँ, इस विमर्श में यह स्वीकार करना पड़ेगा—इतिहास निर्मम है—बहुत महत्त्वपूर्ण स्थान महादेवी का है लेकिन विवेचित रूप से निराला और प्रसाद के बाद ही महादेवी आएँगी। यह बात मैं आपके विचार के लिए भी रख रहा हूँ, क्योंकि मेरा तो काम ही है, कोई विवाद छेड़ के जाना। इनका तात्कालिक मूल्यांकन हमारे जेहन में होना ही चाहिए। एक स्वर से सबकी प्रशंसा करना काव्य विवेक नहीं है।

जहाँ तक जीवन-दृष्टि का सवाल है, जीवन-दृष्टि में, अपने विचारों में महादेवी प्रगतिशील थीं। सुविधा के लिए 'प्रगतिशील' शब्द कह रहा हूँ, प्रगतिशील लेखक संघ के प्रगतिशील के अर्थ में नहीं, व्यापक अर्थ में। वे बहुत अग्रसोची थीं, क्रान्तिकारी थीं। निराला से भी अधिक। मैंने जिक्र किया था उनके एक लेख 'ठकुरी बाबा' का। उसके अन्त का एक छोटा-सा अंश मैं सुनाना चाहता हूँ। वे कल्पवास करने के लिए

झूँसी जाती थीं। महादेवी जी कहती हैं, 'बरसों बाद जब ठकुरी बाबा दुबारा मिले, हाल-चाल पूछने पर कहा—अब चला-चली की बेर है।—मैंने हँसी में पूछा—तुम स्वर्ग में कैसे रहोगे बाबा? स्वर्ग में गन्धर्व और अप्सराएँ हैं, तो गन्धर्व और अप्सराओं में तो जँचोगे नहीं?—मजाक कर रही हैं देवी जी।—ठकुरी बाबा बहुत प्रसन्न हो गए। कहने लगे, सो तो हम जानित हैं बिटिया, हम उहाँ अस शोर मचाउब कि भगवान भी खुद धरती पर टरकाए दिहैं। हम फिर धान रोपब, कियारी बनाउब, चिकारा बजाउब, बजाय के आल्हा-ऊदल कै कथा सुनाउब। सरग हमका न चाही मुदा हम दूसर नवा सरीर माँगे बदे जाब जरूर। ई ससुर तौ बनाय के जर्जर होइगा।—और वे गा उठे—चलत प्राण काया काहे रोई राम।' निष्कर्ष निकालती हैं महादेवी। ये हैं महादेवी जी, 'अथर्व के जो गायक अपने-आपको धरती का पुत्र कहते थे, ठकुरी बाबा उन्हीं के सजातीय कहे जा सकते हैं। इनके लिए जीवन धरती का वरदान है, काव्य उसके सौन्दर्य की अनुभूति है, प्रेम उसके आकर्षण की गति है'—प्रेम को गति कहा है, 'शक्ति उसकी प्रेरणा का नियामक होती है। ऐसे व्यक्ति मुक्ति की ऊँची से ऊँची कल्पना को धूल में खिले नीचे से नीचे फूल पर न्यौछावर कर देते हैं।' ये महादेवी हैं। स्वर्ग को दुत्कार कर इस धरती को प्यार करनेवाला आदमी और इस धरती पर जीवन, काव्य, प्रेम, शक्ति और मुक्ति की ऊँची से ऊँची कल्पना को धूल पर न्यौछावर कर देनेवाला आदमी। यह लोकोन्मुखी दृष्टि है। ठेठ जमीन से जुड़ती है और यह चीज है जो महादेवी को प्रेमचन्द से जोड़ती है। प्रेमचन्द के निकट लाती है। प्रेमचन्द की भूमि पर ले जाती है। महादेवी जी पर गहराई से विचार करना चाहिए। इस ध्यान से विचार करना चाहिए। खास तौर पर स्त्रियों के बारे में निराला जी के जो विचार थे, महादेवी जी के विचारों की तुलना में कहीं-कहीं काफी दकियानूस मालूम पड़ते हैं। कहीं-कहीं, सर्वत्र नहीं।

[काशी हिन्दू विश्वविद्यालय के महिला अध्ययन केन्द्र की ओर से 5-6 मई, 2007 को आयोजित राष्ट्रीय संगोष्ठी 'महादेवी : वेदना और विद्रोह' के दो व्याख्यानों का समेकित रूप। वसुधा : अंक 73, अप्रैल-जून, 2007 में प्रकाशित]

सुमित्रानन्दन पन्त की परवर्ती कविताएँ

सुमित्रानन्दन पन्त का हिन्दी साहित्य में अपने प्रथम काव्य संग्रह के साथ जिस गरिमा और महत्त्व के साथ शुभागमन हुआ और किसी कवि का नहीं हुआ—न उनके समकालीनों में, न उनके समकालीनों के पहले और न उनके समकालीनों के बाद। यदि 'उच्छ्वास' को गिनें तब तो और भी, वरना 'पल्लव' का प्रकाशन 1926 में हुआ था। तब तक जयशंकर प्रसाद की भी कोई ऐसी पहली कृति नहीं आई थी जिसने सहसा एक बड़े कवि के उदय का आभास दिया हो। निराला की 'अनामिका' 1923 में आई थी—(दूसरी 'अनामिका' नहीं, पहली) और 'परिमल' सन् 1929-30 में आया था। निराला भी उस वैभव के साथ साहित्य में नहीं आए थे। यह उनके समकालीनों की बात है। बाकी और लोगों की चर्चा करने की जरूरत नहीं है। पन्त जी के बाद की पीढ़ी के लोगों को भी देखें। वात्स्यायन जी का पहला संग्रह 'भग्नदूत' है, जिसे कोई याद भी नहीं करता है। अनेक कविताओं का एक संकलन 'इत्यलम्' सन् 1946 में सरस्वती प्रेस से संकलित हुआ था। उनके जिस पहले संग्रह ने पहली बार लोगों का ध्यान आकृष्ट किया था, वह वात्स्यायन जी का उस हिसाब से तीसरा संग्रह था। 'हरी घास पर क्षण भर' 1949 में आया था। 'पल्लव' के साथ कवि सुमित्रानन्दन पन्त ने साहित्य में प्रवेश किया था। ऐसा गौरवपूर्ण प्रवेश साहित्य में, जैसा पन्त जी का हुआ, वैसा और किसी कवि का नहीं हुआ।

अंग्रेजी साहित्य में जो महत्त्व लोग वड्र्सवर्थ की 'लिरिकल बैलेड्स' की भूमिका और कविताओं का मानते हैं, लगभग वैसा ही महत्त्व 'पल्लव' की भूमिका और कविताओं का माना गया। 'पल्लव' के बाद 'गुंजन' और बदले हुए दौर में 1940 में 'ग्राम्या'। प्रगतिशील आन्दोलन की लहर आई थी। 'रूपाभ' 1938 में निकला था और इस दौर में 'ग्राम्या' की कविताएँ लिखी जा रही थीं। 'युगान्त' छप चुका था। उस समय प्रगतिशील आन्दोलन में हिन्दी के जिस कवि की सबसे ज्यादा चर्चा होती थी, वह सुमित्रानन्दन पन्त थे। निराला पर उतने लेख नहीं लिखे गए थे। निराला पर तब तक केवल डॉ. रामविलास शर्मा ने फुटकर दो लेख लिखे थे। एक 'राम की शक्ति-पूजा' पर और एक 'तुलसीदास' पर। उस दौर में 'सरस्वती' में छायावाद पर चाहे आक्रमण हो, चाहे प्रशंसा हो, उसके सबसे बड़े नायक पन्त हुआ करते थे—

जयशंकर प्रसाद नहीं, निराला नहीं, महादेवी वर्मा नहीं। छायावाद के दौर में पन्त चर्चा के केन्द्र में रहे। उसके बाद जो दूसरा आन्दोलन चला–प्रगतिशील आन्दोलन, उसमें भी सबसे ज्यादा अगर किसी कवि की चर्चा थी तो सुमित्रानन्दन पन्त की थी। यह 1940 तक का दौर था। छायावादी कवियों में सम्भवतः पहली पुस्तक सुमित्रानन्दन पन्त पर ही प्रकाशित हुई थी–डॉ. नगेन्द्र की, जिसकी चर्चा रामचन्द्र शुक्ल ने की। इसलिए लगभग 1940 तक अपने समकालीन कवियों में श्री सुमित्रानन्दन पन्त शीर्ष पर थे। उसके बाद इतिहास पलटता है और धीरे-धीरे उनका महत्त्व घटता है। बाद के जो लगभग तीस वर्ष हैं, उन वर्षों में सुमित्रानन्दन पन्त का वही महत्त्व नहीं रहा, जो 1940 ईस्वी तक था।

कहने के लिए लोग कहेंगे कि इसमें शुरुआत रामविलास शर्मा ने की। 'स्वर्णकिरण' और 'स्वर्णधूलि' के प्रकाशन पर डॉ. रामविलास शर्मा ने 1948 में एक लेख लिखा था। वह बहुत ही विध्वंसात्मक लेख था, जिसके टुकड़े-टुकड़े करके उन्होंने 'बाद' की पुस्तकों में प्रकाशित किए। यथावत् वह लेख नहीं छपे थे। लोगों का कहना है कि वह पहला विध्वंसात्मक लेख था। उसके बाद पन्त जी के काव्य से सहानुभूति रखनेवाले लोग भी खुल करके पन्त जी की प्रशंसा नहीं कर सके। मैं केवल उन कुछ लेखों का जिक्र आपके सामने करना चाहता हूँ। पन्त जी की लगभग सबसे अच्छी आलोचना निराला ने की। पुस्तक के आकार का लेख पन्त जी पर जिस किसी ने लिखा था तो वह निराला थे। 'पन्त और पल्लव' आज भी निराला के काव्य पर सबसे सूक्ष्म दृष्टि से विचार किया हुआ लेख है। उसके टक्कर का दूसरा लेख या कोई पुस्तक मैंने आज तक नहीं देखी। उसमें निराला का पन्त के प्रति गहरा लगाव और अनुराग है। गहरे लगाव और अनुराग के कारण वह क्रोध भी है कि मैं दिखाता हूँ कि इसमें कितने दोष हैं। लेकिन जहाँ-जहाँ उन्होंने दोष पर उँगली रखी है, लगता है कि एक समर्थ कवि ने दूसरे कवि पर उँगली उठाई है। शब्द-शिल्पी पन्त जी के शब्द-चयन पर बहुत बारीकी से विचार किया उन्होंने। उनकी भाषा पर, शिल्प पर आपत्तियाँ कीं। साथ ही उन्होंने प्रशंसा भी की है खुलकर। आज भी वह लेख बेजोड़ है।

पन्त जी का 1940 के बाद का जो साहित्य है, उस साहित्य के बारे में, उस दौर में, उन्हें बहुत आदर देने वाले शमशेर बहादुर सिंह ने लिखा। शमशेर जी के दो लेख छप चुके थे। एक उन्होंने 'ग्राम्या' पर लिखा था उसी 1940-41 में; और दूसरा लेख उन्होंने 'पल्लविनी' की समीक्षा करते हुए लिखा था। कालाकाँकर में रहते हुए पन्त ने उस समय की अपनी रचनाओं के चयन के रूप में 'पल्लविनी' को प्रकाशित किया था। पन्त जी उन कवियों में से हैं जिन्होंने आधे दर्जन से ज्यादा अपने संकलन और चयन प्रकाशित किए। उसके बाद अज्ञेय जी के ही उतने चयन प्रकाशित हुए हैं। वह बार-बार, हर दस साल बाद अपना एक चयन करते थे। उन्होंने प्रकाशकों

के अनुरोध पर पाठ्यक्रम में लगाने के लिए कुछ अपनी रुचि से, अपनी कविताओं के अनेक चयन और संकलन प्रकाशित किए हैं। 'पल्लविनी' वह पहला संकलन है, जिसे कालाकाँकर में रहते हुए उन्होंने प्रकाशित किया था। उनका बहुत सुन्दर फोटोग्राफ उसमें छपा था। 'पल्लविनी' का वह फोटोग्राफ उनका सबसे सुन्दर चित्र था। शमशेर जी ने दो लेख लिखे—'ग्राम्या' और 'पल्लविनी' पर। वह पहले आदमी हैं जिनकी दृष्टि पन्त जी के उस पहलू पर गई थी, जिस पर आम तौर से लोगों की दृष्टि नहीं जाती। 'ग्राम्या' में पन्त जी के, व्यंग्य की जो शिष्ट छटा है ग्राम जीवन के चित्रों पर, उस पर उनका ध्यान गया था। एक कविता है—'जाती ग्राम वधू पति के घर'। गाँव की औरतें पति के घर जाते हुए रोती हैं, उस पर पन्त जी ने लिखा है। अब कहने वाले कह सकते हैं कि पन्त जी शहराती आदमी थे, गाँव के थे नहीं, इसलिए वह क्रूर व्यंग्य माना जाएगा कि गाँव वालों का मजाक उड़ा रहे हैं। ग्राम देवता पर एक कविता है—'हे राम-राम, हे ग्राम देव! लो हृदय थाम'। उस कविता को आप देखें। गाँव वालों का वे मजाक उड़ाते हैं, इसे भूल करके आप देखें। स्वीट पी एक फूल है, उसके प्रति एक कविता है—'कुल वधुओं-सी अइ सलज्ज सुकुमार'। कुल वधुओं-सी सलज्ज सुकुमार दिखाई पड़ने वाली स्वीट पी है, उसकी बड़ी मीठी चुटकी उन्होंने ली है। स्त्री के बारे में उनकी एक कविता है। आज नारी-विमर्श का जो आन्दोलन चल रहा है, उसके समर्थक पन्त पर क्रोध भी कर सकते हैं और इसमें शायद वे लोग भी शामिल हों जो पन्त जी में स्त्रैणता देखते हैं। 'यदि कहीं स्वर्ग है पृथ्वी पर, तो वह नारी उर के भीतर'। आगे उन्होंने उसी साँस में उसी कविता में कहा कि 'कहीं नरक है पृथ्वी पर, तो वह भी नारी के अन्दर'। लोग समझते हैं कि पन्त जी आजीवन रोमांटिक, भावुक और भावोच्छ्वास वाले रहे। व्यंग्य-विनोद-चुटकी पन्त जी में नहीं थी। शमशेर जी का ध्यान 'ग्राम्या' की समीक्षा करते समय 'ग्राम्या परिचय' नाम के लेख में पहली बार गया है। ऐसे पक्षों की ओर गया, यह बहुत ही महत्त्वपूर्ण है। प्रकृति-चित्रण करते हुए पन्त जी लिखते हैं :

हाँका करती दिन भर बन्दर,
अब मालिन की लड़की तुलसा।

वह जो 'ग्राम श्री' नाम की कविता है, उसको आप पढ़ें। 'सन्ध्या के बाद' एक कविता है गाँव की—'लो लाला ने फिर डंडी मारी'। इससे कविता का अन्त होता है। लोग समझते हैं कि पन्त जी भावुक थे। शमशेर जी का ध्यान पन्त जी के दूसरे पहलू पर भी गया था। शमशेर जी ने बाद में भी एक लेख लिखा था 'कृति' में, जब पन्त जी 60 साल के हुए थे। शमशेर जी ने अपने ढंग से लिखा है कि 'टेक्निकल परफेक्शन' में कमाल करते हैं पन्त जी।' आगे लिखते हैं कि 'भाषा पर उनका यांत्रिक ढंग का अधिकार है।' अब मैं समझ नहीं सका कि भाषा पर यांत्रिक अधिकार क्या होता है? भाषा पर यांत्रिक अधिकार से ऐसा लगता है कि वे विचारों

को बहुत महत्त्व देते हैं, शिल्प को महत्त्व नहीं देते। पूरे लेख को पढ़ें तो पाठकों की समस्याओं के बहाने शमशेर जी ने पन्त जी की परवर्ती कविताओं के आलोक में कुछ वे बातें कही हैं जिसे दूसरे आलोचक दोहराते थे। कुछ लोगों ने थोड़ा पहले आभास दे दिया था लेकिन मैं उसी दौर के कवियों का जिक्र कर रहा हूँ, आलोचकों का नहीं।

'चिदम्बरा' के प्रकाशन के बाद मुक्तिबोध ने उसकी एक समीक्षा के आधार पर सुमित्रानन्दन पन्त जी पर एक लम्बा लेख लिखा था। 'चिदम्बरा' छायावादी दौर से ले करके अरविन्द दर्शन से प्रभावित काल तक की चुनी हुई कविताएँ थीं। ज्ञानपीठ पुरस्कार उसी को निमित्त बना करके दिया गया था। मुक्तिबोध जी ने उसमें कई बातों की ओर इशारा किया। कविताएँ तो ठीक हैं, बड़े कवि हैं इत्यादि-इत्यादि कहने के बावजूद बोले कि बाद की कविता में मात्र शुभ इच्छाएँ हैं और वे कविताएँ उद्‌बोधनात्मक हैं। यदि आप ध्यान से देखें तो उनकी अभिव्यक्ति में एक यांत्रिकता दिखाई पड़ती है। उनका एक प्रिय शब्द था—कंडीशन रिफ्लेक्स। यह मशहूर रूसी मनोवैज्ञानिक इवान पावलोव का शब्द है, जिसे पन्त जी प्रायः अपनी कविताओं पर लागू किया करते थे और कहते थे कि उनकी कविताएँ 'कंडीशन रिफ्लेक्स' हैं। जैसे कुत्ते को पहले आप घंटी बजाकर खाने के लिए मांस दें और बाद में आप घंटी तो बजाने लगें लेकिन मांस न दें तो उसके मुँह से अपने-आप लार टपकने लगेगी। अब देखें, जहाँ आलम्बन न हो, विभाव न हो, फिर भी कवि के मन में लार टपकने लग जाए तो कंडीशन रिफ्लेक्स नहीं होगा तो क्या होगा? यानी पन्त जी की परवर्ती कविताएँ कंडीशन रिफ्लेक्स हैं। ठीक-ठीक विभाव से उद्‌बुद्ध भाव की अभिव्यक्ति नहीं है, बल्कि विभाव के अभाव में उस भाव का स्खलन है। मुक्तिबोध अपनी भाषा में उसे 'कंडीशन रिफ्लेक्स' कहते हैं। पन्त जी अपने समकालीन कवियों में मार्क्सवाद से बहुत प्रभावित थे। श्री अरविन्द के दर्शन से प्रभावित होने के बाद भी अन्त तक वे मार्क्सवाद के सकारात्मक पक्षों के समता के हिमायती बने रहे। बावजूद इसके मुक्तिबोध ने लिखा है कि मार्क्सवाद उनके लिए बड़ी सरल साधना थी। उन्हें उसे स्वीकार करने में कोई कष्ट ही नहीं था। नतीजा यह हुआ कि वास्तविकता के साथ उनका कोई संघर्ष नहीं था। उनके सम्पूर्ण चिन्तन में कोई द्वन्द्व और तनाव नहीं था। जैसेकि राजनीतिक दल होते हैं—कल तक एक विचारधारा के लिए, हिन्दुत्व के लिए जान देने को तैयार हैं, सरकार छोड़ने के लिए तैयार हैं और अगले क्षण उसे छोड़ देने में उन्हें कोई कष्ट या पीड़ा नहीं होती है। सारा दर्शन छोड़ने के लिए तैयार हो सकते हैं। उसी तरह से कोई आदमी मार्क्सवाद को सहज सरल ढंग से स्वीकार कर ले, कोई कष्ट न हो, पीड़ा न हो, मुक्तिबोध के लिए यह बात जल्दी समझ में न आनेवाली थी। पन्त जी अपने संस्कारों के साथ सहज भाव से मार्क्सवाद को स्वीकार कर लेते हैं जबकि मुक्तिबोध को एक लम्बे आत्मसंघर्ष से गुजरना पड़ा। वर्ग की दृष्टि से मुक्तिबोध पन्त जी से कहीं ज्यादा दूसरे वर्ग के, निम्न वर्ग के आदमी थे।

उन सारी कमजोरियों का गहरा असर उन पर था जो उनकी कविता में व्यक्त होता रहा है—'भूल गलती', 'चम्बल की घाटी में', 'अँधेरे में'। उन्होंने कहा कि पन्त जी सहजता से छायावादी से प्रगतिशील हो गए; कोई कष्ट नहीं हुआ उनको, कोई तनाव नहीं, कोई आत्मसंघर्ष नहीं, कोई द्वन्द्व नहीं—यही उनकी कविता की कमजोरी है। अगर उसके लिए थोड़ा तनाव होता, कोई द्वन्द्व होता, संघर्ष होता तब तो उन्हें कुछ पीड़ा होती। वास्तविकता यह है कि यथार्थ के प्रति उनकी शुभेच्छा की भावना थी। लगभग वैसे ही जैसे बड़े पदों पर बैठे हुए लोग देश की साधारण जनता के प्रति रखते हैं। मान लीजिए, बहुत बड़ी दुर्घटना हो जाए, भूकम्प आ जाए, तो जिस सहज भाव से वह सहानुभूति व्यक्त करते हैं, उसमें कोई दर्द-पीड़ा नहीं होती। जिस रूप में देश को बधाई दिया करते हैं 15 अगस्त को, 26 जनवरी को' उसमें भी पता लगता है कि कोई उल्लास नहीं है। ये राजनीतिक नेता, राष्ट्रपति, प्रधानमंत्री तो कर सकते हैं। कवि इतनी सरलता से दुःख और सुख को जब ग्रहण करता है तो समझना चाहिए कि कहीं न कहीं उसकी सृजन-प्रक्रिया में, गहराई में खोट है। यह मुक्तिबोध कह रहे हैं जबकि मुक्तिबोध पन्त जी को बहुत महत्त्वपूर्ण कवि मानते थे। रामविलास जी को शिकायत है मुक्तिबोध से कि विचित्र बात है कि निराला इनके प्रिय कवि नहीं थे। इनका किसी प्रिय कवि से अगर टकराव भी था तो जयशंकर प्रसाद से था, सुमित्रानन्दन पन्त से था। इन्होंने निराला को इस लायक भी नहीं समझा।

निराला, शमशेर और मुक्तिबोध पन्त जी के प्रति बहुत ही सम्मान का भाव रखने वाले थे। इनको पढ़ें तो कम-से-कम हम उस बिन्दु पर पहुँचते हैं; खास तौर से पन्त जी का 1940 के बाद का 30 वर्षों का जो समूचा काव्य है, साहित्य है, उसे हम किस रूप में पढ़ें, किस रूप में मूल्यांकन करें। केवल याद दिलाने की बात है, इसी इलाहाबाद शहर में जब 'लोकायतन' छपा था, तो विवेचना की गोष्ठी में साहीजी ने 'लोकायतन' पर कहा था, 'न मैंने पढ़ा है, न मैं पढूँगा।' इसी इलाहाबाद शहर में 'लौट आ, ओ धार' नाम की पुस्तक दूधनाथ जी ने लिखी है और वह आलोचना नहीं है। लेकिन ज्ञानरंजन, पन्त जी, शमशेर—सबको मिला करके उन्होंने लिखा है। बंजरपन का बीज उनमें बाद में आया है, यह बात नहीं। वह आरम्भ से ही था और जो लोग यह सवाल उठाते हैं कि पन्त जी को कब लिखना बन्द कर देना चाहिए था, यह पन्त जी स्वयं नहीं जानते थे। उन्हें खुद नहीं मालूम था कि कब, जिसको इंस्पायर्ड पोएट्री कहते हैं, उनकी कलम से निकलेगी। अचानक चमकती हुई-सी कविताएँ कुछ मिलती भी हैं। अचानक प्रकट होती हैं। वह अभिशप्त थे आजीवन लिखते रहने के लिए ताकि शायद कोई चमकदार चीज निकल जाए।

मैं पन्त जी का लगभग पूरा काव्य पढ़ गया। मैंने उस क्रम में यह देखा कि पन्त जी ने हिन्दी में जितनी कविताएँ लिखी हैं, शायद सूरदास व तुलसीदास ने भी नहीं लिखीं। 'पन्त ग्रन्थावली' को आप देखें। मोटे तौर से छोटे टाइप के छपे हुए

साढ़े तीन हजार पृष्ठों की कविताएँ उन्होंने लिखीं। एक पूरा का पूरा खंड 'लोकायतन' है। बहुत मनोयोग से मैंने सारा काव्य पढ़ा—देखने के लिए, समझने के लिए। इस क्रम में एक बात की ओर मेरा ध्यान गया कि पन्त जी की वह जो पहले की कला थी, जो भाषा, जो शिल्प, जहाँ से 'पल्लव' उन्होंने शुरू किया था, वह बाद में उनके हाथ से छूट गई। उन्होंने पहले की अपनी कला से खड़ी बोली कविता को प्रतिष्ठित किया। उसे श्रीधर पाठक ने शुरू तो किया था, लेकिन मैथिलीशरण गुप्त उस रूप में खड़ी बोली को नहीं बना सके थे। बार-बार निराला ने पन्त जी को इस बात की दाद दी है कि माधुर्य और कोमलता की भाषा, खड़ी बोली के शब्दों की खड़खड़ाहट को दूर करके, उन्होंने कविता के लिए गढ़ी थी। साही जी ने 'नई कविता' में अज्ञेय के लिए लिखा है कि उन्होंने कविता में जो भाषा गढ़ी, उसके द्वारा कविता को सम्भव बनाया। पन्त जी के विषय में भी यह कहा जा सकता है। मैं समझता हूँ कि उन्होंने पहले की अपनी कला से अज्ञेय के बहुत पहले यह काम छायावादियों ने और पन्त जी ने किया था। उन्होंने 'पल्लव' में भाषा गढ़ी थी।

मैं ढूँढ़ता रहा कि पन्त जी की वह भाषा कहाँ चली गई, क्यों छूट गई और बाद में जो लिखा, वह क्या किया? उस प्रक्रिया के क्रम में मेरी एक धारणा बनी। आप जानते हैं, कविता में बहुत ज्यादा निजी, वैयक्तिक, आत्मकथन कहने वाले निराला हैं। निराला यह कह सकते थे, लिख सकते थे, 'मेरा अन्तर वज्र कठोर/देना जी भरकर झकझोर/अभी न होगा मेरा अन्त'। पन्त जी ने 'आधुनिक कवि' की भूमिका में कहा कि मैं बहुत ही निर्वैयक्तिक कवि हूँ। उस जमाने में, जब प्रयोगशीलता का दौर आया था, तो टी.एस. इलियट की 'इम्पर्सनल थियरी ऑफ पोएट्री' के प्रभाव से कहते थे कि बड़ी कविता निर्वैयक्तिक होती है। पन्त जी ने 'आधुनिक कवि' की भूमिका में लिखा था कि 'मैं निर्वैयक्तिक रहा हूँ। अपने व्यक्तिगत जीवन का रोना-धोना मैंने कहीं नहीं रोया।' पन्त जी, इस मामले में व्यक्तिवादी नहीं रहे। वे निर्वैयक्तिक कवि थे।

बाद में मैंने देखा कि गद्य-लेखन और पद्य-लेखन, दोनों में पन्त जी एक के बाद एक आत्मकथाएँ लिखते चले जा रहे हैं। कोई आदमी एक बार आत्मकथा लिख लेता है तो सन्तोष हो जाता है। पन्त जी ने 1958 से लेकर 1969 के बीच कम-से-कम तीन बड़ी आत्मकथाएँ या आत्मकथात्मक काव्य लिखे। 'आत्मिका' नाम की एक लम्बी कविता है जो 1958 में लिखी गई थी। दूसरी का शीर्षक भ्रामक है—'पुरुषोत्तम राम'। वह भी आत्मकथा है। यह आत्मकथा लिखने के बाद रेडियो पर वक्तव्य देते हुए 60 वर्ष के एक रेखांकन में अपनी आत्मकथा लिखी है। उन्होंने रेडियो पर बहुत ज्यादा वक्तव्य दिये हैं अपने बारे में। बचपन की चर्चा करते हुए। यद्यपि 'परिवर्तन' में भी उन्होंने लिखा है कि 'इधर मेरा जन्म हुआ, उधर मेरी माँ की मृत्यु हुई।' वहाँ जन्म और मृत्यु का एक पंक्ति में संकेत करके छोड़ दिया था। यह घटना इतनी जमी

हुई थी कि व्यापक रूप से बचपन की कथा में बाकी कुछ जोड़ते-घटाते हुए ये आत्मकथाएँ बनीं। वह कवि जो कभी निर्वैयक्तिक था, वह अपनी कहानी बार-बार क्यों सुनाना चाहता है? उस पूरी कथा में एक आत्मदया का भाव कह लीजिए, आत्मपीड़न का भाव कह लीजिए, बार-बार उभरता है। मैं सताया हुआ हूँ, मैंने स्वाधीनता-संग्राम में भाग लिया, शिक्षा अपनी छोड़ दी, पिता मर गए, सारा परिवार मर गया, प्यार नहीं मिला, अकेलेपन में सारी ज़िन्दगी बीती—यह कहानी पन्त जी बार-बार कहते हैं। यह कहते हुए उनका काव्य कितना काव्यात्मक बन सका है, कितना नहीं, इसके बारे में केवल एक झलक हम लोग देखेंगे। पन्त जी आत्मसजग व्यक्ति थे। आत्मचेतस् थे। अपनी रचनाओं के बारे में बहुत सजग, सावधान थे और उस पर उन्होंने टिप्पणियाँ भी की हैं।

मैं इन आत्म-जीवनियों पर विचार करने से पहले, इसी दौर की, इन्हीं रचनाओं के बीच की कुछ कविताओं के बारे में कुछ कहना चाहता हूँ। 1969 की एक रचना है—'गीत हंस'। इस 'गीत हंस' में एक कविता है, जिसमें यह पंक्ति आती है। वह कहते हैं कि 'अपने बूढ़े गीतों को/मैं किसको करूँ समर्पित/उनकी अन्तर्ज्वाला को जन छू पाएँ न कदाचित्/अपने बूढ़े गीतों को मैं किसको करूँ समर्पित'। हमारे ये गीत बूढ़े हैं, यह उनको बोध था। उसके साथ जो दूसरी पंक्ति है, उसकी ओर ध्यान दें, 'उनकी अन्तर्ज्वाला को जन छू पाएँ न कदाचित्'। एक अन्तर्ज्वाला है इन बूढ़ी कविताओं में, जिसे शायद लोग नहीं छू पाएँगे, नहीं पहचान पाएँगे। उनकी दूसरी एक पंक्ति है। यह भी 'गीत हंस' की है, 'मुझे न कुछ कहने को नूतन/प्राण पुरातन ही चिरनूतन/जान गया मन'। ये पंक्ति क्या कहती है, 'मुझे न कुछ कहने को नूतन/प्राण पुरातन ही चिरनूतन/जान गया मन'। मैं जानता हूँ, अनेक लोग सैद्धान्तिक रूप से इसका समर्थन करने के लिए भी तर्क दे सकते हैं कि पुरातन ही नूतन है। सनातन धर्म को माननेवाले लोगों का कहना है कि उसमें कहने की क्या जरूरत है? व्याख्या करने की क्या जरूरत है? यह सनातन इसीलिए है कि पुरातन ही नूतन होता है। नूतन कोई नई चीज नहीं होती, ऐसा लोग कह सकते हैं। काश, कविता की दुनिया में यही होता कि पुरातन ही नूतन होता! पुरातन कविता कब नूतन होती है, कैसे नूतन होती है? तुलसी या ग़ालिब? क्यों ग़ालिब आज भी नये लगते हैं पुराने होते हुए भी? उसमें क्या चीज है? इस पर भी विचार करना चाहिए। उसी दौर के और भी पुराने कवि हैं, वे नये नहीं लगते हैं, यही क्यों नये लगते हैं? पन्त जी ने स्वयं अपने-आपसे सवाल किया है, 'क्या मेरा कर्तव्य समापन/नई पीढ़ियों को कर दूँ कवि कर्म समर्पण/इसमें मतिभ्रम निश्चय/मेरा कार्य सदा मेरा ही मुझे न इसमें संशय/नई पीढ़ियाँ इसे न कर पाएँगी तनिक न विस्मय/मैं अपने युग का प्रहरी हूँ/जगजीवन प्रति अर्पित/काल भोग पीढ़ियाँ मुझे कर सकतीं रंच न खंडित'। ये निरालम्ब आत्मविश्वास कि पीढ़ियाँ जो काल भोग्य हैं, काल खा जाएगा इनको, ये हमें खंडित नहीं कर सकती

हैं। मेरा जो काम है, मैं ही कर सकता हूँ। मेरा काम दूसरा कोई कवि, दूसरी कोई पीढ़ी नहीं कर सकती है। इसलिए मैं अपना कर्म दूसरों को क्यों समर्पण करूँ? मैं खुद लिख रहा हूँ।

मैंने कहा कि पन्त जी बहुत ही आत्मसजग कवि थे। उनमें आत्मविश्वास बहुत था, बल्कि यह कहना चाहिए कि सन्देह उनके मन में आरम्भ में कभी रहा हो तो रहा हो लेकिन '40 के बाद उस कवि के मन में सन्देह नहीं, शंका नहीं है। आशा-विश्वास है भविष्य के प्रति, अपने लिए, अपने साहित्य के लिए, समाज के लिए, देश के लिए। आशा के स्वप्न-संसार में पन्त जी अन्त तक निवास करते रहे। उन्हें पढ़ते हुए बार-बार लगता है कि अच्छी कविता लिखने के लिए जरूरी नहीं कि आशावादी आदमी हो ही। कभी-कभी निराशा में ज्यादा बड़ी कविता लिखी जाती है, आशा में ज्यादा हल्की और खोखली कविता होती है। अगर ऐसा न होता तो बाद के दिनों में तुलसीदास ने जो कविताएँ लिखीं, न लिख पाते। 'विनयपत्रिका' लिखी, 'कवितावली' लिखी। उन्हें चारों ओर अन्धकार दिखाई पड़ता था, निराशा के बादल घिरते दिखाई पड़ते थे—उस दौर में उन्होंने जो कविता लिखी, न लिख पाते। इसलिए ये कविताएँ कई तरह के सवाल पैदा करती हैं।

उनको आत्मचेतना थी। जो आत्मकथात्मक कविताएँ उन्होंने लिखी हैं, उन कविताओं में विचित्र बात यह है कि 'आत्मिका' 1958 की जो 'वीणा' में है, उसके 10 वर्ष बाद उन्होंने 'पुरुषोत्तम राम' जैसी कविता लिखी। यह भी देखने की बात है, पन्त जी की ख्याति श्री अरविन्द दर्शन के बारे में है। लेकिन मुझे लगता है कि कम-से-कम दो बड़ी रचनाएँ ऐसी हैं जिनमें श्रीराम उनके मन पर छाए हुए हैं। पूरे 'लोकायतन' की रचना इस प्रकार हुई है जिसमें कि राम, लक्ष्मण, सीता का एक पूरा अध्याय है। आरम्भ में कविता शुरू ही होती है राम, लक्ष्मण, सीताजी से। ये अवतार लेते हैं। तय करते हैं कि संसार में पुनर्जीवन होगा और फिर ये वंशी और माधव आदि-आदि के रूप में जन्म लेते हैं। पूरी कथा उसके बाद चलती है। 'पुरुषोत्तम राम' नाम बताता है कि राम में उनकी आस्था थी। उन्होंने यह दिखाने का प्रयास किया है कि जैसे राम अभागे थे, उसी तरह से मैं भी अभागा था। अपनी कथा, कौसानी से ले करके बाद तक की, कह जाते हैं। कठिनाई यह है कि इस आत्मचरित में कथा तत्त्व सबमें एक समान है। बचपन, बचपन में माँ की मृत्यु, धर्मप्राण पिता की गोद में पलना, अकेले थे इसलिए प्रकृति की गोद में उन्होंने आश्रय लिया, उसके बाद शिक्षा के लिए वह आए, पहाड़ से उतरे, असहयोग आन्दोलन में भाग लेने के कारण उन्होंने पढ़ाई छोड़ दी। यह सारी कहानी बार-बार वह दोहराते हैं। जीवन के आरम्भ में प्रेम की एक घटना घटी थी, जिसका घाव कभी नहीं भरा। यह भी उल्लेख इन तीनों

कविताओं में वह बराबर करते गए कि एक चरण था प्रेम का, वह पूरा नहीं हो सका, उसे जीवन भर ढोता रहा मैं। अन्त में मैंने निर्णय किया कि इस जीवन में प्रेम में तो कर्दम ही कर्दम है इसलिए जब तक कर्दम से मुक्त न हो जाऊँ, तब तक मैं एकाकी ही रहूँगा। व्यक्तिगत प्रसंग केवल एक है। कहीं ज्यादा विस्तार से, कहीं थोड़े में इसका जिक्र करते हैं। और फिर उसके बाद ऑल इंडिया रेडियो में सात साल रहे, इसका भी उल्लेख उन्होंने किया है। कालाकाँकर गए, इसका भी उल्लेख उन्होंने किया है। इन चीजों के अलावा उस आत्मकथा में और कोई प्रसंग नहीं है।

'लोकायतन' में बड़े विस्तार से उन्होंने एक अध्याय में पूरे स्वतंत्रता-संग्राम का इतिहास लिखा है, 'भारत छोड़ो आन्दोलन' तक, लेकिन कोई घटिया दर्जे का कवि भी स्वाधीनता संग्राम का वैसा भावहीन गद्यमय-पद्य नहीं लिख सकता, जैसा पन्त जी ने लिखा है। देखकर आश्चर्य होता है। उम्मीद थी कि 'लोकायतन' में अपनी आत्मकथा लिख रहे हैं तो स्वाधीनता-संग्राम का वर्णन कुछ सजीव चित्रों की भाषा में करेंगे। जो सचमुच में घटित हुआ है, जिस अनुभव से आप गुजरे हैं, उसका कुछ भी वर्णन नहीं है। एक ही वही घटना, इसको बार-बार यह कवि क्यों कह रहा है? बचपन से ले करके केवल वही दो घटनाएँ जुड़ी हैं कालाकाँकर की। 'आत्मिका' में लिखा है, आकाशवाणी के वर्णन में है, 'पुरुषोत्तम राम' में है। बाकी किसी घटना का कोई उल्लेख नहीं। ऐसी निर्वैयक्तिक कथा मैंने आज तक नहीं पढ़ी है साहित्य में। यह भावहीन गद्यात्मक पद्य की तरह से ढलता हुआ दिखाई पड़ता है।

कुछ कविताएँ आत्मकथात्मक हैं, आत्मकथ्य के रूप में हैं, जहाँ पन्त जी उदास दिखाई पड़ते हैं। करीब सवा सौ-डेढ़ सौ पृष्ठों की उनकी एक कविता है। शीर्षक है—'सन्देश'। कवि बरामदे में लेटा हुआ था, उदास था, बिलकुल निराश था। अचानक कमरे में धूप आती है और उस धूप के कारण सहसा मन बदलता है—'काहे के लिए निराशा'। जैसे प्रकृति आ करके कहती है कि तुम प्रकृति की गोद में जब तक थे तब तक बिलकुल ठीक-ठाक थे। प्रकृति को तुमने भुला दिया, इसलिए तुम्हारी यह स्थिति है। कविता का शीर्षक है—'सन्देश', इसलिए भ्रम होता है। अन्त में उस पूरी कविता में सन्देश के रूप में लम्बे व्याख्यान हैं। आधे से ज्यादा कविता में प्रकृति लेक्चर देती है और कहती है कि तुम नाहक उदास हो। तुम्हें प्रसन्न होना चाहिए। जैसेकि यह धूप जो आई है, धूप की तरह तुमको खुश होना चाहिए। अपने मन में धूप का टुकड़ा ले आना चाहिए। वह पूरी कविता प्रकृति-चित्रण नहीं है, बल्कि धूप के मुख से उपदेश है।

इन कविताओं में, आत्मकथात्मक कविताओं में, खास तौर से 'लोकायतन' में उन्हें इतनी बड़ी विफलता क्यों मिली, पूरा पढ़ जाने के बाद मैं सोचता रहा। मुझे याद है कि दिल्ली में राजकमल की ओर से 'लोकायतन' का लोकार्पण हो रहा था।

संयोग से मैं बनारस से दिल्ली गया हुआ था। ओंप्रकाश जी ने कहा कि आप भी दो शब्द कह दीजिएगा। मेरी मति मारी गई थी। मैंने कुछ दूसरे मूड में कहा कि यह पन्त जी का छन्दोबद्ध उपन्यास है। पन्त जी बोले, 'अरे तुमने कैसे समझा, मैं बच्चन को यही बार-बार लिखता रहा कि मैं जो अपना उपन्यास लिख रहा हूँ, वह छन्दोबद्ध उपन्यास है, बजाय कविता के या प्रबन्ध काव्य के।' मैं बार-बार सोचता रहा कि क्यों ऐसा किया। खास तौर से जो आइरनी है, जो विडम्बना है, जो व्यंग्य है, वह यह है कि पन्त जी समकालीन कवियों में और नई पीढ़ी के लोगों की अपेक्षा बुद्धि-विवेकसम्पन्न अपने को मानते थे। तर्कसंगत ढंग से सोचना, बुद्धिसंगत ढंग से सोचना उनके स्वभाव में था। अन्धविश्वासों के घोर विरुद्ध थे। इस मामले में वे प्रगतिशीलों की उस परम्परा में थे जहाँ किसी प्रकार का धार्मिक अन्धविश्वास नहीं था। पन्त जी ने कहा कि 'तुलसीदास के 'रामचरितमानस' से ज्यादा अच्छा मुझे राम का चरित्र लगता है। हमें 'रामचरितमानस' की कोई जरूरत नहीं है।' यह पन्त जी ने लिखा है कि ये मध्ययुग की चीजें हैं। इन चीजों को दोहराने की आज कोई जरूरत नहीं है। पन्त जी तर्क पर विश्वास करनेवाले, रैशनल ढंग से सोचने वाले कवि थे। अन्धविश्वासों और धार्मिकता के विरुद्ध थे।

मैं आइरनी की बात कर रहा हूँ। पन्त जी बुद्धिसंगत ढंग से सोचने वाले आदमी थे। अचानक अपने प्रतिद्वन्द्वी के रूप में उन्होंने माधव गुरु को चुना। उन्होंने कहा कि वाक्‌विलास को निमित्त बना करके उन्होंने मेरी सारी सर्जनात्मक शक्ति छीन ली। तंत्र-मंत्र में विश्वास न करनेवाला कवि, माधव गुरु की निन्दा जिसके लिए करता है, वही स्वयं उसमें विश्वास करता है। अपने काव्य में उसके द्वारा दिखाना चाहता है कि तंत्र-मंत्र ज्यादा ताकतवर चीज है। अन्त में, प्रसंगवश वह कला केन्द्र, जो वंशी ने कायम किया था, एक भटका हुआ-सा परमाणु बम है, जिसके गिर जाने से नष्ट हो जाता है। न जाने कैसा वह परमाणु बम है जिसमें केवल कला केन्द्र ही नष्ट होता है और कुछ नष्ट नहीं होता? फिर, जो 'लोकायतन' है, उसकी स्थापना पन्त जी किससे करवाते हैं? पन्त जी राष्ट्रप्रेमी हैं, देशप्रेम उनमें है, अन्तरराष्ट्रीयता पर विश्वास करते हुए भी और रंगभेद वगैरह न मानते हुए भी। उस कला केन्द्र के नष्ट हो जाने के बाद जिस 'लोकायतन' की स्थापना हुई, वह आश्रम संयुक्ता कही जाने वाली बहिन मेरी ने बनाया था। इसलिए मैं कहता हूँ कि यह सवाल नहीं है कि उनकी विचारधारा बड़ी वैज्ञानिक या आध्यात्मिक थी। श्री अरविन्द के प्रभाव के कारण उनकी कविता नष्ट नहीं हुई थी। मैं कहना चाहता हूँ कि उस बीच अनुभव और विचारधारा, दोनों के बीच तालमेल नहीं था। परवर्ती काव्य में माधव गुरु के लिए, उसी में लिखा है कि माधव गुरु की कोई गलती नहीं थी। वे बड़े उदार थे, परोपकारी थे। निराला जी, जो उसके मूल रूप हैं, उनके चरित के सारे गुण उन्होंने गिनाए और लिखा है कि वह तो सचमुच वंशी को बहुत प्यार करते थे, वह बिलकुल विद्वेषी नहीं

थे। बाद में वे भूल गए कि माधव गुरु में इतने दोष गिनाकर आए हैं। उन्हीं माधव गुरु के मरने पर एक आन्तरिक घाव वंशी के मन में बैठा है, जिसके कारण वह कभी फिर स्वस्थ नहीं हो सके।

एक विचित्र संयोग ही है कि सन् '40 के आसपास पन्त जी भी बीमार पड़े और उसी के आसपास निराला भी बीमार पड़े। निराला मानसिक रूप से विक्षिप्त हुए और पन्त जी लगभग मरणासन्न थे। लोग मानते हैं कि मानसिक सन्तुलन पन्त जी में बना रहा, निराला में नहीं था। मुझे लगता है कि एक न एक स्तर पर दोनों सन्तुलित थे और दोनों में मानसिक असन्तुलन था। इसकी ठीक से जाँच की जानी चाहिए। निराला का मानसिक असन्तुलन तो था, लेकिन उससे ज्यादा पन्त जी का था। पन्त जी की उस दौर की कविताएँ और 'लोकायतन' पढ़कर मुझे बार-बार लगता है कि कहीं न कहीं मानसिक या मनोवैज्ञानिक दृष्टि से घनघोर असन्तुलन है। कम-से-कम मैं जिस मानसिक असन्तुलन की चर्चा कर रहा हूँ, सर्जनात्मक स्तर पर, कहना चाहता हूँ, उसमें गहरी फाँक रही है। अनुभव कुछ और कहता है, 'विचारधारा' कुछ और।

छायावादियों की बुनियादी गाँठ थी—वेदान्त। चाहे किसी किस्म का वेदान्त हो। चाहे वह रामकृष्ण-विवेकानन्द का वेदान्त हो, चाहे वह श्री अरविन्द का हो। चाहे वह जयशंकर प्रसाद का 'प्रत्यभिज्ञादर्शन' हो। शायद वे इन लोगों में अधिक व्यवस्थित तथा अनुभव और चिन्तन, दोनों के धरातल पर निःसंग थे। शायद प्रसाद जी को वह भाती नहीं थी। इसलिए प्रसाद जी 'कामायनी' को उस रूप में निभा ले गए। निराला में गीतों के रूप में वह व्यक्त हुआ। पन्त जी प्रबन्धकाव्य लिख करके बाँधने की कोशिश बार-बार करते रहे, और हर बार वह माला बिखरती रही। इसलिए उनकी आत्मकथात्मक कविताओं की गहराई से जाँच की जानी चाहिए।

पन्त जी की कुछ उन कविताओं को मैंने देखा है जिनकी ओर दूधनाथ जी ने इशारा किया है। खास तौर से 'कला और बूढ़ा चाँद'। इसके अलावा 'पतझर' और 'गीत हंस' की कुछ कविताएँ। केवल आभास देने के लिए कि पन्त जी की वह क्षमता, वह सर्जनात्मकता छोटे गीतों में दिखाई पड़ती है। 'कला और बूढ़ा चाँद' की एक कविता है। उसका कुछ अंश देखें : 'आज कोई काम नहीं/सोने के तार-सा खिंचा प्यारा दिन है/कल गुलाबों में काट-छाँट की थी/तब से आँखों के सामने/नई-नई कोंपलें फूट रही हैं/ललछौंही कोंपलें।' यह किंचित्-कदाचित् वाली भाषा नहीं है। यह पश्चिम वाली भाषा नहीं है। खुली हुई भाषा इस्तेमाल करते हैं। एक कविता है 'सदानीरा'/'तुम्हें नहीं दीखी/बिना तीरों की नदी, बिना स्रोत की सदानीरा/तुम्हें नहीं दीखी/बिना तीरों की नदी/बिना स्रोत की सदानीरा/वेगहीन, गतिहीन/चारों ओर बहती नहीं दीखी तुम्हें/जलहीन, तलहीन सदानीरा/आकाश नदी है, समुद्र नदी है, पर्वत भी नदी है/नीचे-ऊपर सर्वत्र बहती सदानीरा नहीं दीखी तुम्हें।' आप चाहें तो इस कविता की व्याख्या को आध्यात्मिक गहराइयों तक ले जाइए कि सदानीरा कौन है।

शमशेर जी ने एक कविता लिखी थी—'कत्थई गुलाब'। झूम-झूम उठे थे लोग। आम तौर से गुलाब ही कहकर लोग काफी सन्तुष्ट हो जाते थे। पन्त जी तो पारखी थे सौन्दर्य के, फूलों के, पौधों के, पत्तों के। उन्होंने 'पीला गुलाब' कहा। 'कत्थई गुलाब' बाद की कविता है। यह बहुत पहले की है, 'शरत् के रजतनील अंचल में/पीले गुलाबों का/सूर्यास्त कुँभला न जाए/वायु स्तब्ध विहग मौन/सूक्ष्म कनक परागों से/आदिम स्मृति-सी/गूढ़ गन्ध अन्तर्गत समाप्त'। एक कविता बहुत छोटी-सी चार लाइन की है—'गीत हंस' की। यह कविता '69 की है, 'आओ बैठो/व्यर्थ न ऐंठो/हृदय खोल हम कंठ मिलाएँ/नवोन्मेष से गाएँ'। यह अनौपचारिकता अच्छी है। पन्त जी की कुछ कविताएँ जो बाद की हैं, उनमें एक कविता 'गीत हंस' की है, आपके सामने रखता हूँ, 'पीला फूल न मुझे सुहाता/फीका मुरझाया-सा मुखड़ा/मन के सम्मुख आता/मुझे तुम्हारा प्रिय मुख भाता/गौर गुलाबी वर्ण सलज/सुन्दरता में प्यासा मन भाता/क्यों न मुझे छूने देती हो तुम अपना तन/तुम्हें प्यार करता मेरा मन/मेरी ही वय में यह उर का अनुभव/प्यार किसी को करना सम्भव'। बुढ़ापे की उस ढलती उम्र के उस अनुभव को जिसमें मन का सेंसर हट जाता है, उसे पन्त जी खुलकर लिखते हैं। एक उनका होटल का बैरा था। उससे उन्होंने विनोद किया कि खुदा के पास जाने का दिन है और जब सबको मालूम हो गया कि मैं जानेवाला हूँ तो होटल के बैरे भी वहाँ हाजिर हो जा रहे हैं। वहाँ पन्त जी ने एक सॉनेट जैसा लिखा है, 'आखिर मैं भी तो होटल का बैरा ही हूँ/मैं भी तो इसी तरह से खुशामद करता हूँ/खुशामद करने की कोशिश करता हूँ/मैं उस पर क्यों उसका मजाक उड़ाऊँ/उस होटल का बैरा तो मैं भी हूँ।'

'कला और बूढ़ा चाँद' उनकी परवर्ती दिनों की पुस्तक है, जिस पर अनेक लोगों का ध्यान गया है। वह उनकी महत्त्वपूर्ण कविताओं में से है। कठिनाई यह हुई कि कुछ चीजों की उपेक्षा हुई है। मैं ऐसे ही देख रहा था। 'उमर खैयाम' के अनुवाद बच्चन जी के बड़े प्रसिद्ध हैं। पन्त जी ने भी 1929 के आसपास अनुवाद किया था 'मधु ज्वाल' नाम से। छपाया बहुत बाद में। इस ग्रन्थ का दुर्भाग्य यह है कि यह 'स्वर्ण किरण', 'स्वर्णधूलि' के आसपास छपा। इसकी एकदम उपेक्षा हो गई। मैं ध्यान से इसे पढ़ रहा था और मुझे लगा कि पन्त जी के अनुवाद बेहतर हैं। कहते हैं कि 'अर्सी गोड़वी' से उन्होंने फारसी के मामले में मदद ली थी। सुन करके अनुवाद किया था। शब्दों के नाद-सौन्दर्य की समझ और परख पन्त जी को रही है। इसका पूरा प्रमाण हमें 'पल्लव' और 'गुंजन' में मिला है। 'बच्चन' जी के सपाट अनुवादों की अपेक्षा ये उस नाद-सौन्दर्य को ज्यादा पकड़ने वाले हैं। दो अनुवाद देखिए। दोनों दो तरह के हैं। एक है, 'घनी सिर पर तरुवर की डाल/हरी पाँवों के नीचे घास/बगल में मधु मदिरा का पात्र/सामने रोटी के दो ग्रास/सरस कविता की पुस्तक हाथ/और सबके ऊपर तुम प्राण/गा रही छेड़ सुरीली तान/मुझे अब मरु नन्दन उद्यान'। एक दूसरी कविता है।

उसमें रंग दूसरा है। छायावाद के दौर वाला, 'तन्द्रिल तरुवर/छाया शीतल/स्वप्निल मरमर/हो साधारण/खाद्य उपकरण/सुरापात्र भर/गाओ जो तुम प्रेयसि/निरुपम गीत मनोहर/खिली है निरजन स्वर्ग सदन सम/हो चिर सुखकर'। दीर्घ मात्रा के शब्द लगभग नहीं हैं। ज्यादातर ह्रस्व मात्राओं वाले शब्द हैं। जैसे कल-कल, छल-छल करते हुए सुरा ढाली जा रही है। सुरा के ढालने की आवाज को कविता की पंक्तियाँ आपके सामने रखती हैं। ऐसी ही एक कविता है, 'कल-कल, छल-छल सरिता का जल/बहता छिन-छिन मर-मर, सन-सन/वन्य समीरन से जाते दिन/कल का क्या दुःख आज से विमुख/मत हो अन्तर हृदय विधा/हर प्रणय सुधा कर पान निरन्तर'। एक संवेदनशील कवि कैसे सृजनात्मक अनुवाद करते हैं, पन्त जी के अनुवाद इसका प्रमाण हैं। मूल से न मैंने मिलाने की जरूरत समझी, न जरूरत है। 'बच्चन' जी के अनुवादों को देखें और इनको देखें, तब पता चलेगा कि शब्दों का पारखी कवि कौन है।

ऐसे अनेक उदाहरण हैं। जब विचारधारा बदलती है तो कुछ कवि बाद में अपनी कविताओं का संशोधन करते हैं, परिवर्द्धन करते हैं। डब्ल्यू. एच. आडेन का नाम एक सिलसिले में लिया जाता है। उन्होंने '30 के दशक में जो कविताएँ लिखी थीं, उनमें से कुछ कविताओं को, बाद में जब मार्क्सवाद के प्रभाव से हटे और धार्मिकता की ओर बढ़े तो उन्होंने दोबारा लिखा। केवल संशोधन और परिवर्तन ही नहीं किया। पन्त जी ने भी इस तरह का कार्य किया। पन्त जी के उन संशोधनों के बारे में निराला जी 'पन्त और पल्लव' नामक लेख में लिख चुके हैं। उन्होंने कहा है कि बाद में सुधार जो किया, वह ठीक नहीं किया है। पहले वाला प्रारूप रहने देना चाहिए। सुधार जयशंकर प्रसाद जी ने भी किया है। कम-से-कम 'आँसू' के पहले संस्करण और दूसरे संस्करण को मिला करके देखें। मुझे सुयोग मिला था और उस पर शुक्ल जी की टिप्पणियाँ देखी थीं। पहला पाठ कभी-कभी संशोधित पाठ की अपेक्षा ज्यादा अच्छा होता है। दूधनाथ जी ने 'धरती माता' कविता का जिक्र किया है और 'भारत माता' का। पन्त जी ने पूरी कविता का संशोधन कर दिया। उन्हें बार-बार लगा कि जब देश गुलाम था तब भारत माता का आँचल मैला था। आजादी मिलने के बाद लगा कि अब भी भारत माता के आँचल को मैला कहें तो ठीक नहीं है। सन् '40 में 'ग्राम्या' में उन्होंने 'भारत माता ग्रामवासिनी' कविता लिखी थी। सन् '56 या '58 के करीब उन्होंने इस कविता में संशोधन कर दिया। संशोधन ही नहीं किया, परिवर्द्धन भी किया। पहले छह बन्ध थे, बाद में सात बन्ध। मैं केवल पहला बन्ध देखता हूँ। 'खेतों में फैला है श्यामल' की जगह उन्होंने कहा, 'खेतों में फैला दृगृश्यामल'। 'है' से पन्त जी को बहुत गुरेज था। छायावादी दौर में कहते थे, 'ये दो सींगों वाले हरिण' को कविता से बाहर कर देना चाहिए। निराला जी ने हठपूर्वक साबित किया था कि उन्हीं की कविताओं में कहीं-कहीं इस सुन्दरता के साथ आया है कि अगर 'है' हटा दिया जाए तो सारी कविता कमजोर बन जाएगी। 'खेतों में फैला

है श्यामल' और 'खेतों में फैला दृग्श्यामल/धूलभरा मैला-सा आँचल/शस्य भरा जन जीवन आँचल'।--दोनों को मिला करके केवल भाषा की दृष्टि से देखें। मैं विचारों की दुनिया में नहीं जाता हूँ। पहले 'गंगा-यमुना में आँसू जल' था। बाद में 'आँसू जल' को 'श्रम जल' बना दिया। प्रगतिशील आदमी जब तक 'आँसू जल' को 'श्रम जल' न बना ले, तब तक कैसे प्रगतिशीलता दिखाई पड़ेगी? कहा, 'गंगा-यमुना में शुचि श्रम जल'। 'श्रम जल' है, उसके पहले 'शुचि' जरूर होना चाहिए। आँसू शुचि नहीं हो सकते। इसलिए श्रम जल जो है, शुचि है। मिट्टी के प्रति पहले उदासीन थे, बाद में लिखा, 'शील मूर्ति सुख-दुख उदासीन/मिट्टी की प्रतिमा उदासिनी/शील मूर्ति सुख-दुःख उदासीन'। मैं केवल भाषा के स्तर पर, जहाँ कविता बनती है, बिगड़ती है, उसी की बात कह रहा हूँ।

मुझे लगता है कि पन्त जी जब विचारधारा के शिकंजे में कम कसे हुए थे तब काव्य की सर्जनात्मकता कहीं अधिक थी। विचारधारा किस तरह कविता को क्षति पहुँचाती है, पन्त जी का परवर्ती काव्य उसके प्रमाणों में से है। चाहे वे प्रगतिशील रहे हों, चाहे अरविन्दवादी रहे हों, चाहे नेहरूवादी रहे हों, चाहे घनघोर आशावादी रहे हों—इस प्रकार की आस्था, इस प्रकार के विश्वास का, कवि की दृष्टि का यथार्थ के साथ जब तक मेल नहीं बैठेगा; आप यथार्थ का उल्लंघन करेंगे तो चाहे जितनी बड़ी विचारधारा ले करके आए हों, बात नहीं बनेगी। देखें, मार्क्स का कैपिटल बड़ा ग्रन्थ है। आप हिस्टॉरिकल मैटेरिलिज्म को मत मानिए, लेकिन मार्क्स ने 'कैपिटल' ग्रन्थ में कैपिटलिज्म की जो तस्वीर खींची थी, वह पूँजीवाद के लिए आईना थी। स्वाधीनता-प्राप्ति के बाद का जो भारत निराला को दिखाई पड़ रहा था, उसे वह 'गहन अन्धकार' के रूप में देख रहे थे। पन्त जी, कागज पर जो योजनाएँ थीं, वे उनके अनुसार भारत को देख रहे थे और उन्हें ये 'मैला आँचल' नहीं दिखाई पड़ता था बल्कि 'शस्य भरा जन-जीवन अंचल' दिखाई पड़ता था। जहाँ विचारधारा यथार्थ से आँखें चार करने का मौका नहीं देती और झूठ खड़ा करती है और झूठ का गौरव गान करती है, वहाँ कविता नहीं बन सकती। इसलिए परवर्ती कविताएँ जब मैं देखता हूँ तो मुझे 'महाभारत' के परवर्ती अर्जुन की याद आती है। महाभारत के युद्ध की समाप्ति पर अर्जुन द्वारिका से स्त्रियों को लेकर राजस्थान चले। वही अर्जुन, वही गांडीव, वही कला है उनके पास; लेकिन महाभारत के बीच जो अर्जुन थे, उसके बाद वाले अर्जुन वह नहीं थे। इसीलिए मामूली डाकू उनसे औरतों को छीनकर ले गए थे।

वह कौन चीज है जो कवि को वास्तविकता से, यथार्थ से, जीवन की सचाइयों से दूर ले जाती है और एक काल्पनिक आशालोक में, विश्वास में बन्दी कर देती है? तब भाषा पर चाहे जितना अधिकार हो, चाहे जितना लिखें आप, बड़ी कविताएँ नहीं बनतीं। जब कभी उससे छूट करके पन्त जी निकलते थे तब कुछ चमकती हुई

कविताएँ दिखलाई पड़ती थीं। इसलिए यह कहना गलत है कि पन्त जी में बंजरपन आरम्भ से ही था। नहीं। अनेक साहित्यकारों ने स्वाधीनता के पूर्व तथा बाद में साहित्य-सृजन किया है। अज्ञेय ने स्वाधीनता के बाद भी दो उपन्यास लिखे—'नदी के द्वीप' और 'अपने-अपने अजनबी' लेकिन 'शेखर' जैसा कोई उपन्यास नहीं लिख सके। स्वाधीनता के पहले अज्ञेय ने कुछ कहानियाँ लिखी थीं—'रोज', 'कोठरी की बात'। स्वाधीनता से पहले और स्वाधीनता-प्राप्ति के बाद के भारतीय यथार्थ के साथ लेखकों का कैसा सम्बन्ध बना, किस तरह साहित्य लिखा—दोनों की तुलना जब करेंगे, तब देखेंगे कि इस मामले में पन्त जी अकेले नहीं हैं। अनेक लेखक ऐसे हैं जो स्वाधीनता के पहले वाले दौर में महत्त्वपूर्ण लेखन कर रहे थे परन्तु वे स्वाधीनता-प्राप्ति के बाद भारत से, भारत की यथार्थ वास्तविकता से, आम जनता से उनका वही रिश्ता नहीं रह गया था। इसीलिए इन लेखकों का लेखन वैसा नहीं हो सका।

यह कहना कि केवल पन्त जी सरकारी नौकरी करते थे और रेडियो में काम करते थे, इसलिए ऐसा हुआ—यह सतही ऊपरी चीजें हैं। इससे कवि की जो जटिल सृजन-प्रक्रिया है, वह स्पष्ट नहीं होती। केवल यह कह देना कि वह अरविन्दवादी हो गए थे, इसलिए पन्त जी का काव्य निकृष्ट हुआ, मैं समझता हूँ, यह साजिश है। स्वाधीनता-पूर्व और स्वाधीन भारत में बदलते भारतीय यथार्थ और यथार्थ से कवि के बदलते रिश्तों की पृष्ठभूमि में जा करके व्याख्या की जाए तो मैं समझता हूँ कि हम अपने प्रिय कवि, अपने बड़े कवि की सफलताओं और असफलताओं को देख सकेंगे।

[माध्यम : अक्टूबर-दिसम्बर, 2001 में 'सुमित्रानन्दन पन्त और उनकी कविताएँ' शीर्षक से प्रकाशित]

सुमित्रानन्दन पन्त तथा आधुनिक हिन्दी कविता में परम्परा और नवीनता

सोवियत संघ से आनेवाली हर पुस्तक की तरह चेलिशेव की पुस्तक 'सुमित्रानन्दन पन्त तथा आधुनिक हिन्दी कविता में परम्परा और नवीनता' का भी सबसे पहले राजनीतिक महत्त्व है। इस राजनीतिक कुतूहल को शान्त किए बिना पुस्तक के साहित्यिक महत्त्व की ओर ध्यान आकृष्ट करना सम्भव नहीं है; इसलिए आरम्भ में ही यही स्पष्ट कर देना आवश्यक है कि चेलिशेव की इस पुस्तक में ऐसा सनसनीखेज कुछ भी नहीं है–खास तौर से ऐसी कोई चीज तो निश्चय ही नहीं है जिसे हिन्दी के मार्क्सवादी आलोचकों के खिलाफ इस्तेमाल किया जा सके। उदाहरण के लिए पन्त जी की परवर्ती काव्य-साधना के विषय में, जिसकी परिणति 'लोकायतन' में हुई है, चेलिशेव की भी यही मान्यता है कि 'जिस मात्रा में पन्त जी आदर्शवादी दर्शन के घने वन की गहराइयों में पैठते जाते हैं, उतनी ही मात्रा में उनकी कविता का कलात्मक स्तर गिरता जाता है। उसकी भावात्मक परिपुष्टि, भाषा का सौन्दर्य, उज्ज्वलता एवं अभिव्यक्तिशीलता घटती जाती है, प्रतिमांकन धुँधला-सा होता जाता है।' (पृ. 220) इसी प्रकार 'पल्लव' और 'गुंजन' में चेलिशेव भी 'प्रगतिशील स्वच्छन्दतावादी प्रवृत्तियों की प्रधानता मानते हैं' (पृ. 103) और 'ग्राम्या' को 'आलोचनात्मक यथार्थवाद की ड्योढ़ी पर' (पृ. 145)। यह मूल्यांकन सामान्यतः हिन्दी के मार्क्सवादी आलोचकों के मत से ही मिलता-जुलता है।

किन्तु इसका अर्थ यह नहीं कि चेलिशेव की पुस्तक हिन्दी आलोचना का रूसी अनुवाद मात्र है। यह सही है कि पुस्तक में हिन्दी आलोचकों के मत कदम-कदम पर उद्धृत किए गए हैं–मार्क्सवादी आलोचकों से ज्यादा गैर-मार्क्सवादी आलोचकों के, जिनमें से कुछ के नाम तो औसत हिन्दी पाठक के लिए भी नये हैं, और कम-से-कम दो की छूट तो खटकती भी है : रामचन्द्र शुक्ल और रामविलास शर्मा; फिर भी यह स्वीकार करना पड़ेगा कि अपने विवेचन में चेलिशेव उद्धृत आलोचकों के मत पर निर्भर नहीं हैं। पन्त जी के काव्य के सम्बन्ध में उनकी व्युत्प्रेक्षाएँ अपनी हैं और निष्कर्ष तक पहुँचने की पद्धति भी।

चेलिशेव की आलोचनात्मक क्षमता की विशेषता पन्त जी की काव्य-साधना के ऐतिहासिक विश्लेषण में सबसे ज्यादा प्रकट हुई है। पन्त जी की कविता में विकास के तीन सोपानों की चर्चा तो प्रायः की जाती है किन्तु काव्य के स्तर पर विकास-पथ के ब्यौरे देने का कार्य चेलिशेव ने किया है। इस दृष्टि से पन्त जी की कविता में 'प्रगीत-नायक' की अवधारणा का विकास सबसे उल्लेखनीय है। 'पन्त जी का आरम्भकालीन प्रगीत-नायक विस्फारित नेत्रों से संसार को ताकता है, उसकी महानता से आश्चर्यचकित हो उठता है, आनन्दित हो जाता है, दुःख तथा आशा-निराशा का अनुभव करता है, पर निषेध का शब्द उसके मुँह से कभी नहीं निकलता और न वह दुष्टता के विरुद्ध संघर्ष ही छेड़ता है।' (पृ. 45) 'गुंजन' तक पहुँचते-पहुँचते वह 'प्रगीत-नायक अपनी अनेक भ्रान्तियों और वैयक्तिक मनोविन्यासों से मुक्त हो जाता है, अपने निजी सुख एवं कल्याण को वह अब समस्त जनता के सुख से भिन्न नहीं मानता।' (पृ. 66) चौथे दशक के मध्यकाल अर्थात् 'युगान्त' तक आते-आते पन्त जी के प्रगीत-नायक का यह विशेष स्वभाव प्रकट होता है : 'काव्यगत 'मैं' और बाह्य माध्यम अर्थात् तीव्र और निर्मम वास्तविक के बीच हृदयभेदी एवं अजेय संघर्ष का अभाव।...वह कल्पनामय स्वप्नसृष्टि से मुँह मोड़ते हुए जनता के समीप आकर उनकी सहृदयतापूर्वक सहायता करना तो चाहता है पर जानता नहीं कि यह कैसे किया जाए।' (पृ. 107) इसके बाद ' 'ग्राम्या' संग्रह में पन्त जी का काव्य-नायक मानवतावादी मनुष्य का प्रतीक है। वह गहरे सामाजिक अन्याय को सह लेता है, पूर्ण जीवन के स्वप्न देखता है। श्रमजीवी कृषक वर्ग की दयनीय दशा के प्रति गहरी सहानुभूति रखते हुए शोषण, अन्धकार एवं अज्ञान से मुक्त समाज के अपने प्रिय आदर्शों को साकार रूप न मिलने से बहुत व्यथित होते हुए भी पन्त जी का काव्यनायक एक निष्क्रिय स्वप्नदर्शी ही रह जाता है।' (पृ. 162) इसी प्रकार कवि की साधना के अन्य सोपानों में भी 'प्रगीत-नायक' की परिकल्पना को प्रस्तुत करते हुए चेलिशेव ने ठोस रूप में विकास की रेखाएँ निरूपित की हैं।

प्रगीत-नायक के अतिरिक्त बिम्ब-विधान का विकास-निदर्शन भी चेलिशेव के विवेचन की मुख्य विशेषताओं में से एक है। उषा और प्रभात के बिम्ब पन्त जी की कविता में आदि से अन्त तक बराबर प्रयुक्त हुए हैं, किन्तु चेलिशेव की सूक्ष्म आलोचना-दृष्टि ने यह लक्षित किया कि उषा और प्रभात के बिम्बों में क्रमशः अर्थ-परिवर्तन होता गया है। इस दृष्टि से 'वीणा' के प्रभात सम्बन्धी बिम्ब से 'गुंजन' का प्रभात-बिम्ब भिन्न है और 'गुंजन' से 'युगान्त' का तथा 'युगान्त' से 'स्वर्ण-किरण' के प्रभात-बिम्ब विशिष्ट हैं। इस प्रकार चेलिशेव ने पन्त जी के बिम्ब-विधान का जो ऐतिहासिक विश्लेषण प्रस्तुत किया है, वह इस क्षेत्र में उनकी विशिष्ट देन है।

इसी प्रकार चेलिशेव ने पन्त जी के सौन्दर्यबोध, सर्जनात्मक प्रणाली, काव्य-भाषा तथा छन्द-योजना का भी क्रमिक विकास दिखलाया है। मार्क्सवादी आलोचना से

जिन्हें यह शिकायत है कि उसमें काव्य के कला पक्ष के विवेचन की उपेक्षा की जाती है, उन्हें यह देखकर सन्तोष होगा कि चेलिशेव की इस पुस्तक में एक-तिहाई से अधिक अंश काव्य-शैली के विवेचन से सम्बद्ध है। उलटे चेलिशेव को यह शिकायत है कि 'यद्यपि पन्त जी के विषय में अब तक बहुत लिखा गया है, तथापि उनकी कला-प्रणाली के विकास की समस्या लगभग अछूती ही रही है। यदि कभी-कभार पन्त जी की कला-प्रणाली की चर्चा छिड़ती भी है तो नियमतः उसमें उनकी कविता का स्वच्छन्दतावादी स्वरूप ही दर्शाया जाता है।' (पृ. 223) सम्भवतः इसी अभाव की पूर्ति के लिए चेलिशेव ने पन्त जी की काव्य-साधना के प्रत्येक सोपान की कला-प्रणाली का विवेचन विस्तार से स्वतंत्र अध्यायों में किया है जिससे उनकी सूक्ष्म कलाग्राही दृष्टि का परिचय प्राप्त होता है। एक ऐसे अध्येता के लिए यह उपलब्धि साधारण नहीं है जिसकी मातृभाषा हिन्दी नहीं है।

चेलिशेव के विश्लेषण की विशेषता सबसे अधिक पन्त जी के जीवन-दर्शन के प्रसंग में व्यक्त हुई है। पन्त जी का जीवन-दर्शन हिन्दी आलोचकों के बीच सबसे ज्यादा विवादास्पद रहा है और उसके विषय में प्रायः एकांगिता प्रदर्शित की गई है। किन्तु चेलिशेव ने द्वन्द्वात्मक दृष्टि का सफल उपयोग करते हुए उस जीवन-दर्शन में निहित असंगतियों को ही लक्षित नहीं किया बल्कि उसे समग्रता में भी देखा है। इस द्वन्द्वात्मक दृष्टि के उपयोग का एक उदाहरण है 'ग्राम्या' का विश्लेषण, जिसे प्रायः अन्तर्विरोधों से मुक्त प्रगतिशील और यथार्थवादी माना जाता है। इस प्रसंग में चेलिशेव ने एक ओर शिवदानसिंह चौहान और दूसरी ओर विक्टर बालिन की मान्यताओं का खंडन करते हुए लिखा है कि ' 'ग्राम्या' संग्रह के विश्लेषण से स्पष्ट होता है कि पन्त जी की समस्त काव्य-साधना की तरह ही इसमें भी उनकी वैचारिक भूमिका एवं सृजन-प्रणाली की असंगति एवं अनिश्चितता दिखाई पड़ती है। यह सही है कि अपनी अन्य रचनाओं की तुलना में पन्त जी इस संग्रह में जनजीवन के अत्यधिक निकट पहुँचे हैं, पर इसका अर्थ यह नहीं कि वह यथार्थवादी बन गए।' (पृ. 182) इस कथन को और अधिक स्पष्ट करते हुए उन्होंने आगे लिखा है : 'उक्त संग्रह की अधिकांश कविताओं में कवि एक स्वच्छन्दतावादी कलाकार के रूप में ही हमारे सामने आता है।...कवि की भाववादी विचारधारा, गांधीवाद के भाववादी-मानवतावादी आदर्शों का अनुयायित्व और प्रत्यक्ष भारतीय वास्तविकता के स्थान में अखिल मानवतावादी नैतिक रूपांकन के प्रयत्न उक्त (यथार्थवादी) प्रवृत्तियों के विकास में बाधक बने रहे। वास्तविकता के प्रति असन्तोष के कारण पहले ही की तरह रूपांकन की ऐतिहासिक वास्तविकता को क्षति पहुँची और कवि अपने भाववादी-मानवतावादी आदर्शों तथा मानवता के उज्ज्वल भविष्य के सम्बन्ध में काल्पनिक स्वप्नों के आधार पर वास्तविकता का पुनर्निर्माण करने के लिए प्रयत्नशील रहा।...पर अब कवि के स्वच्छन्दतावाद का स्वरूप उसकी प्रारम्भिक

साधना के कालखंड की तुलना में बहुत-कुछ परिवर्तित हुआ है, उसमें अधिक सक्रिय रेखाएँ दृष्टिगोचर होती हैं।' (पृ. 183) 'ग्राम्या' के विषय में चेलिशेव का यह मूल्यांकन यही नहीं कि युक्तिसंगत है बल्कि मेरी जानकारी में इतना सन्तुलित मूल्यांकन अन्यत्र दुर्लभ है।

द्वन्द्वात्मक दृष्टि का दूसरा उदाहरण है 'पंचम दशक से सप्तम दशक की दार्शनिक कविता' के प्रसंग में चेलिशेव का विश्लेषण। पन्त जी के इस परवर्ती विकास को कुछ लोग नितान्त रहस्यवादी मानते हैं। चेलिशेव ने इस मत का खंडन करते हुए स्पष्ट लिखा है कि इस काल में भी पन्त जी मार्क्सवाद से विमुख नहीं हुए। (पृ. 226) चेलिशेव की दृष्टि में 'प्रगतिशील एवं प्रतिक्रियावादी दृष्टिकोणों के सन्देहपूर्ण संश्लेषण में ही पन्त जी की विचारधारा एवं काव्य-साधना की वैचारिक निर्बलता के मूल निहित हैं। यहीं से उनके वैचारिक-सौन्दर्यात्मक आदर्शों का सूत्रपात होता है जो वास्तविकता से कहीं दूर है और कहीं-कहीं उसका मिथ्या अर्थ लेते हैं। इन सभी कारणों से पन्त जी की युद्धोत्तरकालीन काव्य-साधना में निष्क्रिय एवं प्रतिक्रियावादी स्वच्छन्दतावाद की धारा का उदय हुआ, जिससे वास्तविकता के यथार्थ चित्रण में और मानव को उसके भगवत् जीवन की समस्त जटिलता के बीच समझ लेने में बाधा आई। वैचारिक भूमिका की भ्रमपूर्णता कवि के लिए मनुष्य के आन्तरिक विश्व की थाह लेने, उसके स्वभाव का उद्घाटन करने, सामाजिक माध्यम के साथ उसका सम्बन्ध दिखाने और सुन्दरतर जीवन के लिए संघर्ष की दिशा में उसका मार्गदर्शन करने में बाधा बन गई।' (पृ. 194) चेलिशेव ने पन्त जी के मानववाद और आशावाद को उनके चिन्तन की शक्ति मानते हुए भी इस मानववाद की सीमा की ओर स्पष्ट संकेत करते हुए लिखा है कि 'मनुष्य के अधिकार की घोषणा एवं मानव-व्यक्तित्व के अपने मूल्य का समर्थन करते हुए तथा भावी 'स्वर्णयुग' के पूर्ण मानव, 'सांस्कृतिक चेतना' के विकास इत्यादि के स्वप्न देखते हुए पन्त जी तत्त्वतः मनुष्य को सामाजिक जीवन से पृथक् कर देते हैं और उसकी चेतना को कोई एक ऐसी पृथक् वस्तु मानते हैं जो बाह्य प्रभावों के परे और किसी विशिष्ट ऊर्ध्व नियम के अनुसार विकसित होती है। पन्त जी की युद्धोत्तरकालीन रचनाओं में मानव जैसे देश और काल-बाह्य स्वरूप में उपस्थित होता है जो वर्ग-विषयक एवं राष्ट्रीय स्वत्व से वंचित है।' (पृ. 195)

पन्त जी की पाँच दशकों की लम्बी अवधि के बीच फैली हुई काव्य-साधना में बदलते हुए जीवन-दर्शन का समग्रतः मूल्यांकन करते हुए चेलिशेव ने अन्त में यह निष्कर्ष निकाला है कि वे विचारों में वस्तुतः सारसंग्रही अथवा सर्वोत्तमग्राही (एक्लेक्टिक) हैं। पन्त जी में सर्वोत्तमग्राहिता की प्रवृत्ति 'युगवाणी' में भी थी (पृ. 143) और 'स्वर्णकिरण' से लेकर 'लोकायतन' तक के काल में भी (पृ. 191, 226)। उन्होंने वस्तुवादी और भाववादी जीवन-दृष्टियों के सामंजस्य का असम्भव प्रयास निरन्तर

किया। (पृ. 194) किन्तु चेलिशेव का विश्लेषण यहीं समाप्त नहीं होता। उन्होंने इससे भी आगे जाकर इस अन्तर्विरोधपूर्ण जीवन-दृष्टि के ऐतिहासिक-सामाजिक कारणों की ओर भी संकेत किया है। उनके अनुसार कवि के 'वैचारिक-सौन्दर्यात्मक आदर्शों में प्राप्त होने वाली सर्वोत्तमग्राहिता, असंगति और विरोधाभास प्रायः वही हैं जो भारतीय बुर्जुआ बुद्धिजीवियों की विचारधारा द्वारा पूर्णतया अपनाए हुए थे; इनमें भारतीय समाज में उक्त वर्ग की दोमुँही भूमिका प्रतिबिम्बित होती थी जो गठन की ऐतिहासिक परिस्थितियों के कारण सम्भव हुई थी। स्वामी विवेकानन्द, गांधी जी और श्री अरविन्द का अनुगमन करते हुए पन्त जी ने पंचम-षष्ठ दशकों की अपनी कविता में भारतीय सभ्यता के असाधारणत्व और विशिष्ट आध्यात्मिक स्वरूप पर बल देने का प्रयत्न किया—यह सभ्यता मानो बुर्जुआ समाज के वर्ग-कलहों सहित सभी असंगतियों की औषधि थी।' (पृ. 191) यदि 'युगवाणी-ग्राम्या' काल में यह असंगति काव्य के लिए विशेष अहितकर नहीं हुई तो इसलिए कि उस समय देश के स्वाधीनता-संघर्ष में वामपक्षी शक्तियों का उभार था और कवि उनके साथ एक हद तक अपना लगाव महसूस करता था। इसके विपरीत पाँचवें-छठे दशक में यदि यह असंगति काव्य के लिए घातक सिद्ध हुई तो उसका कारण यह है कि उसमें प्रतिक्रियावादी विचारों का अनुपात अधिक हो गया जिसके मूल चेलिशेव के अनुसार, तत्कालीन भारतीय जीवन में विद्यमान थे। यहाँ चेलिशेव ने उन आलोचकों का खंडन किया है जो कवि में इन प्रवृत्तियों के उदय को किसी दार्शनिक दृष्टिकोण के प्रभाव या उसके चरित्र की वैयक्तिक विशेषताओं या फिर स्वास्थ्य के बिगाड़ पर आधारित मानते हैं। (पृ. 185) कहने की आवश्यकता नहीं कि चेलिशेव ने पन्त जी की वैचारिक असंगतियों के वस्तुगत सामाजिक कारणों का निर्देश करके हिन्दी आलोचना को समृद्ध किया है; और इससे पन्त जी के साथ ही अन्य कवियों को भी समझने में मदद मिलती है। उल्लेखनीय है कि इस काल में पन्त जी के सहकर्मी किन्तु उनसे अधिक विद्रोही और सामाजिक चेतना-सम्पन्न निराला में भी अध्यात्मवादी प्रवृत्तियाँ प्रबल हो उठी थीं।

इसके बावजूद चेलिशेव ने पन्त जी को इस बात का श्रेय दिया है कि वे पाँचवें-छठे दशक की क्षयग्रस्त प्रवृत्तियों से मुक्त रहे और पश्चिम की उस बुर्जुआ प्रतिक्रियावादी विचारधारा का प्रभाव उन पर नहीं पड़ा, जिससे ग्रस्त प्रयोगवादी लेखक मानवता-विरोधी भूमिका निभा रहे थे। (पृ. 187) चेलिशेव के अनुसार 'मानव में, सद्सद विवेक बुद्धि की उज्ज्वल शक्तियों की विजय में, अपनी मातृभूमि तथा समस्त मानवता की स्वाधीनता में 'आशावादी विश्वास' ने हमारे मानवतावादी कवि के लिए अपने साहित्य में पतनशील प्रवृत्तियों के प्रवेश के विरुद्ध विश्वास-सा ही सुरक्षा-साधन का काम किया।' (पृ. 189) यह सही है कि पन्त जी इस काल में भी हमेशा की तरह प्रचंड आशावादी बने रहे। सवाल यह है कि इस आशावाद से पन्त जी की

कविता का क्या हित हुआ? चेलिशेव यह स्वीकार करते हैं कि इस आशावाद के बावजूद पन्त जी की कविता का पतन हुआ; फिर साहित्य की पतनशील प्रवृत्तियों से बचने का क्या लाभ? सभी जानते हैं कि परवर्ती निराला में पन्त से आशावाद कम था—बल्कि निराशा का स्वर ही प्रधान था; फिर भी निराला पन्त से श्रेष्ठ कविताएँ दे गए। क्यों? स्पष्ट है कि कविता में उत्कर्ष या ह्रास का सम्बन्ध आशा या निराशा से अनिवार्य नहीं है; आशा और निराशा अपने-आपमें काव्य के उपकारक नहीं हैं। महत्त्वपूर्ण है आशा और निराशा में निहित सामाजिक वस्तु। किन्तु लगता है कि चेलिशेव इस प्रश्न की जटिलता में न जाकर केवल एक अतिसरलीकृत निष्कर्ष से सन्तुष्ट हो गए।

वैसे, चेलिशेव ने 'ज्योत्स्ना' नाटिका की कला-प्रणाली का जो सूक्ष्म विश्लेषण किया है, उससे स्पष्ट है कि वे आशावादी जीवनदृष्टि को काव्य के उत्कर्ष का अनिवार्य तत्त्व नहीं मानते। 'ज्योत्स्ना' नाटिका अपने लोकमंगलवादी स्वर और आशावादी जीवनदृष्टि के बावजूद एक असफल कृति है क्योंकि उसमें 'कोई चरित्र-दर्शन नहीं है। इसके समस्त पात्र बस लेखक की कुछ निश्चित कल्पनाओं के थक्के हैं। इसीलिए नाटक का संघर्ष और उसके कथानक का विकास चरित्रों के टकराव एवं विकास के फलस्वरूप नहीं उत्पन्न हुए हैं।' (पृ. 75) वस्तुतः जैसाकि चेलिशेव ने एक अन्य प्रसंग में कहा है, ''प्रकृति के अक्षय सामंजस्य के कवि' पन्त जी के सृजनात्मक व्यक्तित्व के लिए कोई भी तीव्र विरोधाभास या टकराव अपरिचित ही है।' इसलिए 'पन्त जी के काव्य-नायक के स्वभाव में सच्ची नाटकीयता का अभाव ही है।' (पृ. 107) स्पष्ट है कि काव्य के लिए सीधी-सरल आशा या निराशा से भी अधिक महत्त्वपूर्ण है आशा और निराशा का 'टकराव'। पन्त जी इस टकराव से अपने-आपको साफ बचाकर आशा के कल्पना-लोक में जा छिपते हैं और उनके आशावाद की यह 'काल्पनिकता' ही उनकी सबसे बड़ी कमजोरी है। ऐसा नहीं है कि पन्त जी की इस कमजोरी से चेलिशेव अपरिचित हैं। उन्होंने स्वयं स्वीकार किया है कि इस काल्पनिकता के कारण 'दिग्विजय' शीर्षक संगीत-रूपक प्रभावशाली नहीं बन पड़ा, जो वस्तुतः चेलिशेव के परम-प्रिय विषय प्रथम सोवियत अन्तरिक्ष यात्री यूरी गगारिन की अन्तरिक्ष उड़ान के गौरवार्थ लिखा गया था। इस कृति की असफलता का कारण बतलाते हुए चेलिशेव ने लिखा है कि 'उसमें वास्तविकता का कोई गुमान भी नहीं दिखाई देता। रूपक के प्रसंग का अंकन ठोस ऐतिहासिक घटना-स्थिति से कटा हुआ-सा है, अन्तरिक्ष-विजय की समस्या उसमें भाववादी, साधारणीकृत और नैतिक धरातल पर उठाई गई है।' (पृ. 210) आशावादी पन्त जी इसी वायवीपन के साथ कविता में भारतीय जनता अथवा विश्व-मानव की मंगल कामना करते हैं और काव्य का अमंगल होता है। इसलिए इस वायवी आशावाद और मानववाद से भारत-सोवियत मैत्री के आयोजनों को भले ही बल मिले, न तो काव्य

को कोई शक्ति मिलती है और न इतिहास को ही! कायदे से चेलिशेव की तर्क-पद्धति इसी निष्कर्ष की ओर ले जाती है, किन्तु खेद है कि वे किन्हीं कारणों से इस निष्कर्ष से बचने का प्रयास करते दिखते हैं।

जीवन के प्रति आशावादी दृष्टिकोण को चेलिशेव इतना मूलयवान मानते हैं कि उन्हें यह दृष्टिकोण अनिवार्यतः श्रेष्ठ काव्य का आधार प्रतीत होता है। उनका कुछ ऐसा खयाल है कि क्रान्तिकारी दर्शन अपनाने मात्र से श्रेष्ठ कविताओं की रचना सम्भव हो जाती है। 'युगवाणी' में पन्त जी की 'श्रमिक' शीर्षक कविता देखकर वे यह निष्कर्ष निकालते हैं कि 'जीवन के पुनर्निर्माण में मजदूर वर्ग की क्रान्तिकारी और प्रधान भूमिका को पहले-पहले स्पष्ट और निश्चित रूप से घोषित करनेवाले पन्त जी इस बात में रवीन्द्रनाथ ठाकुर और प्रेमचन्द से भी काफी आगे बढ़ गए।' (पृ. 131) इसी प्रकार 'युगवाणी' में 'प्रकाश' आदि कविताओं को देखकर वे यह कहते हैं कि 'प्रभात के प्रतीक में क्रान्तिकारी आशय भरते हुए पन्त जी रवीन्द्रनाथ से आगे बढ़ गए हैं।' (पृ. 137) सम्भवतः इसी वजह से उनकी दृष्टि में 'क्रान्ति' और 'मार्क्स के प्रति' शीर्षक कविताएँ 'सर्वोच्च शिखर जैसी प्रतीत होती हैं।' (पृ. 142) स्पष्टतः चेलिशेव की दृष्टि में स्वस्थ सामाजिक दृष्टि और 'श्रमिक', 'क्रान्ति', 'मार्क्स' आदि कुछ निश्चित विषय ऐसे हैं जिन पर लिखी हुई कविता अनिवार्यतः अच्छी होती है। कहने की आवश्यकता नहीं कि कविता के मूल्यांकन के लिए यह दृष्टि निहायत सपाट है। जीवन-दर्शन तथा सृजनात्मक प्रणाली के सम्बन्धों के अतिसरलीकरण से ही ऐसी दृष्टि का प्रादुर्भाव होता है। अनेक स्थलों पर भौतिकवादी द्वन्द्वन्याय का अत्यन्त सफल प्रयोग करनेवाले चेलिशेव ऐसे अवसर पर यह भूल जाते हैं कि वास्तविकता के आधार से विच्छिन्न आशावाद–चाहे वह क्रान्तिकारी आशय से ही पूर्ण क्यों न हो, कविता को 'सामान्यताओं के सागर' में डुबो देता है और कविता अपनी जीवन्तता खो बैठती है। इसीलिए अच्छे-से-अच्छे विषय पर भी कभी-कभी बेहद खराब कविताएँ देखने में आती हैं। सम्भवतः इसी वजह से कुछ आलोचक 'यूटोपिया' को साहित्य के लिए अनुपयुक्त मानते हैं।

फिर भी इन सीमाओं के बावजूद चेलिशेव ने पन्त जी की कुछ कविताओं के कलात्मक गुणों का अत्यन्त सूक्ष्म विश्लेषण किया है जो हिन्दी काव्य की व्यावहारिक समीक्षा के क्षेत्र की मूल्यवान निधि है। इस दृष्टि से 'युगवाणी' की 'दो लड़के', 'दो मित्र' तथा 'ग्राम्या' की 'गाँव के लड़के', 'ग्रामीण युवती' आदि कविताओं का विश्लेषण अत्यन्त मार्मिक है। इसी प्रकार 'पल्लव' की 'परिवर्तन' शीर्षक लम्बी कविता का विश्लेषण भी अत्यधिक मौलिक है। वैसे, 'परिवर्तन' की इस व्याख्या से पूरा का पूरा सहमत होना मुश्किल है। चेलिशेव का यह कहना सही है कि 'इस रचना के प्रतीक गहरी सामाजिक-ऐतिहासिक विषयवस्तु से अनुप्राणित हैं,' किन्तु उसे 1919-23 के साम्राज्यवादी दमन और उसके प्रतिरोध का प्रतिबिम्ब कहना आलोचक

का मानसिक आरोप है। 'कहाँ आज वह पूर्ण पुरातन वह सुवर्ण का काल' जैसे अतीतोन्मुख दोहद के भाव से आरम्भ होनेवाली कविता जिस सामाजिक 'परिवर्तन' की व्यंजना करती है, उसका सम्बन्ध पुरानी सामन्ती व्यवस्था के विनाश से अधिक है, साम्राज्यवादी दमन से कम। यही नहीं बल्कि 'परिवर्तन' के 'प्रलय' और 'मृत्यु' के प्रतीकों में प्रथम महायुद्ध की छाया देखना तो और भी हठाकृष्ट है। चेलिशेव ने इस कविता में जीवन-मृत्यु और सृष्टि-प्रलय के द्वन्द्वात्मक विन्यास को सही लक्षित किया है, किन्तु इसके बाद इस पर विचार करना आवश्यक है कि कविता की संरचना में इस द्वन्द्व का विकास नहीं होता बल्कि चक्राकार आवृत्तियाँ होकर ही रह जाती हैं, जिसके कारण यह कविता कुछ फुटकल गीतों की शृंखला बनकर रह गई है। कारण, पन्त जी की 'परिवर्तन' की धारणा ही चक्राकार एवं आध्यात्मिक है। उसमें किसी प्रकार के वास्तविक परिवर्तन और विकास के लिए कोई स्थान नहीं है। इसलिए जीवन-प्रेम और आशावादी स्वर के बावजूद यह कविता अन्ततः एक भँवर में छोड़कर रह जाती है।

किन्तु यह पुस्तक केवल सुमित्रानन्दन पन्त के मूल्यांकन तक ही सीमित नहीं है। चेलिशेव ने पन्त जी की कृतियों का विस्तृत विश्लेषण इसलिए किया है कि 'पन्त जी की कृतियों और उनके जीवन-दर्शन के विश्लेषण से समस्त आधुनिक भारतीय साहित्य के विकास के महत्त्वपूर्ण नियमों को ढूँढ़ निकालना सुकर हो जाता है।' (पृ. 18) इस प्रकार इस पुस्तक में चेलिशेव का मुख्य प्रयोजन है 'पन्त जी के माध्यम से आधुनिक भारतीय साहित्य के महत्त्वपूर्ण नियमों की खोज'। इस दृष्टि से पुस्तक की 'भूमिका' संक्षिप्त होते हुए भी अत्यन्त महत्त्वपूर्ण है।

आधुनिक भारतीय साहित्य के विकास के जिस प्रमुख नियम का चेलिशेव ने उल्लेख किया है, वह है स्वच्छन्दतावाद के साथ-साथ यथार्थवाद का उदय। यह नियम चेलिशेव की अपनी खोज नहीं है बल्कि इसे प्राच्य साहित्य के सोवियत विशेषज्ञ प्रोफेसर नि.इ. कोनरड पहले ही निरूपित कर चुके हैं और चेलिशेव इस नियम के लिए प्रोफेसर कोनरड के आभारी हैं। 'यथार्थवाद की समस्याएँ तथा पूर्वी देशों के साहित्य' (1957) शीर्षक निबन्ध में कोनरड ने यह स्थापित किया है कि 'जहाँ पाश्चात्य देशों के साहित्य में यथार्थवाद का उदय स्वच्छन्दतावाद के बाद क्रमिक रूप में हुआ, पूर्वी देशों के साहित्य ने स्वच्छन्दतावाद के पथ पर चरण रखा ही था कि उस पथ को ठीक से अपना लेने के पहले ही त्वरा से आगे को अर्थात् यथार्थवाद की ओर लपक पड़ा; इस कारण यथार्थवाद में गिनी जाने वाली बहुत-सी रचनाओं में स्वच्छन्दतावाद के तत्त्व विद्यमान रहे।' कोनरड के अनुसार, यह ऐसी विशेषता है जिसकी आवृत्ति न्यूनाधिक मात्रा में सभी पूर्वी साहित्यों में होती रही। भारतीय साहित्य पर इस नियम को लागू करते हुए चेलिशेव ने यह लिखा कि 'भारतीय साहित्य में स्वच्छन्दतावादी प्रवृत्तियों के साथ-साथ यथार्थवाद का उदय हुआ।' (पृ. 10) हिन्दी

साहित्य में पन्त, निराला, प्रसाद के साथ प्रेमचन्द का उदय इस नियम की सत्यता का ठोस प्रमाण है। हिन्दी आलोचक इस तथ्य से सर्वथा अपरिचित रहे हों, ऐसा तो नहीं है, किन्तु इतने स्पष्ट रूप से उन्होंने इस नियम को निरूपित नहीं किया था; इसलिए इस विशेषता की ओर ध्यान दिलाने का श्रेय निश्चय ही चेलिशेव को देना होगा।

पर सवाल इस नियम के सत्यापन का है। यथार्थवाद का जो भी अर्थ लिया जाए, यह कहना गलत है कि स्वच्छन्दतावाद के साथ यथार्थवाद का उदय केवल पूर्वी देशों के साहित्य की विशेषता है। अंग्रेजी के रोमांटिक कवियों या फिर रूसी साहित्य के रोमांटिक कवि और कथाकार पुश्किन में यथार्थवाद के सन्निवेश को इनकार नहीं किया जा सकता। दूसरी ओर जहाँ तक हिन्दी कविता के इतिहास का सम्बन्ध है, एक तरह का यथार्थवाद तो स्वच्छन्दतावाद से पहले ही विद्यमान था जिसे रामचन्द्र शुक्ल ने द्विवेदीयुगीन 'इतिवृत्तात्मकता' की संज्ञा दी थी। आखिर बीसवीं सदी के शुरू में 'कृषक', 'विधवा' और 'अमलतास' जैसे विषयों पर लिखी हुई वर्णनात्मक कविताएँ यथार्थवादी नहीं तो क्या थीं? क्या वे कविताएँ आरम्भिक प्रगतिशील युग की यथार्थवादी कविताओं की याद नहीं दिलातीं? इसलिए तात्पर्य यदि हिन्दी के स्वच्छन्दतावादी काव्य में यथार्थवाद के समावेश से है तो सचाई यह है कि छायावादी कवियों ने प्रयास करके उस स्थूल यथार्थवाद का तिरस्कार किया था। निराला की 'भिक्षुक' जैसी आरम्भिक कविताएँ वस्तुतः पूर्ववर्ती सुधार-युग के करुणोत्पादक यथार्थवाद का ही अवशेष मालूम होती हैं जिन्हें अतिरिक्त गौरव देना गलत है। और यदि छायावाद में यथार्थवाद के समावेश का अर्थ कविता को यथार्थ के निकट ले जाने से है तो फिर छायावाद की ऐसी संकुचित परिभाषा करनी पड़ेगी जिसका जीवन के यथार्थ से कोई सम्बन्ध न हो। किन्तु जैसाकि चेलिशेव ने स्वयं स्वीकार किया है, 'वास्तविकता के कलात्मक अर्थोद्घाटन की स्वच्छन्दतावादी प्रणाली आधुनिक हिन्दी कविता के विकास में एक महत्त्वपूर्ण नियम-सी रही है।' (पृ. 2) ऐसी स्थिति में जबकि स्वच्छन्दतावाद 'वास्तविकता के कलात्मक अर्थोद्घाटन की प्रणाली' है, उसमें अलग से यथार्थवाद के समावेश की आवश्यकता नहीं रह जाती। इसलिए कोनरड द्वारा स्थापित और चेलिशेव द्वारा समर्थित नियम का केवल यह अंश हिन्दी के लिए सत्य ठहरता है कि यहाँ यथार्थवाद में भी स्वच्छन्दतावाद के तत्त्व विद्यमान थे, जैसाकि प्रगतिशील काव्य में दृष्टिगोचर होता है, यहाँ तक कि प्रेमचन्द के 'आदर्शोन्मुख यथार्थ' वाले 'सेवासदन', 'प्रेमाश्रम', 'रंगभूमि' जैसे आरम्भिक उपन्यासों में भी स्वच्छन्दतावाद मिश्रित यथार्थवाद की ही झलक मिलती है। उल्लेखनीय है कि पन्त जी की काव्य-साधना के विवेचन के दौरान चेलिशेव ने भी कहीं 'यथार्थवाद मिश्रित स्वच्छन्दतावाद' या 'स्वच्छन्दतावाद मिश्रित यथार्थवाद' जैसी अवधारणा का सहारा नहीं लिया है। इसके विपरीत

उन्होंने 'प्रगतिशील स्वच्छन्दतावाद', 'क्रान्तिकारी स्वच्छन्दतावाद' तथा 'सक्रिय स्वच्छन्दतावाद' जैसे शब्दों का प्रयोग किया है जो स्पष्टतः स्वच्छन्दतावाद के अधिक यथार्थोन्मुख छोर के सूचक हैं।

किन्तु इसके बावजूद चेलिशेव की उक्त स्थापना हिन्दी स्वच्छन्दतावाद के निजी वैशिष्ट्य को समझने में काफी दूर तक सहायक है। इस सन्दर्भ में चेलिशेव की एक अन्य धारणा पर्याप्त प्रासंगिक है। उनका कहना है कि 'हिन्दी कविता में छायावाद के कुछ अनुसन्धानकर्ता-आलोचक छायावाद पर यूरोपीय स्वच्छन्दतावाद के प्रभाव का अतिमूल्यांकन करते दिखाई देते हैं।...यह स्वीकार करना चाहिए कि आधुनिक भारतीय साहित्य के विकास-पथ पर पश्चिमी साहित्य का स्पष्ट प्रभाव पड़ा है, पर यह प्रभाव उतना निर्णयकारी नहीं रहा है।' इस प्रकार चेलिशेव ने हिन्दी छायावाद के राष्ट्रीय वैशिष्ट्य की ओर संकेत किया है। सवाल यह है कि हिन्दी छायावाद का वह राष्ट्रीय वैशिष्ट्य क्या है? क्या इस वैशिष्ट्य का सम्बन्ध केवल भारत की धार्मिक-सांस्कृतिक परम्पराओं तक ही सीमित है? चेलिशेव इस विषय में काफी स्पष्ट हैं। उन्होंने हिन्दी छायावाद को नवीन सांस्कृतिक जागरण तथा राष्ट्रीय स्वाधीनता आन्दोलन का प्रतिबिम्ब माना हैं। इसका अर्थ यह है कि हिन्दी के छायावाद की विशिष्टता भारत के स्वाधीनता आन्दोलन की राष्ट्रीय प्रवृत्तियों से सम्बद्ध है। चेलिशेव ने जहाँ इतने आलोचकों के मत उद्धृत किए हैं, वहाँ वे इस सन्दर्भ में स्पष्टता के लिए रामविलास शर्मा का यह कथन उद्धृत कर सकते थे : 'अंग्रेजी के रोमांटिक साहित्य और हिन्दी के छायावादी साहित्य में महत्त्वपूर्ण भेद है। हिन्दी का छायावादी साहित्य सामन्त-विरोधी औद्योगिक क्रान्ति के बाद का साहित्य नहीं है। वह साम्राज्यवाद के विरुद्ध भारतीय जनता के संघर्षकाल का साहित्य है। उसमें सबसे सशक्त स्वर देश की स्वाधीनता और जनतंत्र प्राप्त करने की आकांक्षा का स्वर है।...अंग्रेजी रोमांटिक साहित्य का एक सीमान्त समाजवादी विचारधारा को छूता है तो दूसरा आदर्शवाद की घटनाओं में डूबा हुआ है। हिन्दी के छायावादी साहित्य का एक सीमान्त साम्राज्य-विरोधी, सामन्त-विरोधी, विचारधारा को छूता है तो दूसरी ओर सामन्तवाद का समर्थन करनेवाली अनेक आदर्शवादी धाराओं में डूबा हुआ है।' (लोकजीवन और साहित्य, पृ. 82-83)।

वस्तुतः राष्ट्रीयता के साथ स्वच्छन्दतावाद के उदय का सम्बन्ध घनिष्ठ है। यदि भारतीय साहित्य में स्वच्छन्दतावाद का उदय भारत की राष्ट्रीय स्वाधीनता के संघर्ष से सम्बद्ध है और इस प्रकार भारतीय स्वच्छन्दतावाद के अपने विशिष्ट चरित्र का निर्माण हुआ, तो इसके साथ भारत की प्रत्येक भाषा के साहित्य में भी स्वच्छन्दतावाद की अपनी जातीय विशिष्टता है। इस दृष्टि से हिन्दी का छायावाद बंगला के स्वच्छन्दतावादी काव्य से एक हद तक समानता रखते हुए भी बहुत-सी बातों में भिन्न है। यही बात मराठी, गुजराती, मलयालम, उर्दू अथवा किसी अन्य भारतीय भाषा के

स्वच्छन्दतावाद के बारे में भी कही जा सकती है। चेलिशेव के विवेचन की यह सीमा है कि जहाँ उन्होंने भारतीय स्वच्छन्दतावाद के राष्ट्रीय वैशिष्ट्य की बात उठाई, वहाँ उन्होंने इस वृहत्तर परिवृत्त में हिन्दी छायावाद की अपनी विशिष्टताओं का सवाल नहीं उठाया, उलटे उन्होंने जगह-जगह रवीन्द्रनाथ के प्रभाव को अतिरिक्त महत्त्व दिया। जहाँ इतना सामान्य प्रश्न भी न उठाया गया हो, वहाँ हिन्दी छायावाद सम्बन्धी अन्य गहरे प्रश्नों की अपेक्षा ही क्या?

वस्तुतः हिन्दी के छायावादी काव्य की राष्ट्रीय विशेषता की चर्चा करते समय सम्पूर्ण विश्व-साहित्य के स्वच्छन्दतावादी आन्दोलनों के राष्ट्रीय वैशिष्ट्य का उल्लेख करना आवश्यक है। स्वयं यूरोप के ही प्रायः हर देश का रोमांटिक काव्यान्दोलन एक हद तक दूसरे देश से प्रभाव ग्रहण करते हुए अपने राष्ट्रीय गौरव का उन्नायक रहा है। इंग्लैंड के रोमांटिक आन्दोलन ने फ्रांस की राज्य-क्रान्ति से प्रेरणा ली, किन्तु उसने अपने देश की लोककथाओं, लोकगीतों, मिथकों आदि को आधार बनाकर साहित्य को राष्ट्रीय रंगत दी। इसी प्रकार रूस, पोलैंड, हंगरी, जर्मनी और इटली का भी रोमांटिसिज्म प्रथमतः अपने राष्ट्र की सांस्कृतिक गरिमा की चिन्ता से सम्बद्ध था। प्रत्येक देश के रोमांटिसिज्म ने सामान्य जनजीवन का आधार लेकर उस अभिजात वर्ग के विरुद्ध विद्रोह किया जो अपनी रुचियों में विदेशी—सामान्यतः फ्रांसीसी संस्कृति का गुलाम था। और अपने इस प्रयास में रोमांटिक कवियों को दूसरे देश के साहित्य से प्रेरणा लेने में कोई विरोधाभास न दिखा। इस प्रकार यदि हिन्दी के छायावादी कवियों ने अंगेजी साम्राज्य से लड़ते हुए भी अंग्रेजी रोमांटिक काव्य से प्रेरणा ली तो इसमें न तो कोई विरोधाभास था और न राष्ट्रीय वैशिष्ट्य का निषेध ही।

फिर भी चेलिशेव का यह कहना सही है कि आधुनिक भारतीय साहित्य के विकास में पश्चिमी साहित्य का प्रभाव निर्णयकारी नहीं रहा है। उन्होंने इस प्रभाव का अतिमूल्यांकन करनेवाले हिन्दी आलोचकों का खंडन उचित ही किया है, किन्तु वे इस ब्यौरे में नहीं गए कि वे आलोचक दरअसल थे कौन? यह प्रश्न अनावश्यक नहीं है। इससे आधुनिक कविता के विकास के अन्य अनेक प्रश्न उलझे हुए हैं।

वस्तुतः जिन आलोचकों ने हिन्दी छायावाद पर पाश्चात्य प्रभाव को बहुत बढ़ा-चढ़ाकर दिखाया था, वे छायावाद के विरोधी और प्राचीन काव्य के समर्थक थे। पाश्चात्य प्रभाव का हौवा खड़ा किया गया था अन्ध राष्ट्रवादी आग्रह के साथ। उल्लेखनीय है कि वे छायावाद को अभारतीय ही नहीं बल्कि असामाजिक, पलायनवादी और अस्वस्थ मनोवृत्ति की उपज कहते थे। प्रतिक्रिया की ये शक्तियाँ छायावाद युग में ही समाप्त नहीं हो गईं। उन शक्तियों के आक्रामक प्रयास छायावाद के बाद प्रगति, प्रयोग, नई कविता तथा आज के दौर में भी देखे जा सकते हैं। इन नई काव्य-प्रवृत्तियों पर उनके आरोप भी वही पुराने हैं : पाश्चात्य प्रभाव का हौवा।

चेलिशेव की इस पुस्तक के सन्दर्भ में हिन्दी साहित्य की इस स्थिति का उल्लेख इसलिए आवश्यक है कि स्वयं वे भी आगे चलकर पाश्चात्य प्रभाव के उसी अतिमूल्यांकन के शिकार हो गए हैं। पाँचवें से सातवें दशक की जिस कविता को उन्होंने पश्चिम के पतनशील बुर्जुआ साहित्य का प्रभाव कहा है, वह भी छायावाद के समान ही अपना राष्ट्रीय वैशिष्ट्य रखती है। पन्त जी की दृष्टि से देखने पर निश्चय ही उस पर पतनशील पाश्चात्य साहित्य का गहरा प्रभाव दिखाई पड़ेगा, लेकिन चेलिशेव के लिए कोई विवशता तो नहीं कि वे और बहुत-सी बातों में पन्त जी की जीवन-दृष्टि को असंगतिपूर्ण मानते हुए भी इस मामले में उन्हीं की दृष्टि अपनाएँ! सचाई तो यह है कि पाँचवें दशक और उसके बाद की हिन्दी कविता का विकास पन्त जी के माध्यम से नहीं समझा जा सकता है। आखिर जो पन्त, बकौल चेलिशेव, अपनी काल्पनिक जीवन-दृष्टि के कारण इस काल की जीवन्त वास्तविकता से कटे रहे, वे इस काल की कविता के ही प्रतिनिधि कैसे हो सकते हैं? आश्चर्य है कि चेलिशेव की द्वन्द्वात्मक दृष्टि इस स्पष्ट असंगति को न देख सकी। एक वस्तुवादी आलोचक के नाते उन्हें यह प्रश्न करना चाहिए था कि क्या मुक्तिबोध जैसे कवि पतनशील पाश्चात्य साहित्य के प्रभाव की उपज हैं? लगता है, चेलिशेव के सामने यह प्रश्न ही नहीं उठा, इसलिए उनसे पाँचवें दशक के बाद के साहित्य के विकास के सही नियमों की अपेक्षा नहीं की जा सकती। उन्हें न तो इस काल के भारतीय जीवन की वास्तविकता का सही ऐतिहासिक बोध है और न उस वास्तविकता को प्रतिबिम्बित तथा परिवर्तित करनेवाले काव्य से ही परिचय है। इसीलिए वे इस काल के भारतीय साहित्य में यथार्थवाद की सीमाबद्धता और निर्बलता पर खेद प्रकट करते हुए कहते हैं कि आधुनिक भारतीय कवि 'अभी भी भारत के ऐतिहासिक विकास के खाके को विस्तृत एवं पूर्ण रूप में उद्घाटित एवं स्पष्ट नहीं कर पाए।' (पृ. 18) सम्भवतः निराशा का यह स्वर सुमित्रानन्दन पन्त पर ही सारा ध्यान केन्द्रित करने का परिणाम है।

हिन्दी की समकालीन कविता में निस्सन्देह अनेक असंगतियाँ हैं। वास्तविकता के कलात्मक उद्घाटन में यह कविता सर्वथा निर्दोष नहीं है और कुछ कवियों के वैचारिक-सौन्दर्यात्मक दृष्टिकोण निश्चित रूप से प्रतिक्रियावादी हैं। किन्तु इन सबको पश्चिम के पतनशील बुर्जुआ साहित्य का प्रभाव कहना अतिसरलीकरण है। कविता के इन मनोगत भ्रमों को सही-सही आँकने के लिए वर्तमान भारत की ऐतिहासिक परिस्थितियों का वस्तुगत विश्लेषण अपेक्षित है। चेलिशेव ने इस ब्यौरे में जाने के बजाय सरलता और सुविधा का मार्ग अपनाया और समकालीन कविता को कवियों की विचारधारा में निःशेष करके दूसरे अतिसरलीकरण की भूल की।

किन्तु इस असहमति के बावजूद चेलिशेव की पुस्तक महत्त्वपूर्ण है। सुमित्रानन्दन पन्त पर इतनी मुकम्मल और सन्तुलित पुस्तक दूसरी नहीं है। भारत के स्वाधीनता-

आन्दोलन की पृष्ठभूमि में आधुनिक हिन्दी कविता का ऐसा ऐतिहासिक विश्लेषण कम हुआ है। मार्क्सवादी आलोचना असन्दिग्ध रूप से इस पुस्तक से समृद्ध हुई है। इस तथ्य का उल्लेख अप्रासंगिक न होगा कि यह पुस्तक संयोग से लेनिन जन्मशती के वर्ष में प्रकाशित हुई है और आधुनिक भारतीय साहित्य के विषय में अपनी गहरी दिलचस्पी तथा पैनी समझ का प्रमाण देकर चेलिशेव ने एक स्तर पर महान लेनिन के क्रान्तिकारी उद्देश्य में ही योग दिया है। लेनिन जन्मशती के अवसर पर एक सोवियत अध्येता का हिन्दी के लिए इससे उपयुक्त उपहार और क्या हो सकता है?

[आलोचना : अप्रैल-जून, 1970]

पन्त जी और नई पीढ़ी

कवि श्री सुमित्रानन्दन पन्त हमारे पूर्ववर्ती ही नहीं, बल्कि समवर्ती भी हैं—नई पीढ़ी के ही नहीं बल्कि पिछली तीन पीढ़ियों के। छायावाद और प्रगतिवाद के तो, खैर, प्रवर्तकों में ही हैं, प्रयोगों के भी पुरस्कर्ता बतलाए गए हैं और अब नई कविता की दौड़ में भी पश्चात्पद नहीं हैं। सदा सामयिक और नित्य-नूतन रहने की आकांक्षा आलोचना की परिपाटी में काफी जानी-मानी बात हो गई है। स्वयं पन्त जी की भी ऐसी ही सम्मति है और अपने विकास के चार सोपानों को स्पष्ट करके उन्होंने आलोचकों का काम काफी आसान कर दिया है। फिर भी नई पीढ़ी के कवि इस ओर से उदासीन हैं। शायद वे पन्त जी के इस तथाकथित 'क्रमिक विकास' को स्वीकार नहीं करते या फिर स्वीकार करते हुए भी, उन्हें 'समसामयिक' नहीं मानते। कवि को इससे क्षोभ है। जवाब में वे नई पीढ़ी को पथभ्रष्ट या ऐसा ही कुछ कहते हैं। वस्तुस्थिति यह है। आलोचकों की संस्तुतियाँ भी कवि के असन्तोष को शान्त नहीं कर पातीं, शायद उसे समसामयिक कवियों की स्वीकृति की अपेक्षा होती है। पन्त जी में यदि यह असन्तोष है, तो मैं इसे एक रचनात्मक आकांक्षा मानता हूँ और इस प्रकार उनकी परवर्ती कृतियाँ अन्ततः जो भी प्रमाणित हों, उनका यह संक्रमण ही नई पीढ़ी के लिए गम्भीर विचार का विषय है।

साहित्य-समीक्षा में एक बात स्पष्ट हो जानी चाहिए कि किसी कवि का हर नये युग के अनुसार बदलते जाना अपने-आपमें कोई मूल्य नहीं है। केवल बदलते जाना कवि की जागरूकता का प्रमाण नहीं है। विकास यह नहीं है और न है क्रमिक विकास। समय का तकाजा भले हो। इसलिए पन्त जी का क्रमिक विकास प्रमाणित करने के लिए उनके चालीस वर्षों की काव्य-रचना का जो खाका पेश किया जाता है, वह एकदम सतही है। प्रकृति से मानव, मानव से जनजीवन, जनजीवन से दिव्य जीवन और दिव्य जीवन से नवमानव, अथवा कल्पना से अनुभूति, अनुभूति से विचार, विचार से अध्यात्म या फिर अन्तर से बाहर और अन्त में बहरन्तर का समन्वय आदि बातें काव्य-विकास की चर्चा में ऊपरी ही नहीं, बल्कि अप्रासंगिक भी हैं। यह स्कीम छात्रों को परीक्षा में उत्तीर्ण करा सकती है, लेकिन काव्य की आत्मा में प्रवेश नहीं करा सकती। सचाई तो यह है कि किसी

कवि के विकास का इतना योजनाबद्ध होना ही उसकी रचनाशीलता के सामने प्रश्नचिह्न लगा देता है। रचनात्मक प्रतिभा का विकास इतना सीधा, सरल और सपाट नहीं हुआ करता।

स्वयं पन्त जी ने तथा उनके प्रशंसकों ने अच्छी तरह यह प्रमाणित करने का प्रयत्न किया है कि परिवर्तन की इस प्रक्रिया में विचारों का साथ अनुभूतियों ने और अनुभूतियों का साथ कला ने बराबर दिया है। विचार, अनुभूति और कला का यह समानान्तर परिवर्तन इतना पक्का है कि अपने-आप अविश्वसनीय हो उठता है। सारी योजना, सारा 'केस' अविश्वसनीयता की हद तक मुकम्मल बनाया गया है। आलोचक इस योजना पर विश्वास भले ही कर लें किन्तु रचना-प्रक्रिया की पीड़ा से गुजरनेवाले कवि के लिए असम्भव है। किसी पत्रकार का परिवर्तन ही इतना सुनियोजित हो सकता है। रचनाशील कवि का परिवर्तन इतना सहज नहीं होता क्योंकि उसमें कवि का समूचा व्यक्तित्व सम्पृक्त रहता है। प्रायः विचारों का साथ अनुभूति नहीं देती और अनुभूति का साथ कला नहीं दे पाती, यहाँ तक कि ढलती उम्र में संवेदनों को ग्रहण करने की शक्ति भी रह-रहकर साथ छोड़ने लगती है।

बहरहाल, जहाँ तक पन्त जी के काव्य का सम्बन्ध है, स्वयं उनकी अपनी राय तथा आलोचकों द्वारा प्रस्तुत विकास-योजना के बावजूद उनकी रचना में परिवर्तन-प्रक्रिया की अनेक असंगतियाँ मिलती हैं और ये असंगतियाँ ही हमारे लिए उनके काव्य को महत्त्वपूर्ण बनाती हैं क्योंकि रचना-प्रक्रिया का द्वन्द्व भी आज काव्य-अनुभूति का एक नया स्तर है।

विचारों के क्षेत्र में पन्त जी की जागरूकता असन्दिग्ध है। पिछले चालीस वर्षों में दर्शन, विज्ञान, राजनीति तथा साहित्य सम्बन्धी जितनी महत्त्वपूर्ण विचारधाराएँ उठी हैं, उन पर पन्त जी की सतर्क दृष्टि रही। विचारधाराओं के संघर्ष को उन्होंने अपनी बुद्धि में बराबर उद्दीप्त रखा। यही नहीं, बल्कि अपने ढंग से उन्होंने इनमें से अपने लिए समाधान ढूँढ़ने का प्रयत्न किया। इस समाधान में ऊपर से कोई दुर्बलता नहीं दिखती। लोककल्याण और विश्वमंगल के मानवतावादी आदर्श से उनका काव्य अनुगूँजित है। छायावादी संस्कारों के बावजूद उन्होंने व्यक्तिवादी दायरे से मुक्त होकर व्यापक सामाजिकता का जयगान किया। लोकमंगल की आकांक्षा ने उनके हृदय को इतना विशाल बना दिया कि उन्होंने एक ही साथ सबकी मंगलकामना की। पक्षों के संघर्ष में उन्होंने अपने को सबसे ऊपर कर लिया। उनके मानवतावाद का विरोध केवल मशीन से है। इन विचारों के द्वारा वे सच्चे हृदय से नवमानव का निर्माण करना चाहते हैं। कहाँ यह ऊँचा आदर्श और कहाँ नये कवियों की दुविधा और पीड़ा से ग्रस्त वैयक्तिकता!

कठिनाई केवल इतनी है कि इतनी ऊँची मानवता की कल्पना करनेवाला स्वयं भी मानवता हो जाता है, मानव वह नहीं रह पाता! और अनुभूतियाँ मानव को होती

हैं, बल्कि व्यक्ति-मानव को, मानवता को नहीं। इस ऊँचे स्तर पर पन्त जी की मानवता को यदि अनुभूतियाँ न हों, तो इसमें आश्चर्य की कोई बात नहीं। राग-विराग से परे की स्थिति शम दशा कहलाती है जिसका दूसरा नाम आनन्द भी है। बात इतनी ही है कि यह 'शान्ति' और 'आनन्द' प्राचीन आचार्यों के अनुसार भी काव्य की निष्पत्ति है, उत्पत्ति नहीं। पन्त जी ने अन्त से शुरू किया है, इसलिए वे 'सन्त' हैं : राष्ट्रकवि की वाणी भला मृषा हो सकती है!

लेकिन हमें यह नहीं भूलना चाहिए कि पन्त जी विचारों में समन्वयवादी हैं। समस्त विरोधी विचारों का अध्ययन करने के बाद उन्हें समन्वयवाद का ही रास्ता सुरक्षित प्रतीत हुआ। उन्होंने सामाजिक-मंगल के साथ व्यक्ति-मंगल के गीत गाना भी उचित समझा। महत्त्वपूर्ण तथ्य है कि उम्र के साथ ही पन्त जी की आत्मपरक कविताओं की संख्या भी बढ़ती गई। एक बार उन्होंने गर्व (?) से कहा था कि 'व्यक्तिगत सुख-दुःख के सत्य को अथवा मानसिक संघर्ष को मैंने अपनी रचनाओं में वाणी नहीं दी है, क्योंकि वह मेरे स्वभाव के विरुद्ध है।' लेकिन यह बात 'आधुनिक कवि' संग्रह के समय की है। स्वभाव बदल भी तो सकता है।

ऐसा कई कवियों के साथ हुआ है। युवावस्था में किसी अंकुश के कारण उन्होंने व्यक्तिगत कविताएँ नहीं लिखीं और उम्र ढलने के साथ ही उनका वह अंकुश हट गया। रवीन्द्रनाथ भी ऐसे ही कवियों में थे। कविता में वैयक्तिकता अपने-आपमें न तो दोष है और न निर्वैयक्तिकता गुण। जिस वैयक्तिकता को कुछ कवि सहज ही आरम्भिक उत्थान में वाणी दे लेते हैं, उसी के लिए भाषण की स्वतंत्रता प्राप्त करने में दूसरे कवियों को जीवन का आधा से भी अधिक समय लगा देना पड़ता है। निर्वैयक्तिकता व्यक्तित्वहीन व्यक्ति की वाणी नहीं है, व्यक्तिविशेष की हैसियत से मानव मात्र के लिए बोलने का नाम निर्वैयक्तिकता है। बात का मूल्य इस पर भी निर्भर होता है कि कहने वाला व्यक्ति कौन है। अणुबम के विरोध में जब आइंस्टीन ने आवाज उठाई तो उस विरोध का मूल्य बढ़ गया क्योंकि उस विरोध के पीछे एक व्यक्तित्व था : व्यक्तिवाचक एक संख्या नहीं, बल्कि एक ठोस व्यक्तित्व। काव्य की शक्ति का सम्बन्ध भी ऐसे ही व्यक्तित्व से है।

जिसमें अपनी बात कहने की हिम्मत नहीं है, वह दूसरों के लिए क्या मुँह खोलेगा? और मुँह खोलेगा भी तो उसकी आवाज में क्या बल होगा? वैसे, यह गलत है कि पन्त जी ने अपनी आरम्भिक कविताओं में व्यक्तिगत सुख-दुःख की बातें नहीं कहीं। 'पल्लव', 'गुंजन' में व्यक्तिगत बातें चाहे जिस शक्ल में हों, परन्तु उनसे जिस कवि-व्यक्ति का व्यक्तित्व सामने आया, वह आसमान या पहाड़ से नहीं टपका था! और बाद की 'आत्मिका' कविताएँ ढली उम्र में उसी भूतपूर्व व्यक्तित्व की दुखद स्मृतियाँ हैं। इन काव्य-संस्मरणों में अनुभूति नहीं बल्कि 'अनुभूति की स्मृति' है : स्मृति की अनुभूति नहीं, अनुभूति की स्मृति। इसलिए

इनमें ताजगी और तीव्रता नहीं है, बल्कि एक शीतल ज्वाला है। इनमें एक प्रकार की परोक्षता है। फिर भी लोक-मंगल वाली कविताओं से इनमें काव्यात्मकता अधिक है।

परन्तु विचारणीय बात है लोक-मंगल और व्यक्तिगत अनुभूति का समन्वय। क्या इनमें समन्वय का कोई आधार है? एक ओर लोक-मंगल का वह उदात्त आदर्श और दूसरी ओर किशोर स्मृतियों का पुंज यह व्यक्तित्व! ऐसे व्यक्तित्व से वह लोक-मंगल किस प्रकार विकसित होता है? अपने मानववादी आदर्श से पन्त जी ऐसे ही नवमानव का निर्माण करना चाहते हैं? जाहिर है कि पन्त जी के ऊँचे आदर्श अनुभूतियों की तीव्रता से नहीं ढले हैं। इस प्रकार यह समन्वयवाद अनुभूतियों की तीव्रता से तो रहित है ही, आत्मचिन्तन के तप से भी अछूता है। हर समन्वयवाद की तरह यह समन्वयवाद भी एक प्रकार का बौद्धिक आलस्य है, सुविधाजनक समझौता है। जो लोग पन्त जी के विचारों और अनुभूतियों के सतही विकास की बात करते हैं, वे भूल जाते हैं कि यह अनुभूत चिन्तन का विकास नहीं है। हर नये युग के वातावरण में उड़नेवाली सूचनाएँ पन्त जी ने चाहे जितनी ग्रहण की हों, किन्तु कवि सुलभ चिन्तन की शक्ति कैशोर ही रही। इसे स्वीकार करने में कोई लज्जा नहीं होनी चाहिए।

इसलिए यदि किसी कवि का कृतित्व कई युगों और पीढ़ियों के बीच फैला हुआ हो तो 'क्रमिक विकास' अथवा 'विकास' की भाषा में सोचने से भ्रम हो सकता है। बेहतर है कि हम 'परिपक्वता' या 'प्रौढ़ता' की भाषा में ही सोचें। प्रश्न यह नहीं है कि कवि ने हमारी नई पीढ़ी की सफलता से कितना लाभ उठाया। यह भी प्रश्न नहीं है कि आनेवाली पीढ़ियों के कृतित्व में स्वयं उसका क्या स्थान रहा। प्रश्न यह है कि परिवर्तित वास्तविकता की आँच में उसने अपनी स्वकीयता को कितना माँजा? एक युग का निर्मित व्यक्तित्व अन्य युगों का रस ग्रहण कर कितना प्रौढ़ हुआ? मूल प्रश्न सम्पूर्ण व्यक्तित्व के परिपाक का है, जिसमें वयोचित ऐन्द्रिय बोध के साथ अनुभूति और चिन्तन का सहज समवाय हो। काव्यपाक का कोई वस्तुनिष्ठ लक्षण बता सकना कुछ कठिन है। मोटे तौर से इतना ही कहा जा सकता है कि पूर्ववर्ती और परवर्ती कविताएँ दो भिन्न कवियों की लिखी हुई प्रतीत न हों, परवर्ती कविताओं की श्रेष्ठता पूर्ववर्ती कविताओं की प्रतिष्ठा पर निर्भर न हो, बल्कि परवर्ती कविताओं के आलोक में पूर्ववर्ती कविताएँ भी नये अर्थ से चमक उठें। अनुभूतियों की जो ताजगी नये कवियों की कविताओं में मिलती है, उसे मध्यायु के कवि में ढूँढ़ना ज्यादती होगी, लेकिन नये सन्दर्भ में झंकृत होने की क्षमता तो उनमें होनी ही चाहिए।

जैसा कि पन्त जी की 'अतिमा', 'वाणी' तथा 'कला और बूढ़ा चाँद' पुस्तकों से स्पष्ट है, उन्होंने नई कविता की सफलताओं को अधिक-से-अधिक आयत्त करने

का प्रयत्न किया है। कभी-कभी तो प्रचलित प्रतीकों और बिम्बों को भी उन्होंने उठा लिया है। शंख-सीपी, अनबिंधे मोती आदि के साथ 'यह दीप तुम्हें सौंपता हूँ' जैसी बातें भी मिलेंगी। आत्मविश्वास के साथ उन्होंने यह भी कहा है कि :

मैं शाश्वत, निःसीम का
गायक और सृजक रहा
तो
सद्यः क्षणिक का भी
जनक हूँ।

यह सब सामयिकता का आग्रह है। इससे ग्रहणशील कवि की आतुरता ही प्रकट होती है। परिपक्वता यह नहीं है।

संवेदनशीलता प्रकट करने के लिए उन्होंने सौन्दर्य के क्षेत्र में काफी प्रयत्न किया और एक दूसरे स्तर पर परवर्ती कविताओं में अत्यधिक ऐन्द्रियता भी उभरी। पन्त जी ने इन्हें दीप्त-लावण्य कहा है और उनके अनुसार रागभावना के प्रति यह एक मौलिक दृष्टिकोण है, परन्तु तथ्य कुछ और ही कहते हैं। 'मेरी दुर्बल इन्द्रियाँ तुम्हारे आनन्द का उत्पात नहीं सहेंगी' कहना सत्य के अधिक निकट है। इन्द्रिय-बोध की दुर्बलता से ही इस प्रकार की ऐन्द्रियता प्रकट होती है, जो वार्धक्य का संकेत है। दुर्बल इन्द्रिय-बोध, अतीत की स्मृति में डूबी अनुभूतियाँ और लोकमंगल का ऊँचा आदर्श—इन तीन छोरों पर तना हुआ कवि—व्यक्तित्व परिपक्वता में न ढलकर एक दूसरे स्तर पर समूचे प्रयत्न को दुखद बना देता है।

सभी जानते हैं कि नई पीढ़ी के साथ कविता में एक प्रकार के नये रोमांटिक उत्थान का उदय हुआ है, जो व्यक्तिगत अनुभूतियों की सीमा में ही युग जीवन के नये पहलुओं को उद्भासित कर रहा है। लोक-मंगल या नई सुबह का नारा यहाँ नहीं है। फिर भी इन कवियों के द्वारा सामाजिक संघर्षों में तपे हुए युवक व्यक्तित्व के कुछ ऐसे सत्य सामने आ रहे हैं, जो अधिक वास्तव हैं। छायावाद के यशस्वी कवि पन्त जी यदि ऊपरी आकर्षणों को छोड़कर अन्तःपरिपाक ही करते तो आज हमारे अधिक समसामयिक होते!

काव्य-चेतना की दृष्टि से पिछले चालीस वर्षों में कवि का व्यक्तित्व बहुत नहीं बदला है। सामाजिक दृष्टि से आज भी कवि व्यक्तिवादी है, बल्कि समाज से कुछ अधिक ही कट गया है। कवि का अकेलापन बढ़ा ही है। प्रवृत्तियों के परिवर्तन प्रायः ऊपर हैं। दिन पर दिन यह बात स्पष्ट होती जा रही है। वादों के नारों को हटाकर इस शताब्दी के काव्य-विकास पर फिर से विचार करने की आवश्यकता है। इस इतिहास के अन्दर किसी छायावादी कवि के सहज परिपाक के लिए पूर्ण अवसर था। सम्भवतः निराला का अन्तःविकास इसी प्रकार का है, इसीलिए लोक-मंगल की बड़ी-बड़ी बातें न करते हुए व्यक्तिगत अनुभूतियों में भी वे हमारे अधिक समसामयिक

हैं क्योंकि वहाँ एक व्यक्तित्व है, जो बदलते हुए युगों के गर्भ में आयु के साथ टूटते हुए भी काव्य-बोध के स्तर पर क्रमशः परिपक्व होता गया।

पन्त जी की व्यक्तिगत कविताओं का एक अंश अवश्य ऐसा है, जो उनके सहज व्यक्तित्व की अभिव्यक्ति है। 'अतिमा', 'वाणी', 'कला और बूढ़ा चाँद' में यत्र-तत्र इसके सूत्र मौजूद हैं। यही सूत्र है जिसने कलाविद् पन्त जी की कला को भी क्रमशः सान पर चढ़ाया है। निस्सन्देह यह बूढ़े चाँद की कला है लेकिन 'चाँद बूढ़ा हो गया है'—यह आत्मबोध ही इन रचनाओं को मर्मस्पर्शी बना देता है और यहीं वे हमें अपने सम्वर्ती प्रतीत होते हैं। इसीलिए उन्हें हम पूर्ववर्ती का सम्मान ही नहीं, बल्कि समवर्ती का स्नेह भी देते हैं।

[कृति : अंक 21, जून, 1960 में प्रकाशित]

पन्त जी का 'रूपाभ'

'युगवाणी' और 'ग्राम्या' के कवि पन्त की जितनी चर्चा हुई है उतनी 'रूपाभ'-सम्पादक पन्त की नहीं, जबकि 'रूपाभ' 'युगवाणी-ग्राम्या' की सृजन-चेतना का सुदृढ़ आधार ही नहीं बल्कि उस युग की नवीन प्रगति-चेतना का अग्रदूत भी है। 'हंस' जिस प्रकार प्रेमचन्द का अमर कीर्तिस्तम्भ है, उसी प्रकार 'रूपाभ' भी पन्त का अविस्मरणीय विजयस्तम्भ है। 'रूपाभ', दुर्भाग्य से, दीर्घायु न हो सका—यहाँ तक कि वह अपने प्रकाशन का एक वर्ष भी पूरा न कर सका,* फिर भी हिन्दी की साहित्यिक पत्रकारिता के इतिहास में अपनी अमिट छाप छोड़ गया। अतिशयोक्ति न होगी यदि मैं कहूँ कि ऐसी सुरुचिपूर्ण, सुशोभन और सुसम्पादित पत्रिका हिन्दी में फिर दूसरी न निकली—चित्रों से सुसज्जित होने के बावजूद 'प्रतीक' भी नहीं।

'रूपाभ' का प्रथम अंक जुलाई, 1938 में प्रकाशित हुआ। सम्पादक के रूप में श्री सुमित्रानन्दन पन्त के साथ श्री नरेन्द्र शर्मा का नाम था। प्रकाशन स्थान : प्रकाश-गृह, कालाकाँकर (अवध)। वार्षिक मूल्य : चार रुपये। पहले अंक में एक प्रति का मूल्य अंकित न था किन्तु दूसरे अंक से 'एक प्रति छः आने' अंकित होने लगा। मुखपृष्ठ पर लिखा था : 'युग का प्रतिनिधि मासिक पत्र', जिस पर पं. बनारसीदास चतुर्वेदी के 'विशाल भारत' ने एतराज भी किया और स्पष्टीकरण देते हुए 'रूपाभ' के नवें अंक में सम्पादक की ओर से लिखा गया : 'युग का प्रतिनिधि मासिक पत्र होने का 'रूपाभ' का दावा तानाशाही के रूप में नहीं है। प्रजातंत्र के इस युग में समाज और साहित्य के विभिन्न वर्गों और अंगों को वाणी देने के लिए बहुत से प्रतिनिधि होते हैं और हो सकते हैं, और 'रूपाभ' उन्हीं में से एक है।'

'रूपाभ' एक सुन्दर-सा नाम मात्र नहीं, बल्कि एक विशेष जीवनदृष्टि को संक्षेप में व्यंजित करनेवाली संज्ञा है। सम्भवतः प्रथम अंक में प्रकाशित पन्त जी की कविता 'रूप का मन' एक तरह से 'रूपाभ' में निहित दृष्टि की काव्यात्मक व्याख्या है, जिसमें एक स्थान पर वे कहते हैं :

निर्मित करो रूप का मन नव
रूप-तत्त्व कर दर्शन,

* मैंने 'रूपाभ' के सिर्फ दस अंक देखे हैं और सुना है कि उसके कुल ग्यारह अंक ही निकल सके थे। --ले.

रूप भाव का मूल, रूप को
भाव करो सब अर्पण।

'रूपाभ' के द्वारा पन्त जी जैसे छायावादयुगीन 'भाव' मात्र से आगे बढ़कर 'रूप' की दिशा में अग्रसर होने का प्रयास कर रहे थे और इस प्रकार भाव पर रूप को प्राथमिकता देते हुए भी रूप के साथ भाव को समन्वित करने में विश्वास रखते थे। उनके लिए रूप सम्भवतः पदार्थ का वाचक था, जो आभा या चेतन से युक्त होकर ही पूर्ण बनता है। ऐसा प्रतीत होता है कि आगे चलकर भौतिकवाद और अध्यात्मवाद के समन्वय की जो चिन्ता पन्त जी में दृष्टिगत होती है, उसके बीज 'रूपाभ'-काल से ही विद्यमान थे।

'रूपाभ' के उद्देश्य की घोषणा प्रथम अंक के सम्पादकीय में की गई जो पत्रिका के आरम्भ में नहीं, बल्कि अन्त में है। सम्पादकीय का आरम्भ इस प्रकार होता है :

'हमारा विचार 'रूपाभ' में सम्पादकीय देने का नहीं था। हमें विश्वास था कि 'रूपाभ' का वस्तुचयन ही अदृश्य रूप से इस प्रयोजन की पूर्ति कर सकेगा। किन्तु कविता के स्वप्न-भवन को छोड़कर हम इस खुरदुरे पथ पर क्यों उतर आए, इस सम्बन्ध में दो शब्द लिखना आवश्यक हो जाता है। इस युग में जीवन की वास्तविकता ने जैसा उग्र आकार धारण कर लिया है, उससे प्राचीन विश्वासों में प्रतिष्ठित हमारे भाव और कल्पना के मूल हिल गए हैं, श्रद्धा-अवकाश में पलनेवाली संस्कृति का वातावरण आन्दोलित हो उठा है और काव्य की स्वप्नजड़ित आत्मा जीवन की कठोर आवश्यकता के उस नग्न रूप से सहम गई है। अतएव इस युग की कविता स्वप्नों में नहीं पल सकती। उसकी जड़ों को अपनी पोषण-सामग्री ग्रहण करने के लिए कठोर धरती का आश्रय लेना पड़ रहा है। और युगजीवन ने उसके चिर-संचित सुख-स्वप्नों को जो चुनौती दी है, उसको उसे स्वीकार करना पड़ रहा है।'

इसी क्रम में पत्रिका के भावी कार्यक्रम की योजना प्रस्तुत करते हुए आगे कहा गया है :

'वर्तमान युग में जो अनेक परस्पर विरोधी ज्ञान-विज्ञान सम्बन्धी विचारधाराओं का संघर्ष चल रहा है, हम अपने पाठकों के साथ 'रूपाभ' द्वारा उनका अध्ययन मात्र करना चाहते हैं। और उसके फलस्वरूप, अपने देश और समाज में व्याप्त अन्धविश्वासों एवं रूढ़ियों के ऊपर उस नवीन वैज्ञानिक दृष्टिकोण को प्रतिष्ठित करना चाहते हैं जिसकी सहायता से हम जाति-वर्ग, देश-राष्ट्र की सीमाओं को तोड़कर तथा धर्म और नीति सम्बन्धी विरोधी भावनाओं को सुलझाकर जनसाधारण के मन में नवीन मानवता की भावनाओं को जाग्रत करने का प्रयत्न कर सकें; और अपने मध्ययुग के संकीर्ण व्यक्तिवाद से हृदय को मुक्त का सामूहिक जीवन की ओर अग्रसर होने का सन्देश दे सकें।'

इस योजना के साथ 'रूपाभ' ने स्पष्ट घोषणा की कि 'हमारा निश्चित ध्येय प्रगति की शक्तियों को सक्रिय सहयोग देना ही होगा।'

इस प्रसंग में यह भी उल्लेखनीय है कि उस समय 'रूपाभ' ने 'प्रतिक्रिया और अन्धविश्वास के विरुद्ध प्रगतिशील शक्तियों के संयुक्त मोर्चे' को व्यापक बनाने का भी आह्वान किया था।

प्रथम सम्पादकीय में समाजवाद अथवा मार्क्सवाद का स्पष्ट उल्लेख कहीं नहीं है, फिर भी निर्भ्रान्त संकेत दोनों की ओर है। उदाहरण के लिए, 'हम तो चाहते हैं उस नवीन समाज के निर्माण में सहायक होना, जिसका प्रादुर्भाव हो चुका है। वह नवीन समाज वैज्ञानिक विचारों और आदर्शों से पुष्टि पाता हुआ असंख्य जनता के कल्याण को ही अपना ध्येय मानता है।' कहने की आवश्यकता नहीं कि यह 'नवीन समाज' समाजवाद ही है जिसका प्रादुर्भाव तब तक सोवियत देश में हो चुका था और वह 'वैज्ञानिक विचार' भी मार्क्सवाद ही है जिसके द्वारा समाजवादी समाज का निर्माण हुआ।

ऐसा प्रतीत होता है कि आरम्भिक संकोच के कारण पहले अंक के सम्पादकीय में कुछ बातें जान-बूझकर छोड़ दी गई थीं, इसीलिए दूसरे अंक के प्रकाशन के समय कुछ और साहस तथा कुछ और आत्मविश्वास प्राप्त होने पर 'रूपाभ' ने अपने विचारों को और स्पष्टता के साथ तनिक विस्तार से कहने का प्रयास किया। पहले अंक का सम्पादकीय जहाँ सिर्फ डेढ़ पृष्ठों का है, दूसरे अंक का सम्पादकीय साढ़े तीन पृष्ठों तक चला गया। उल्लेखनीय है कि इसके बाद फिर 'रूपाभ' में सम्पादकीय नहीं निकला। इस दूसरे अंक यानी अगस्त, 1938 के 'रूपाभ' के सम्पादकीय का आरम्भ प्रगतिशील लेखक संघ और प्रगतिशील साहित्य की आवश्यकता से होता है :

'प्रगतिशील विचारों ने इस युग के सभी बुद्धिमान साहित्यिकों, विचारकों और पाठकों का ध्यान आकर्षित किया है। प्रायः सभी सभ्य देशों में प्रगतिशील लेखकों के संघ भी स्थापित हो चुके हैं, अपने देश में भी ऐसे संघों की नींव डाली जा रही है और प्रगतिशील साहित्य का निर्माण हो रहा है, भले ही उसमें अधिकांश उच्चकोटि का न हो।'

इसके बाद राजनीतिक क्रान्ति और सांस्कृतिक क्रान्ति के पूर्वापर क्रम की समस्या प्रस्तुत करते हुए 'रूपाभ' ने अपने लिए सांस्कृतिक क्रान्ति के मार्ग के वरण की घोषणा की है :

'कुछ समाजवादियों के मत में सांस्कृतिक क्रान्ति राजनीतिक क्रान्ति के बाद ही सम्भव हो सकती है, और कुछ विकासशील विचारकों के अनुसार सांस्कृतिक क्रान्ति द्वारा भी राजनीतिक क्रान्ति की जा सकती है। अलग-अलग देशों की परिस्थितियों, संस्कृतियों, संस्कारों एवं लोकमत के अनुरूप अलग-अलग उपायों का

अवलम्बन किया जा सकता है। जिन साहित्यिकों एवं लेखकों से हमारा सम्बन्ध है, वे सांस्कृतिक उपायों द्वारा ही युगान्तर उपस्थित कर सकते हैं, जो अपने देश के लिए अधिक सुलभ है।'

इसके बाद तात्कालिक महत्त्व के तीन प्रश्न :

'अब प्रश्न यह उठता है कि हमारे साहित्यिक इस सांस्कृतिक क्रान्ति को कैसे प्रगति दे सकते हैं, और उनके प्रगतिशील साहित्य की विशेषता क्या हो? साथ ही वे साम्राज्यवाद तथा फासिज्म जैसी लोक-प्रगति-विरोधी शक्तियों का सामना किस संयुक्त एवं सार्वजनिक सांस्कृतिक बल पर कर सकते हैं?'

कहने की आवश्यकता नहीं कि 'रूपाभ' ने अपने युग के समक्ष प्रस्तुत ज्वलन्त प्रश्नों को स्पष्टता के साथ विवक्षित करने में पहल की, साथ ही अपने युग की सीमा में उन प्रश्नों का समन्वयकारी उत्तर भी प्रस्तुत किया। पहले सांस्कृतिक क्रान्ति का स्वरूप :

'इस युग ने उच्च एवं निम्न वर्गों के परस्पर सन्निकट सम्पर्क में आने तथा एक-दूसरे के गुणों को ग्रहण करने के लिए विशेष एवं अनिवार्य परिस्थितियाँ प्रस्तुत कर दी हैं। अतः इस युग के साहित्यिकों का कर्तव्य है कि वे इन परस्पर विरोधी गुणों में सामंजस्य स्थापित कर युगसंघर्ष के मानवीय सार भाग से नवीन मूल्यों का निर्माण कर, रचनात्मक साहित्य द्वारा युगान्तर को प्रगति दें। वे आने वाली संस्कृति का प्रतीक एवं मूल्यांकन का आधार उस सत्य को बनाएँ जो नवीन युग के लिए जीवित वस्तु है। हम पहले ही देख चुके हैं कि इस युग की वह वास्तविकता 'जनसमुदाय' है। अतएव आनेवाली संस्कृति को इस असंस्कृत जनसमुदाय के अन्धकार से आलोक ग्रहण करना ही पड़ेगा। जनसाधारण के प्राकृत जड़त्व से शक्ति ग्रहण करने पर ही उसकी नाड़ियों में रक्त का और शरीर में स्वास्थ्यप्रद ओज का संचार हो सकता है।'

'जनसमुदाय' और 'जनसाधारण' के महत्त्व-स्वीकार के बावजूद 'रूपाभ' के इस सम्पादकीय में जनसमुदाय को 'असंस्कृत' कहा गया है और फिर जनसाधारण के 'प्राकृत जड़त्व' की भी चर्चा की गई है। इससे जनता के बारे में समझ का पता तो चलता ही है, यह भी मालूम होता है कि उस युग के 'प्रगतिशील' लेखक जनता के कितने निकट थे! ध्यान देने की बात यह भी है कि इस वक्तव्य में 'वर्ग-संघर्ष' के स्थान पर 'युग-संघर्ष' का उल्लेख किया गया है और 'परस्पर विरोधी गुणों के सामंजस्य' के द्वारा एक प्रकार से वर्गसहयोग का आदर्श ही प्रस्तुत किया गया है। इसी पृष्ठभूमि में आगे चलकर प्रगतिशील साहित्य का स्वरूप इन शब्दों में स्पष्ट किया गया है :

'अतः प्रगतिशील साहित्य को न केवल जनसमुदाय की वर्तमान दशा का वर्णन करना है, न निम्न वर्गों के सम्पर्क में आने के फलस्वरूप संस्कृत वर्गों की मानसिक

प्रतिक्रियाओं का चित्रण करना है, प्रत्युत इस विशाल जन-समुदाय की 'मानवता' को भावी संस्कृति के 'गुण' में परिवर्तित करना है।'

इस उद्धरण में जिस भावी संस्कृति का उल्लेख है, उसे आगे चलकर 'वर्गहीन संस्कृति' के रूप में और स्पष्ट किया गया है। सम्भव है, आज 'रूपाभ' के उक्त सम्पादकीय में और भी अनेक असंगतियाँ दिखाई पड़ें, किन्तु प्रगतिशील साहित्य के विकास की आरम्भिक स्थिति को देखते हुए उन विचारों की ऐतिहासिक सीमा को समझने में कठिनाई नहीं होनी चाहिए।

निश्चित है कि 'रूपाभ' मार्क्सवादी या समाजवादी विचारधारा का पत्र न था; मार्क्सवाद को सम्भवतः उसने अंशतः ही स्वीकार किया था; किन्तु प्रकाशित सामग्री से इतना तो स्पष्ट हो ही जाता है कि विचारों के क्षेत्र में 'रूपाभ' एक वैज्ञानिक दृष्टिकोण के लिए और साहित्य-सृजन के क्षेत्र में यथार्थवाद के लिए कठोर संघर्ष करने का प्रयास कर रहा था।

'रूपाभ' नितान्त शुद्ध साहित्यिक पत्र न था। उसकी व्याप्ति सम्पूर्ण जीवन और समाज की विविध समस्याओं तक थी। वह गहरे अर्थों में एक जागरूक बौद्धिक पत्र था। चौथे दशक में भारतीय जीवन जिस संक्रमण और आन्तरिक द्वन्द्व की स्थिति से गुजर रहा था, उसमें किसी प्रबुद्ध साहित्यकार के लिए वैचारिक संघर्ष से दामन बचाना असम्भव था। 'रूपाभ' भी इसका अपवाद न था। 'रूपाभ' ने अपने वैचारिक अभियान में उस दशक के युगपुरुष युवा बौद्धिक जवाहरलाल नेहरू तथा उनके तीन सहयोगियों—डॉ. राममनोहर लोहिया, डॉ. जैनुल आब्दीन अहमद और डॉ. के.एम. अशरफ—का सहयोग लिया और हिन्दी पाठकों तक इन बौद्धिकों के विचारों को पहुँचाने का अभिनव प्रयास किया। पहले ही अंक में पहला लेख जवाहरलाल नेहरू का है : 'विज्ञान और युग'। इस लेख में नेहरू ने लिखा है कि विज्ञान के द्वारा जीवन में जो विशाल परिवर्तन हुए हैं, उन परिवर्तनों में सबसे मुख्य और आशाप्रद परिवर्तन विज्ञान के प्रभाव से मनुष्य में वैज्ञानिक दृष्टिकोण का विकास है। उन्होंने यह लक्षित किया है कि वैज्ञानिक लोग भी, यद्यपि वे अपने विषय के विशेषज्ञ होते हैं, कभी-कभी उस विषय से बाहर वैज्ञानिक दृष्टिकोण का प्रयोग करना भूल जाते हैं। उनकी दृष्टि में जो वास्तविक और प्रधान संघर्ष है, वह वैज्ञानिक और अवैज्ञानिक दृष्टिकोणों का ही संघर्ष है। उन्होंने यह दृढ़ विश्वास व्यक्त किया है कि केवल इस वैज्ञानिक दृष्टिकोण से ही मनुष्य जाति को कुछ आशा हो सकती है और उसके द्वारा ही संसार के क्लेशों का अन्त हो सकता है। 'रूपाभ' के दूसरे अंक में नेहरू जी का एक और लेख छपा है। उनके प्रिय विषय 'हिन्दुस्तान की वैदेशिक नीति' पर।

डॉ. राममनोहर लोहिया ने 'रूपाभ' में तीन लेख लिखे हैं—दो का सम्बन्ध भारतीय इतिहास के बारे में फैलाए गए भ्रमों के निरसन से है और तीसरे का सम्बन्ध

हिन्दू संस्कृति की नई व्याख्या से। 'रूपाभ' के पहले ही अंक में डॉ. लोहिया ने 'साम्राज्यवादी इतिहासकार और भारत में अंग्रेजी राज' शीर्षक लेख लिखा है जिसमें एच.ए.एल. फिशर की पुस्तक में निहित साम्राज्यवादी इतिहास-दृष्टि का पर्दाफाश किया गया है। डॉ. लोहिया का 'हिन्दू संस्कृति' शीर्षक लेख (अंक 3) वस्तुतः डॉ. धीरेन्द्र वर्मा के लेख 'क्या असहयोग उठा लेने का समय आ गया है?' का जवाब है जो 'रूपाभ' के पहले अंक में प्रकाशित हुआ था। डॉ. वर्मा ने अपने लेख में जात-बिरादरी, रस्म-रिवाजों के औचित्य की हिमायत की है जिसकी आलोचना करना डॉ. लोहिया ने जरूरी समझा।

इसी प्रकार डॉ. अहमद ने 'रूपाभ' के दूसरे अंक में प्रकाशित श्री जे.बी. कृपलानी के लेख 'खादी और औद्योगीकरण' का जवाब छठे अंक में 'औद्योगीकरण का प्रश्न' शीर्षक से दिया है जिसमें कृपलानी जी की समाजवाद-सम्बन्धी भ्रान्त धारणाओं का निरसन करने के साथ ही भारत में औद्योगीकरण की आवश्यकता पर बल दिया है। डॉ. अशरफ ने 'रूपाभ' के पहले ही अंक में 'हिन्दू-मुस्लिम एकता का सवाल' उठाया है, जिसमें व्यक्तिगत समझौते का विरोध करते हुए साफ कहा गया है कि व्यक्तिगत समझौता हमेशा नाकाम रहेगा। इसलिए कि आज 'व्यक्ति' राजनीति में कोई चीज नहीं है...व्यक्तिगत समझौते के सिर्फ एक ही मानी हो सकते हैं कि हम साम्राज्य-विरोधी आन्दोलन को मजबूत बनाने के बजाय साम्राज्य-विरोधी ताकतों के खिलाफ सुधारवादियों का एक मोर्चा कायम कर लें।

इन राजनीतिकर्मी बौद्धिकों के अतिरिक्त 'रूपाभ' (अंक 3) में डॉ. ताराचन्द का 'सभ्यता' शीर्षक लेख भी छपा है और अंक 5 में श्री सुचिता कृपलानी एम.ए. का लेख 'रूस में स्त्री का स्थान–दासत्व से समत्व' भी। प्रसंगवश यहाँ यह उल्लेखनीय है कि सोवियत रूस में होनेवाले नये प्रयोगों से अपने पाठकों को परिचत कराने के लिए 'रूपाभ' ने समय-समय पर अनेक लेख प्रकाशित किए।

'रूपाभ' ने हिन्दी पाठकों के मानसिक क्षितिज का विस्तार करने के लिए भारतीय साहित्य और विश्व-साहित्य की गतिविधियों पर भी अनेक लेख प्रकाशित किए। भारतीय साहित्य के अन्तर्गत उर्दू पर रघुपति सहाय फिराक और शमशेर बहादुर सिंह ने लेख लिखे। फिराक के 'उर्दू ग़ज़ल साहित्य में व्यक्तित्व की झलक' (अंक 2) और 'ग़ालिब फिर इस दुनिया में' (अंक 4) और शमशेर बहादुर सिंह के 'उर्दू कवयित्रियों का ऐतिहासिक विवेचन' (अंक 8) तथा 'आधुनिक उर्दू कवयित्रियाँ' (अंक 10) शीर्षक लेख उल्लेखनीय हैं। इनके अतिरिक्त प्रथम अंक में 'आधुनिक गुजराती साहित्य में नई धाराएँ' तथा द्वितीय और दशम अंकों में 'महायुद्ध के बाद का मराठी साहित्य' शीर्षक लेख प्रकाशित हुए। बंगला साहित्य पर इस प्रकार के सर्वेक्षण जैसे किसी लेख को अनावश्यक समझकर नज़रुल इस्लाम पर डॉ. रामविलास शर्मा का लेख प्रकाशित किया गया (अंक 7)। प्रसंगवश

यहीं यह भी उल्लेखनीय है कि डॉ. रामविलास शर्मा ने नज़रुल इस्लाम की 'विद्रोही' शीर्षक प्रसिद्ध कविता का हिन्दी अनुवाद भी 'रूपाभ' के छठे अंक में प्रकाशित करवाया।

जहाँ तक विश्व-साहित्य का सम्बन्ध है, 'रूपाभ' के पहले अंक में श्री भवानीशंकर का 'आधुनिकतम अंग्रेजी कविता की प्रगति' और श्री शिवाधार पांडेय का 'राबर्ट फ्रास्ट और उनकी कविता' लेख (अंक 3) प्रकाशित हुआ। इसके अतिरिक्त आठवें अंक में मैक्सिम गोर्की पर रामचन्द्र टंडन का लेख निकला और दसवें अंक में आन्द्रे मालरो पर डॉ. सत्यरंजन का लेख। श्री शिवाधार पांडेय ने अपने 'राबर्ट फ्रास्ट' वाले लेख में एक अत्यन्त प्रासंगिक बात कही है कि 'हिन्दी के बहुत से कवि किसान घरों में उत्पन्न हुए हैं जहाँ सदियों से किसानी होती रही है, परन्तु वह किसानी जीवन की तरफ यथेष्ट नहीं गए।' स्मरणीय है कि पन्त जी की 'ग्राम्या' तब तक प्रकाशित नहीं हुई थी। क्या 'ग्राम्या' की कविताएँ इस शिकायत को दूर करने का प्रयास तो नहीं?

इस व्यापकता के बावजूद 'रूपाभ' अन्ततः हिन्दी के समकालीन साहित्य की पत्रिका थी और उसकी सबसे महत्त्वपूर्ण भूमिका भी समकालीन हिन्दी साहित्य को दिशा देने में थी। पत्रिका के सम्पादक दो कृती कवि थे, इसलिए काव्य के क्षेत्र में 'रूपाभ' से स्वभावतः सबसे ज्यादा उम्मीद की जाती थी। कहने की आवश्यकता नहीं कि 'रूपाभ' में सबसे अधिक कविताएँ स्वयं श्री सुमित्रानन्दन पन्त और श्री नरेन्द्र शर्मा की प्रकाशित हुईं—निरपवाद रूप से प्रत्येक अंक में और सदैव एक साथ एक से अधिक यानी पाँच कविताओं तक। इसके बाद सम्पादक-मंडल से बाहर यदि सबसे अधिक किसी कवि की कविताएँ छपीं तो रामविलास शर्मा की! 'रूपाभ' के पहले ही अंक में पन्त जी की पाँच कविताओं के साथ रामविलास जी की भी पाँच कविताएँ छपीं। इसमें कोई अतिशयोक्ति नहीं कि रामविलास शर्मा मूलतः 'रूपाभ' की सृष्टि हैं—या कम-से-कम खोज तो हैं ही। अन्य नये कवियों में 'रूपाभ' ने अज्ञेय की एक कविता 'विश्वदूत' (अंक 3), शमशेर बहादुर सिंह की दो कविताएँ (अंक 3) और केदारनाथ अग्रवाल की तीन कविताएँ 'श्वेत प्रस्तरमूर्ति', 'चन्द्रगहना से लौटती बेर' और 'दीन कुनबा' (अंक 7) प्रकाशित की। इन चारों नये कवियों में वस्तु और रूप की दृष्टि से नवीनता, ताजगी और सर्जनात्मक रूप के दर्शन केदारनाथ अग्रवाल और रामविलास शर्मा की कविताओं में ही होते हैं, वरना अज्ञेय और शमशेर की कविता हर तरह से प्रायः छायावादी रंग की मालूम होती हैं। अज्ञेय की कविता की प्रथम पंक्ति है : 'चुप हो जग के रौरव नाद' और शमशेर की एक कविता 'फिर भी क्यों मुझको तुम अपने बादल में घेरे लेती हो' से शुरू होती है और दूसरी कविता की पहली पंक्ति है : 'आज मई की शाम अकेली'। 'रूपाभ' में निराला ने भी प्रकाशनार्थ अपनी दो कविताएँ दीं : 'सहज सहज पग धर, आओ उतर' तथा 'और और छवि रे यह'

(अंक 3)। वैसे महादेवी वर्मा, भगवतीचरण वर्मा, बच्चन, अंचल, रामकुमार वर्मा की कविताएँ भी 'रूपाभ' ने प्रकाशित कीं, किन्तु 'रूपाभ' के मुख्य काव्य-स्वर ये न थे—सिवा सम्भवतः भगवतीचरण वर्मा के, जिनकी 'भैंसा गाड़ी' पहली बार 'रूपाभ' (अंक 8) में ही छपी थी।

कविताओं के अतिरिक्त 'रूपाभ' में पहली बार श्री स. ही. वात्स्यायन के उपन्यास 'शेखर : एक जीवनी' का एक अंश 'खोज' शीर्षक से अंक-2 में प्रकाशित हुआ और भुवनेश्वर प्रसाद का नाटक 'आदमखोर' (अंक 5) भी। निराला के उपन्यास 'चमेली' का एक अंश (अंक 8) और 'बिल्लेसुर बकरिहा' (अंक 9-10) के अंश भी 'रूपाभ' में ही पहली बार छपे। श्री जगदीशचन्द्र माथुर का एकांकी 'भोर का तारा' भी 'रूपाभ' (अंक 4) में ही छपा था। कहानियाँ 'रूपाभ' में जैनेन्द्र कुमार की ही उल्लेखनीय प्रकाशित हुईं, जिन्हें देखकर लगता है कि कहानी के क्षेत्र में 'रूपाभ' नई प्रतिभाओं की खोज न कर सका।

इसी प्रकार 'रूपाभ' में आलोचना सम्बन्धी लेखों का पक्ष भी प्रायः दुर्बल ही रहा—सिवा कुछ पुस्तक-समीक्षाओं के, जिनमें से मेरी दृष्टि में केवल तीन पुस्तक-समीक्षाएँ उल्लेखनीय हैं : जगदीशचन्द्र माथुर लिखित 'निशानिमंत्रण का कवि' (अंक 8), शमशेर बहादुर सिंह लिखित महेन्द्र की पुस्तक 'सुमित्रानन्दन पन्त' की समीक्षा (अंक 10) और रामविलास शर्मा लिखित 'निराला की दो पुस्तकें' (अंक 10) जिसमें 'अनामिका' और 'तुलसीदास' की समीक्षा की गई है। 'रूपाभ' में नरेन्द्र शर्मा ने अज्ञेय के कहानी-संग्रह 'विपथगा' की भी समीक्षा की थी (अंक 3), लेकिन वह बहुत-कुछ परिचयात्मक ही है। अन्य पुस्तक-समीक्षाएँ सामान्य हैं।

'रूपाभ' ने समकालीन साहित्यिक विवादों में भी रुचि ली, विशेष रूप से यथार्थवाद के पक्ष-समर्थन में। पं. बनारसीदास चतुर्वेदी के 'विशाल भारत' ने किन्हीं 'महालक्ष्मी' (छद्मनाम) के द्वारा 'रूपाभ' में प्रकाशित निराला के 'चमेली' उपन्यास के अंश पर अश्लीलता का आरोप लगाया। 'रूपाभ' ने एक 'विष्णुस्वरूप' (छद्मनाम) के द्वारा उसका मुँहतोड़ उत्तर दिया (अंक 9)। फिर 'रूपाभ' के 10वें अंक में डॉ. रामविलास शर्मा ने 'विशाल भारत' में प्रकाशित बनारसीदास चतुर्वेदी के लेख 'हमारे गुमराह भाई' का जवाब दिया।

'रूपाभ' के समस्त अंकों को देखने से लगता है कि सुमित्रानन्दन पन्त और नरेन्द्र शर्मा तो उसके घोषित सम्पादक थे ही, किन्तु रामविलास शर्मा का सक्रिय योग किसी सम्पादक से कम न था। और इस प्रकार रामविलास शर्मा के माध्यम से निराला भी 'रूपाभ' के साथ निकट से जुड़े हुए थे। इनके अतिरिक्त शमशेर बहादुर सिंह भी 'रूपाभ' परिवार के ही अंग-से थे और एक हद तक केदारनाथ अग्रवाल भी। यह भी प्रतीत होता है कि श्री स. ही. वात्स्यायन 'अज्ञेय' के प्रति भी 'रूपाभ' काफी अपनापन अनुभव करता था।

'रूपाभ' के अंकों की विषय-सूची देखने-भर से प्रीतिकर आश्चर्य होता है कि अपने एक वर्ष से भी कम के जीवन में अकेले 'रूपाभ' ने हिन्दी की सर्जनात्मक चेतना की प्रगति में कितना बड़ा काम किया। हमारे लिए 'रूपाभ' का केवल ऐतिहासिक महत्त्व ही नहीं है, बल्कि वह आज भी प्रगतिशील लेखकों के लिए प्रेरणा का स्रोत है। चालीस वर्षों के बाद भी 'रूपाभ' के अंक जीवन्त, सप्राण और प्रासंगिक प्रतीत होते हैं। 'रूपाभ' का यह पुण्यस्मरण वस्तुतः श्री सुमित्रानन्दन पन्त के प्रति ही श्रद्धांजलि है!

[आलोचना : अक्टूबर-दिसम्बर, 1977]

छायावादी आलोचना

छायावादी कवियों के आलोचनात्मक विचारों का विवरण और उद्धरण बहुत-से लोगों ने दिया है, लेकिन हिन्दी समीक्षा में उनके ऐतिहासिक महत्त्व और मौलिक देन के आकलन की कोशिश बहुत कम हुई है। यहाँ संक्षेप में इन्हीं बातों की ओर संकेत किया जा रहा है।

ऐतिहासिक दृष्टि से प्रसाद, निराला और पन्त ने आचार्य शुक्ल के साथ ही हिन्दी समीक्षा को प्रौढ़ बनाने में योग दिया है। बीसवीं सदी के तीसरे दशक में हिन्दी समीक्षा प्रौढ़तर प्रयोग की ओर अग्रसर हुई। इसी समय आचार्य शुक्ल ने तुलसी, जायसी और सूर पर अपनी आरम्भिक स्थापनाएँ प्रस्तुत कीं। पन्त जी के पल्लव की ऐतिहासिक भूमिका आई, निराला जी ने 'पन्त जी और पल्लव' शीर्षक विस्तृत निबन्ध लिखा और प्रसाद जी द्वारा 'काव्य और कला' का सूक्ष्म विवेचन हुआ। इन आलोचनाओं का वास्तविक महत्त्व समझने के लिए द्विवेदी-युग की समीक्षा-पीठिका को ध्यान में रखना आवश्यक है। भाषा-व्याकरण सम्बन्धी गुण-दोषवाले काव्य-विवेचन, तारतमिक आलोचना, निर्णयात्मक रुचि, लेखकों और पुस्तकों का सतही परिचय आदि की पृष्ठभूमि पर आचार्य शुक्ल तथा छायावादी कवियों के आलोचनात्मक निबन्ध एक नये विचार-लोक का दर्शन कराते हैं। यहीं से हिन्दी समीक्षा संस्कृत काव्यशास्त्र तथा हिन्दी के रीतिवादी रूढ़ मानदंडों से ऊपर उठती है। समीक्षा के नये मान बनते हैं, 'भावों की व्यवच्छेदात्मक व्याख्या' की ओर ध्यान जाता है; सुसंस्कृत सौन्दर्य-दृष्टि का आभास मिलता है; शिल्प-सौन्दर्य की परख आरम्भ होती है। संक्षेप में पहली बार हिन्दी समीक्षा में 'सूक्ष्म-अन्वीक्षण-बुद्धि' और 'मर्मग्राहिणी प्रज्ञा' के दर्शन हुए। छायावादी कवियों के प्रयत्न शुक्ल जी के समीक्षा के पूरक बने।

उस युग में 'पल्लव' के प्रवेश ने ब्रजभाषा काव्य के मूल्यांकन का सन्तुलित मान उपस्थित किया। जिस समय देव और बिहारी की चर्चा बाढ़ पर थी, पन्त जी ने आगे बढ़कर रीतिकाव्य की सीमाओं पर प्रहार करने का साहस किया। 'तीन फुट के नखशिख के संसार' में सीमित कवि-पुंगवों के भाव और भाषा सम्बन्धी 'शुक प्रयोग' का उद्घाटन कर पन्त जी ने ऐतिहासिक काम किया। किन्तु खड़ी

बोली के मुकाबले ब्रजभाषा का विरोध करते हुए भी उन्होंने भक्ति-काव्य की महिमा को स्पष्ट रूप से स्वीकार किया। उन्हीं के शब्दों में 'उस ब्रज की उर्वशी के दाहिने हाथ में अमृत का पात्र और बायें में विष से परिपूर्ण कटोरा है।' उस पुनरुत्थानवादी युग में भी पन्त जी ने केवल विकासशील परम्परा को चुना और उनकी विश्लेषणात्मक बुद्धि ने घोषणा की कि उस युग की वाणी में जो कुछ सुन्दर, सत्य तथा शाश्वत है, उसका जीर्णोद्धार कर, उस पर प्रकाश डाल तथा उसे हिन्दीप्रेमियों के लिए सुलभ तथा सुगम बना, हमें उसका घर-घर प्रचार करना चाहिए। 'पल्लव' के 'प्रवेश' ने नूतन काव्य का शंख फूँका, 'हमें भाषा नहीं, राष्ट्रभाषा की आवश्यकता है; पुस्तकों की नहीं, मनुष्यों की भाषा; जिसमें हम हँसते-रोते, खेलते-कूदते, लड़ते, गले मिलते, साँस लेते और रहते हैं, जो हमारे देश की मानसिक दशा का मुख दिखलाने के लिए आदर्श हो सके...।' उत्तरार्द्ध में उस 'प्रवेश' ने उस भाषा के संगीत, छन्द-प्रयोग तथा भेदोपभेद-द्योतक शब्दों पर विचार किया जिसका स्थायी महत्त्व है।

'पल्लव' की आलोचना करते हुए निराला जी जहाँ अभिनिवेश-मुक्त हो सके हैं, उनकी मर्म-ग्राहिणी प्रज्ञा ने काव्य की सूक्ष्म-से-सूक्ष्म विशेषताओं को पकड़ा है, और यह निस्सन्देह कहा जा सकता है कि छायावादी कविता के लिए वैसा विदग्ध आलोचक उस युग में कोई और न मिल सका था। वह आलोचना उस समय के मूल्यांकन में अत्यन्त परिष्कृत रुचि का मान स्थापित करती है। इसी प्रकार 'परिमल' की भूमिका मुक्त छन्द का घोषणापत्र बनकर गूँज उठी। मुक्त छन्द का थोड़ा-सा संकेत उनके 'पल्लव' वाले निबन्ध में भी आया है, 'मुक्त छन्द तो वह है जो छन्द की भूमि में रहकर मुक्त है।...मुक्त छन्द का समर्थक उसका प्रवाह ही है।' यह निर्भ्रान्त वाक्य निराला जी ने उसी युग में लिखा था।

प्रसाद जी के 'काव्य और कला' निबन्ध की महत्ता समझने के लिए बाबू श्यामसुन्दर दास के 'साहित्यालोचन' के 'ललित कला' प्रकरण और शुक्ल जी के कला-विरोधी विचारों को ध्यान में रखना जरूरी है। हिन्दी में मूर्त्त और अमूर्त्त के आधार पर ललित कलाओं के तारतमिक भेद का उस समय प्रचलन था। प्रसाद जी पहले आदमी थे, जिन्होंने इस भ्रम का निराकरण करते हुए स्पष्ट शब्दों में कहा कि 'अन्य सूक्ष्मताओं और विशेषताओं का निर्देश न करके केवल मूर्त्त और अमूर्त्त के भेद से साहित्य-कला की महत्ता स्थापित नहीं की जा सकती।' क्योंकि यह भेद भौतिक है और रूप दोनों में ही होता है। उनके अनुसार, 'अमूर्त्त सौन्दर्य-बोध कहने का कोई अर्थ ही नहीं, क्योंकि सौन्दर्य-बोध बिना रूप के हो ही नहीं सकता।'

उस निबन्ध से प्रसाद जी ने जो दूसरा महत्त्वपूर्ण कार्य किया, वह है भारतीयता के नाम पर फैलाए जानेवाले भ्रम का निराकरण। उन दिनों छायावादी काव्य की

अनेक विशेषताओं को अभारतीय कहकर समाज-साहित्य से बहरियाने की हवा थी। प्रसाद जी ने बताया कि भारतीयता कोई 'एक' चीज नहीं है। उसमें अनेक रुचि-भेद मिलते हैं। इसलिए जिन चीजों को एक व्यक्ति अभारतीय कहने का प्रमाण जुटा सकता है, उन्हें ही भारतीय सिद्ध करने के लिए अनेक प्रमाण भारतीय वाङ्मय से दिखाए जा सकते हैं, जैसे अचेतन में चेतना का आरोप तथा दुःखान्त और तथ्यवादी साहित्य-रचना।

प्रसाद जी ने तीसरा भ्रमोच्छेद 'कलावाद' के सम्बन्ध में किया। शुक्ल जी को छायावाद में 'कलावाद' की गन्ध मिल रही थी। उसके कारण का पता लगाते हुए उन्हें सूझा कि यह सब पश्चिम की नकल पर काव्य को 'कला' के अन्तर्गत मानने के कारण ही हो रहा है। इसलिए चट उन्होंने भारतीयता का सहारा लिया और दिखाया कि हमारे यहाँ तो काव्य को चौंसठ कलाओं में कभी लिया ही नहीं गया। प्रसाद जी ने इस 'हमारे यहाँ' की सीमा का उद्‌घाटन करते हुए शैवागम की कला-परम्परा सामने रखी। लेकिन इसका प्रयोजन काव्य को 'कला' के अन्दर जगह दिलाना नहीं, बल्कि शुक्ल जी की सीमित भारतीयता को व्यापक बनाना था; साथ ही शुक्ल जी द्वारा अनाद्रित 'कला' को उपविद्या में स्थान देना भी उद्‌देश्य था। लेकिन यह सब तो साधन मात्र था। साध्य यही था कि 'कला की आत्मानुभूति के साथ विशिष्ट भिन्न सत्ता नहीं।' इसी सिलसिले में प्रसाद जी का यह कथन आर्ष वाक्य की गरिमा को छूता है : 'व्यंजना वस्तुतः अनुभूतिमयी प्रतिभा का स्वयं परिणाम है।' इस वाक्य की व्याख्या करते हुए उन्होंने आगे कहा कि 'सुन्दर अनुभूति का विकास सौन्दर्यपूर्ण होगा ही। कवि की अनुभूति को उसके परिणाम में हम अभिव्यक्त देखते हैं। उस अनुभूति और अभिव्यक्ति के अन्तरालवर्ती सम्बन्ध को जोड़ने के लिए हम चाहें तो कला का नाम ले सकते हैं।' 'अलंकार, वक्रोक्ति और रीति इत्यादि में कला की सत्ता' मानते हुए भी उन्होंने अपना मत प्रकट किया कि 'यह सब समय-समय की मान्यता और धारणाएँ हैं।'

इतना होते हुए भी प्रसाद जी ने 'कलावाद' का समर्थन नहीं किया। उन्होंने स्वयं यह प्रश्न उठाया कि काव्य में शुद्ध आत्मानुभूति की प्रधानता है या कौशलमय आकारों या प्रयोगों की? इस प्रश्न के उत्तर में उन्होंने उस समय जो स्थापना की, वह आज के प्रयोगवादियों के लिए भी चुनौती है : 'रूप के आवरण में जो वस्तु सन्निहित है, वही तो प्रधान होगी।' प्रसाद जी ने इस सत्य को ठोस उदाहरण द्वारा स्पष्ट करने के लिए तुलसी और सूर के वात्सल्य-वर्णन की तुलना की और इस क्षेत्र में सूर की श्रेष्ठता का विश्लेषण करते हुए उन्होंने कहा कि शब्द विन्यास पटुता तथा कला में किसी प्रकार से सूर से कम न होते हुए तुलसी राम के वात्सल्य की वैसी अभिव्यक्ति इसलिए नहीं कर सके कि उनमें इस विषय की आत्मानुभूति की प्रधानता न थी।

कुल मिलाकर प्रसाद जी का 'काव्य और कला' निबन्ध उस समय के गिने-चुने युग-निर्माता निबन्धों में से है।

क्रमशः प्रसाद, निराला और पन्त के हाथों और भी समीक्षाएँ सामने आईं और चौथे दशक के अधियाते-अधियाते अपने तुले हुए गुरु-गम्भीर निबन्धों के साथ महादेवी जी भी समीक्षा के मैदान में आ निकलीं। छायावादी समीक्षा समृद्ध हुई। उसका अपना स्थान हो गया।

[2]

'हंस' में अक्टूबर, '36 से अप्रैल, '37 तक थोड़े अन्तर के साथ लगातार प्रसाद जी के 'रस', 'नाटकों में रस का प्रयोग', 'नाटकों का आरम्भ', 'रंगमंच', 'आरम्भिक पाठ्य-काव्य' तथा 'यथार्थवाद और छायावाद' निबन्ध प्रकाशित हुए। 'नाटकों का आरम्भ' शोधपूर्ण निबन्ध है जिसमें प्रसाद जी ने सप्रमाण दिखाया है कि भारत में नाटक का आरम्भ कठपुतलियों से नहीं हुआ। उनका अनुमान था कि कठपुतलियों का प्रचार सम्भवतः पाठ्य-काव्य के लिए हुआ होगा। आधुनिक गीति-नाट्यों के लिए उन्होंने प्राचीन काल में 'राग काव्यों' की परम्परा खोज निकाली। 'रंगमंच' निबन्ध के द्वारा प्रसाद जी ने रंगमंच सम्बन्धी प्राचीन शब्दों का सही-सही अर्थों में जीर्णोद्धार किया। उन्होंने जवनिका, कांड-पट, तिरस्करिणी, प्रतिसीरा, अपटी, आदि पदों के मूल अर्थों पर गम्भीर विचार किया। इसके अतिरिक्त उन्होंने नये नाटकों के अनुकूल नये रंगमंच की स्थापना के लिए शास्त्रीय सम्बल दिया। प्रसाद जी के नाटक सम्बन्धी विचार इस क्षेत्र में अत्यन्त महत्त्वपूर्ण तथा अकेले हैं।

हिन्दी समीक्षा को उनकी दूसरी महत्त्वपूर्ण देन है—रस-सिद्धान्त का विशदीकरण। शुक्ल जी ने 'साधारणीकरण तथा व्यक्ति वैचित्र्यवाद' निबन्ध में यूरोपीय नाटकों के शील-वैचित्र्य को भारतीय रस-सिद्धान्त में सम्मिलित करने के लिए साधारणीकरण के अतिरिक्त एक निम्न कोटि की रसानुभूति की योजना की। प्रसाद जी ने इस कल्पना का खंडन करते हुए कहा कि नाटक में अत्याचारी का अत्याचार निम्नकोटि की रसानुभूति उत्पन्न नहीं करता क्योंकि वह तो बीच का व्यापार है, अन्तिम नहीं; और रस में फलयोग अर्थात् अन्तिम सन्धि मुख्य होती है। प्रसाद जी ने यूरोपीय चरित्र-वैचित्र्य के सिद्धान्त को अपनाने के लिए निम्नकोटि की रसानुभूति की कल्पना नहीं की; बल्कि उसे रस के साधन-स्वरूप ग्रहण करने का प्रस्ताव किया जो शुक्ल जी से कहीं अधिक वैज्ञानिक है। प्रसाद जी के इस सिद्धान्त की पुष्टि उनके 'स्कन्दगुप्त' नाटक से भली भाँति होती है।

प्रसाद जी की तीसरी देन है—छायावाद को यथार्थवाद के परिपार्श्व में रखकर देखना। अंग्रेजी समीक्षा में बहुत दिनों तक 'रोमांटिसिज्म' को 'क्लासीसिज्म' के

विपरीत समझते हुए विचार होता रहा, परन्तु पीछे विज्ञ समीक्षकों ने इस भूल का परिहार किया और 'रोमांटिसिज्म' की 'रियलिज्म' के विपरीत मानकर देखने की चर्चा चलाई। हिन्दी में 'छायावाद' के साथ यह दुर्घटना तो नहीं हुई लेकिन इसे भी रीतिकाव्य और द्विवेदी-युगीन इतिवृत्तात्मकता की विपरीतता का दंड भोगना पड़ा। 'स्थूल के विरुद्ध सूक्ष्म का विद्रोह' कहने की हवा-सी चल पड़ी। प्रसाद जी पहले आदमी हैं जिन्होंने 'छायावाद' को ठीक-ठीक समझने के लिए उसके विपरीत 'यथार्थवाद' को खड़ा किया और उन्होंने इन्हीं दोनों को युग की प्रधान प्रवृत्ति माना है।

प्रसाद जी ने जब श्री हरिश्चन्द्र को यथार्थवाद का प्रवर्तक कहा तो एक बहुत बड़े सत्य को पहली बार मान्यता मिली जिसे आगे चलकर प्रगतिशील समालोचक डॉ. रामविलास शर्मा ही भाँप सके, अन्यथा उस समय तक कोई और समीक्षक भारतेन्दु की इस विशेषता को न पहचान सका था। इतना ही नहीं, प्रसाद जी ने यह भी लक्षित किया कि श्री हरिश्चन्द्र का आरम्भ किया हुआ यथार्थवाद आगे भी पल्लवित होता रहेगा। उन्होंने यथार्थ की जो परिभाषा दी, वह अपने आधारभूत रूप में आज भी सही है : 'महत्ता के काल्पनिक चित्रण के अतिरिक्त व्यक्तिगत जीवन के दुःख और अभावों का वास्तविक उल्लेख...उस व्यापक दुःख-सँवलित मानवता को स्पर्श करनेवाला साहित्य यथार्थवादी बन जाता है।'

उन्होंने जहाँ इस यथार्थवाद की महिमा स्वीकार की, वहाँ मनोविश्लेषणवादी लेखकों की भर्त्सना भी की और उनके लिए यथार्थवाद से भिन्न 'तथ्यवाद' शब्द का प्रयोग किया। अंग्रेजी के 'नेचुरलिज्म' के लिए हिन्दी में आजकल चलनेवाले 'प्रकृतवाद' शब्द से प्रसाद जी का चलाया हुआ 'तथ्यवाद' शब्द कहीं अधिक उपयुक्त है।

जहाँ तक छायावाद की व्याख्या का सम्बन्ध है, उसके विषय में यह तो निस्सन्देह कहा जा सकता है कि प्रसाद जी ने उसे अतीत परम्परा से जोड़कर बहुत बड़ा काम किया। हाँ, खींचतान में कहीं-कहीं किंचित अतिरेक भी हो गया है। 'अनुभूतिमय आत्मस्पर्श' को उन्होंने जो छायावाद की कुंजी बताया, वह भी बड़ी महत्त्वपूर्ण वस्तु है। यह भी वस्तुतः 'आत्मा की संकल्पात्मक अनुभूति' से जुड़ी है। प्रसाद जी ने छायावाद के सम्बन्ध में फैले हुए एक बहुत बड़े भ्रम का खंडन किया। वह यह कि आचार्य शुक्ल जैसे पंडित भी प्रकृति-चित्रण मात्र को छायावादी काव्य का पर्याय समझने लगे थे। उन्होंने स्पष्ट शब्दों में कहा कि 'यद्यपि प्रकृति का आलम्बन, स्वानुभूति का प्रकृति से तादात्म्य नवीन काव्यधारा में होने लगा है किन्तु प्रकृति से सम्बन्ध रखनेवाली कविता को ही छायावाद नहीं कहा जा सकता।'

इन सबके पीछे प्रसाद जी का एक जीवन-दर्शन है और यह उनकी समीक्षा की बहुत बड़ी विशेषता है। वे उन लोगों में नहीं थे जिनका मानदंड व्यक्ति और रचना

के अनुसार बार-बार बदलता रहता है। जीवन-दर्शन की दृढ़ता ने उनके समस्त विचारों में एकसूत्रता दे दी थी। शुक्ल जी के अतिरिक्त उस युग में अन्य किसी समीक्षक में यह एकसूत्रता नहीं मिलती।

निराला जी की आलोचनात्मक विचारों की विशिष्ट देन काव्य-भाषा और शिल्प-रचना के क्षेत्र में है। उन्होंने प्रसाद जी की तरह जमकर किसी विषय पर दूर तक विचार नहीं किया और मूल्यांकन में भी प्रायः वे 'रुचि के राजा' रहे, इसीलिए उनके यहाँ इधर-उधर केवल चमकते हुए सूत्र ही मिलते हैं। 'प्रबन्ध पद्म' में संकलित 'साहित्य और भाषा' निबन्ध में निराला जी ने बड़े ही सुन्दर ढंग से राष्ट्रभाषा, काव्यभाषा तथा जनभाषा का पारस्परिक सम्बन्ध दिखलाया है। उसमें उन्होंने बड़े मजे की बात कही है कि 'गैर लोगों को अपने में मिलाने का तरीका भाषा को आसान करना नहीं, न मधुर करना, उसमें व्यापक भावना भरना और उसी के अनुसार चलना है।' छायावादी कवियों पर प्रायः अस्पष्टता तथा सूक्ष्मता का आरोप लगाया जाता है परन्तु निराला जी के शब्दों में मूर्तिमत्ता का आग्रह देखिए। उसी पुस्तक के 'काव्य में रूप और अरूप' निबन्ध का आरम्भ ही इस प्रकार होता है : 'प्रायः सभी कलाओं के लिए मूर्ति आवश्यक है। अप्रतिहत मूर्तिप्रेम ही कला की जन्मदात्री है। जो भावनापूर्ण सर्वांग-सुन्दर मूर्ति खींचने में जितना कृतिविज्ञ है, वह उतना बड़ा कलाकार है।' इस उद्धरण को प्रसिद्ध रूसी विचारक बेलींस्की के उस कथन के साथ रखकर देखना चाहिए जहाँ 'मूर्तियों में सोचने को कला' तथा 'चित्रमयी भाषा को' कविता कहा गया है। उस निबन्ध में निराला जी ने काव्य में 'विराट भावनाओं' तथा 'विराट चित्रों' की ओर कवियों का ध्यान आकर्षित किया है।

'प्रबन्ध-प्रतिमा' का 'मेरे गीत और कला' निबन्ध हिन्दी के नाद-संगीत का सूक्ष्म विवेचन करने में अग्रणी है। अनेक उदाहरणों से निराला जी ने दिखलाया है कि हिन्दी का व्यंजन-संगीत संस्कृत से मूलतः भिन्न है। इस तथ्य को उन्होंने 'श', 'ण', 'व' बनाम 'स', 'म', 'ब' प्रतीक-व्यंजनों से प्रमाणित किया है। उसी में निराला जी ने कला-सौन्दर्य की कुंजी बतलाते हुए महत्त्वपूर्ण सूत्र दिया है कि 'कला केवल वर्ण, शब्द, छन्द, अनुप्रास, रस, अलंकार या ध्वनि की सुन्दरता नहीं, किन्तु इन सभी से सम्बद्ध सौन्दर्य की पूर्ण सीमा है।' आगे अपने गीतों की विशेषता बतलाते हुए उन्होंने गीतों की अखंडता तथा एकसूत्रता पर बल देकर गीतों के क्षेत्रों में एक नया कदम उठाया है। 'निःसन्देह गीतों की कला इनके सम्पूर्ण रूप में है, खंड में नहीं। यह ऐसी रचना नहीं है कि सूक्ति-रूप में इसका एक अंग उद्धृत किया जा सके।' इसी प्रकार के 'कला विरह में जोशी-बन्धु' निबन्ध लिखकर निराला जी ने समूचे प्राचीन साहित्य की आध्यात्मिक व्याख्या करनेवाले असीम-अनन्तवादी लोगों की अच्छी खबर ली है।

निराला जी के आलोचनात्मक प्रयत्न प्रसाद जी और पन्त जी से इस मामले में भिन्न हैं कि उन्होंने साहित्य विधायक सामाजिक समस्याओं की ओर विशेष ध्यान दिया। इसलिए उनकी आलोचनाओं में अक्सर अखबारी तेजी तथा विवादात्मकता (पोलेमिक्स) का स्वाद मिलता है।

पन्त जी ने आलोचनाएँ बहुत कम लिखी हैं। उनका प्रधान समीक्षा-कार्य 'पल्लव', 'आधुनिक कवि'-माला सं. 2 और 'उत्तरा' की भूमिकाएँ हैं। इधर उन्होंने रेडियो से कई वार्ताएँ भी प्रसारित की हैं जिनमें प्रयोगशील कविता सम्बन्धी परिसंवाद की भूमिका तथा 'यदि मैं कामायनी लिखता' विशेष महत्त्वपूर्ण हैं।

'पल्लव' की भूमिका के ये कतिपय सूत्र हिन्दी समीक्षा के अमूल्य रत्न हैं :

- कविता के लिए चित्रभाषा की आवश्यकता पड़ती है।
- भाव और भाषा का सामंजस्य, उनका स्वरैक्य ही चित्रराग है।
- हिन्दी का संगीत केवल मात्रिक छन्दों ही में अपने स्वाभाविक विकास तथा स्वास्थ्य की सम्पूर्णता प्राप्त कर सकता है।
- कवित्त को हम संलापोचित छन्द कह सकते हैं।
- काव्य-संगीत के मूल तन्तु स्वर हैं, न कि व्यंजन!
- ध्वनि-चित्रण को छोड़कर अन्यत्र व्यंजन-संगीत भावना की अभिव्यक्ति को प्रस्फुटित करने में प्रायः गौण रूप से सहायता मात्र करता है।
- वाणी का राग तुक की पुनरावृत्ति से स्पष्ट तथा परिपुष्ट होकर लययुक्त हो जाता है।

इनके अतिरिक्त भिन्न-भिन्न भावों के अनुकूल छन्द-निर्देश करने में पन्त जी ने अद्‌भुत संगीत-मर्मज्ञता का परिचय दिया है। हिन्दी-पिंगल के क्षेत्र में उनकी वह सर्वथा मौलिक देन है।

'आधुनिक कवि' संग्रह का 'पर्यालोचन' एक छायावादी कवि के प्रगतिशील काव्यधारा में ढलनेवाली मनोदशा का प्रामाणिक चित्र है। उनमें आत्म-समीक्षा के साथ-साथ छायावाद के ह्रास के कारणों का वैज्ञानिक विवेचन मिलता है। 'छायावाद इसलिए अधिक नहीं रहा कि वह काव्य न रहकर केवल अलंकृत संगीत बन गया था। इसलिए एक ओर वह निगूढ़, रहस्यात्मक, भाव-प्रधान और वैयक्तिक हो गया, दूसरी ओर केवल टेक्नीक और आवरण मात्र रह गया।' परवर्ती छायावाद के लिए इससे अधिक उपयुक्त आलोचना और क्या हो सकती थी! उस निबन्ध में प्रगतिशील विचारधारा सम्बन्धी स्थापनाएँ प्रायः कवि की अध्यात्मवादी मान्यताओं से आक्रान्त होने के कारण उस युग के प्रगतिशील चिन्तन की सीमाएँ ही अधिक बतलाती हैं। 'उत्तरा' की भूमिका भी इसी प्रकार के अभिनिवेश से ग्रस्त है। प्रायः दार्शनिक गुत्थियों में अवैज्ञानिक तथा कुछ उलझे होने पर भी पन्त जी ने काव्य-समीक्षा में बड़ी ही स्पष्ट और निर्भ्रान्त स्थापनाएँ की हैं।

प्रयोगवादी कविता वाले परिसंवाद में पन्त जी ने हिन्दी के 'क्लासिकल' तथा 'छायावादी' काव्य पर अत्यन्त सन्तुलित विचार दिया है। उनके अनुसार 'क्लासिकल' अथवा प्राचीन काव्य में हमें शाश्वत तथा उदात्त के प्रति गम्भीर आकर्षण, चिरन्तन मान्यताओं के प्रति अटल विश्वास तथा साथ ही लौकिकता के प्रति एक असन्दिग्ध आग्रह मिलता है। 'उसमें एक ओर चरित्र की महत्ता और दूसरी ओर वस्तु-जगत का स्थायित्व दृष्टिगोचर होता है', इसके विपरीत 'छायावाद में शाश्वत तथा उदात्त का स्थान वैयक्तिकता ने ग्रहण कर लिया। उसने वास्तविकता की उपेक्षा कर स्वप्न तथा आशा की सृष्टि की और कल्पना का पट बुना। प्राचीन काव्य में भाव और वस्तु-जगत् में सन्तुलन तथा तादाम्य मिलता है; छायावाद ने वस्तु-जगत को अपनी भावना की तूली से रँग दिया है।' इसी तरह उन्होंने प्रयोगशील कविता की अस्थिर वास्तविकता तथा रूपवादिता को पहचानने की चेष्टा की है।

पन्त जी की समीक्षाओं में निराला जी के विपरीत शुद्ध समीक्षक की-सी विश्लेषण-क्षमता तथा सन्तुलन मिलता है। इस मामले में उनकी भाषा सभी छायावादी कवियों की आलोचनाओं से अधिक समीक्षोचित तथा कम काव्यात्मक है।

'विवेचनात्मक गद्य' में महादेवी जी के जितने निबन्ध संगृहीत हैं, उनका अधिकांश किसी-न-किसी कविता-पुस्तक की भूमिका है। कुछ निबन्धों में दार्शनिक उड़ान अधिक है। किन्तु प्रायः महादेवी जी की चिन्तन-गुरुता गहरी अनुभूति का परिणाम प्रतीत होती है। इनकी समीक्षा सभी छायावादियों से अधिक व्याख्यात्मक है; इसीलिए वह उतनी पैनी नहीं है, जितनी चित्रात्मक और उदाहरणोपेत। छायावाद की स्वच्छन्द-भावना की पूर्व-परम्परा दिखाने का जो कार्य प्रसाद जी ने आरम्भ किया था, उसे महादेवी जी ने वैदिक और पालि काव्य के उदाहरणों से और भी समृद्ध कर दिया। छायावाद की सभी आलोचनाओं का उत्तर महादेवी जी को देना पड़ा। इसीलिए उन्होंने बड़े विस्तार से छायावाद में प्रकृति, नारी-भावना, कल्पना, दुखवाद, स्वानुभूतिमयी अभिव्यक्ति, राष्ट्रीयता आदि का सोदाहरण विवेचन किया। कहना न होगा कि छायावाद सम्बन्धी भ्रमों का उच्छेद करने में महादेवी जी ने सभी छायावादी कवियों से अधिक काम किया।

इसी तरह 'गीति काव्य' शीर्षक उनका निबन्ध इस विषय पर अपने ढंग का पहला महत्त्वपूर्ण निबन्ध है। उनके द्वारा दी हुई गीत की यह परिभाषा थोड़ी-सी परिभाषागत सीमाओं के बावजूद आर्ष वाक्य बन गई है—'साधारणतः गीत व्यक्तिगत सीमा में तीव्र सुख-दुःखात्मक अनुभूति का वह शब्द रूप है जो अपनी ध्वन्यात्मकता में गेय हो सके।'

'यथार्थ और आदर्श' निबन्ध में सम्पूर्ण भारतीय काव्य-परम्परा में इन दोनों प्रवृत्तियों का निरूपण करते हुए महादेवी जी ने यह निष्कर्ष निकाला है कि 'जिन युगों

में हमारी दृष्टि को स्वप्न-दृष्टि से आकार मिला है और स्वप्न-दृष्टि को यथार्थ सृष्टि से सजीवता, उन्हीं युगों में हमारा सृजनात्मक विकास सम्भव हो सका है।' यह विशेषता आर्ष-काव्यों में ही मिलती है। महादेवी जी ने इस सूत्र के द्वारा वर्तमान युग के एकांगी यथार्थवादियों के लिए एक बहुत बड़ी चेतावनी दी है। वे कवि के आदर्श का स्रोत बतलाती हुई आगे कहती हैं : 'जीवन के प्रति स्वयं आस्थावान होने के कारण कवि का विश्वास भी एक आदर्श बनकर उपस्थित होता है।' इस आदर्श की सीमा तथा असीमता बतलाते हुए उन्होंने बड़ी महत्त्वपूर्ण बात कही है कि 'अपने युग-सीमित आदर्श को स्वीकार करके भी कवि उसे विस्तृत विविधता के साथ व्यक्त करते आ रहे हैं।'

'सामयिक समस्या' निबन्ध प्रगतिशील आन्दोलन द्वारा उत्पन्न साहित्यिक समस्याओं का उद्‌घाटन करता है। प्रसंगात् मनोविश्लेषणवादियों की भी आलोचना की गई है। इस निबन्ध में आरम्भिक प्रगतिवादी साहित्यकारों की उग्र बुद्धि को रास्ते पर लाने के लिए अनेक महत्त्वपूर्ण सूत्र दिये गए हैं। जैसे परम्परा पर :

'विविध युगों की कला और काव्य का जो उत्कृष्ट रूप हमें मिलता है, उससे हमारा विरोध नहीं हो सकता और न होना चाहिए। विरोध हमारा उस व्यवस्था से रहेगा, जिसने इन मूल्यों को कुछ व्यक्तियों तक सीमित रखा।'

सनातन, चिरन्तन, शाश्वत जैसे शब्दों का उपहास करनेवालों के लिए इन शब्दों की यह व्याख्या : 'सनातन से अस्तित्व मात्र का बोध होता है, चिरन्तन उसके बहुत काल से चले आने को सूचित करता है और शाश्वत में हमें जीवन की मूल चेतना की क्रमबद्धता का संकेत मिलता है।'

अन्त में उन्होंने मध्यवर्गीय कलाकार की सामाजिक स्थिति का सहानुभूतिपूर्वक विश्लेषण करते हुए व्यापक मानवतावादी साहित्य-रचना की आवश्यकता पर बल दिया है। महादेवी जी के इन निबन्धों में प्रसंगात् अनेक महत्त्वपूर्ण सूत्र झलक मारते चलते हैं जिनका संग्रह अपने-आपमें बहुत बड़ा काम है।

[3]

छायावादी कवियों की इन समीक्षाओं का महत्त्व इस बात में है कि ये उनके साहित्य-सृजन के अनुभवों से उत्पन्न हुई है। इसलिए ऐसी समीक्षाएँ अधिक सृजनात्मक प्रभाव वाली होती हैं। इनका महत्त्व किसी विषय अथवा समस्या सम्बन्धी विवेचना की पूर्णता, व्यवस्था अथवा सांगोपांगता में नहीं बल्कि मौलिक संकेतों में है। इन समीक्षाओं ने अपने युग के साहित्य-सृजन का मार्ग ही प्रशस्त नहीं किया बल्कि अनेक आलोचकों को भी जन्म दिया। नन्ददुलारे वाजपेयी, शान्तिप्रिय द्विवेदी, डॉ. नगेन्द्र आदि समीक्षक छायावादी कवियों की समीक्षा की ही उपज हैं। इन्हीं कवियों से

प्रभावित होकर हिन्दी में ऐसी समीक्षाएँ आईं जिन्हें 'प्रभाववादी' कहा गया और आचार्य शुक्ल ने अपने इतिहास में जिनकी खूब खबर भी ली। लेकिन यह उसकी एक शाखा मात्र है। वस्तुतः छायावाद की मूल स्वच्छन्द भावना जगत के प्रति एक व्यापक दृष्टिकोण था जो केवल कविता में ही नहीं बल्कि उस युग के उपन्यास, कहानी, नाटक, आलोचना आदि सभी साहित्य-रूपों में अभिव्यक्त हुआ। इसीलिए छायावादी समीक्षा छायावादी सांस्कृतिक चेतना का ही एक अंग है और छायावादी कविता से अंगांगि भाव से जुड़ी हुई है। यह विशेष दृष्टिकोण पीछे छूट सकता है लेकिन इससे प्रसूत समीक्षा ने निःसन्देह हिन्दी समीक्षा के मान निर्मित करने में महत्त्वपूर्ण योग दिया है। साथ ही उसने पाठकों की आलोचनात्मक रुचि को परिष्कृत भी किया है।

[1953]

रोमांटिक बनाम आधुनिक

सवाल दरअसल छायावादी काव्य के स्वीकार-अस्वीकार का नहीं, बल्कि छायावादी दृष्टि को स्वीकार-अस्वीकार करने का है। छायावादी दृष्टि और छायावादी काव्य एक नहीं हैं। छायावादी दृष्टि के बावजूद छायावादी कवियों ने हिन्दी साहित्य को अनेक कालजयी कृतियाँ दी हैं। उन कृतियों के लिए आज के कवियों में भी सम्मान का भाव है। डॉ. रामविलास शर्मा की तरह ही आज के कवि भी निराला को अपना मानते हैं और उनसे प्रेरणा लेते हैं। इसलिए छायावाद की पूर्ण अस्वीकृति की बात एकदम बेबुनियाद है। दरअसल यह एक प्रवाद है, जिसका प्रचार जान-बूझकर आज के लेखन के विरोधियों ने कर रखा है। छायावाद की पूर्ण अस्वीकृति उतनी ही गलत है जितनी पूर्ण स्वीकृति। डॉ. शर्मा के आज के वक्तव्य तथा दूसरे लेखों से स्पष्ट है कि वे भी छायावाद को पूर्णतः स्वीकार नहीं करते। फिर बहस का मुद्दा क्या है? क्या ऐसा है कि छायावाद के जिन तत्त्वों को डॉ. शर्मा स्वीकार करते हैं, उनको आज के कवि अस्वीकार करते हैं?

डॉ. रामविलास शर्मा भी यह मानते हैं कि आज के लेखक में एक 'नया यथार्थवादी रुझान' है। जाहिर है कि इस 'नये यथार्थवादी रुझान' के अनुसार ही आज के लेखक छायावाद को भी स्वीकार-अस्वीकार करते हैं। छायावादी कविता में जहाँ यथार्थ है, वह स्वीकार्य है; बाकी यदि अस्वीकार्य समझा जाता है तो इस पर डॉ. शर्मा को भी एतराज नहीं होना चाहिए। आज के कवियों ने निराला से समझौताहीन विद्रोह की भावना ली है और इसी विद्रोही भावना के साथ वे आज अपने परिवेश से जूझ रहे हैं। यह सही है कि वे निराला जैसा नहीं लिखते—यही नहीं कि लिख नहीं सकते, बल्कि लिखना भी नहीं चाहते। फिर भी आज के लेखन में जिस यथार्थ भाषा और प्रतीक योजना की दाद डॉ. शर्मा ने दी है, वह कहीं न कहीं निराला से प्रेरित है। छायावाद से भिन्न रचना करने का अर्थ छायावाद की अस्वीकृति नहीं है। सृजन का यह अद्‌भुत विरोधाभास है कि किसी कवि को स्वीकार करके भी उससे भिन्न रचना की जाती है। इस दृष्टि से सृजनशीलता के बुनियाद में ही अस्वीकृति है।

वस्तुतः आज के कवियों का विरोध मुख्यतः छायावादी दृष्टि से है। इसका प्रमुख कारण सामाजिक-राजनीतिक है। छायावादी युग का सम्बन्ध राजनीति में

गांधी और नेहरू की विचारधारा से है, जिसका दुष्परिणाम आज के लेखकों के सामने है। उनके मन में इस राजनीति के विरुद्ध तीव्र विद्रोह है। इसीलिए वे इस राजनीति से सम्बद्ध छायावादी दृष्टि के भी खिलाफ हैं। यथार्थ का दबाव इतना तीखा है और उसे हू-ब-हू देखने का आग्रह इतना प्रबल है कि छायावादी इन्द्रजाल को तोड़ना जरूरी मालूम होता है। यदि पूर्ववर्ती लेखकों ने इस छायावादी जाल को पूरी तरह तोड़ने में तत्परता दिखाई होती तो इस बारे में आज के कवियों का क्षोभ काफी कम होता।

इस पृष्ठभूमि से स्पष्ट है कि आज के कवियों का छायावाद-विरोध टी.एस. इलियट का असर नहीं, बल्कि अपनी ही तीस वर्षों की परम्परा की विरासत है। छायावाद-विरोध के मामले में आज के कवि प्रगतिवाद और नई कविता ही नहीं, बल्कि स्वयं निराला-पन्त के भी अनुगामी हैं जिन्होंने सन् '36-37 तक आते-आते छायावाद को अस्वीकार कर दिया था।

छायावाद-विरोध की इस लम्बी शृंखला में सबसे रोचक बात यह है कि बाद में आने वाली हर पीढ़ी ने अपने पूर्ववर्ती दौर को, उसके छायावाद-विरोध के बावजूद रोमांटिक कहा—प्रयोगवादियों ने प्रगतिवाद को, नये कवियों ने प्रयोगवाद को, आज के युवा कवियों ने नई कविता को; और इन्हें भी कुछ लोग मूलतः रोमांटिक कहने लगे हैं। कितना प्रबल है छायावादी संस्कार कि हिन्दी कविता इतने संघर्ष के बाद भी उससे मुक्त नहीं हो सकी। क्या आज की यह बहस भी इस बात का प्रमाण नहीं है?

इलियट के असर की बात यदि छायावाद-विरोध के इतिहास में कहीं उठ सकती है तो प्रयोगवाद में। प्रमाण है अज्ञेय के 'त्रिशंकु' में संकलित 'रूढ़ि और मौलिकता' शीर्षक निबन्ध, जो इलियट के 'ट्रेडिशन एंड इंडिविजुअल टैलेंट' का छायानुवाद है। 'तार सप्तक' का प्रकाशन भी लगभग इसी समय हुआ था और डॉ. रामविलास शर्मा 'तार सप्तक' के एक कवि हैं। उन्हें इलियट की असंगतियों का बोध है। वे स्वयं इलियट के असर में नहीं हैं लेकिन उनके दिमाग में इलियट के व्यापक असर की याद ताजा है। शायद इसीलिए वे आज के कवियों को प्रबोधित करने के लिए इलियट की असंगतियों का हवाला दे रहे हैं। इलियट ने रोमांटिसिज्म का विरोध भी किया और कुछ रोमांटिक कवियों तथा कविताओं की सराहना भी की। विरोध प्रतिक्रियावादी था, सराहना प्रगतिशील थी। निष्कर्ष यह कि इलियट से प्रभावित कवियों को छायावाद-विरोध छोड़कर छायावादी कविता को सराहना चाहिए। डॉ. शर्मा स्वयं भी आज छायावाद के सकारात्मक पक्ष पर ज्यादा बल दे रहे हैं। 'तार सप्तक' के पहले वक्तव्य में जहाँ वे छायावाद के बारे में एकदम खामोश हैं, दूसरे संस्करण के नये वक्तव्य की शुरुआत ही इस वाक्य से होती है कि 'मेरी कविताओं का घनिष्ठ सम्बन्ध छायावादी कविता—और उससे भी अधिक छायावादी कवियों से है।' आखिर

छायावादी कविता से अपने 'घनिष्ठ सम्बन्ध' की घोषणा करने की आवश्यकता सहसा क्यों आ पड़ी?

इलियट की असंगतियों का एक पहलू और है, जिसका जिक्र नहीं किया गया। इलियट ने एक ओर मिल्टन की मूर्ति तोड़ी तो दूसरी ओर मिल्टन पर श्रद्धा के फूल भी चढ़ाए—यह तो कहा गया, लेकिन यह नहीं कहा गया कि इन दोनों कार्यों के बीच लगभग ग्यारह साल का अन्तर है। यह कालगत अन्तर एकदम महत्त्वहीन नहीं। शुरू का विद्रोही मूर्तिभंजक इलियट धीरे-धीरे प्रतिष्ठित होकर अन्ततः प्रतिष्ठानों के साथ हो गया। आज छायावाद के सकारात्मक पक्षों पर बल देकर डॉ. रामविलास शर्मा भी कहीं इलियट का अनुसरण तो नहीं कर रहे? इतना पता तो उन्हें भी होगा कि कुछ क्षेत्रों में आज नई कविता के विरुद्ध छायावाद तथा उत्तर-छायावाद को खड़ा करने की कोशिशें हो रही हैं—कभी सीधे और कभी रस-सिद्धान्त की वैशाखी के सहारे! क्या डॉ. शर्मा भी उसी पक्ष में खड़े होना चाहते हैं? क्या विडम्बना है! 'अन्याय जिधर है उधर शक्ति!'

आकस्मिक नहीं कि डॉ. रामविलास शर्मा अब साहित्य में भावधारा या अनुभूति को सर्वोपरि स्थान दे रहे हैं। कल तक वे विचारधारा को सर्वोपरि मानते थे। आधुनिक भाव-बोध के दूसरे विरोधी भी काव्य में 'अनुभूति' और 'रागात्मकता' का ही मंत्र जपते रहते हैं फिर अन्तर कहाँ रहा? विचार और अनुभूति का यह द्वैत तो दूसरों की कमजोरी थी। हृदय और बुद्धि के झगड़े तो छायावाद युग के हैं। 'डिस्सोसिएशन ऑफ़ सेंसिबिलिटी' का मिथ तो इलियट ने खड़ा किया था। डॉ. शर्मा तो उस मार्क्सवाद के विश्वासी हैं जिसमें इन्द्रियबोध, भाव और विचार को यांत्रिक रूप में न देखकर इनके पारस्परिक घात-प्रतिघात से निर्मित एक समग्र चेतना को स्वीकार किया जाता है। आज की काव्य-चर्चा में व्यवहृत 'भाव-बोध' उस समग्र चेतना की अवधारणा के अधिक निकट है या छायावादी युग का अनुभूति और विचार वाला द्वैत? आधुनिक भाव-बोध का विरोध किधर ले जा रहा है डॉ. शर्मा को?

सवाल आधुनिक भाव-बोध वाले साहित्य को 'सहानुभूति' देने का नहीं, बल्कि ठीक-ठीक समझने का है। बिना समझ के सहानुभूति का कोई अर्थ नहीं। जिस तरह छायावाद एक नहीं था, उसी तरह 'आधुनिक भाव-बोध' भी एक नहीं है—इसमें भी कई रंग हैं। इसलिए आज के कवियों के छायावाद-विरोध के भी कई रंग हैं। छायावाद का विरोध करते हुए कुछ कवि एक-दूसरे ढंग की रूमानियत में जा फँसे हैं तो बहुत से ऐसे भी हैं जो यथार्थ के और भी गहरे स्तरों की खोज की ओर अग्रसर हो रहे हैं। इसलिए महत्त्वपूर्ण प्रश्न छायावाद के विरोध या समर्थन का नहीं बल्कि आज के यथार्थ को अधिक से अधिक उसकी यथार्थता में देखने के माध्यमों और औजारों को बनाने का है। रचनाकार की समस्या सृजन की है और सृजन के

लिए खामख्वाह परम्परा-भक्ति प्रदर्शित करना जरूरी नहीं है। यदि छायावाद के सकारात्मक पक्ष को स्वीकार करके भी कोई कवि आज की परिस्थिति के उपयुक्त सृजन नहीं करता तो उसकी छायावाद-स्वीकृति की कोई सार्थकता नहीं।

यदि जो सामन्त-विरोधी साम्राज्यवाद-विरोधी परिस्थिति छायावाद युग में थी, वही आज भी है तो इसका मतलब यही है कि आज भी छायावाद जैसी कविता लिखी जानी चाहिए अथवा वैसी कविता चल सकती है। लेकिन सवाल परिस्थिति की 'सामान्यता' का नहीं, बल्कि 'विशिष्टता' का है—सामान्य के अन्दर होनेवाले विशिष्ट परिवर्तनों का है। यथार्थवादी दृष्टि ऐसे ब्यौरों की बारीकी में जाती है और कहना न होगा कि सच्चा सृजन इसी दृष्टि से सम्भव होता है।

साक्षात्कार

किरन : छायावाद पर लिखने की आवश्यकता आपने क्यों महसूस की और उस पुस्तक को लिखने में आपने किसी विशिष्ट पद्धति का प्रयोग किया है? यदि हाँ, तो वह पद्धति क्या है?

नामवर सिंह : छायावाद के बारे में लिखने की आवश्यकता का अनुभव मैंने इसलिए किया कि मेरी दृष्टि में हिन्दी में आधुनिक आलोचना का उदय छायावाद की आलोचना से ही हुआ है। हिन्दी के महत्त्वपूर्ण आलोचक आचार्य रामचन्द्र शुक्ल हैं और उन्हें समझा जाता है कि हिन्दी आलोचना की आधारशिला रखनेवाले हैं। यद्यपि उनसे पहले हिन्दी के कई आलोचक हो चुके थे। शुक्ल जी ने यह जो एक नया काम किया, महत्त्वपूर्ण काम किया। वह अपनी समकालीन छायावादी कविता से टकराकर किया। भले ही आचार्य रामचन्द्र शुक्ल संस्कृत काव्यशास्त्र की शब्दावली का प्रयोग करते हों लेकिन कुल मिलाकर वे स्वच्छन्दतावादी आलोचक थे। छायावाद में निहित रहस्यवादी कविता का उन्होंने विरोध जरूर किया, बावजूद इसके वे प्रकृति से स्वच्छन्द थे। लाक्षणिक मूर्तिमत्ता या बिम्ब-विधान आदि की पहचान भी की और प्रशंसा भी की थी उन्होंने। इस तरह छायावाद के द्वारा उन्होंने आलोचना पद्धति या आलोचना के ऐसे मूल्य निर्धारित किए जिनके आधार पर उन्होंने समूचे हिन्दी साहित्य को जाँचा। उदाहरण के लिए, कविता में प्रकृति का चित्रण बहुत महत्त्वपूर्ण है। शुक्ल जी से पहले संस्कृत में कोई नहीं कहता था लेकिन छायावादी कविता में प्रकृति-चित्रण देखकर उन्होंने कहा। मुझे लगा कि यदि छायावाद से हिन्दी आलोचना, आधुनिक हिन्दी आलोचना की शुरुआत हुई है तो हिन्दी आलोचना के विकास के लिए इससे टकराना होगा। मेरे सामने एक और आदर्श था। आज मैं सिंहावलोकन करता हूँ तो मुझे लगता है कि अंग्रेजी आलोचना या अंग्रेजी, अमेरिकी आलोचना का इतिहास भी प्रायः रोमांटिसिज्म से टकराते हुए, उसका निषेध करते हुए और फिर उसको पुनर्जीवित करते हुए हुआ है। मोटे तौर पर अगर देखें तो वर्ड्सवर्थ, कोलरिज, मेथ्यू आर्नोल्ड को आधुनिक महत्त्वपूर्ण आलोचक माना जाता है। तो प्रायः रोमांटिक काव्य में जो निहित रचना-प्रक्रिया थी और जो काव्य-मूल्य थे, उनके आधार पर उन्होंने आरम्भ किया था। अंग्रेजी की नई आलोचना (न्यू क्रिटिसिज्म),

जो टी.एस. इलियट, आई.ए. रिचड्र्स, एफ.आर. लीविस से जुड़ी है–रोमांटिसिज्म को अंशतः उसका निषेध करते हुए, तिरस्कृत करते हुए। नई आलोचना के बाद 1956-57 के आसपास जिस रोमांटिसिज्म को दफना चुके थे–टी.एस. एलियट या एफ.आर. लीविस या एलन टैट, जोन को, रेनसम वगैरह–इसके विरुद्ध प्रक्रिया में नोर्थथ्रोप फ्राई ने लिखा–'एनाटोमी ऑफ क्रिटिसिज्म' और फ्रेंक कर्मोड ने 'रोमांटिक इमेज', तो इन लोगों ने आधुनिकतावादी कविता को तिरस्कृत करते हुए उसमें निहित काव्य-सिद्धान्त न्यू क्रिटिसिज्म की सीमाओं को बताया। इसे खारिज करके उन्होंने फिर रोमांटिसिज्म से शुरू किया क्योंकि रोमांटिसिज्म एक क्रान्तिकारी कविता थी। और चौथे दौर का अगर मैं नाम लूँ तो जो डिकन्स्ट्रक्शन का दौर है जो 1980 के दशक में शुरू होता है तो उनमें सबसे महत्त्वपूर्ण आलोचक–पॉल डि मान ने रेहटोरिक ऑफ रोमांटिसिज्म लिखा। होराल्ड ब्लूम ने 'एंगजाइटी ऑव इनफ्ल्यूएंस' लिखा; उसमें रोमांटिसिज्म मौजूद है। ज्योफरी डार्टमेन ने वड्र्सवर्थ पर पूरी किताब लिखी है। हिलिस मिलर ने भी लिखा है, फिर हम देखते हैं वड्र्सवर्थ, शेली, विलियम ब्लेक को। फिर उनके महत्त्व को पहचानते हुए आलोचना में नये चरण का प्रवेश होता है। इसलिए मुझे लगा कि आधुनिक युग की सबसे महत्त्वपूर्ण काव्यधारा-काव्यप्रवृत्ति हिन्दी में छायावाद है जो रोमांटिसिज्म का हिन्दी रूप है, या भारतीय रूप है। मुझे लगा कि शुक्ल जी ने जिस छायावाद से आलोचना की नींव डाली है तो अगर कुछ करना है तो छायावाद की ओर फिर लौटकर जाना पड़ेगा। शुक्ल जी ने छायावाद के बहुत बड़े हिस्से को खारिज किया था, इसलिए छायावाद को फिर से प्रतिष्ठित करना होगा तभी शुक्ल जी की सीमाओं का पता चलेगा। मेरा उद्देश्य छायावाद पर कोई एक किताब लिखना नहीं था–न छात्रों के लिए, न दूसरों के लिए; बल्कि छायावाद के द्वारा मैं यह दिखाना चाहता था कि शुक्ल जी की जो अभिरुचि थी, जो भावबोध था, वह अंशतः कुछ स्वच्छन्दतावादी भले रहा हो लेकिन कुल मिलाकर उनकी जो अभिरुचि थी, वह बहुत कुछ पूर्व-छायावादी कवियों के मेल में थी, श्रीधर पाठक जैसी रही हो। लेकिन वह पूरी की पूरी छायावादियों में भी पन्त के नजदीक पड़ती थी लेकिन जैसे ही निराला या प्रसाद की गम्भीर छायावादी कविताओं से टकराहट हुई तो शुक्ल जी के भावबोध की सीमाएँ प्रकट होने लगीं। मुझे लगा कि कुछ पसन्द की चीजें उन्होंने छायावाद में चुनकर लीं। लेकिन रोमांटिक आन्दोलन को, जिसे मैं क्रान्तिकारी घटना के रूप में मानता हूँ, वह हमारे आधुनिक जीवन में राष्ट्रीय आन्दोलन की एक महत्त्वपूर्ण घटना है, उस पृष्ठभूमि में वह छायावाद को देख ही नहीं रहे थे। उसी तरह जैसे अंग्रेजी रोमांटिसिज्म को कोई आदमी फ्रेंच रिवोल्यूशन की अभिव्यक्ति या प्रतिक्रिया के रूप में न देखें, तो वह रोमांटिसिज्म को नहीं समझता। मुझे लगा कि शुक्ल जी छायावाद को अपने जमाने के, जो राष्ट्रीय स्वाधीनता आन्दोलन था, राष्ट्रीय मुक्त-आन्दोलन था, उसके सन्दर्भ

में बिलकुल नहीं देख रहे थे बल्कि उन्होंने अपने इतिहास में स्पष्ट लिखा है कि कवि कहते थे कि हमारे दिमाग में आँधी उठ रही है, तूफान उठ रहा है, कभी ज्वार है, तो उसका मजाक बनाते हुए कहा कि न कहीं आँधी थी, न कहीं तूफान, कुछ नहीं था। वह उसको एक छद्म समझते थे। इसलिए मुझे लगा कि यह बुनियादी चीज है जिसको अपनी पुस्तक में मैंने उस समय इस्तेमाल नहीं किया क्योंकि तब मुझे स्पष्ट नहीं था। इस अवधारणा का विकास रेमंड विलियम्स ने बहुत बाद में किया। 1959 बल्कि '60 के बाद कहिए, जिसको 'स्ट्रक्चर ऑफ फीलिंग' कहते हैं तो मुझे लगा कि छायावाद के केवल प्रकृति-चित्रण को पसन्द कर लेना, भाषा के कुछ बिम्बों को पसन्द कर लेना और लाक्षणिकता को पसन्द कर लेना या एक प्राकृतिक रहस्यवाद को अच्छा समझ लेना, यह टुकड़े-टुकड़े में देखने की बात नहीं हुई, जो पूरी छायावादी भावबोध की संरचना है, बनावट है, जिसको रेमंड विलियम्स 'स्ट्रक्चर ऑफ फीलिंग्स' कहते हैं, उसको अगर आप संरचना के रूप में समझने की कोशिश नहीं करेंगे तब तक आप छायावाद को नहीं जानेंगे। इसलिए अपनी किताब में मैंने लिखा कि छायावाद में लोग अनुभूति देखते हैं, कल्पना देखते हैं, सुन्दरता के दृश्य देखते हैं, रहस्य-भावना देखते हैं, इत्यादि। मैंने गिनाया है—भूमिका में भी लिखा है, इन चीजों में कोई कार्य-कारण सम्बन्ध है और ये परस्पर सम्बद्ध चीजें हैं, एकसूत्रता है इनमें। जब तक इस रूप में नहीं देखेंगे एक साथ तब तक गड़बड़ रहेगा हमारे देखने में। ये चीजें इकट्ठी इसी काव्य-प्रवृत्ति में मिलती हैं। अलग-अलग टुकड़ों में आप देखेंगे कि पहले की कविताओं में कहीं अनुभूति मिल जाती है, कहीं प्रकृति के चित्र मिल जाते हैं, लेकिन इकट्ठे जब मिलते हैं तो वह भावलोक है। अनुभूतियों की जो संरचना है, वह आपके पहचानने की चीज है और उस अनुभूति की संरचना को आप पहचानेंगे, तभी उन छायाचित्रों में निहित उस सामाजिक अन्तर्वस्तु को आप देखेंगे। सामाजिक पृष्ठभूमि लिखकर इन्हें समझने की कोशिश करना, यह बैकग्राउंड की थियरी है और मैं सामाजिक पृष्ठभूमि में साहित्य को देखने की आलोचना को बहुत सतही मानता हूँ। इसलिए छायाचित्रों या बिम्बों के माध्यम से छायावाद की व्याख्या करने की कोशिश की जिसका उद्देश्य था रामचन्द्र शुक्ल द्वारा स्थापित आलोचना पद्धति को बदलना और दूसरा यह कि उनके द्वारा स्वीकृत कविता के मूल्य और मानदंड को बदलना। मेरे लिए यह इसलिए महत्त्वपूर्ण था कि स्वयं अंग्रेजी की आधुनिकतावादी कविता जिसे प्रयोगवाद कहते हैं, उन प्रयोगवादियों ने भी छायावादियों का विरोध करते हुए अपना काव्यान्दोलन शुरू किया था। आरम्भ के प्रगतिशील लोग भी छायावाद का विरोध करते थे क्योंकि छायावाद में निराशा थी, छायावाद में रहस्यवाद था। आज भी बहुत से मार्क्सवादी समझते हैं कि छायावादी कविता समाज से दूर पलायनवादी कविता थी। आशा की बजाय उसमें निराशा का सन्देश था। जरूरत से ज्यादा उसमें दुःख था। वह उस समय का दुःख

था, यथार्थ था वह दुःख। 'रोमांटिक एगनी' को उसकी ताकत माना जाता है। 'रोमांटिक एगनी', 'रोमांटिक मेलेंकली' यथार्थ अनुभूति है। झूठी आशा के बरक्स जो राष्ट्रवादी कविताओं में दिखाई पड़ती थी, जो आज सतही मालूम होती है। आजादी की लड़ाई में भारत की स्वाधीनता के बारे में जो मैथिलीशरण गुप्त आदि ने राष्ट्रीय कविताएँ लिखी थीं, उनमें बड़ी आशा थी, 'बढ़े चलो, बढ़े चलो! वीर पुत्र, बढ़े चलो!' जोश बहुत था। लेकिन स्वाधीनता-आन्दोलन उस तरह से नहीं बढ़ता गया। दमन भी हुआ। आन्दोलन पीछे हटता गया, निराशा आती गई। इन तमाम चीजों को भूल करके एक शुद्ध आशावाद के आधार पर कुछ कविता लिखना चाहते थे जो छायावादी नहीं थे। छायावादी कवियों की रहस्य-भावना का भी एक सामाजिक रूप था। जब वे क्षितिज के पार देखते थे और कुछ दिखाई नहीं पड़ता था, ऐसा अहसास उन कविताओं को पढ़ते हुए लगता है। गांधी जी कहते थे कि मैं सिर्फ एक कदम देखता हूँ। उसके आगे तो मुझे अन्धकार दिखाई पड़ता है। क्योंकि यह मालूम ही नहीं था कि स्वराज्य का रूप क्या होगा? हम अंग्रेजों से मुक्ति चाहते हैं लेकिन वह मुक्ति कैसी होगी? इसका सबसे बड़ा सबूत है कि इंडियन नेशनल कांग्रेस को स्वराज्य का नक्शा समझने में कितना समय लगा! 1930 में जाकर समझा, जब छायावाद खत्म होनेवाला था। और आज छायावादी कवियों में रहस्य दिखाई पड़ रहा है, क्षितिज के पार कुछ नहीं दिखाई पड़ रहा—'कौन तम के पार रे कह'—तो उन छायावादी कविताओं को आप कहते हैं कि रहस्य हैं। हर चीज को मिस्ट्री बना देते हैं और खुद नहीं देखते कि हमारा राजनीतिक जीवन भी रहस्यमय था। नहीं मालूम था कि स्वराज्य कब मिलेगा। गांधी जी कहते थे कि हम छह महीने में ले लेंगे और छह महीना खिसकता-खिसकता 1947 तक पहुँच गया। सारांश यह है कि छायावाद की आलोचना में जब मैं प्रवृत्त हुआ तो लगा कि छायावादी कविता आधुनिक युग की बीसवीं सदी की सबसे प्राणवान कविता है, श्रेष्ठ कविता भी मानता हूँ। हिन्दी में सभी लोग मानते हैं कि भक्ति-काव्य के बाद सर्वश्रेष्ठ काव्य छायावाद में ही लिखा गया। उस कविता के आधार पर ही आलोचना की ठोस और मूल्यवान शिला रखी जा सकती है। इसलिए मैंने छायावाद से शुरू किया। छायावाद से शुरू करते एक बात देखोगी कि वह मेरी प्रिय पुस्तक है। दस दिन में मैंने यह किताब लिखी थी। सिर्फ बारह अध्याय हैं और बारह अध्याय दस-बारह दिन में समझो, एक-एक दिन में एक-एक अध्याय हुआ था, जबकि मैं पढ़ाने भी जाता था। काम भी करता था और लिखता भी था। कविता या उपन्यास लिखने का नशा जैसा होता है, उस तरह से मैंने लिखा था। आनन्द-विभोर था। मेरे मित्र राजेन्द्र यादव को वही किताब सबसे अच्छी लगती है। कुछ लोगों को इसलिए भी अच्छी लगती है कि उसके जो शीर्षक हैं, वे कविता से लिये गए हैं—प्रथम रश्मि, एक कर दो पृथ्वी-आकाश... कल्पना के कानन की रानी, देवि माँ, सहचरि प्राण तो छायावादी

कविताओं से ही लिये हैं। यह रचनात्मक लगता है, शास्त्रीय भाषा में लिखे हुए नहीं। कभी मैंने कहा नहीं लेकिन किरन, जब पूछ ही रही हो तो बता दूँ, वैसे इसका कोई बहुत महत्त्व तो नहीं है। उन दिनों यूँ ही लाइब्रेरी में, बनारस हिन्दू यूनिवर्सिटी की लाइब्रेरी में जाता था। घूमते हुए एक किताब ली थी। उस लेखक का नाम मैं भूल गया हूँ और अंग्रेजी पढ़नेवाले लोग शायद उस किताब को पढ़ते भी नहीं। उस समय भी नहीं पढ़ते थे और आज भी नहीं पढ़ते होंगे। 'बात बात में बात' बड़ा दिलचस्प था। उसका नाम था—'द स्टारलिट डोम' और वह अंग्रेजी की रोमांटिक कविता पर किताब थी। यूँ ही ले आया मैं। 'बात बात में बात' बड़ा आकर्षक लगा। मुझे किताब के विचारों के बारे में उतनी दिलचस्पी नहीं थी। किताब बिलकुल जैसे रोमांटिक कवियों की भाषा में ही लिखी गई थी। कुछ कविताओं के शीर्षक थे। मुझे दिलचस्प लगा और लगा कि कविता की सार्थक आलोचना कविता की भाषा में ही हो सकती है। खास करके रोमांटिक कविता की आलोचना आप संस्कृत काव्यशास्त्र की भाषा में करेंगे तो आप बिलकुल बकरी जिबह करेंगे। छुरी से आप उसका गला काटेंगे। इसलिए मुझे लगा क्रि जिस कविता का हम विश्लेषण कर रहे हैं, उस कविता का विश्लेषण हम कविता की भाषा में ही करें तो आलोचना की किताब कैसे रहेगी? उस समय मेरे मन में सर्जनात्मक आलोचना वगैरह लिखने का कोई विचार न था। यद्यपि छायावादी भाषा में छायावादी कविताओं की आलोचना मुझसे पहले कुछ लोग लिख चुके थे। शान्तिप्रिय द्विवेदी लिखा करते थे, जिसे शुक्ल जी ने इम्प्रेसनिस्टिक क्रिटिसिज्म कहा था। इसलिए कविता की भाषा में छायावादी कविता से भाषा लेते हुए, ऐसी व्याख्या करो कि वह बदनाम प्रभावाभिव्यंजक आलोचना न बने। जैसी वाल्टर पेटर की शैली होती थी जिसको इलियट ने इम्परफेक्ट क्रिटिक कहा था, तो आलोचना प्रभावाभिव्यंजक 'इम्प्रेसनिस्टिक' न हो। और, एक और बात मेरे मन में थी। चूँकि मार्क्सवादी आलोचना से मैं परिचित हो चुका था इसलिए मार्क्सवाद का इस तरह इस्तेमाल करना कि मार्क्सवादी जार्गन न हो, छायावादी कविता के बिम्बों में निहित जो सामाजिक सचाई है और जो यथार्थ है, वह खुल करके सामने आए। दूसरी, छाया मैं नहीं बनना चाहता था, बल्कि उस छाया में निहित जो जमीन का टुकड़ा था, उसको निकालकर रखना चाहता था लेकिन उसमें वर्ग-संघर्ष वगैरह था और आर्थिक आधार की शब्दावली नहीं इस्तेमाल करना चाहता था। इसलिए देखोगी कि कहीं पूरी किताब में सन्दर्भ मुश्किल से मिलेंगे। एक जगह मैंने विलियम ब्लेक का उद्धरण दिया, जहाँ वह जनरलाइजेशन के खिलाफ बोलता है। एक-दो हिन्दी के आलोचकों का कहीं कोई नाम होगा, पूरी किताब में फुटनोट तो है ही नहीं, जो आलोचना की पुस्तक के लिए नई बात थी। मोटे तौर से यही इसकी पृष्ठभूमि है और प्रयोजन था ऐसा एप्लाइड मार्क्सिस्ट क्रिटिसिज्म, जिसमें मार्क्सवाद की शब्दावली और जार्गन से बच करके भी आप मार्क्सवादी आलोचना

लिखें और दिखाएँ लोगों को कि जैसे अच्छी रचना के लिए जरूरी है कि लेखक के विचार छिपे रहें। मेरे खयाल में अच्छी आलोचना के लिए भी यह जरूरी है। छायावाद वाली किताब कम-से-कम यह तो बताती है कि उसमें आलोचक के वैचारिक आग्रह या दुराग्रह या पूर्वग्रह कहीं घोषित रूप से प्रकट न हों। व्याख्या इस तरह से की जाए कि जो आप कहना चाहते हैं, वह सब लोगों तक पहुँच जाए, बगैर यह जाने कि स्वयं आलोचक की विचारधारा क्या है। इस दृष्टि से एक प्रयोग करने की कोशिश मैंने 'छायावाद' में की थी।

किरन : आम तौर से छायावाद को यथार्थवाद का विरोधी माना जाता है, 'छायावाद' पुस्तक में आपने छायावाद की यथार्थवादी चेतना को रेखांकित किया है। छायावाद की कल्पनाप्रवणता, रचनाशीलता और दार्शनिक स्तर पर अद्वैतवादी विधान को इसके पूर्व यथार्थ से पलायन के रूप में देखा गया। आपने कविता के सारे तत्त्वों को यथार्थ की भावभूमि के साथ जोड़ा जबकि नई कविता में इन्हीं तत्त्वों के होने की आपने आलोचना की। ऐसा क्यों?

नामवर सिंह : नई कविता के साथ छायावाद का सम्बन्ध पेचीदा है। नई कविता के कवि स्वयं अपने-आपको छायावादी भावुकता और कल्पनाशीलता का विरोधी मानते थे। बल्कि कहना चाहिए कि छायावाद की जिस तरह की बनावट थी या रचना-प्रक्रिया थी या भावबोध था, उस जमीन से एकदम अलग और भिन्न भावबोध। अज्ञेय, शमशेर आदि कवि ऐसा मानते थे। इसलिए स्वभावतः पाठकों और आलोचकों की भी दृष्टि इस बात पर थी कि चूँकि नई कविता छायावाद की विरोधी है तो नई कविता का काव्य-सिद्धान्त भी उसके विरुद्ध होना चाहिए। इसी समझ के तहत 'कविता के नए प्रतिमान' नाम की पुस्तक 1968 में मैंने लिखी। तथाकथित नई कविता 1960-61 के आसपास यानी 'तीसरा सप्तक' के साथ समाप्त हो गई थी। नई कविता के कवि इसके बाद भी बने रहे लेकिन वे इसी ढंग की कविताएँ नहीं लिखते रहे, जो 1951 से '60 तक उन्होंने लिखी थीं। इसलिए ऐसा लगेगा कि मैंने 'कविता के नए प्रतिमान' में जहाँ 'छायावाद' नाम की पुस्तक में छायावाद की प्रशंसा की थी, वहाँ 'कविता के नए प्रतिमान' में छायावाद के विरुद्ध दिखाई पड़ता हूँ। इसकी क्या संगति है? यह सवाल मेरे मन में है और मेरा खयाल है कि इस मामले में डी.एच. लॉरेन्स के कथन का मुझे पालन करना चाहिए था, जिसे मैं भूल गया था। उसने कहा था कि कहानी का विश्वास करो, कहानीकार का नहीं। कवि क्या कहता है, उस पर यकीन मत करो; उसकी कविता क्या कहती है, उस पर करो। मैंने कवियों पर यकीन किया, कविता पर ध्यान नहीं दिया। यह गलती मुझसे हुई और आज मैं स्वीकार करता हूँ कि नई कविता वाले जितना छायावाद का विरोधी अपने को मानते थे उतनी उनकी कविता छायावाद की विरोधी

नहीं थी, उसी तरह से जैसे अंग्रेजी के मॉडर्निस्ट कवि चाहे वे डब्ल्यू. बी. येट्स हों, चाहे टी.एस. इलियट, अपने लेखों में जितने एंटीरोमांटिक थे उतनी अपनी कविता में नहीं। आरम्भिक अवस्था में वे जरूर रोमांटिसिज्म का मजाक उड़ाते दिखाई पड़ते हैं। हिन्दी के नये कवियों की आरम्भिक प्रतिक्रिया में जो 'तार सप्तक' की कविताएँ हैं, जो उसके प्रयोगवादी दौर की हैं, उनमें भले ही वे एंटीरोमांटिक रहे हों लेकिन बाद में स्वयं अज्ञेय की कविताओं में प्रकृति-चित्रण देखिए, आप प्रेम की कविताओं को देखें, कल्पनाशीलता देखें, बिम्ब-विधान देखें, भाषा देखें तो लगता है कि बिम्ब-विधान दूसरा रूप है। एक भ्रम था लेकिन इसके बावजूद मैंने बार-बार कहा कि जो छायावादी काव्य-दृष्टि है, उसकी सीमा है, काव्य की नहीं। 'कविता के नए प्रतिमान' में मैंने यह स्पष्ट किया है कि दोनों में अन्तर है। इसी कारण छायावाद की इतनी सहानुभूतिपूर्ण और प्रशंसात्मक आलोचना के बाद नई कविता के सन्दर्भ में इतनी असंगति दिखाई देती है, जबकि मैं कविता के नये प्रतिमानों पर विचार कर रहा था, केवल 'नई कविता' पर नहीं। उस सन्दर्भ में फिर छायावाद के बारे में एक तरह का सख्त आलोचनात्मक और विरोध का आभास देना निश्चय ही एक असंगति है। लेकिन याद करो वह 'छायावाद' पुस्तक का अन्तिम अध्याय 'जिसके आगे राह नहीं', और उसमें मैंने लिखा था कि छायावाद एक अन्धी गली में पहुँच चुका था इसलिए स्वयं छायावादी कवियों ने अपनी कविता की प्रवृत्ति बदली थी। निराला ने स्वयं बदली थी। उस जमीन को छोड़कर 'जूही की कली' का कवि 'कुकुरमुत्ता' लिखने लगा था तो इसका मतलब है कि यथार्थ कुछ बदल गया था और यथार्थ बदलने के साथ उसकी भाषा बदल गई थी और कविता बदल गई थी। वहाँ मैंने संकेत किया था प्रगतिवाद की ओर। लेकिन उसके बाद जो कविता का विकास हुआ, वह अनेक अन्तर्विरोधों के बीच हुआ, जिसे हम प्रगति, प्रयोग और नई कविता की प्रवृत्ति कहते हैं। उसमें समाजोन्मुख कविताएँ भी थीं, कटु व्यंग्य की कविताएँ भी थीं। निराला की सारी परवर्ती कविताएँ 'अर्चना', 'आराधना' उन्हीं दिनों की हैं। वह एक तरह से स्वाधीन भारत के कवि के लिए नरक-यात्रा के समान था। 'गहन है यह अन्धकारा, स्वार्थ के अवगुंठनों से हुआ है लुंठन हमारा'। निराला की कविता थी, 'स्नेह निर्झर बह गया है, रेत ज्यों तन रह गया है'। स्वयं निराला और नई कविता के कवियों के आरम्भ में बहुत दर्द दिखाई पड़ेगा, तो दूसरी ओर एक बात थी कि राष्ट्र में निर्माण की आकांक्षाओं, आशाओं और विश्वास का संकेत भी था। एक ओर गहरा मोहभंग तो दूसरी ओर लम्बी प्रतीक्षा और आशा और आकांक्षा की हलकी झलक दिखाई पड़ती थी। ये पंक्तियाँ बाद की कविताओं में बराबर थीं इसलिए ये छायावाद की विरोधी नहीं थीं, उसकी प्रतिक्रिया भी नहीं थीं। बदले हुए यथार्थ की अभिव्यक्ति के रूप में कविताएँ आ रही थीं और यदि मैं इस दौर की कविता पर वैसी ही पुस्तक लिखता, जैसी मेरा 'छायावाद' वाली किताब थी

तो किताब बिलकुल दूसरी होती लेकिन इस समय मेरे सामने नई कविता की समाप्ति के बाद फिर एक नये ढंग की कविता आ रही थी—अकविता के बाद की कविता, धूमिल के दौर की कविता। रघुवीर सहाय और श्रीकान्त वर्मा की कविता जो नई कविता के निषेध की थी। उस सन्दर्भ में मैं 'कविता के नए प्रतिमान' लिख रहा था जो विडम्बना की अनुभूति के साथ ईमानदारी की जटिलताओं की कविता थी। पर मुख्यतः मेरे सामने मुक्तिबोध की कविताएँ केन्द्र में थीं। उसके लिए जो किताब का ढाँचा चुना, वह बना। उसके लिए एक हिस्सा तो विवादास्पद था, पोलिमिकल था, जिसमें प्रचलित आलोचना सिद्धान्त की जाँच-पड़ताल है। उनमें से बहुतों का खंडन और विरोध दिखाई पड़ता है और दूसरा खंड है, जहाँ भाषा और सर्जनात्मकता के आधार पर मैंने विचार किया है। उस समय तक आलोचना की पद्धति के बारे में, और अन्ततः लोगों ने सही कहा है, मेरे ध्यान में अंग्रेजी का न्यू क्रिटिसिज्म था। उसकी शब्दावली, उसकी भाषा, उसकी सीमाएँ तब तक मेरे मन में स्पष्ट नहीं हुई थीं। वह नई आलोचना के वर्चस्व का दौर था, जहाँ कविता की आलोचना कविता की भाषा से शुरू होती थी। उस भाषा से शुरुआत करते हुए, छायावाद में निहित यथार्थ अनुभवों, अनुभूतियों और स्थितियों को खोजने की कोशिश मैंने की थी। उसके स्थान पर मैंने उतनी दूर तक जाकर छाया को खोज निकालने का काम मैंने नहीं किया। उसी के कारण लोगों को उसमें प्रयोगवाद की गन्ध दिखाई पड़ी और ज्यादा जोर इस पर था कि कविता की जो नई भाषा बनी है, जो मुहावरा बना है, वह छायावादी बिम्बों से अलग है। कहीं बिम्बों के रूप में सपाटबयानी का प्रयोग मैंने किया है कि इन चीजों के द्वारा कविता बन रही है। उस नई कविता की रूपात्मक बनावट पर ध्यान ज्यादा था, बाकी चीजों पर कम था। शायद इसका कारण यह भी था कि छायावाद पर लिखते समय मेरे दिमाग में स्वाधीनता-संग्राम की पृष्ठभूमि जितनी स्पष्ट थी, बाद की कविताओं की जो राष्ट्रीय या सामाजिक पृष्ठभूमि होना चाहिए, वह उतनी स्पष्ट या बने-बनाए रूप में हमारे सामने नहीं थी। शायद एक कारण यह भी है कि वह 'कविता के नए प्रतिमान' की सीमाओं पर प्रकट होता है। यद्यपि मैंने उसको सन्तुलित करने की कोशिश की, जान-बूझकर मुक्तिबोध जैसे बहुत प्रतिबद्ध कवि की कविताओं, जैसे 'अँधेरे में', 'चम्बल की घाटी में', को चुना। इन कविताओं में इस दौर का भारत किस रूप में दिखाई पड़ता है, उनको कविता की भाषा के बाहर परखने की कोशिश की थी लेकिन कुल मिलाकर हुआ यह कि कविताओं के जाँचने-परखने की शब्दावली और अवधारणाओं की समीक्षा ज्यादा हुई। कविताएँ उदाहरण के रूप में ही आती हैं, यह उस ग्रन्थ की सीमा है, जब बहुत दिनों के बाद आज मैं देखता हूँ तो स्पष्ट होता है। यद्यपि मैंने कोशिश यह की थी कि 'अँधेरे में' कविता की उस परिशिष्ट में, उसकी निश्चित व्याख्या करके अभाव की पूर्ति कर दूँ, लेकिन कुल मिलाकर उस

पुस्तक के ढाँचे में इस अभाव की पूर्ति हो नहीं पाई। ऐसा मुझे लगता है, यह उसकी सीमा है, उसे मैं स्वीकार करता हूँ और मैं यह भी स्वीकार करता हूँ कि इधर निराला जन्मशती के सिलसिले में, निराला पर विचार करते हुए कुछ व्याख्यान मैंने दिये हैं और लगता है कि शायद एक छोटी-मोटी पुस्तक तैयार हो जाए। मैं फिर निराला जैसे कवि के माध्यम से शायद छायावाद की ओर लौटूँगा। उसके माध्यम से कविता की आलोचना की नई पद्धति की ओर। साथ ही उन छायावादी मूल्यों की भी चर्चा करूँगा। यहाँ प्रसंगवश एक छोटी-सी बात और कह देना जरूरी समझता हूँ कि 'कविता के नए प्रतिमान' में कहीं-कहीं रूपवादी दृष्टि दिखाई पड़ती है। उससे ज्यादा, अन्तर्निहित मार्क्सवादी दृष्टि भी है, पर लोगों ने जिस पर ध्यान नहीं दिया, वह यह है कि मार्क्सवादी आलोचना जरूरत से ज्यादा, टेरी इगल्टन के शब्दों में, हार्मेन्युटिक्स ऑफ सस्पिशन यानी पूर्ववर्ती कविताओं या परम्पराओं को सन्देह के रूप में देखती है। डिकंस्ट्रक्शन वाले मानते हैं कि भाषा संदिग्ध होती है, यहाँ तक कि जो आदमी बोलता है, वह खुद नहीं जानता है कि वह जो कहना चाहता था, वही कह रहा है और वही उसका अर्थ है, कोई दूसरा अर्थ है। भाषा इस अर्थ में छलना है, माया है। 'ठगिनी क्या नैना झमकावे' वाला मामला है। तो ठगिनी है भाषा। भाषा वही नहीं कहती जो हम उससे कहलाना चाहते हैं। वह हमारे न चाहते हुए भी बहुत कुछ कह जाती है। तो मार्क्सवादी आलोचना इसीलिए कि कवि जो कह रहा है, क्या सचमुच वही अर्थ है? या उसकी 'हाँ' में 'ना' और 'ना' में 'हाँ' शामिल है? इस दृष्टि से बहस शामिल है। इस दृष्टि से आलोचकों ने कालिदास जैसे कवि को सामन्ती दौर का कवि कहा। भक्ति में भी यही कमजोरी थी। इसलिए 'कविता के नए प्रतिमान' में अज्ञेय और अन्य कवियों को सन्देह की दृष्टि से देखा गया है। एक मार्क्सवादी के नाते और कविता में गहरी रुचि लेनेवाले एक पाठक की हैसियत से आज मैं महसूस करता हूँ कि दौर ऐसा आ गया है कि आज के जमाने में काव्य-विरोधी और साहित्य-विरोधी व्यावसायिकता के जमाने में जहाँ हर चीज बेचने-खरीदने की हो गई है, हमारे समाज का सुशिक्षित भाग काव्य-शत्रु हो गया है। ऐसे समय जितना बचाया जा सके उतना बचा लें। आज संन्देह करने के बजाय अपनी कविता की विरासत को सहानुभूति से देखकर उसमें जो विधेयात्मक जीवन मूल्य हैं, उनकी खोज करके देखा जाए कि आज के लिए कितना उपयोगी सामान उसमें से मिल सकता है। इस दृष्टि से आज निराला को भी फिर से देखने की जरूरत है। निराला की भक्ति की कविताओं को पलायनवाद मानने की बजाय उस भक्ति को देखें कि उसमें यथार्थ की वेदना कितनी है। उस पीड़ा में उस युग की, उस समाज की पीड़ा है। तो अब मैं आगे की अपनी आलोचना के बारे में कहना चाहता हूँ जिसको अंग्रेजी में 'साल्वेज' कहते हैं। घर में आग लगी है तो जितना बचाया जा सकता है, बचा लो। जो बहुमूल्यवान है, उसे बचा लो। बाकी

तो जलना ही है। जो जलना है, वह जल जाए। समाज भूल जाएगा उसे। लेकिन जो बचाया जा सके, बचा लेना चाहिए। आज मैं महसूस करता हूँ, खास तौर से 20वीं सदी के अन्त में कि हमारी संस्कृति बहुत कुछ नई आर्थिक प्रवृत्तियों के कारण नष्ट होती जा रही है, भ्रष्ट होती जा रही है। उसमें जितना बचाया जा सके, बचा लेना चाहिए। मेरे खयाल से आज यह आलोचक का सबसे बड़ा कर्तव्य है। इस दृष्टि से शायद अब मैं लिखूँ तो कविता पर भी लिखूँगा। छायावाद की ओर लौटूँगा। छायावाद नाम की जो पुस्तक लिखी थी, वही नहीं होगी। उसकी पुनरावृत्ति नहीं करूँगा। बल्कि जितना पानी गुजर गया है पुल के नीचे से, उसके बाद के नये अनुभवों की रोशनी के साये में नये ढंग से कविता को देखने की और उनमें उन मूल्यों को पहचानने की कोशिश करूँगा।

[डॉ. किरन सिंह के साथ साक्षात्कार :
'जीवन और आलोचना-कर्म का सिंहावलोकन', मार्च, 1997]